Peter vom Falkenberg – Der Zimmermann von Köln
Historischer Roman

ISBN 978-3-943886-97-9

1. Auflage 11/2015

Bergischer Verlag
RS Gesellschaft für Informationstechnik mbH & Co. KG
Verleger Arndt Halbach, Martin Czialla
Konrad-Adenauer-Str. 6 / 42853 Remscheid
E-Mail: info@BergischerVerlag.de / www.BergischerVerlag.de

Lektorat: Klaus Söhnel / Joachim Jäger
Umschlagentwurf von Mareike Berger unter Verwendung eines
Holzschnittes von Anton von Worms »Ansichten von Köln 1531«
Gesamtherstellung: Bergischer Verlag, Ernst-Wilhelm Bruchhaus
Druck: in Deutschland

Peter vom Falkenberg

DER ZIMMERMANN VON KÖLN

Historischer Roman

Bergischer Verlag

»Ich denke an manchen Tagen, dass es besser wäre, wenn wir gar keine Religionen mehr hätten. Alle Religionen und alle heiligen Schriften bergen ein Gewaltpotenzial. Deshalb brauchen wir eine säkulare Ethik jenseits aller Religionen.«

Dalai Lama

Dieses Buch widme ich meinem Freund Mirko vom Hohenhagen, der mich bei der Ideenfindung und der Recherche zu diesem Mittelalterroman unterstützt hat.

Kapitel 1

»Diese verfluchte Hitze! Und ich muss hier als Tagelöhner auf dem Acker arbeiten – als gelernter Zimmermann! Aber was macht man nicht alles für ein paar Pfennige …«, fluchte Michel auf Rotwelsch vor sich hin, einer Sprache, die überwiegend das einfache Volk verwendete. Er wischte sich mit einem Tuch den Schweiß von der Stirn. Hier auf dem staubtrockenen Acker musste er lästiges Unkraut zwischen dem Dinkel jäten. Und überall diese fliegenden gelb-schwarzen Ungeheuer, die ständig versuchten, ihn zu stechen! Besonders schlimm war es in der Nähe des Nesteingangs. Die Erdwespen bauten ihre Nester im trockenen Ackerboden und überfielen einen wie ein Schwarm Mücken in der Nacht,

Michels Rücken schmerzte, und seine Gelenke knirschten förmlich von der mühseligen Plackerei auf dem Feld. Der Wind, der fast immer vom Meer her wehte, blies den trockenen Staub durch die Luft, den Michel mit seinen heruntergekommenen Ledersandalen auf dem verdorrten Acker aufwirbelte. So manches Staubkörnchen landete in seinem Gesicht, sodass seine Augen stets gerötet waren. In den Nasenlöchern löste der feine Staub immer wieder Niesanfälle aus. Es war alles sehr beschwerlich.

Michel hatte das Zimmermannshandwerk erlernt und die Gesellenprüfung bei seinem Vater mit Auszeichnung absolviert. Doch dann hatte das Schicksal zugeschlagen – die verfluchte Pest! Sie war vor einigen Jahren mit einem der Boote gekommen – Seeleute hatten sie mitgebracht, und ausgerechnet mit denen hatte sein Vater beruflich zu tun. So steckte er sich an und übertrug die Seuche auch noch auf seine Frau. Nur fünf Tage später waren beide tot; eine Woche darauf folgte leider auch noch Michels kleine Schwester Clara. Sie hatte mit ihren zehn Jahren noch fast das ganze Leben vor sich gehabt.

Michel war hier im elterlichen Haus in Flensburg zur Welt gekommen. Jetzt war er dreiundzwanzig Jahre alt. Da er im Januar

1300 geboren worden war, konnte er stets ohne nachzudenken die laufende Jahreszahl angeben. So richtig gut ging es ihm gerade nicht. Er war zwar körperlich gesund und wohlbehalten, aber er verspürte seelischen Schmerz, wenn er an das Erlebte zurückdachte.

Zum Glück war seinem drei Jahre jüngeren Stiefbruder Tristan nichts zugestoßen, sodass Michel nicht alleine dastand. Dennoch hätte es für Michel und Tristan kaum schlimmer kommen können. Michel, der Zimmermannsgeselle, sollte eigentlich den elterlichen Handwerksbetrieb übernehmen, doch dann stand er plötzlich ganz alleine da – ohne die Hilfe seines Vaters. Und da er noch so jung war, fehlte ihm die kaufmännische Erfahrung, die für die Führung eines eigenen Betriebes notwendig gewesen wäre. Gut, einige Aufträge hatte er dennoch übernommen und nach bestem Wissen ausgeführt, aber Flensburg – seine Stadt, in der er mit seiner Freundin Svenja lebte – war nicht gerade ein Paradies für einen Zimmermann. Es gab ja keine größeren Kirchen, Burgen oder Ähnliches, wo ein guter Handwerker langfristig Arbeit gefunden hätte. Was blieb ihm also übrig, als wie ein dahergelaufener Tagelöhner jede Arbeit anzunehmen, die sich ihm bot? Daher arbeitete er heute auf dem Feld; an anderen Tagen entlud er im Hafen Boote oder bediente in der Taverne Gäste.

Die Taverne ›Jeverbroe‹ war ein gut gehendes Gasthaus in der Hafenstadt Flensburg, in dem Michel auch seine Svenja, die dort arbeitete, kennengelernt hatte. Sie stammte aus den deutschen Ostgebieten – aus den Landen, die zum Deutschen Orden gehörten –, was man deutlich an ihrem Akzent hören konnte.

Svenja hatte ein ähnliches Schicksal wie Michel erlitten. Ihre Eltern waren allerdings nicht an der Pest gestorben, sondern Svenja hatte heimlich des Nachts die Flucht ergriffen und ihr verhasstes Elternhaus verlassen. Sie war ein Einzelkind, was für ihren Vater Grund genug war, sie wie einen Jungen zu behandeln; er hatte sich nämlich so sehr einen Sohn gewünscht. Er schnitt ihr die Haare so, dass sie wie ein Junge aussah. Noch schlimmer war, dass er sie wie ein Arbeitstier behandelte; schon mit sechs Jahren musste sie acht Stunden oder länger im Stall arbeiten. Bald waren ihre Hände voller Blasen, und es dauerte nicht lange, bis ihr Vater sie zu einem Wrack gemacht hatte. Das kleine Mädchen musste sich mit Rücken- und anderen Schmerzen herumplagen. Dabei schrie ihr grobschlächtiger Vater sie auch noch an, verhöhnte und schlug sie. Meist konnte ihre Mutter Schlimmeres verhindern.

Als Svenja zehn Jahre alt war, häuften sich die Prügel, und meistens waren sie grundlos. Dies ging die nächsten Jahre so weiter, bis ihr Vater noch aufdringlicher wurde – genau zu der Zeit, als sich die kleine Svenja merklich zu einer Frau entwickelte. Ihr Vater blickte sie zunehmend fordernd an, und sie bekam es mit der Angst zu tun. Bevor es zum Letzten kam, packte sie ihre Tasche und verschwand.

Sie schlug sich bis nach Flensburg durch und fand endlich hier im Gasthof ›Jeverbroe‹ Arbeit. Inzwischen war auch ihr dunkelbraunes Haar auf eine stattliche Länge nachgewachsen, und sie trug es offen, so wie es die Mädchen in aller Öffentlichkeit auch zeigen durften – bis zu dem Zeitpunkt, an dem das Haar mitsamt der Frau unter die Haube kam.

Michels Gedanken kehrten zu seiner Heimatstadt zurück. Was stellte Flensburg eigentlich dar? Doch nichts weiter als ein Fischerdorf, in dem sich fast alles um den Hering drehte! Die Stadt war nicht einmal Mitglied in der Hanse, aber wegen ihrer geografischen Lage fehlte es ihren Bürgern doch an nichts. Man kam auch ohne die Hanse zurecht. Michel ließ die Arbeit ruhen, ergriff seinen Tonkrug und ließ sich das mittlerweile warme Wasser durch die Kehle fließen. Für heute hatte er auf dem Feld genug geschuftet, und nun freute er sich auf ein kühles Bier bei seiner Svenja. Er zog ein verschwitztes Tuch aus der Hose und wischte sich zum wiederholten Male den Schweiß von der Stirn.

Er schnappte sich seinen Krug und machte sich auf den Weg. Bewusst legte er einen kleinen Umweg ein, um sich beim Bauern den verdienten Lohn abzuholen. »Sparen!«, sagte er zu sich selbst.

»Alles wird gespart.« Er und Svenja legten jeden Pfennig beiseite, um irgendwann woanders ein neues Leben aufzubauen. Sie hatten seit langer Zeit einen Plan. Von Händlern und Kaufleuten, die Flensburg mit Waren belieferten, hatten sie gehört, dass in der Stadt Colonia am Rhein ein gigantischer Dom gebaut wurde und dass der Dombaumeister jede Menge Facharbeiter suchte: Steinmetze, Maurer, Gerüstbauer und Zimmerleute. Dorthin wollten die beiden fahren, das war ihr Traum. Vielleicht könnte Michel ja dort eine über Jahre andauernde Arbeit erhalten.

Unter großem Gezeter und Klagen, dass Michel ihn ruiniere, gab der Bauer ihm endlich das Geld. Michel verließ den Hof und erreichte die ersten Häuser der Stadt. Flensburg war nicht wohlhabend, aber auch nicht arm – es lag irgendwo dazwischen. Manchmal dachte Michel, dass die Bewohner der Stadt ihre Laune dem Wetter anpassten. Und da das Wetter meistens schlecht war – mit starken Böen und Regen mit Gewittern, die vom Meer herüberkamen –, sahen die Bürger häufig äußerst schlecht gelaunt aus. Doch jetzt in der Sommerzeit konnte das Wetter auch recht angenehm sein, wenn man nicht gerade auf dem Feld arbeiten musste. Die Frage war nur: Wie lange hielt es an? Hier am Ostmeer konnte es blitzschnell wieder umschlagen und sich in sein Gegenteil verkehren. Die Leute sprachen dann vom »Schietwetter«. Aber egal, wie das Wetter war, es blies stets ein zügiger Wind vom Ostmeer her.

Bald hatte Michel die Taverne erreicht, in der er mit Svenja ein Zimmer im ersten Stock besaß. Dank des Wirtes Björn war ihnen ihr eigenes kleines Reich vergönnt, obwohl sie nicht verheiratet waren. Sie verstanden sich prächtig mit Björn – einen besseren Freund hätten sie nicht finden können. Der gute Björn war ein dickbäuchiger, glatzköpfiger, gemütlicher Mensch. Was die Kirche sagte oder was der Pfarrer sonntags von der Kanzel predigte, interessierte ihn nicht. »Das geht mir am Hintern vorbei«, pflegte er zu sagen. »Ich habe selbst Augen im Kopf und mache mir mein eigenes Bild von meinen Mitmenschen.« Dies durfte er natürlich nicht zu laut sagen – man hätte ihn sonst als Ketzer angeklagt.

Björn war ein eigensinniger Mensch und mit Frauen wusste er nicht viel anzufangen; er fühlte sich mehr zu gutem Essen und Trinken hingezogen. »Ein geschmacklich gutes und ausreichendes Essen ist mir lieber als jeder Weiberkram!«

Einige Männer kamen Michel auf seinem Weg entgegen und grüßten ihn freundlich. Hier in dem Fischerdorf kannten sich fast alle untereinander. Bald erreichte Michel den ›Jeverbroe‹ und öffnete die Pforte. Lautes Stimmengewirr drang ihm an die Ohren, und gleichzeitig roch es nach abgestandenem Bier. Björn stand hinter dem Tresen, vor sich benutzte Becher, die er gerade reinigen wollte. »Hey, Michel, alter Feldhase! Wenn du Svenja suchst: Die ist in der Küche und kocht für die Gäste einen Fischeintopf.« Michel ging an Björn vorbei und schlug ihm zur Begrüßung kurz auf die Schulter: »Gieß mir bitte schon mal ein schönes kaltes Bier ein. Ich bin in der Küche und schaue einmal nach ihr.«

Svenja stand an der Kochstelle und rührte mit einem großen hölzernen Löffel gedankenversunken in dem schmiedeeisernen Topf. Der übliche Kochgeruch hatte sich breitgemacht, denn fast immer gab es irgendetwas aus dem Meer. Svenja blickte auf: »Ah, mein Feldhase ist zurück!« Dabei lächelte sie glücklich und gab ihrem Michel einen flüchtigen Kuss. Den Namen ›Feldhase‹ hatte er von Björn erhalten; er nannte ihn so, wenn er auf dem Feld arbeitete. Fand er aber einmal Arbeit in seinem richtigen Beruf als Zimmermann, dann wurde er von Björn und Svenja als ›Holzwurm‹ bezeichnet. Mittlerweile hatte sich Michel an die verschiedenen Namen gewöhnt.

»Wie war dein Tag?«, fragte Svenja.

Michel zog die Schultern hoch: »Hart, heiß und mühsam – wie immer.«

Er durchquerte die kleine Küche, um in Björns Garten zu gehen. Hier stand immer eine Holztonne mit frischem Wasser. Michel zog sich seine Tunika vom Körper und tauchte den Kopf in den Bottich, um sich zu erfrischen. »Ah, tut das gut!«, rief er und schüttelte dabei seine langen Haare wie ein Hund. »Das Wasser bitte nicht mehr zum Kochen verwenden!«, lachte Michel. Svenja warf ihm ein Linnentuch zum Abtrocknen zu. Er fing es auf und fuhr sich damit durch die Haare.

»Hier«, rief Svenja, »Björn hat mir dein Bier hierhin gestellt.«

»Danke!« Michel nahm den Becher und leerte ihn in einem Zug. »Ich gehe kurz aufs Zimmer und zieh' mir eine frische Tunika an. Dann lege ich mich ein paar Minuten zum Ausspannen aufs Bett. Ich bin in einer halben Stunde wieder unten.«

»Dann ist auch der Fischeintopf fertig«, rief Svenja.

»Machst du ihn wieder mit oder ohne diese verfluchten Gräten?«, fragte Michel.

Svenja kicherte: »Mit ohne Gräten, nur für dich.«

Michel verschwand und sprang die wenigen Stufen hinauf. Dabei verspürte er, wie ein gewaltiges Hungergefühl in ihm aufkam.

Kurze Zeit später betrat Björn die Küche: »Wenn du mit dem Eintopf fertig bist, könntest du mir beim Bedienen helfen. Die Hütte ist mal wieder bis auf den letzten Platz besetzt.«

Als Svenja die Gaststube betrat, fiel ihr als Erstes wieder dieser Rupert auf. Ständig tatschte er sie an – ein unangenehmer Zeitgenosse! Wenn er zu viel Bier getrunken hatte, wurden seine Annäherungsversuche immer dreister. Nicht selten fasste er Svenja dann ans Hinterteil, und das konnte sie überhaupt nicht vertragen. Aber sie ließ sich auch nichts gefallen und wusste sich wohl zu wehren. Gelächter drang ihr an die Ohren. »Unser Schätzchen ist da!«, rief ein Seilmacher. Es war der blonde Jobst, der zwar ständig Witze machte, aber ungefährlich war. Svenja verteilte Bier und Wein an die Gäste. Die ersten bestellten auch einen Teller ihres vorzüglichen Fischeintopfes. Svenja war bei den Gästen äußerst beliebt, aber die Männer wussten auch, dass sie mit Michel zusammen war, und so warfen sie nur wenige dumme Sprüche in den Raum.

Nur auf einen traf dies eben nicht zu: auf Rupert. Dieser ließ schon wieder mit lallender Stimme seine frivolen Sprüche los.

Als Svenja an ihm vorbei musste, schlug er ihr mit der rechten Hand auf die Pobacken. Dabei blickte er die anderen Zecher erwartungsvoll an, ob sie darüber auch gebührend lachten. Svenja erschrak und wäre beinahe gestürzt. Dann hätte sie die vier Becher Bier verschüttet, die sie gerade trug. Rupert lachte gehässig. Svenja ging weiter, stellte drei Bier auf einem Tisch ab und sagte zu den Gästen: »Eines brauche ich noch, Männer. Ich bringe Euch gleich ein neues.« Langsam ging sie zu Rupert zurück, blieb vor ihm stehen und schüttete ihm in aller Ruhe den Inhalt des Bechers über den Kopf. »Zum Wohle, der Herr!«

Als sie zum Tresen zurückgehen wollte, sprang Rupert auf und eilte ihr hinterher. Schon hatte er die Hand erhoben, um ihr eine Ohrfeige zu verpassen. Die Männer im Raum warteten gespannt auf den weiteren Verlauf der Geschichte. Doch Rupert hatte die Rechnung ohne den Wirt gemacht. Björn hatte alles genau beobachtet, und mit dem Wirt des ›Jeverbroe‹ legte man sich am besten nicht an. Er hatte die Kraft eines Weideochsen und ein sehr breites Kreuz, dazu ausgeprägte Nackenmuskeln. Bei seinem Anblick musste man unwillkürlich an eine Hansekogge denken, die gegen den Wind ankämpft. Björn eilte auf Rupert zu, packte ihn am Arm und drückte ihn hinunter. »In meinem Gasthof wird nicht krakeelt!« Dabei packte er ihn am Hemdkragen und rief: »Mach mal einer die Tür auf!« Der blonde Jobst sprang auf und öffnete die Eingangstür. Schon kam Rupert an ihm vorbeigeflogen, als wäre er leicht wie eine Feder. »Lokalverbot!«, rief Björn. »Und lass dich hier nie wieder blicken, du stinkendes Heringsfass! In meinen vier Wänden werden keine Frauen gezüchtigt.« Als Björn zurückkam, sagte einer der Gäste: »Wer sich mit dir anlegt, lernt leicht den Tiefflug der Schwalben.« Björn lachte und spannte seinen rechten Arm an, damit jeder seine Oberarmmuskeln bewundern konnte.

Um Matutin waren alle Gäste gegangen. Svenja hatte den Gasthof aufgeräumt und ausgefegt. Sie verabschiedete sich von Björn, um sich zur Nacht hinzulegen. Michel war nicht mehr erschienen –

sicher war er auf dem Strohsack eingeschlafen und nicht mehr wach geworden. Svenja war ihm deswegen nicht böse. Sie wusste ja, dass er körperlich hart arbeiten musste.

Als sie das Zimmer betrat, vernahm sie seine ruhigen Atemzüge. Sie freute sich, dass sie am nächsten Tag frei hatten; es war der Tag des Herrn. Nicht dass der ›Jeverbroe‹ geschlossen hätte, aber für diesen Tag hatte Björn eine Vertretung für Svenja. Sie streifte ihre Gewandung über den Kopf und legte sich neben Michel aufs Strohlager. Kurz bevor sie in tiefen Schlaf fiel, musste sie noch einmal lächeln, als ihr Ruperts Tiefflug in den Sinn kam.

Kapitel 2

Svenja verspürte weiche Lippen auf ihrer Wange. »Willst du überhaupt nicht mehr wach werden?«, flüsterte Michel. Svenja gähnte und rieb sich die Augen: »Ich habe geschlafen wie ein Feldhamster im Bau!«

Michel trug nur seine Bruche, als er zu ihrer gemeinsamen Truhe ging, die an der Wand stand. Svenja ließ ihn nicht aus den Augen. Sie bewunderte seinen drahtigen, muskulösen Körper, den er sich durch harte Arbeit erworben hatte. Nachdem Michel den schweren Deckel geöffnet hatte, legte er den obenauf liegenden Inhalt beiseite und hob dann eine Holzkiste heraus. »Heute ist Zähltag. Komm, hilf mir!« Diese Kiste war ihr Geheimversteck. Hier befand sich das gesamte Vermögen der beiden: ihr für die Reise angespartes Geld. Jeden Sonntag zählten sie es. Dafür stapelten sie die Pfennige sowie die Silberlinge zu mehreren kleinen Türmen.

»Den Wagen haben wir zusammen – und einen halben Gaul«, rechnete Michel vor. »Die andere Hälfte müssen wir noch hinzuverdienen, und natürlich noch Geld für unsere Verpflegung und das Futter fürs Pferd.«

»Wir haben jetzt Ende Juni. Was denkst du, wann wir unsere Reise endlich antreten können?«

Michel blickte Svenja an. Dann schaute er zur Zimmerdecke und überlegte: »Vier bis fünf Wochen noch, dann müssten wir das Geld zusammenhaben. Wenn wir unsere Reise dann antreten, dürften wir Ende August in Colonia sein. Ich rechne damit, dass wir etwa drei bis vier Wochen unterwegs sein werden.«

Svenja nickte: »Jetzt müssen wir nur noch das Problem mit deinem kleinen Bruder lösen«, erinnerte ihn Svenja.

Michel dachte an seinen jüngeren Bruder Tristan. Er war zwar mit ihm aufgewachsen, aber Tristan war nicht sein leiblicher Bruder. Der Pfarrer hatte ihn eines Morgens vor der Kirchenpforte als Findelkind in einem Körbchen gefunden. Michels Eltern waren gute Christen, und daher nahmen sie den Jungen auf Bitten des Pfarrers bei sich auf. »Wenn das Essen für vier reicht, dann reicht es auch für fünf«, hatte Michels Mutter seinerzeit gesagt. Es machte für die beiden Jungs keinen Unterschied, ob sie leibliche Brüder waren oder nicht. Auch lebte zu diesem Zeitpunkt noch ihre kleine Schwester Clara.

Als der Pfarrer Tristan damals gefunden hatte, befand sich in dem Weidenkorb auch ein Holzstück, in das jemand seinen Namen geritzt hatte. Und um den Hals trug Tristan einen Lederriemen, an dem ein Amulett mit drei nordischen Runenzeichen hing. Somit stand fest, dass Tristan ein Nordmann sein musste. Nun im Mannesalter trug er sein strohblondes Haar zu einem Zopf geflochten, der bis zu den Schulterblättern hinabreichte. Dazu hatte er noch strahlend blaue Augen.

Tristan hatte es besser angetroffen als Michel. Ihr Vater hatte ihn das Steinmetzhandwerk erlernen lassen – gerade zur rechten Zeit. Denn kurz nach seiner Ausbildung fingen die Flensburger an, einen steinernen Schiffsanleger zu bauen. Die Steinmetze hatten noch keine eigene Gilde. Ihr Beruf baute auf den Kenntnissen der Maurer auf, sodass es zu dieser Zeit noch keinen Gesellenbrief für die Ausbildung gab. Die Steinmetze bearbeiteten nicht nur Steine, sondern fertigten auch Skulpturen an. So arbeiteten sie vom groben Stein hin zum filigranen Gebilde. Wie jeder Steinhauer besaß auch Tristan seine eigenen Werkzeuge: Picke, Fläche und Stockhammer, und natürlich seine Spitzeisen und die verschiedenen Meißel. Tristan hatte im Hafen eine feste Arbeitsstelle erhalten und als Steinmetz für die nächsten Jahre ausgesorgt.

Die Flensburger Obrigkeit ließ den Hafen ausbauen, damit mehr und größere Schiffe bequem an- und ablegen konnten. Michels Vater hatte einen Auftrag im Hafen gehabt: Er sollte als Zimmermann einigen Fremden beim Bau eines Flaschenzuges behilflich sein. Drei Tage später machten sich bei ihm die ersten Zeichen der Pest bemerkbar, bald danach wurde auch ihre Mutter krank, und nachdem die beiden verstorben waren, folgte obendrein noch ihre kleine Schwester Clara. Für die Brüder war eine bis dahin heile Welt zusammengebrochen. Zum Glück hatten die Eltern es nicht mehr erleben müssen, dass auch die kleine Clara starb. Als man damals erfuhr, dass es Mailänder waren, die die Pest mit ihren Schiffen nach Flensburg gebracht hatten, war es für einige Bürger bereits zu spät.

All diese Gedanken gingen Michel durch den Kopf, bevor er Svenja antwortete: »Tristan will nicht mitkommen.«

»Ich weiß«, sagte sie, »Er hat es schon mehrere Male angedeutet. Er ist ja auch frisch in die Tochter des Steinmetzmeisters verliebt, und diese junge Liebe wird er nicht für uns aufgeben. Er hat seine Arbeit und ist alt genug, um für sich selbst zu sorgen.«

Michel sinnierte: »Tristan hat jetzt zwanzig Lenze auf dem Buckel. Er ist kräftig, beherrscht den Umgang mit seinen Werkzeugen und wird bei seiner süßen Mechthild hier in Flensburg bleiben. Tja, so ist das – ab jetzt werden sich unsere Wege trennen.« Zu diesem Zeitpunkt wusste Michel noch nicht, wie sehr er ihn vermissen würde.

Svenja lächelte: »Es muss ja nicht für immer sein. Eines Tages werden wir ihn wiedersehen. Vielleicht ist er dann bereits verheiratet und hat sogar Kinder. Warten wir es ab!«

»Ich bin jetzt fast dreiundzwanzig Lenze alt, und du achtzehn. Auch uns stünde es gut zu Gesicht, wenn wir langsam mal heiraten würden. Als verheiratetes Paar hätten wir andere Möglichkeiten – du weißt doch, wie die Leute reden und tuscheln. Wenn Björn nicht so großherzig wäre, säßen wir hier nicht zusammen in unserer Stube. Wir leben in großer Sünde miteinander!«

»Du meinst, wir sollten noch vor Antritt unserer Reise hier in Flensburg heiraten?«

»Genau so schwebt es mir vor«, gab Michel zurück.

Daraufhin umarmte ihn Svenja, gab ihm einen Kuss und hauchte: » Danach dürfen wir es auch offiziell im Namen der Kirche machen …« Langsam sanken die beiden eng umschlungen auf die Schlafstätte. »Wer sagt denn eigentlich, dass wir jetzt aufstehen müssen?«, fragte Michel. »An unserem freien Tag kann ich mit dir so viel Schönes machen – es heißt doch, der Sonntag ist der Tag des Herrn, und ich bin doch einer, oder?«

Drei Wochen später war es endlich so weit. Michel hatte von einem Wagenbauer ein älteres Fuhrwerk erworben, das er mit einigen Handgriffen und leichteren Schreinerarbeiten wieder in einen guten Zustand versetzt hatte. Das Werken mit Holz war für ihn als Zimmermann ja ein Leichtes. So tauschte er einige Speichen und Bodenbretter aus, schmierte verschiedene Teile ab und besserte die Zeltplane aus. Dabei ging ihm sein Stiefbruder Tristan zur Hand. Svenja schrubbte mit einer Bürste und etwas Schmierseife die Planken sauber, wobei sie die Bürste jedes Mal in etwas Sand tauchte, um den alten Schmutz besser entfernen zu können. Bei hartnäckigen Stellen nahm sie eine Drahtbürste zu Hilfe.

Michels und Svenjas Aufbruchsstimmung nahm mit jedem weiteren Tag zu. Eines Abends wollte es der Zufall, dass Michel und Tristan im ›Jeverbroe‹ zwei interessante Männer kennenlernten: die Herren Wüllenweber aus der Hansestadt Lennep in der Nähe von Colonia. Mit Vornamen hießen sie Tilmann und Jacub. Sie waren Vater und Sohn und waren beide Kaufleute und Tuchhändler. Sie besaßen eine eigene Schafzucht und stellten Tuche her, mit denen sie die Handelskontore der Hanse belieferten. Der ältere der beiden, Tilmann, ergriff das Wort: »Wir sind nur durch reinen Zufall hier in Flensburg. Normalerweise verlassen wir Lübeck nicht, denn dort haben wir unser Kontor und reichlich Arbeit. Aber ein befreundeter Händler hat uns auf Flensburg neugierig gemacht und uns empfohlen, der Stadt einen kurzen Besuch abzustatten. Er meinte, dass man hier sehr gute Geschäfte tätigen könne, auch wenn Flensburg nicht Mitglied der Hanse ist. Für uns sind hier die Preise für gesalzenen Hering interessant, müsst Ihr wissen.«

Michel und Tristan unterhielten sich mehrere Stunden lang mit den beiden. Es stellte sich heraus, dass die Lenneper auch den

Dombau zu Colonia verfolgten. Mehrere Male im Jahr fuhren sie des Handels wegen in die Stadt und konnten so den Fortschritt des Baus beobachten.

»Über zweihundert Handwerker sind dort beschäftigt?«, fragte Michel.

»Ja, es ist wie ein riesiger Ameisenhaufen. Hinzu kommen noch Unmengen an Pilgern, die Colonia wegen der Gebeine der Heiligen Drei Könige besuchen«, erklärte ihnen Jacub.

Michel trank einen Schluck Bier aus seinem Becher: »Das ist ja unglaublich, was Ihr da erzählt! Und Ihr meint, ich würde dort gebraucht?«, fragte Michel die Lenneper.

»Ich denke, schon. Ich kann natürlich nicht für den Dombaumeister sprechen – ich weiß nur, dass sie ständig Steinmetze und Zimmerleute suchen«, sagte Tilmann.

Michel hörte gespannt zu und lauschte jedem Wort der beiden. »Und das sind keine leeren Worte?«, fragte er noch einmal nach.

»Oh nein, mein Herr! Ich bin ein Ehrenmann«, sagte Tilmann Wüllenweber. Nachdenklich starrte Michel auf sein Bier.

»Woher erhalten die Steinmetze denn ihr ganzes Material?«, wollte nun Tristan wissen. Michel wunderte sich über das Interesse seines Bruders, aber er sagte nichts dazu.

Tilmann malte mit dem Finger einen Punkt auf die Tischplatte: »Das hier ist Colonia.« Dann zeichnete er eine Linie. »Und das hier ist der Rhein, und hier unten am berühmten Drachenfels gibt es einen unerschöpflichen Steinbruch. Am Drachenfels soll ja angeblich Siegfried aus der Nibelungensage den Drachen getötet haben. Hier werden die Felsen aus den Wänden geschlagen und zu Steinen weiterverarbeitet, die dann mit Schiffen nach Colonia gebracht werden.«

Michel nickte: »Und das Material für die Zimmerleute?«

Tilmann antwortete: »Das dürfte das kleinste Problem sein. Unsere Landschaft ist etwas anders als hier bei Euch im Norden. Hier ist alles flach, es wächst viel Heidekraut und Wacholder, und hier weiden große Schafsherden. Wir hingegen haben in der

Nähe Berge und weite, ausgedehnte Wälder, also Holz in Hülle und Fülle.«

Jacub ergriff nun auch wieder das Wort: »Wenn Ihr nach Colonia reist, müsst Ihr ja durch unsere Stadt fahren: Lennep liegt mitten auf dem Handels- und Heerweg. Legt doch dort eine Pause ein und stattet uns einen Besuch ab! Von Lennep aus ist es nur noch eine Tagesreise bis zum Dom.«

»Oh, das machen wir gerne!«, freute sich Michel. »Übrigens: Die Maid, die uns hier den ganzen Abend bedient, ist meine Svenja – sie wird mich begleiten.«

Die Lenneper verrieten Michel noch, wie er sie finden könne: »Ihr könnt in Lennep jeden Beliebigen nach den Wüllenwebers fragen. Uns kennt dort ein jeder …« Danach verabschiedeten sie sich herzlich voneinander. Michel hatte die ersten sinnvollen Kontakte geknüpft, und das gab ihm ein gutes Gefühl.

Kapitel 3

Erneut zählte Michel ihr Geld.

»Jetzt hör doch mal mit dem Nachrechnen auf – davon wird es auch nicht mehr!«, sagte Svenja.

»Ich brauche einen Teil unseres Ersparten. Bauer Mommsen hat mir auf seinem Hof einen Zelter bereitgestellt, den ich morgen abholen kann. Er ist noch nicht zu alt und soll ein kräftiges Packtier sein. Er lässt sich auch gut vor den Wagen spannen, hat mir der Bauer erzählt.« In diesem Moment klopfte es. »Ja, bitte!«, rief Michel.

Die Tür ging auf und sein Bruder Tristan stand in der Stube, gefolgt von seiner Mechthild. In der Hand hielt er eine Streitaxt. »Willst du uns ausrauben?«, lachte Michel und begrüßte die beiden.

»Sieht das so aus?«

»Wieso rennst du wie ein Strauchdieb mit einer Axt durch die Gegend?«, fragte ihn Michel.

Tristan sah sich die Axt in seiner Rechten an: »Ich möchte, dass ihr die mitnehmt! Ein Schwert darfst du ja – wie du selbst weißt – nicht tragen, aber eine Streitaxt kannst du gut im Inneren deines Fuhrwerkes verbergen. Es ist nur für den Notfall, falls irgendwelche Halunken auf die Idee kommen sollten, euch zu überfallen.«

Michel blickte seinen Bruder erstaunt an: »Du willst uns deine geliebte Axt geben? Ich meine, du hast dich in deinem ganzen Leben nicht von ihr getrennt. Außerdem kann ich nicht so gut damit umgehen wie du.«

Tristan verzog das Gesicht; auf seiner Stirn bildeten sich kleine Falten: »Wir können ja noch ein bisschen üben, wenn du magst.«

Svenja zog Mechthild am Ärmel ihrer Gewandung: »Komm, Mechthild, wir lassen die Männer allein. Gespräche über Waffen sind langweilig. Wir gehen noch eine Runde spazieren«

Michel und sein Bruder setzten sich an den kleinen Tisch, der mittig in der Stube stand. »Um noch einmal auf die Axt zurückzukommen: Wenn ich mich recht entsinne, lagst du damals in einem Weidenkorb vor der Kirche. Auf dem Boden des Korbes lag die Axt, dick mit Tüchern abgedeckt, damit du dich nicht verletzt.« Tristan nickte.

Michel fuhr fort: »Auf deinem Bauch lag das Holzschild, in das man deinen Namen eingeritzt hatte, und um deinen Hals hing das Amulett mit den Runenzeichen. Es waren also diese drei Gegenstände: Axt, Namensschild und Amulett.« Michel sah seinem Bruder an, dass er angespannt nachdachte.

Nach einer Weile sprach Tristan: »So war das damals. Nur diese drei Dinge, sonst wüsste ich nichts. Alles, was ich weiß, hat mir der Pfarrer erzählt.«

»Du bist jetzt zwanzig Lenze alt. Als dich deine Mutter zur Welt brachte, war sie sicherlich noch recht jung. Also könnte es doch sein, dass sie jetzt Mitte bis Ende dreißig ist. Niemand weiß etwas von ihr, keiner hat sie je gesehen; ich finde das alles äußerst merkwürdig. Was mich vor allem neugierig macht: Was bedeuten diese Zeichen auf dem Schmuckstück um deinen Hals? Woher stammen sie genau, wer verbreitet so etwas und welche Bedeutung haben sie? Es ist der einzige Hinweis auf deine Eltern; den solltest du nicht verlieren. Vielleicht ergibt sich daraus eines Tages die Möglichkeit, sie doch noch irgendwie zu finden.«

Tristan antwortete: »Wenn ihr Flensburg verlassen habt und ich ein wenig Zeit finde, werde ich versuchen, ein paar Erkundigungen einzuziehen. Vielleicht kennt sich ja jemand mit den Zeichen aus.«

Tristan hatte jetzt ein Alter erreicht, in dem ihn die Frage beschäftigte, wer seine leiblichen Eltern waren. Neugierde machte sich in ihm breit. Er wollte endlich die Wahrheit erfahren.

Michel musste lachen: »Vielleicht kennen ja Hexen und Kräuterweiber die Zeichen – aber sie müssen uralt sein. Um noch einmal auf die Axt zurückzukommen: Ich kaufe sie dir ab!«

»Michel«, sagte Tristan, »das ist mein nachträgliches Hochzeitsgeschenk für euch!« Michel und Svenja hatten vor zwei Tagen in kleinem Freundeskreis geheiratet. Sie waren nur zu acht gewesen und hatten nach der Trauung in der Kirche ein wenig im ›Jeverbroe‹ gefeiert. Michel hatte alles in kleinem Rahmen gehalten, um nicht so viel des Ersparten ausgeben zu müssen. So waren neben dem Pfarrer auch Björn, Tristan und Mechthild, er und Svenja sowie ein befreundetes Paar anwesend, das Michel schon seit Jahren kannte. Svenja hatte Fisch, Huhn und verschiedenes Gemüse vorbereitet, außerdem gab es Met, den ›Trank der Götter‹, der nach Aussage des Pfarrers besonders schmackhaft gewesen sein soll. Ja und nun hieß Svenja nicht mehr Bollek – diesen verhassten Nachnamen hatte sie abgelegt –, sondern Pettersen. Mit ihrem alten Namen verband sich für sie immer die Erinnerung an ihren prügelnden Vater. Von ihren Eltern hatte sie nie wieder etwas gehört, und das war ihr auch einerlei. »Svenja Pettersen – das klingt doch gut!«, hatte sie noch während der Trauung zu Michel gesagt.

Die Frauen kamen zurück. Svenja fragte: »Na, ist euer Waffengespräch beendet?«

»Keine Angst«, sagte Tristan, »wenn die Dame des Hauses daheim ist, wird nur noch über die Liebe gesprochen – oder gibt es da noch etwas, was ich vergessen habe?« Dabei fasste er sich mit der rechten Hand in den Schritt.

»Tristan!«, rief Mechthild. »Du bist ein Ferkel!«

»Wieso denn, Mechthild?«, fragte Michel »Ganz so unrecht hat mein Bruder doch nicht, oder?«, und ahmte die Bewegung seines Bruders nach.

Am nächsten Morgen ging Michel zum letzten Mal auf den Acker, um dem Bauern beim Unkrautjäten zu helfen. »Und lasst mal was von euch hören – ich meine, wie es euch geht und so …«, brummte der Bauer.

Zur Non beendete Michel seinen letzten Arbeitstag und schlenderte gemütlich zum Haus seines Bruders, der etwas außerhalb eine kleine Kate besaß. Er war nicht neidisch auf Tristan, obwohl dieser mehr Geld verdiente als er. Tristan hatte einfach Glück gehabt: Durch den Bau der Kaianlagen war er die nächsten Jahre beschäftigt. Die Stadtväter hatten geplant, lange, ins Meer führende steinerne Kais für die Hansekoggen bauen zu lassen. Es war schon eine Ironie des Schicksals: Flensburg war nicht Mitglied der Hanse, betrieb aber kaum weniger Handel als die eingetragenen Hansestädte, die teilweise an der Ostmeerküste lagen.

Michel ahnte, dass sein Bruder noch nicht zu Hause sein würde. Meistens kam er etwas später zurück. Er lebte im elterlichen Haus, und Mechthild verbrachte die meiste Zeit bei ihm. Michel hätte dort auch wohnen können, aber er bevorzugte das gemeinsame Zimmer mit Svenja im ›Jeverbroe‹. Tristan und Mechthild waren noch nicht verheiratet.

Mechthild stand in gebückter Haltung in dem kleinen Garten vor dem Haus und war mit dem Gemüse beschäftigt. »Ah, Schwager!«, rief sie, als sie Michel bemerkte. Sie richtete sich auf, ging auf ihn zu und drückte ihn kurz: »Tristan wird wohl gleich kommen. Möchtest du einen Becher frisches Wasser?«

»Das wäre nett – du weißt ja: Die Feldarbeit ist eine trockene Angelegenheit.«

Mechthild ging ins Haus und kehrte mit einem Krug Wasser zurück. In der Hand hielt sie einen Tonbecher: »Hier, bedien' dich. – Sieh mal da hinten, dort kommt er angewackelt«, lachte Mechthild. Tristan winkte schon von Weitem. Wie immer trug er seinen Hammer und einige Meißel bei sich. Es waren seine persönlichen Arbeitsgeräte, die er nie aus den Augen ließ. Als er die Kate erreicht hatte, fragte er: »Geht eure Reise schon los? Erweist du uns noch einen letzten Abschiedsbesuch?«

»Nein«, gab Michel zurück, »ein bisschen Axtwerfen könntest du mir noch beibringen. Ich bin einfach noch zu ungeübt dazu.«

»Ich freue mich, dass du sie nun doch von mir annehmen willst.«

»Will ich gar nicht – ich habe ab morgen selbst eine. Die ist zwar nicht so gut wie deine, aber ich wollte dich heute nur fragen, ob du morgen mit mir üben kannst.«

»Meine Güte«, rief Tristan, »du hast dir eine Axt gekauft? Die war doch bestimmt nicht billig?«

»Ich habe dir doch von meinem neuen Packpferd erzählt. Zufälligerweise sah ich, als ich den Gaul abholte, im Stall des Bauern eine alte, verrostete Streitaxt liegen, die ich ihm für ganz kleines Geld mit abgekauft habe. Ich werde den Holzstiel erneuern und das Blatt vom Rost befreien. Sieh sie dir morgen an; deine Meinung ist mir wichtig.«

»Das könnte ein Glücksgriff gewesen sein, Bruderherz. Wann wollen wir uns denn treffen?«

Michel überlegte: »Bist du zur Vesper zu Hause?« Tristan nickte. »Gut, dann bin ich pünktlich hier. Also, ihr beiden: dann bis morgen!«

»Ein bisschen unwohl ist mir schon dabei, meine Heimatstadt zu verlassen. Was da wohl auf uns zukommen mag?«, sagte Svenja.

Michel nahm sie in die Arme: »Wir wollten es doch beide! Jetzt sind wir noch jung – jung genug, um es zu schaffen. Hier in diesem Fischerdorf habe ich als Zimmermann keine große Zukunft. Ich möchte doch so gern in meinem erlernten Beruf arbeiten und nicht in diesem Heringskaff versauern. Sollte alles schieflaufen: Zurückkehren können wir immer noch!«

»Du hast ja recht! Aber versprich mir, auf mich aufzupassen!«

»Das werde ich – egal was passiert und was auf uns zukommt«, versprach Michel. In diesem Moment wusste er noch nicht, wie schwierig es sein würde, sein Versprechen auch zu halten.

Sie gingen noch einmal die Gegenstände durch, die sie auf ihre Reise mitnehmen wollten. Da waren ihre Truhe, zwei Decken, vier Felle, ein Grapen, etwas Brennholz für den Anfang, Verpflegung für die ersten Tage, Michels Zimmermannswerkzeug, Futter für das Pferd und noch manch anderes. »Wenn wir unser Fuhrwerk vernünftig beladen, können wir in der Mitte des Wagens schlafen«, meinte Michel.

»Ich stelle alles so zusammen«, antwortete Svenja. »Morgen in der Früh beladen wir das Fuhrwerk, spannen unser Pferd ein, und auf geht es nach Colonia! Wie sollen wir es denn eigentlich nennen? Es braucht doch einen Namen!«

»Oh, edle Maid, das überlasse ich ganz dir. Lass deiner Findigkeit freien Lauf. Ich bin jetzt mit Tristan verabredet – wir wollen noch ein wenig mit der Axt üben. Bis zum Abendessen!«, sagte Michel und verschwand mit seiner entrosteten und geschliffenen Axt. Fast sah sie jetzt aus wie neu. Er war gespannt, was sein Bruder dazu sagen würde.

Kapitel 4

Tristan hatte eine große Scheibe aus massivem Holz hinter seinem Haus aufgestellt. Sie wies einen Durchmesser von vier Ellen auf. Er hatte sie von außen nach innen in bunte Ringe mit unterschiedlichen Farben eingeteilt, die zur Mitte hin immer schmaler wurden. Auch hatte er auf dem Boden die Stellen, von denen aus sie werfen mussten, in verschiedenen Abständen mit Steinen gekennzeichnet.

Als Tristan seinen Bruder erblickte, starrte er zuerst auf dessen Axt: »Beim heiligen Christophorus – welch ein Prachtexemplar! Der Kauf hat sich gelohnt! Jetzt wasch' dir erst einmal den Rost von deinen Flossen ab!« Tristan wiegte die Axt in der Hand, dann holte er aus und warf sie aus etwa sieben Schritt Entfernung auf die Holzscheibe. Die Axt zischte durch die Luft und ihr Blatt grub sich tief ins Holz. »Siehst du, Brüderchen, genau so geht das!«

Michel sagte: »Du kleiner Angeber, das kann ich auch!« Er zog die Axt aus dem Holz und ging sieben Schritt zurück. Dann holte er weit aus und schleuderte die Waffe mit aller Kraft nach vorne. Sie drehte sich mehrere Male in der Luft, traf jedoch mit dem Stiel voran auf die Holzscheibe.

»Wer ist nun der Angeber?«, fragte Tristan mit einem frechen Grinsen im Gesicht.

Sie übten noch zwei Stunden lang, in denen Tristan seinem Bruder die richtige Wurftechnik beibrachte. Michel stellte sich nicht dumm an; er lernte schnell hinzu und hatte am Ende ihrer Übungen kaum noch Fehlwürfe. Zufrieden ging er zum ›Jeverbroe‹ zurück, denn er verspürte nicht nur Schmerzen in seinem Wurfarm, sondern auch ein heftiges Knurren in der Magengegend.

Später am Abend saß er mit seiner Svenja beim Abendessen. Es gab nur einen Teller Haferschleim. Dazu aßen sie jeder eine Scheibe Dinkelbrot und legten sich anschließend hin – zum letzten Mal in ihrem kleinen Zimmer. Bis zu diesem Tag war dieser Raum ihr Paradies gewesen. Aber schlafen konnten die beiden noch nicht; dafür waren sie viel zu aufgeregt. »Dann ist es also morgen so weit: unser Start in ein anderes Leben!«, sagte Svenja mit gedämpfter Stimme.

»Ja, zu den Laudes brechen wir auf. Tristan, Mechthild und Björn kommen noch, um sich von uns zu verabschieden. Tristan will mir helfen, das Fuhrwerk zu beladen. Das dürfte aber nicht lange dauern, es steht ja alles bereit.«

»Morgen Abend schlafen wir zum ersten Mal in unserem Wagen«, antwortete Svenja. »Ich bin mal gespannt, wie weit wir am Tag mit diesem neuen Gespann kommen!«

Auch Michel wirkte nun zunehmend angespannter. »Weißt du, wir sollten uns keine großen Sorgen machen. Wir lassen alles auf uns zukommen. Es ist doch gut, dass man nie vorher weiß, was passiert. Was mich auch ein wenig neugierig macht, ist die Frage, was alles während unserer Abwesenheit hier in Flensburg mit unseren Freunden passiert, vor allen Dingen mit Tristan und Mechthild. Tristan will nun versuchen, Erkundigungen über seine Eltern einzuziehen. Ihn plagt die Ungewissheit, von wem er wohl abstammt«, erklärte Michel.

Svenja überlegte und sagte dann: »Ich bin ja schon froh, dass wir ein wenig mit dem Schreiben vertraut sind. So können wir ihnen von unterwegs eine Nachricht zukommen lassen.«

Michel wurde schon vor den Laudes wach. Ein Hahnenschrei hatte ihn aus dem Schlaf gerissen. Er ließ Svenja noch ein wenig schlafen, stand auf und zog sich langsam an. Dann ging er nach draußen zur Wasserschüssel und wusch sich das Gesicht. »Pfui!«, dachte er, »Das Wasser ist eine warme Plörre – nicht gerade erfrischend. Aber so ist das nun mal im Sommer, der hier im hohen Norden trotz alledem viel zu kurz ist.« Da vernahm er Svenjas Frage durch die offene Dachluke: »Du bist schon wach?«

»Ich konnte nicht mehr schlafen, ich bin zu aufgekratzt, weißt du? Ich möchte jetzt auch, dass es endlich losgeht.«

»Möchtest du vor der Abreise noch etwas essen?«, fragte Svenja, stand auf und schlüpfte in ihr Gewand.

»Nein, wir haben noch so viel Zeit. Wenn wir Hunger verspüren, machen wir unterwegs eine Pause und essen eine Kleinigkeit. Wir sollten an einem Bach anhalten, wo wir uns mit frischem, kaltem Quellwasser versorgen können. Es ist ja noch wunderschön warm, sodass wir uns zur Erholung von der anstrengenden Fahrt ein wenig ins Gras legen könnten, wo wir auch noch anderes machen können als nur frisches Quellwasser zu trinken. Da wir jetzt vor Gott verheiratet sind, hindert uns da oben keiner mehr daran."

Svenja sah aus der Dachluke des ›Jeverbroe‹ herunter: »Gibt es für euch Männer auch noch etwas anderes, woran ihr denken könnt?«

»Ja, an kaltes Bier. - Da kommen Tristan und Mechthild! Kommst du herunter?«

Schnell huschte sie die kleine Holzstiege hinab. Unten sah sie, dass auch Björn schon auf den Beinen war: »Guten Morgen, ihr Auswanderer! Zwickt euch das Wasser, dass ihr so eiligen Schrittes vorauseilt?«

Svenja schüttelte verlegen den Kopf. »Gott zum Gruße, Björn! Da sind auch schon die anderen.« Die fünf begrüßten sich und gingen dann zur Dachstube, um das Reisegepäck herunterzuholen. Michel ging zum Mietstall, spannte das Pferd ein und kam mit dem Fuhrwerk zurück. Schnell waren die wenigen Habseligkeiten der beiden auf der Ladefläche untergebracht. Michel legte seine Axt griffbereit hinter sich; sein Messer trug er am Gürtel. Das Reisegeld verteilten sie an mehreren Stellen.

Endlich standen sie alle vor dem Wagen. Die Zeit des Abschieds von den Freunden war gekommen, und alle verspürten im Inneren ein mulmiges Gefühl. Keinem fiel es leicht, den Freunden Lebewohl zu sagen. Vielleicht war es ein Abschied auf lange Zeit – vielleicht auch für immer? Es folgten innige Umarmungen.

Um alles ein wenig aufzulockern, sagte Svenja: »Ich habe übrigens einen Namen für unser Pferd: ›Arminius‹ soll er heißen.«

Michel und Svenja stiegen auf den Fahrerbock. Man hörte das kurze Klatschen der Zügel auf dem Rücken des Pferdes, woraufhin Arminius schnaufte und sich in Bewegung setzte. Alle Anwesenden hatten Tränen in den Augen. Als sich die Reisenden zehn Schritt entfernt hatten, drehten sie sich noch einmal um und winkten zurück. Björn rief den beiden hinterher: »Lasst euch in der Fremde nicht von Wanzen und Läusen zwicken!«

Kapitel 5

Trotz ihrer Aufbruchsstimmung machte sich eine gewisse Traurigkeit breit. Viel sprachen die beiden bei der Abreise nicht miteinander, denn jeder hing seinen Gedanken nach und war ausgiebig damit beschäftigt. Was würde sie in der Fremde erwarten?

Der Wagen polterte über die schmale Straße, die sie in Richtung Süden führte. Die nähere Umgebung war ihnen noch bekannt, aber nach drei weiteren Stunden betraten sie auf ihrer Reise Neuland. Ein leichter, warmer Wind blies ihnen ins Gesicht.

Nach einer Weile griff Michel das Gespräch schließlich auf: »Linker Hand von uns liegt das Ostmeer und rechter Hand das Nordmeer – wir befinden uns zwischen den beiden Gewässern.« Er erhielt keine Antwort. So fuhr er fort: »›Arminius‹ ist ein schöner Name für unser Pferd. Du hast einen seltenen, aber passenden Namen ausgesucht.«

Wieder antwortete Svenja nicht. Sie war etwas abwesend und blickte auf den vor ihnen liegenden Weg. Kurz vor der Sext, gegen Mittag, sagte Michel. »Was meinst du? Sollen wir eine kurze Pause einlegen und etwas zu uns nehmen?«

»Äh, wie?“ Es dauerte einen kurzen Moment, bevor ihr bewusst wurde, dass Michel eine Frage gestellt hatte. „Ja, halt irgendwo an, dann essen wir eine Kleinigkeit!«, antwortete Svenja nun und griff hinter sich, um den Verpflegungskorb nach vorne zu holen. Sie mussten nicht mehr lange fahren, bis Michel eine kleine, am Wegesrand liegende Wiese ausfindig machte. Er steuerte den Wagen direkt auf das Grün, sprang vom Bock und reichte Svenja die Hand, um ihr beim Absteigen behilflich zu sein. Sie stellte den Korb ins Gras, und die beiden ließen sich nieder.

Während Svenja zwei Kanten Brot und ein wenig Käse zurechtschnitt, sagte Michel: »Wir sind ja beide noch nie zuvor gereist. Ich denke, wir sollten uns in den nächsten Tagen anderen Reisenden anschließen. Mit Händlern oder Kaufleuten, die den gleichen Weg benutzen, dürfte es sicherer sein. Was meinst du?«

»Du denkst an einen Überfall?«, fragte Svenja.

»Also, weißt du – die Händler reisen ihr halbes Leben, die kennen sich damit sicherlich besser aus als wir. Uns beide alleine zu überwältigen dürfte für Wegelagerer kein großes Problem darstellen. Doch wenn sich mehrere Reisende zusammenschließen, sieht das schon ganz anders aus«, erklärte Michel.

Beide bissen in ihre noch frischen Brote und kauten genüsslich den herzhaften Käse. Wein und Bier hatte Svenja nicht mitgenommen, nur ein Fass Wasser, das man unterwegs wieder auffüllen konnte.

Nach einer Weile setzten sie ihre Reise fort. Am späten Nachmittag bogen sie in einen Feldweg ein. Sie hatten von Weitem einen Bauernhof am Wegesrand liegen sehen, den sie nun ansteuerten. Vor dem Haus befand sich eine eingezäunte Weide, auf der Schweine ihre Suhle hatten. Mit ihren Rüsseln durchwühlten sie die Erde, um nach Engerlingen und Kerbtieren zu suchen. Der Bauer war tatkräftig damit beschäftigt, Zaunpfähle zu erneuern. Die alten schienen wohl durchgefault zu sein. Als er den polternden Wagen hörte, blickte er auf. Michel hielt das Gefährt an, stieg vom Bock und sprach den Bauern an: »Gott zum Gruße! Wir sind auf der Durchreise, meine Frau und ich, auf dem Weg nach Colonia. Ich bin Zimmermann von Beruf und hoffe, dort eine Arbeit beim Dombau zu finden. Wir sind allein unterwegs, und es erscheint uns etwas unsicher, im Wald zu übernachten. Deshalb wollte ich Euch fragen, ob wir eine Nacht hier auf Eurem Gelände verbringen dürfen.«

Der Bauer legte seinen Hammer beiseite und reichte Michel die rechte Hand: »Petter Heinrichsmeyer. Seid gegrüßt! Auf der Durchreise seid Ihr also, und Zimmermann seid Ihr – das kommt mir äußerst gelegen! Ihr könnt doch sicherlich gut mit Holz umgehen. Geht mir ein wenig zur Hand. Ich muss hier ein neues Tor einsetzen, sonst hauen mir die Schweine ab. Sie sind verdammt kräftig, diese Viecher! Als Lohn könnt Ihr im Heu in der Scheune übernachten, und ich lade Euch zum Abendessen ein.«

»Das hört sich doch vielversprechend an. Das ist meine Frau Svenja, und ich bin Michel. Wie gesagt, wir kommen aus Flensburg. – Dann lasst einmal sehen, was es zu tun gibt!«, sagte Michel, trat näher an den Zaun heran und sah sich das etwas schief zusammengeschusterte Tor an. Schmunzelnd sagte er: »Das kriege ich wieder hin!«

»Gut!«, sagte Petter Heinrichsmeyer. »Ich kann besser mit Viechern umgehen als mit Holz. Ich zeige Eurer Frau, wo sie den Wagen hinstellen kann.« Er wandte sich an Svenja: »Ihr könnt ihn doch fahren?« Svenja bejahte die Frage und nahm die Zügel auf.

Der Bauer ging zu der geräumigen Scheune und schob das riesige Tor auf. »Fahrt direkt hinein, dann habt Ihr alles im Blick und könnt, wenn Ihr wollt, im Heu übernachten. Das ist bequemer als auf der hölzernen Ladefläche.«

»Was für ein hilfsbereiter Mann!«, dachte Svenja. Konnten sie ihm vertrauen?

»So, hier seid Ihr heute Nacht ungestört. Die Stalljungen und der Knecht schlafen im Hauptgebäude. Ich gehe ins Haus und hole meine Frau – ich möchte sie Euch gerne vorstellen«, sagte er mit einem Lächeln und verschwand.

Michel war mit dem Holztor beschäftigt und wie immer fleißig bei der Arbeit. Das Klopfen und Hämmern drang über den Hof, als Bauer Heinrichsmeyer mit seiner Frau wiederkam. »Das ist meine Grete. Wir betreiben gemeinsam den Hof hier auf de Ezeho. Grete, die beiden netten Leute hier stammen aus Flensburg und übernachten heute bei uns. Sie sind unsere Gäste.«

Grete reichte Svenja die Hand: »Schön, dass sich mal jemand hierher verirrt hat! Wir haben nur äußerst selten Gäste. Die Stadt de Ezeho liegt ja ein wenig abseits von unserem Hof. Die Salz-, Tuch- und Getreidehändler fahren meistens nur an uns vorbei.«

»Seid Ihr denn freie Bauern?«

»Leider nein; wir haben zwar unser Auskommen – mehr oder weniger –, aber das alles hier gehört zur Grafschaft Holstein-de Ezeho. Bisher kommen wir mit den Herren ganz gut zurecht. Der

Schultheiß holt seinen Zehent ab, lässt uns aber in Ruhe unsere Arbeit machen.«

Michel gesellte sich dazu: »De Ezeho ist ein merkwürdiger Name. Was bedeutet er?«

Bauer Heinrichsmeyer gab ihm die Antwort: »Wir liegen hier an einer Flussschleife der Stör, und de Ezeho bedeutet so viel wie ›das Weideland an der Flussbiegung‹. – So, wenn Ihr so weit seid, kommt drüben in die gute Stube, dann essen wir gemeinsam zu Abend. Es gibt heute Feldhasen.«

»Na, das ist aber ein Festbraten!«, freute sich Michel.

Der Bauer schmunzelte: »Aber nicht für uns; Feldhase steht bei uns oft auf dem Speiseplan. Ich fange die Biester mit einer Drahtschlinge. Die Feldhasen vermehren sich wie die Karnickel, wie man so schön sagt. Sie legen überall ihre Bauten und Gänge an und untergraben so meine Weiden. Sie sind eine wirkliche Plage für uns.«

»So ein fleischliches Glück hätten wir auch einmal gerne«, kicherte Michel.

»Wie gesagt, kommt nachher einfach rüber und macht es Euch bequem. Ich kann mir vorstellen, dass einem von der Sitzerei auf dem Fahrerbock ganz schön der Hintern wehtut.« Bauer Heinrichsmeyer und seine Frau gingen zurück in die Stube.

Michel und Svenja erfrischten sich ein wenig an einer Wassertonne. Danach spannten sie Arminius aus und versorgten ihn. Svenja nahm eine Bürste und striegelte das Pferd, dann gingen die beiden ins Hauptgebäude. Dabei handelte es sich um eine typische norddeutsche Kate, wie sie hier in der Gegend überall auf den Feldern standen. Das Haus hatte Lehmwände, und das Dach war mit Ried gedeckt. Es machte einen sauberen und freundlichen Eindruck.

Grete hatte schon den Tisch gedeckt. Ein verführerischer Fleischgeruch breitete sich im Raum aus und rief bei Michel sofortiges Magenknurren hervor. Grete trug den Braten auf. Der Bauer sprach ein kurzes Gebet, dann wurde kräftig zugelangt.

Es wurde ein schöner Abend. Svenjas anfängliche Zweifel waren bald verflogen. Die Heinrichsmeyers waren wirklich zugängliche Bauersleute, aufrichtig und gastfreundlich. Nur zu selten traf man solche Mitmenschen an! Das Essen war vorzüglich und das Bier schmeckte hervorragend und war sehr süffig, doch kurz vor Matutin verabschiedeten sich Michel und Svenja und zogen sich in den Stall zurück. Sie vergaßen aber nicht, sich vorher noch einmal von ganzem Herzen für den Abend zu bedanken.

Bei Sonnenaufgang fuhren sie den Wagen aus der Scheune und spannten Arminius an. Als sie gerade losfahren wollten, öffnete sich die Tür der Kate und Bauer Heinrichsmeyer wünschte ihnen eine weiterhin gute Reise: »Und Gott mit Euch! Vielleicht sieht man sich ja noch einmal in diesem Leben!«, rief er ihnen nach. Michel und Svenja winkten mehrere Male zurück.

Schon nach kurzer Zeit reisten sie wieder auf dem Handelsweg, der sie nach Hamburg führen sollte. Svenja sah ihren Michel von der Seite her an: »Irgendwie haben die Heinrichsmeyers ja richtiges Glück mit ihrem Stück Land, das sie zu verwalten haben. Sollten sie Hunger auf frisches Fleisch haben, legen sie einfach ihre Schlingen aus und fangen sich Kaninchen oder Hasen.«

Michel kicherte vor sich hin. »Was geht dir wieder durch den Kopf, du Holzwurm?«, fragte Svenja.

»Die Hasenjagd kommt für mich nicht infrage: Ich habe ja meinen Hasen bereits erlegt und der sitzt neben mir auf dem Fahrerbock. Und das Schöne an der Sache ist, dass ich zum Einfangen nicht einmal eine Schlinge benötigt habe.« Beide lachten nun aus voller Brust, dass es laut über eine große Entfernung zu hören war. Svenja kniff Michel mehrfach in die Seite.

Je näher sie der großen Stadt kamen, desto belebter wurde die Straße. Menschen waren zu Fuß oder mit Handelskarren unterwegs; größere Fuhrwerke der Kaufleute, vereinzelte Reiter, am Wegesrand spielende Kinder waren zu sehen. Endlich konnten die beiden in der Ferne die Stadt erkennen. Hamburg war wesentlich größer als ihr Flensburg. Und dann der gewaltige Fluss –

die Lebensader der Stadt. Michel wollte aber an Hamburg vorbeifahren. Für einen Abstecher hatten die beiden keine Zeit und auch kein Geld. »Was die dort alles anbieten ...«, sagte Michel. »Da wird man nur von irgendwelchen Gelüsten geplagt – also, weiter geht's!«

Nach einiger Zeit kamen sie immer näher an ein anderes Fuhrwerk heran, das vor ihnen herfuhr. Als sie etwa zehn Schritt hinter dem Gefährt waren, stellte Michel fest, dass es schwer beladen sein musste. Die Räder schaufelten sich tief in die Fahrrinne des Lehmbettes. Svenja blickte Michel an: »Der kriecht aber vor uns her. Da ist man ja zu Fuß schneller!«

»Hier, halt mal die Zügel!«, sagte Michel und sprang vom Bock. Mit ein paar schnellen Schritten war er auf gleicher Höhe mit dem Wagen vor ihm.

»Seid gegrüßt! Ihr scheint schwer geladen zu haben.«

Zwei Männer saßen nebeneinander, ein etwas älterer und ein jüngerer. Der ältere lächelte ihn an: »Ihr seid von dem Wagen hinter uns, richtig? Ja, da habt Ihr wohl recht. Unsere Ladung besteht aus schweren Salz- und Heringsfässern. Wir sind auf dem Weg nach Colonia. Ich bin Freddy, und das hier ist mein Sohn Ole.«

»Seid Ihr auch aus dem Norden?«, fragte Michel.

»Ja, aus Lübeck«, kam die Antwort.

»Wir kommen aus Flensburg, das heißt, meine Frau und ich. Auch wir wollen nach Colonia.« Michel hielt sich mit der rechten Hand an der Holzverkleidung des Fuhrwerkes fest und plauderte im Gehen weiter: »Dann seid Ihr Fisch- und Salzhändler?«

Freddy lachte: »So sieht es aus, was? Aber nicht doch: Wir sind Weinhändler. Wir reisen ins Rheinland, um Wein einzukaufen, den wir in den Norden bringen. Auf dem Hinweg nehmen wir Salz und Heringe mit. Es wäre ja unsinnig, mit leerem Fuhrwerk zu reisen.«

»Dort drüben kommt eine Ausweichstelle. Lasst uns die aufsuchen, dann können wir ein wenig plaudern. Ich hätte einige Fragen an Euch«, sagte Michel.

Freddy nickte: »Ich muss sowieso mal hinter einen Baum.«

Einige Schritt weiter bogen die beiden Fahrzeuge auf den frei liegenden Platz ab. Die Reisenden stellten sich gegenseitig vor, und Michel meinte: »Ich hörte, dass es aus Gründen der Sicherheit besser sei, gemeinsam zu reisen. Es wird viel von Überfällen und dergleichen erzählt.«

»Da habt Ihr sicherlich recht; je mehr Händler zusammen reisen, desto sicherer ist es. Aber wie Ihr gesehen habt, sind wir sehr langsam. Wir würden Euch nur aufhalten. Wenn Ihr möchtet, können wir die Nacht zusammen verbringen. In ungefähr einer Stunde erreichen wir einen Bach. Etwas abseits davon ist ein Lagerplatz. Ich habe diese Gelegenheit schon öfters genutzt. Wenn Ihr einen Grapen bei Euch habt, könnten wir uns etwas kochen.«

Svenja blickte Freddy an: »Einen Grapen haben wir dabei, und auch noch einiges an Gemüse.«

»Das passt doch hervorragend! Wir haben noch ein paar Hartwürste, die werfen wir in den Topf, und dann haben wir ein kräftiges Abendessen«, grinste Freddy.

»So soll es sein! Dann fahrt vor, wir folgen Euch«, sagte Michel.

Alle stiegen wieder auf ihre Fuhrwerke und reihten sich auf dem Handelsweg ein. Mehrere Male mussten sie ausweichen, damit andere Fuhrwerke sie überholen konnten. Auch mancher Reiter kam an ihnen vorbei.

Kurz hinter Hamburg hatte Freddy den Platz entdeckt, auf dem sie übernachten wollten, und fuhr vom Handelsweg hinunter. Sie stellten ihre Fahrzeuge nebeneinander ab. Svenja fing sogleich an, den Grapen aufzubauen und das mitgenommene Gemüse klein zu schneiden. Ole, Freddys Sohn, sammelte im Wald Brennholz und kam mit einem Armvoll zurück. Als das Wasser mit dem Gemüse kochte, legte Freddy seine Würste hinein. Ein aromatischer Duft zog durch ihr kleines Lager und drang ihnen in die Nase.

»Seid Ihr diesen Weg schon oft entlanggefahren?«, wollte Michel wissen.

»Oh ja, an die zwanzig Mal«, gab Freddy zurück.

»Dann kennt Ihr wohl den Dom zu Colonia? Er soll ja riesengroß werden. Ich versuche, dort als Zimmermann Arbeit zu finden. Deshalb sind wir auf dem Weg dorthin«, erzählte Michel seinen neuen Weggefährten.

»Er wird wirklich riesengroß. Kaum vorstellbar, dieses Gebäude! Aber ich denke, es wird noch einige hundert Jahre dauern, bis er fertig ist.«

Michel lachte: »Dann hätte ich ja genügend Arbeit bis an mein Lebensende!«

So plauderten sie noch lange bis in die späte Nacht hinein von ihren Familien, von erlebten Abenteuern und von ihren Zukunftsplänen. Es ging hin und her, bis sie sich endlich eine gute Nacht wünschten und sich schlafen legten. Michel wollte sich am nächsten Morgen noch vor dem Vater und seinem Sohn auf den Weg machen. Hinter ihrem Fuhrwerk würde er zu viel Zeit verlieren. Er und Svenja wollten schon zusehen, dass sie zügig nach Colonia kamen.

Kapitel 6

Nach drei weiteren Reisetagen gerieten Michel und Svenja in ein Sommergewitter. Eine schwarze Wolkenwand hatte sich vor ihnen aufgetürmt, und es dauerte nicht lange, bis ein kalter Regen auf sie herniederprasselte. Michel schaffte es gerade noch rechtzeitig, ein wenig Schutz unter einer ausladenden Eiche zu finden. Das Unwetter hielt eine halbe Stunde an; dann wurde es wieder merklich heller am Firmament. Das freundliche Wetter schien zurückzukehren. Aber nun war der Weg vom Regen aufgeweicht. Tiefe, matschige Fahrrinnen hatten sich gebildet, in denen sich schnell das gelblich-lehmige Wasser sammelte. Das stetige Rutschen des Wagens machte es noch schwieriger, ihn zu lenken.

Michel sagte: »Das ist mir alles zu anstrengend; außerdem möchte ich kein Risiko eingehen, dass irgendetwas mit dem Wagen oder auch mit dem Pferd passiert. Ich würde vorschlagen, dass wir die nächstbeste Übernachtungsmöglichkeit wahrnehmen. Stell' dir nur einmal vor, ein Rad oder eine Achse würde brechen! Dann stünden wir hier auf freier Fläche und würden nur noch blöd in die Luft starren.«

Svenja nickte zustimmend. Sie blickte rückwärts über die Schulter ins Innere des Fuhrwerks und sagte: »Die Ladefläche ist trocken geblieben; wir brauchen nicht im Nassen zu schlafen.«

Michel bog von der Heer- und Handelsstraße ab und folgte einem Weg, der sie zu einem Getreideacker führte. Abermals aßen sie einen Kanten Brot mit etwas Käse. Danach versorgte Michel das Pferd, und Svenja bereitete – so gut es ging – ihr rustikales Nachtlager vor. Sie schüttelte lediglich die Decken und die Felle aus, um etwaiges Ungeziefer zu entfernen. Michel band Arminius an einer Birke fest, unter der saftiges Gras wuchs. Hier hatte er eine Beschäftigung und konnte das grüne Gras abrupfen. Etwas später brachte ihm Michel noch einen Eimer frisches Wasser.

Michel und Svenja legten sich auf die Ladefläche ihres Fuhrwerkes, doch so richtig ans Schlafen dachten die beiden nicht. Wäre jemand vorbeigekommen, hätte er sicherlich das Schaukeln und Schwanken des Fuhrwerkes bemerkt, das ungefähr fünfzehn Minuten lang anhielt. Danach stellte sich Ruhe ein, und bald konnte man leichte Schnarchgeräusche aus dem Wagen vernehmen.

Michel schlief nur mit einer Hälfte seines Körpers; die andere, wache Hälfte nahm jedes auftretende Geräusch wahr. Es waren die Rufe von Vögeln, das Getrappel umherlaufender Rehe oder auch von Wildschweinen oder Rotwild. Menschliche Geräusche oder Stimmen nahm er nicht wahr, und so schlief dann nach einer Weile auch die andere Hälfte seines Körpers mit ein. Das Schwanken des Wagens hatte ihn doch reichlich ermüden lassen.

Nach einem kräftigen Kräuteraufguss am nächsten Morgen fuhren sie zurück auf den Heerweg. Beiden schmerzte von dem ewigen Hin- und Herrollen und von den zunehmenden Unebenheiten des Weges furchtbar der Hintern. Das Auf und Ab durch die Schlaglöcher machte sich an ihren Steißbeinen bemerkbar. Endlich hielt Michel den Wagen an: »Ich bin es jetzt leid!«, sagte er und ging ein paar Schritt in den Wald hinein, um mit ein einigen Handvoll Moos zurückzukommen. Er polsterte damit den Fahrersitz aus, legte noch etwas Farnkraut darüber und meinte mit einem Grinsen: »So – jetzt müsste es gehen!«

Sie fuhren weiter, und es war tatsächlich um einiges angenehmer für ihre Hinterteile. Die beiden starrten auf den vor ihnen liegenden Weg und auf ihr Pferd mit dem langen Schweif, der sich im Gleichtakt mit den Schritten hin und her bewegte – genau im Takt der Kruppe. Dabei fielen Michel und Svenja in eine gewisse Trägheit. Ihre Gedanken wanderten von Flensburg in die vor ihnen liegende, unbekannte Zukunft. Was würde sie in Colonia erwarten? War das alles wirklich richtig, was sie hier taten: ihre Reise in eine ungewisse Zeit, die Trennung von ihren Freunden?

Es vergingen weitere Tage, bis sich die Landschaft um sie herum allmählich änderte. Das flache Land lag hinter ihnen, und vor ihnen taten sich Hügel und Täler auf. Nun führte sie der Weg über Berge, dann wieder in etwas feuchtere Mulden, sodass ihnen nicht langweilig wurde. Sie begeisterten sich an der abwechslungsreichen Landschaft und an der Vielzahl der klaren Bäche, die überall sprudelten.

Als ihnen ein Fuhrwerk entgegenkam, fragte Michel den Fahrer nach der nächsten Stadt. Der Mann war sehr freundlich: »Oh, bis Dortmund sind es nur noch ein paar Stunden; nur noch durch den Laubwald, dann erreicht Ihr die Stadt der Biere.« Michel bedankte sich und rief: »Auf geht's, Arminius!«

Ein scheinbar undurchdringlicher Laubwald mit gewaltig großen Bäumen türmte sich in der Ferne vor ihnen auf. Die Straße schien genau mitten hindurchzuführen. »Das ist ja ganz schön unheimlich!«, bemerkte Svenja, als sie in die Dunkelheit des Waldes hineinfuhren. Wie ein Schwamm das Wasser, so sog auch der Wald die beiden mitsamt ihrem Wagen auf.

»Mir wäre es lieber, wenn wir nicht alleine reisen würden – aber nun ist es zu spät«, sagte Michel. Die unheimliche Atmosphäre, die sie nun umgab, war auf eine Art beängstigend, auf eine andere Art hatte sie aber auch etwas Beruhigendes. Es war die Stille, die sie nun umgab – eine friedliche Stille. Der Wagen rollte weiter durch den dunklen Wald. Plötzlich wurden sie von den Schreien eines Schwarmes Saatkrähen aufgeschreckt, die über ihren Köpfen ihre Runde drehten. Abergläubisch, wie Svenja nun einmal war, rief sie: »Das ist kein gutes Zeichen: es bedeutet Unglück. Das sind die schwarzen Vögel des Todes!«

Michel sah sie verwundert von der Seite her an: »Du redest Unsinn. Seit wann glaubst du denn an solch' ein dummes Zeug? Alles Märchen und Fantastereien! Sieh' mal dort: ein Haselnussstrauch voller Früchte!« Er steuerte den Wagen direkt darunter, richtete sich auf, griff nach den Zweigen, an denen schmackhafte Nüsse hingen, und brach etliche davon ab. Er warf sie ins Innere des Wagens: »Da haben wir später etwas zu knabbern!«

Kurze Zeit danach kamen ihnen zwei Männer auf Pferden entgegen, die freundlich grüßten und an ihnen vorbeiritten. Nach einigen Minuten des Schweigens gab Svenja ein Stöhnen von sich: »Wenn du eine Möglichkeit siehst, den Weg zu verlassen, wäre mir das sehr recht. Ich müsste mich nämlich dringend einmal erleichtern.«

Michel nickte: »Mir geht es genauso.«

Kurze Zeit später gewahrten sie einen Waldweg, der an ihrer rechten Seite ins Gehölz führte. Sie folgten ihm an Sträuchern und jungen Eichen vorbei, bis sie auf einen Wendeplatz trafen, der in hellem Licht erstrahlte. Ein großes quadratisches Farnkrautfeld breitete sich vor ihnen aus, gesäumt von einem Wald aus sehr großen Laubbäumen. Michel blickte von seinem Fahrerbock aus aufmerksam über das grüne Feld: »Hier hat ein Holzeinschlag stattgefunden. Wo jetzt der Farn steht, wuchsen früher ebenfalls solche großen Bäume.«

Svenja stieß ein gelangweiltes »Hmmm…« aus, sprang vom Wagen und verschwand hinter einem der dicken Bäume, um sich zu erleichtern.

Michel schwelgte weiter in seinen Gedanken. Immer wenn er Farnkraut sah, dachte er an seine Kindertage zurück, als er mit seinen Freunden – alle so um die fünf bis sechs Jahre alt – im Farnkraut Verstecken gespielt hatte. Es war der Geruch dieses grünen Gewächses, den er so mochte und der sich angenehm ausbreitete, wenn man das Kraut zwischen den Fingern zerdrückte. Diesen Duft würde er sein Lebtag nicht vergessen. Michel schüttelte den Kopf: »Merkwürdig, welch unbedeutende Dinge man manchmal in Erinnerung behält.« Nun sprang auch er vom Fahrerbock und ging ein paar Schritt in Richtung des Farns. Er öffnete seine Beinlinge, dann die Bruche, und erleichterte sich.

»Farnkraut«, ging es ihm erneut durch den Kopf, und seine Gedanken schweiften wieder ab. Manche stellten Bier daraus her, das er aber nicht mochte; alte Kräuterweiber verfertigten Salben oder Tinkturen daraus, die in der Heilkunst Anwendung fanden.

Gerade in dem Moment, als er seinen „Allerbesten", wie er ihn nannte, wieder verpackte, vernahm er einen furchtbaren, markerschütternden menschlichen Schrei. Michel zuckte zusammen. Svenja kam angerannt: »Was war denn das?«, fragte sie ganz aufgeregt.

Michel blickte auf die andere Seite des Farnkrautfeldes. »Der Schrei kam von dort drüben«, rief er. Es folgten erneut zwei kurze, aber grauenvolle Schreie. »Dort«, rief er, »dort, wo das Waldgebiet beginnt, auf der anderen Seite – dort muss etwas passiert sein!«

Er hob den Arm und zeigte Svenja die Richtung an, die er vermutete. Michel rannte die wenigen Schritt zurück zum Wagen und sprang auf die Ladefläche. Er griff nach seiner Axt und steckte sie sich hinter den Gürtel, direkt neben sein Messer. »Das schaue ich mir von Nahem an!« Dann rannte er los.

»Sei bloß vorsichtig!«, ermahnte ihn Svenja angespannt und aufgeregt, während sie sich die Hände vors Gesicht hielt.

»Bleib' hier beim Wagen! Ich bin bald wieder zurück. Vielleicht ist jemand in Not und benötigt Hilfe«, gab Michel zurück und verschwand im Unterholz.

Er ging bewusst nicht durch das mannshohe Farnkraut, in dem er sich verraten hätte, sondern den Rand des Feldes entlang, wo ihm der Wald genügend Deckung bot. Mit großen, aber vorsichtigen Schritten schlich er in die Richtung, aus der er die Schreie vernommen hatte. Das Feld war – so schätzte er – ungefähr einhundert mal zweihundert Schritt groß. Erneut ertönte ein kurzer Schrei. Michel musste nun ganz in der Nähe sein. Er verlangsamte seine Schritte und näherte sich wie eine Raubkatze dem Ort des Geschehens.

Auf einmal erblickte er etwa zehn Schritt vor sich, was sich hier abspielte. Am hinteren Rand des Feldes verlief ein schmaler Weg, der vermutlich Richtung Handelsstraße führte. Am Wegesrand stand ein verlassenes Pferdegespann, ähnlich dem ihren. Am Rande des Farnkrauts hatten zwei verlauste Gestalten zwei wehrlose Frauen zu Boden geworfen und bedrängten sie. Ein dritter Kerl sah dem Treiben begeistert zu. »Beeilt euch – ich will auch

mal!«, rief er und lachte dabei gehässig.
Michel erfasste die Situation sofort. Ihm war klar, dass es sich hier um Wegelagerer handelte, die die Frauen schänden und ihre Fracht stehlen wollten. Das durfte er nicht zulassen, aber was konnte er als Zimmermann allein gegen drei Räuber unternehmen?
Er ging vorsichtig noch einige Schritt näher, um hinter einer stämmigen Buche erneut Deckung zu suchen. Eine der Frauen war ungefähr Ende dreißig, schätzte er, die andere noch ein blutjunges Mädchen, so um die fünfzehn Jahre vielleicht. Einer der Kerle drückte die Beine der Älteren mit Gewalt auseinander und lachte dabei: »Komm, mein Täubchen, stell' dich nicht so an! Für deinen Mann hebst du doch auch den Rock, dann kannst du das auch für mich machen …«
Die Frau wehrte sich aus Leibeskräften, schlug um sich und versuchte, dem Kerl in die Hand zu beißen; dabei schrie sie laut. Doch sie war ihm kräftemäßig weit unterlegen und hatte nicht den Hauch einer Möglichkeit, sich ernsthaft zur Wehr zu setzen. Als er ihr die Beine und nun auch die Arme auseinandergedrückt hatte, erwischte sie mit ihren Zähnen seinen rechten Unterarm und biss zu. Nun drang ein Schrei aus der Kehle des Wegelagerers, der daraufhin mit dem Arm ausholte und ihr kräftig seine flache Hand ins Gesicht schlug. »Sei ruhig jetzt, du Luder, sonst schneide ich dir den Hals durch!«, schrie er sie an. Das Gerangel der beiden ging weiter.
Michel wandte seinen Blick dem jungen Mädchen zu. Sie schien die Tochter der anderen zu sein, da sie »Mutter, hilf mir!« schrie. Auch sie wehrte sich mit den geringen Kräften, die sie hatte. In Michel stieg eine unbändige Wut auf. Das konnte er nicht hinnehmen! Als er sah, dass die Wegelagerer nicht besser bewaffnet waren als er, zog er seine Axt und den Dolch. Die beiden hatten lediglich ein Messer in der Scheide an ihrem Gürtel stecken.
»Ihr Dreckschweine!«, brüllte Michel und trat hinter dem Baum hervor. Wie ein wild gewordener Stier stand er zum Kampf bereit,

die Waffen in den Händen. Die Männer erschraken, weil sie nicht damit gerechnet hatten, dass hier urplötzlich ein Fremder vor ihnen auftauchen würde. »Macht ihr mal ruhig weiter!«, sagte der Dritte im Bunde, »Ich knöpfe mir das Bürschchen vor.« Er zog sein Messer und ging ruhigen Schrittes auf Michel zu – ein wenig zu ruhig, wie es Michel schien. Als er bis auf wenige Schritte an ihn herangekommen war, seine Brust ungeschützt, hob Michel die Axt, gedachte der Wurftechnik, die ihm sein Bruder Tristan beigebracht hatte, holte kurz aus und schleuderte dem Kerl die Axt mit voller Wucht entgegen. Dieser war dermaßen von dem Angriff überrascht, dass er nicht mehr ausweichen konnte. Die Axt drehte sich mehrere Male im Flug und drang ihm dann krachend in den Brustkorb, in den sich die Schneide tief versenkte. Der Angreifer riss die Augen auf, blickte Michel überrascht an, ließ das Messer fallen und griff nach dem Schaft der Axt, als wollte er sie wieder herausziehen. Langsam sank er auf die Knie. Seine Tunika färbte sich im Brustbereich rot ein. Wenige Sekunden später rann ihm ein feiner Blutstrom aus dem Mund, dann fiel er vornüber auf die Axt und lag röchelnd mit dem Gesicht nach unten der Länge nach auf dem Waldboden.

»Der schändet keine Frau mehr!«, dachte Michel, lenkte nun aber seine Aufmerksamkeit sofort auf die anderen Räuber. Diese hatten von den Frauen abgelassen und waren aufgesprungen. Beide hielten ihre Messer in der Hand. »Zwei Messer gegen meines«, dachte Michel, der nun nicht mehr an seine Axt herankam. Es begann ein gefährlicher Tanz im Kreis, bei dem jeder auf eine Gelegenheit wartete, dass der andere einen Fehler beging. Schweißperlen breiteten sich auf Michels Stirn aus. Dies war bis auf ein paar kleinere Raufereien sein erster richtiger Kampf im Leben – das erste Mal, dass er töten musste.

Die Wegelagerer wechselten sich mit ihren Angriffen ab. Mal stieß der eine auf Michel ein, mal der andere. Michel konnte es recht sein, solange nicht beide zusammen auf ihn einstachen. So konnte er die Angriffe abwehren. Aber wie lange noch? Michel versuchte bei seinen Attacken, sich nach Möglichkeit den Rücken frei zu halten, indem er Baumstämme als Schutz nutzte, vor denen er hin und her tänzelte. Er musste höllisch aufpassen, dass er nicht über Wurzeln stolperte – das wäre sein Todesurteil gewesen. Gerade begann ein neuer Angriff. Einer der Männer kam auf ihn zu und ließ das Messer vor seinem Gesicht kreisen. Michel konnte geschickt ausweichen; er schlug mit seiner Messerhand den Arm des Angreifers beiseite und ließ ihm seine Faust ins Gesicht krachen. Der Kerl stolperte nach hinten, fiel auf den Rücken, schüttelte sich kurz, um erneut aufzustehen und weiterzukämpfen.

Aus dem Augenwinkel heraus sah Michel, wie sich die Frauen hinter ihrem Wagen verschanzt hatten. Beide hielten jetzt kräftig gewachsene Knüppel in den Händen, um sich nicht ihrem Schicksal zu ergeben, sondern zu kämpfen. Da der eine Kerl von dem Schlag noch etwas benommen war, schnellte Michel auf dessen Kumpan zu, der erschrocken zurückwich. Dabei blieb er mit einem Fuß an einer hervorstehenden Wurzel hängen und geriet ins Stolpern. Diesen Vorteil nutzte Michel und konnte den Wegelagerer mit einem gezielten Stich in die Schulter verletzen, worauf dieser vor Schmerz laut aufschrie. In diesem Moment änderte sich die Situation entscheidend, als die ältere der beiden Frauen Michel zurief: »Hier, nehmt!« und ihm ihren Knüppel zuwarf, den dieser geschickt auffing.

Nun war Michel Herr der Situation. Mit dem kräftigen Prügel konnte er die Wegelagerer geschickt auf Abstand halten und ihnen gezielt schmerzhafte Schläge verpassen. Er schätzte die Männer auf etwa vierzig Jahre, und so kamen ihm seine Jugend, seine Schnelligkeit, seine Ausdauer und seine Kraft zugute, die er sich schwer arbeitend als Zimmermann erworben hatte. Die Männer sahen allmählich ein, dass sie diesen Kampf nicht mehr für sich entscheiden konnten. Jedes Mal, wenn sie vorpreschten, fingen sie sich von Michel einen Stockhieb ein. Sie starrten sich kurz an, erkannten ihre ausweglose Situation und ergriffen schnellen

Schrittes die Flucht. Michel stand keuchend da und sah ihnen nach. Blitzschnell waren die Räuber im Dunkel des Waldes verschwunden.

Nun traten die Frauen hinter dem Wagen hervor und blickten auf den mittlerweile toten Wegelagerer auf dem Waldboden. Die Mutter schlug ein Kreuz: »Euch hat uns der Himmel geschickt!«, sagte sie mit zittriger Stimme und ging auf Michel zu, um sich bei ihm zu bedanken. »Mein Name ist Agnes von der Höh, und das ist meine Tochter Elsbeth. Hoffentlich ist Euch nichts zugestoßen!«

»Bis auf ein paar blaue Flecken bin ich kerngesund.« Das junge Mädchen war vor Angst erstarrt. Zitternd und mit aufgerissenen Augen nahm sie kaum noch etwas wahr.

Agnes von der Höh fuhr fort: »Wir waren auf dem Weg zu den Dortmunder Markttagen und sind von diesem Lumpenpack hier überfallen worden. Sie wollten uns schänden und ausrauben. Zum Glück wart Ihr in der Nähe!«

»Ich stand mit meinem Wagen drüben auf der anderen Seite des Farnkrautfeldes, als ich Eure Schreie vernahm. Meine Frau wartet dort noch auf mich; sie wird sich große Sorgen machen. Deshalb muss ich schnell wieder zurück. Es war mir eine Ehre, Euch behilflich zu sein!«, sagte Michel voller Stolz.

»Ihr habt mir und meiner Tochter das Leben gerettet! Wie kann ich mich Euch nur erkenntlich zeigen?«, fragte ihn Agnes.

Verlegen meinte Michel. »Och, ist schon gut!«

»Verweilt einen Moment, mutiger Herr!«

Agnes ging zu ihrem Wagen, stieg auf die Ladefläche und kam mit einer Handvoll Kerzen und einem Krug zurück. »Nehmt das hier als kleinen Dank entgegen. Es sind selbst gegossene Bienenwachskerzen und ein Krug unseres besten Honigs. Wir sind freie Bauern, und mein Mann besitzt einige Bienenstöcke – es dürften um die zwanzig Völker sein –, sodass wir genügend Honig ernten und Kerzen herstellen können, die wir größtenteils auf den Märkten feilbieten.«

»Aber die sind doch sehr kostbar!«, sagte Michel.

»Nicht so kostbar wie unser Leben! – Was passiert denn mit diesem Wegelagerer hier? Der ist doch tot, oder?«

»Da habt Ihr sicherlich recht. Gebt einem Büttel Bescheid und lasst ihn hier abholen.«

Aber Agnes widersprach ihm: »Das kann ich als gläubige Christin nicht zulassen, auch wenn er ein Bösewicht war! Packt doch bitte mit an, dann legen wir ihn auf unsere Ladefläche. Ich werde ihn in Dortmund beim Büttel abgeben; soll der sich um alles Weitere kümmern. Ich möchte ihn nicht wie ein Stück Vieh hier am Waldrand liegen lassen.«

Michel hatte diesbezüglich eine andere Meinung. Aber so waren sie, die Frauen.

Er ging zu dem Toten und drehte ihn um. Ein grauenvoller Anblick bot sich den dreien. Nun sahen sie erst wirklich, wie tief die Axt in seinen Brustkorb eingedrungen war. Die junge Elsbeth war sichtlich noch so gezeichnet, dass sie ihrer Mutter nicht von der Seite wich. Mit zitternden Knien und ohne ein Wort von sich zu geben, starrte sie auf den Weg. Michel fiel es nicht leicht, aber seine Axt musste er wiederhaben. Also bückte er sich und zog kräftig am Stiel seiner Waffe, die mit einem schmatzenden Geräusch aus der blutroten Brust des Räubers herauskam. Angewidert wandten die Damen den Kopf zur Seite. Agnes und Michel legten den Leichnam auf die Ladefläche.

»Nun muss ich aber zurück zu meiner Frau!«

Agnes drückte Michel kräftig die Hand, um noch einmal ihren Dank auszudrücken: »Solltet Ihr irgendwann in dieser Gegend sein, müsst Ihr mir versprechen, bei uns vorbeizuschauen! Fragt einfach nach meinem Mann. Jeder kennt ihn hier unter seinem Spitznamen ›Der Bienenbauer‹.«

Michel überlegte kurz und fragte dann: »Wohin führt denn dieser Weg hier?«

»Darauf erreichen wir in kürzester Zeit den Heerweg, der nach Dortmund führt«, gab Agnes zurück.

»Aber auf dem befinden wir uns doch auch! Das heißt, wir könnten uns doch treffen, um den Rest der Wegstrecke gemeinsam zu reisen. Wir müssen zwar nicht auf den Markt, aber wir fahren durch Dortmund hindurch. Das liegt genau auf unserem Weg.«

»Na, wenn dem so ist, dann warten wir auf dem Heer- und Handelsweg auf Euch«, sagte Agnes.

»Also, bis gleich!«, rief Michel. Er versuchte, seine Axt im Gras ein wenig vom Blut zu säubern, und steckte sie hinter den Gürtel. Dann lief er zurück zu seiner Svenja, um ihr von seinem Erlebnis zu berichten.

»Dann bist du ja jetzt ein richtiger Held – ein Mann, der zwei Frauen das Leben gerettet hat!«, sagte Svenja.

»Aber«, stammelte Michel, »ich habe auch einen Mann getötet!« Er hatte ein schlechtes Gewissen dabei, konnte sich aber ein wenig mit der Tatsache trösten, dass es Wegelagerer waren und dass sie, wenn man sie gefasst hätte, sowieso hingerichtet worden wären.

»Auch wenn das sicherlich lebensgefährlich war, hast du doch das Richtige getan, und ich bin sehr stolz auf dich!«, sagte Svenja. Michel wunderte sich über die Leichtigkeit, mit der sie das sagte – allem Anschein nach hatte sie seine Lage nicht richtig einschätzen können.

»Dort drüben steht ein Wagen«, sagte Michel, »Das dürften die Mutter und ihre Tochter sein. Die Mutter heißt Agnes von der Höh und ihre Tochter Elsbeth. Sie sind … oder vielmehr: Ihr Mann ist ein freier Bauer und Imker.«

»Solche wertvollen Wachskerzen haben wir noch nie besessen; viel zu schade, sie überhaupt anzuzünden«, sagte Svenja, die die Kerzen in ihren Händen bewunderte.

»Wir werden einen schönen Moment auswählen, um sie anzuzünden. Bis dahin sparen wir sie auf«, schlug Michel vor. Inzwischen hatten sie den Wagen der Frauen erreicht, die auf dem Weg warteten. Sie machten sich gegenseitig bekannt, sprachen noch eine Weile über den Überfall und machten sich dann zusammen auf den Weg nach Dortmund zu den Markttagen.

Kapitel 7

Gemeinsam mit seinen Mitstreitern musste Tristan große Steinquader passend zurechthauen und in die Kaimauer einsetzen. »Ich denke, ein bis zwei Biere können wir uns jetzt genehmigen – die dürften wir verdient haben!«, sagte er zu seinem Freund Ferdinand. Unverzüglich gingen sie schnellen Schrittes Richtung ›Jeverbroe‹. Unterwegs sahen sich die Burschen ihre schmerzenden Hände an. »Zwar habe ich überall Hornhaut, aber trotzdem scheint es noch Stellen zu geben, an denen sich Blasen bilden können«, meinte Tristan.

Auch Ferdinand besah sich seine Pranken: »Meine Hände sehen aus wie die Blasen, die aus dem Moor aufsteigen. Ich bin mir aber sicher, dass ich damit noch einen Tonkrug Bier halten kann.«

Als sie am Tisch Platz genommen hatten, stellte ihnen Björn ohne zu fragen einen Krug mit kühlem Dünnbier auf den Tisch. Die Männer schütteten sich ihre Tonbecher voll. »Zum Wohlsein! Unsere Frauen müssen heute ein wenig auf uns warten«, sagte Tristan, und beide tranken ihre Becher in einem Zug leer.

»Und?«, fragte Ferdinand. »Hast du schon etwas von deinem Bruder gehört?«

Tristan schluckte das letzte Bier genüsslich hinunter und fuhr sich mit dem rechten Ärmel seiner Tunika über den Mund. Er schüttelte den Kopf: »Nein, bis jetzt gibt es noch keine Neuigkeiten – wie auch? Die beiden sind ja gerade einmal elf oder zwölf Tage unterwegs. Den Dom in Colonia dürften sie noch nicht erreicht haben. Aber vermissen tue ich sie schon jetzt.«

Ferdinand winkte dem Wirt und deutete auf den Krug, der nachgefüllt werden sollte. »Ihr beiden seid ja auch richtige Brüder – ihr habt zusammengehalten wie Pech und Schwefel.« Nur ein paar Auserwählte wussten, dass Tristan ein Findelkind war; er wollte es nicht jedem auf die Nase binden.

Ein Mann näherte sich ihrem Tisch. »Entschuldigt, meine Herren, ist dieser Platz noch frei? Darf ich mich zu Euch setzen?«

Die beiden Flensburger kamen mit dem Fremden schnell ins Gespräch. »So seid Ihr also Kunstschmied? Das ist eine interessante Arbeit, denke ich«, sagte Tristan.

»Ja, und ich bleibe eine Nacht hier, und morgen in der Früh reite ich nach Lübeck, um einen Kunden zu besuchen.«

Ferdinand blickte den Mann, der sich Klaus Maarten nannte, neugierig an. »Und was stellt Ihr so her als Kunstschmied?«

»Oh, Türschlösser, dazu passende Schlüssel, alles mit vielen Verzierungen und Geschnörkel. Aber auch Schmuckstücke wie dieses hier.« Dabei griff der Fremde unter seine Tunika, in der eine Tasche eingenäht war, und holte etwas hervor. Er legte es auf den Tisch und entfernte einen Stofflappen.

Zum Vorschein kam eine wunderschöne silberne Kette.

»Darf man?«, fragte Tristan und nahm das Schmuckstück in die Hand. »Wenn ich das Geld hätte, würde ich so etwas für meine Mechthild anfertigen lassen. Die würde vor lauter Freude unter die Decke springen!«, lachte er und reichte das Schmuckstück an Ferdinand weiter, der es ebenfalls unbedingt betrachten wollte. Nach kurzer Bewunderung gab er das Stück dem Fremden zurück.

Dieser blickte Tristan an. »Was da um Euren Hals hängt, ist auch eine wunderbare Arbeit!«, bemerkte Klaus Maarten. »Darf ich auch mal?«

Tristan zog den Lederriemen mit dem Amulett über den Kopf und hielt ihn dem Fremden hin: »Bitte.« Er war ein wenig unruhig geworden. Wusste der Fremde etwas über die Zeichen? Konnte er sie deuten?

Ausgiebig betrachtete Klaus Maarten die silberne Platte mit den Runenzeichen. »Wo habt Ihr das her?«, fragte er ernst.

Tristan wurde vorsichtig. Er stellte sich dumm: »Ihr werdet es nicht glauben, aber der Riemen war gerissen und das Stück lag im Hafen neben einem Heringsfass. Keine Ahnung, was das für eine Bedeutung hat. Vielleicht könnt Ihr es mir erklären?«, fragte er gespannt.

»Es sind drei ineinander verschachtelte Runenzeichen.« Dabei fuhr der Fremde mit dem Zeigefinger über die Zeichen. »Das erste hier bedeutet ›Kraft‹, das zweite ›Ausdauer‹ und das dritte ›Sieg‹. Es muss das Zeichen eines Anführers sein, womöglich eines nordischen Stammes.«

Tristan wurde unruhiger. Konnte er durch diesen fremden Kunstschmied vielleicht etwas über seine Herkunft, über seine Familie erfahren? »Woher stammen denn diese Zeichen? Wo habt Ihr sie gesehen?«, fragte er wie beiläufig.

»Ich glaube, es war in Odense, der Stadt auf der Däneninsel Fünen, einer alten Wikingerstadt, die nach dem Gott Odin benannt ist. Es gibt die Stadt noch immer. Früher lebten dort verschiedene Wikingerstämme, von denen manche wohl auch untereinander verfeindet waren. Egal, welcher Herrscher auch gerade an der Macht war; die Obrigkeit interessierte sie nicht. Ob es der Dänenkönig war, der die Insel sein nannte, oder ob das ganze Gebiet zur norddeutschen Fürstenkoalition gehörte – es schien den Stämmen völlig gleichgültig zu sein. Teilweise waren sie sehr gewaltbereit und hassten sich gegenseitig bis auf die Knochen. Warum dem so war, dürft Ihr mich nicht fragen; davon habe ich keine Ahnung. Es ist ja auch schon lange her.«

Odense – den Namen merkte sich Tristan, und auch den Namen der Insel Fünen. »Eines Tages«, dachte er, »eines Tages werde ich mich zu den Nordmännern nach Odense aufmachen. Vielleicht schon im kommenden Winter, wenn das Meer gefriert und es zu kalt zum Arbeiten ist.«

Nach dem fünften Krug Bier brach Tristan auf und trat den Heimweg an. Leicht schwankend ging er durch die Gassen Flensburgs, bis er sein Haus in der Nähe des Hafens erreichte, das einst seine Stiefeltern gebaut und bewohnt hatten. Schnell hatte sich Tristan damals mit Michel geeinigt, der unbedingt mit Svenja im „Jeverbroe“ wohnen wollte und auf sein Wohnrecht verzichtete.

Das Gespräch mit dem Kunstschmied hatte Tristan neugierig werden lassen. Früher hatte es ihn nicht allzu sehr interessiert, woher er kam und wer seine leiblichen Eltern waren. Seine Stiefeltern hatten ihm schon als kleinem Jungen erklärt, was sie und der Pfarrer über ihn wussten. Doch nun kannte er die Bedeutung der Runenzeichen – und »Kraft«, »Ausdauer« sowie »Sieg« waren ja recht bedeutsame Ausdrücke! Wo kam er her? War er vielleicht auf der Insel Fünen zur Welt gekommen? Waren seine Vorfahren vielleicht Wikinger? Stammte er von einem ihrer Stämme ab? Wer war sein Vater? Wer seine Mutter? Tausende Fragen schossen ihm durch den Kopf.

Als er am elterlichen Haus ankam, stand Mechthild am Herd und bereitete das Essen zu. Er gab ihr einen Kuss. Mechthild blickte ihn an: »Uh, du stinkst nach Bier! Du warst wohl noch bei Björn im Gasthaus?«

»Ja, mit Ferdinand. Und wir haben dort einen äußerst interessanten Reisenden kennengelernt!«, antwortete Tristan und erzählte ihr von seinem Vorhaben, in den Wintermonaten Nachforschungen über seine Vergangenheit anzustellen.

»Das kannst du gerne machen – aber bedenke dabei: Dein Unterfangen dürfte nicht ganz ungefährlich sein, denn wer immer dich vor der Kirchentür abgelegt hat, hatte sicherlich einen triftigen Grund dafür, dich verschwinden zu lassen! Ich vermute, dass etwas Wichtiges dahintersteckt; also solltest du bei der Suche nach deiner Vergangenheit Vorsicht walten lassen!«, meinte Mechthild besorgt. Tristan nickte und ging in den Nebenraum.

Als er zurückkam, hielt er das Holzstück mit seinem Namen in der Hand, das in dem Weidenkorb gelegen hatte, als man ihn damals vor der Kirche fand. Er drehte es hin und her und sah es sich ausgiebig an; dann stutzte er: »Eines ist sicher und da bin ich bis jetzt noch gar nicht drauf gekommen: Das ist ein Stück Holzplanke von einem Boot! Es hat eine Weile in Meerwasser gelegen; hier sind noch Algen- und Muschelreste zu sehen.« Er kratzte mit dem Daumennagel über die Ablagerungen. »Wieso haben wir das nicht schon früher bemerkt?«, wunderte sich Tristan.

»Du meinst, dass deine Leute etwas mit Booten zu tun haben?«, fragte Mechthild, während sie im Topf rührte.

»Vielleicht waren sie Fischer oder Bootsbauer. Aber warum haben sie mich bloß ausgesetzt? Das ist doch alles sehr merkwürdig. Aber in drei oder vier Monaten werde ich es vielleicht wissen!«

Kapitel 8

»Na, das ist ja mal eine gute Nachricht!«, sagte der Dortmunder Kaufmann und Händler Jan zur Brüggen. Er ergriff Michels Hand und schüttelte sie kräftig. Der wusste gar nicht, wie ihm geschah, als ihm der Kaufmann eine Handvoll Silberlinge überreichte.

»Äh, könn... könntet Ihr mich vielleicht einmal einweihen?«, stotterte Michel.

Sie befanden sich im Haus der Dortmunder Büttel, direkt neben dem Marktplatz. Hier hatten sie den toten Wegelagerer abgeliefert, und der Hauptmann der Wache war verblüfft gewesen und hatte sofort einen Knaben zu Jan zur Brüggen geschickt, um ihn herbeizuholen.

»Setzt Euch«, sagte der Kaufmann, »Ihr müsst wissen, dass der Kerl, den Ihr mit Eurer Axt ins Jenseits befördert habt, meinen Bruder erschlagen und ausgeraubt hat. Da wir ihm und seinen Kumpanen nicht auf die Schliche gekommen sind, habe ich ein Kopfgeld auf ihn ausgesetzt. Ihr habt meine Rachegelüste gestillt, indem Ihr mir den Toten gebracht habt! Dafür bin ich Euch sehr dankbar, und somit habt Ihr die Belohnung verdient.«

Michel blickte den Kaufmann erstaunt an. »Obwohl es ja reiner Zufall war,«, sagte er, »dass ich genau in dem Moment in der Nähe war, als die drei Kerle diese Damen hier schänden wollten.«

»So spielt das Leben! Nehmt das Geld und lasst es Euch gut gehen!«, sagte Jan zur Brüggen, stand auf und verließ den Raum. Michel steckte die Silberlinge in die Tasche und verließ mit Mechthild und den beiden Frauen ebenfalls das Haus der Büttel.

»Jetzt müssen wir aber endlich unseren Stand aufbauen! Der Markt hat bereits begonnen!«, gab Agnes von sich und Svenja hielt die Hand auf. »Gut, dass wir unsere Reisekasse aufbessern konnten! Gib mir bitte etwas von dem Geld, damit ich für die nächsten Tage etwas zu essen kaufen kann!«

Einige Zeit später rollte ihr Fuhrwerk vom Marktplatz zum Heer- und Handelsweg zurück. Alsbald war Dortmund aus ihrem Sichtfeld verschwunden. Die nächste größere Stadt sollte die Hauptstadt Lennep im Bergischen Land sein. Das hügelige Gebiet sowie ein großer Teil des Landes waren seit jeher das Gebiet der Grafen, die sich »von Berg« nannten. Einige dieser Herren waren weithin bekannt, so die verschiedenen Grafen mit Namen Adolf und auch Engelbert. Die meisten dieser Grafen hatten seinerzeit an den berüchtigten Kreuzzügen ins Heilige Land teilgenommen. Andere wiederum waren einflussreiche Erzbischöfe von Colonia gewesen. Noch gut in Erinnerung war die letzte große Schlacht aus dem Jahre 1288, als Graf Adolf V. gegen den verhassten Erzbischof Siegfried von Westerburg gekämpft und diesem eine heftige Niederlage beschert hatte.

Dies alles hatte Michel in Björns Gasthof ›Jeverbroe‹ von den Tuchhändlern aus Lennep erfahren. Der Vater, der sich Tilmann nannte, war ein schlauer Fuchs gewesen und hatte auf Michel mächtig Eindruck gemacht. Diese Wüllenwebers aus Lennep waren für ihn Männer von edler Wesensart, weit gereist und hochgebildet. Würde er sie in Lennep wiedersehen?

Doch zunächst hatten die beiden eine weitere Übernachtung vorgesehen. Da sie nun eine große Menge Geldes ihr Eigen nannten, schlug Michel vor, nicht mehr in ihrem Wagen, sondern in einem preiswerten Gasthof zu nächtigen. Er hatte nämlich Angst, dass man sie vielleicht überfallen und ausrauben könnte – nach alldem, was er mit den drei Halunken erlebt hatte.

Nach zwei weiteren Stunden Fahrt fanden sie am Wegesrand einen Gasthof, in dem sie übernachten konnten. Den Wagen stellten sie in einer Scheune unter, und für das Pferd sorgte ein Stalljunge. Wie eine Katze, die vor dem Mauseloch lauerte, passte Michel auf sein Geld auf, das er an verschiedenen Stellen an seinem Körper versteckt hatte. So viel Geld hatten er und Svenja noch nie besessen!

Weil den beiden ihre Hinterteile schmerzten, nahmen sie ihr Essen an einem Stehtisch zu sich. Gesessen hatten sie heute wahrlich genug, sodass es eine Wohltat war, die Beine zu strecken und belasten zu können. Sie aßen beide je zwei Scheiben Brot mit Spiegelei, dazu tranken sie Würzwein, den sie sich heute zur Freude über ihren plötzlichen Reichtum gönnten. Früh gingen sie auf ihr Zimmer, da sie schon zur Laudes wieder aufbrechen wollten, denn am nächsten Tag mussten sie Lennep erreichen, wo sie vielleicht den Vater mit seinem Sohn, die Tuchhändler aus Lennep, treffen würden. Und von da aus war es dann nicht mehr weit bis zu ihrem Ziel Colonia.

Am nächsten Tag erreichten sie gegen Mittag das nördlich gelegene Schwelmer Tor in Lennep. Eine Stadtwache hielt sie auf und fragte nach ihrem Anliegen. Der Wachhabende blickte kurz auf die Ladefläche des Wagens und winkte sie dann durch.

»Das ist aber ein schönes Städtchen!«, sagte Michel, als sie ihren Wagen über die mit Steinen gepflasterte Straße lenkten. Der Weg war in südlicher Richtung abschüssig; schon nach kurzer Zeit erreichten sie einen lieblichen Marktplatz. Zu ihrer linken Seite stand eine prächtige Kirche, direkt daneben ein prunkvolles Haus. Auf einem Schild stand ›Alter Markt, Rathaus‹, daneben befand sich ein weiteres, auf dem ›Sankt-Nikolaus-Kirche‹ zu lesen war. Schräg gegenüber stand ein Gasthof, vor dem Michel den Wagen anhielt. Er stieg ab. »Ich gehe hinein und frage nach unseren Bekannten. Bleib‘ du bitte beim Wagen!«

Über dem Eingang des Gasthofes hing ein Schild ›Zum goldenen Löwen‹. Michel betrat die Gaststube und fragte den Mann, der damit beschäftigt war, Tonkrüge zu säubern, nach dem Wohnhaus der Wüllenwebers.

»Zu Tilmann wollt Ihr? Da habt Ihr aber Glück, dass Ihr ihn noch erreicht! Ein paar Wochen später, und er wäre nach Lübeck unterwegs gewesen! Durchquert Lennep, dann seht Ihr den südlichen Ausgang, das Tor nach Colonia. Dort biegt Ihr rechts in die Wallstraße ein, und dort das zweite Haus auf der linken Seite – das gehört den Wüllenwebers. Ihr könnt es nicht verfehlen: Aus dem Giebel ragt ein großer Balken mit einem Flaschenzug hervor.« Michel bedankte sich und verließ den ›Goldenen Löwen‹.

Er steuerte ihr Fuhrwerk in die angegebene Richtung vorbei an mehreren Brunnen, bis er das Tor sah. »Hier müssen wir nach rechts«, sagte Michel. Arminius macht einen Bogen, und schon standen sie vor dem Haus der Tuchhändler. Michel stieg ab und klopfte dreimal kräftig gegen die massive Holztür. Eine junge Frau – sie schien eine Magd zu sein – öffnete. »Ja, bitte, mein Herr?«

»Ich würde gerne Tilmann oder Jacub Wüllenweber sprechen!«, bekundete Michel seinen Wunsch.

»Wen darf ich melden, mein Herr?«

»Sagt dem edlen Kaufmann, zwei Bekannte aus dem ›Jeverbroe‹ in Flensburg wären hier.«

»Wartet hier, bitte!«, sagte die Magd und ging ins Haus.

Michel hörte mehrere Stimmen und ein lautes Lachen, und bald stand Tilmann vor ihnen. »Ist das denn die Möglichkeit! Habt Ihr Euren Plan tatsächlich in die Tat umgesetzt? Na, dann kommt mal herein in die gute Stube!« Kräftig schüttelten sie sich die Hände. »Gertlinde, bring uns einen Krug Bier und etwas zu essen für die Gäste! So nehmt doch Platz!«, sagte Tilmann und zeigte dabei auf die Stühle.

»Danke, sehr aufmerksam von Euch! Aber unser Wagen steht unbewacht vor Eurer Tür mit unserem ganzen Hab und Gut«, bemerkte Michel.

»Gertlinde, hol‘ bitte unsere Stallburschen, sie sollen sich um das Fuhrwerk kümmern«, ordnete Tilmann an.

Michel dachte bei sich: »Dieser Mann ist es gewohnt, Befehle zu erteilen!«

Dann betraten Jacub und seine Mutter Anneliese den Raum. Auch Jacub war freudig überrascht, als er die beiden wiedererkannte: »Der Zimmermann aus dem - wie hieß der Laden noch? Ach, ja – ›Jeverbroe‹, richtig! Darf ich Euch meine Mutter vorstellen?«, fragte er. Diese übernahm das aber schon selbst: »Anneliese Wüllenweber – willkommen in Lennep! Ich hoffe, Ihr hattet eine gute Reise!«

Michel und Svenja erhoben sich und stellten sich ebenfalls vor. Es wurde dann noch eine lange Nacht. Sie tafelten bis zur Komplet, dann räumte Gertlinde das Essgeschirr ab, musste aber auf Tilmanns Anweisung hin einen weiteren Krug Bier bringen. »Wenn Ihr zu Bette gehen wollt: Ich habe für Freunde einen Gastraum. Gertlinde wird ihn Euch zeigen. Aber zuvor trinken wir noch etwas von dem guten bergischen Bier!«

Michel wollte Neuigkeiten vom Dombau zu Köln erfahren, und Tilmann erzählte ihm, was er von Reisenden gehört hatte. »Ja, es geht zügig voran. Von überallher kommen die Menschen in die große Stadt, um die einmaligen Arbeiten zu bewundern. Ein solches Bauwerk hat wohl noch niemand zuvor zu Gesicht bekommen! Der Dom ist ein Anziehungspunkt für das gesamte Frankenland. Schon im vierten Jahrhundert stand an der gleichen Stelle ein christlicher Sakralbau, dem ein karolingischer Dom folgte. In den Köpfen der Kölner – und besonders in denen der Erzbischöfe – stand schon seit Langem fest, dass hier ein Dom entstehen müsse. Als Vorbild dienten die Kirchen im Stil der französischen Gotik. So legte der Erzbischof Konrad von Hochstaden im Jahre 1248 den Grundstein des Domes; und der erste Dombaumeister war Meister Gerhard, der durch einen Sturz vom Gerüst tödlich verunglückte. Manche sprachen damals von Mord, aber man fand keine Beweise dafür. Aber schon die Vorgänger des Erzbischofs Konrad hatten sich mit dem Bau eines Domes beschäftigt, allen voran der bergische Erzbischof Engelbert, der im Jahr 1225 ermordet wurde. Dieser ließ nicht nur seine Stammburg vergrößern, sondern war auch ein glühender Verfechter des Dombaus zu Colonia.« Damit unterbrach Tilmann seinen kleinen Vortrag und blickte Michel an.

»Ich kann mir vorstellen, dass man Eure Arbeitskraft und Euer Wissen dort gut gebrauchen kann; denn letztes Jahr konnte der Chor eingeweiht werden, und nun ist man damit beschäftigt, den Südturm zu bauen. Schon jetzt gehört der Dom zu den bedeutendsten Wallfahrtskirchen in Europa! Pilger aus aller Herren

Ländern strömen in die Stadt, um die Gebeine der Heiligen Drei Könige zu bewundern. Diese Gebeine hatte der Erzbischof Rainald von Dassel im Jahre 1164 aus Mailand mitgebracht, nachdem er mit Kaiser Barbarossa am Italienfeldzug teilgenommen hatte. Schon seltsam, was die Leute so alles anbeten: Finger, Unterarme, Haare von Heiligen, Spazierstöcke von Päpsten, Holzsplitter vom Kreuze Jesu, und ich weiß nicht, was sonst noch so alles. Ob das alles so seine Richtigkeit hat, muss jeder für sich selbst entscheiden.«

»Du hast ja noch nie an die Reliquienverehrung geglaubt«, gab Anneliese von sich.

»Ich habe zwei gesunde Augen im Kopf. Für mich ist das alles nur Geldschneiderei!«, erwiderte Tilmann.

Irgendwann war nun doch der Zeitpunkt zum Schlafengehen gekommen. »Wir brechen morgen sehr früh auf und möchten Euch nicht wecken«, sagte Michel.

» Haltet es, wie es Euch gefällt. Falls Ihr wieder mal in Lennep seid, besucht uns gerne wieder; umgängliche Menschen sind uns immer willkommen!«, beendete Anneliese den Abend.

Michel und Svenja hatten schon bei Sonnenaufgang das Kölner Tor hinter sich gelassen und dem Wachposten seinen Schlaf geraubt. »Muss das so früh sein?«, murmelte er noch im Halbschlaf. Da der gestrige Abend auch für die beiden anstrengend gewesen war, entspannte sich Svenja noch ein wenig auf der Ladefläche, während Michel Arminius antrieb. Nach einer weiteren Stunde kroch Svenja gähnend von der Ladefläche auf den Fahrerbock. »Und? Wo sind wir jetzt?«

»Keine Ahnung, ich folge der Straße. Sie soll ja, wie Herr Wüllenweber erklärt hat, bis zur Fähre am Rhein führen. Das wird aber wohl noch eine Weile dauern.«

Svenja reichte ihrem Michel einen Kanten Brot mit etwas Käse. »Hier, stärke dich ein wenig«, sagte sie und suchte das Wasserfass.

»Wenn alles gut geht, kann ich bald wieder meine Zeichen setzen – das heißt, dann habe ich endlich wieder Arbeit. Mein letztes Zeichen habe ich im Mai bei einem Dachstuhlbau in Flensburg gesetzt; ich habe keine Lust mehr, im Hafen zu arbeiten oder auf einem Feld Unkraut zu jäten!«, sagte Michel.

»Behältst du dein Zeichen eigentlich dein ganzes Leben lang, oder wird das auch schon mal geändert?«, fragte Svenja neugierig, aber auch ein wenig naiv.

»Viele Handwerker haben ihr eigenes Zeichen – ob das nun Zimmerleute sind, Maurer, Steinmetze oder Maler. Und natürlich behält man sein Zeichen sein Lebtag bei. So kann man nachvollziehen, wer die Arbeit geleistet hat. Mein Zeichen ist besonders auffallend: Die beiden Spitzen des M wie Michel sind der Unterbau eines Holzbalkens, der quer über dem M liegt«, erklärte er Svenja.

Ein Ochsengespann kam ihnen entgegen, und Michel fragte den Bauern nach dem Weg zur Fähre. Am frühen Nachmittag erreichten sie bei Hitdorf den Rhein. »Was für ein riesiger Fluss!«, rief Svenja voller Verwunderung. Sie hatte sich hingestellt, um sich einen besseren Überblick zu verschaffen. »Ist der vielleicht breit! Und all die vielen Boote!«

»Ja, diese Wasserstraße des Handels ist schon gewaltig! So viele unterschiedliche Boote habe ich noch nie gesehen. Sieh‘ einmal, dort drüben am Ufer liegt eine Fähre neben der anderen. Jeder will nach Colonia, um den neuen Dom zu sehen, und dieser Dom wartet auf Michel Pettersen aus Flensburg!«

»Du Spinner!«, war die schlichte Antwort.

Als sie sich dem Ufer weiter näherten, bemerkten sie, dass bereits viele Ochsen- und Pferdegespanne auf die Fähre warteten: Händler und Kaufleute, Menschen zu Fuß, Gaukler, Spielleute, Pilger, Bettler, einzelne Reiter und viele Handwerker mit den unterschiedlichsten Berufen. Vor den Fährbooten hatten sich Schlangen gebildet. »Wir müssen uns irgendwo anstellen. Warte hier, ich werde mich bei einem Bootsmann erkundigen«, sagte

Michel, sprang vom Fuhrwerk und lief über einen Uferstreifen aus Sand und Kies zum Wasser, wo ein Bootsmann damit beschäftigt war, einen dicken Tampen aufzurollen. Svenja hielt Arminius' Zügel und blickte ihrem Michel nach, der schon bald wieder zurückkam. »Das Boot dort drüben!« Er übernahm die Zügel und steuerte den Wagen etwa einhundert Schritt weiter flussabwärts, wo sie sich in eine Schlange Wartender einreihten.

Fünf Männer stellten die Besatzung der Fähre und halfen, die einzelnen Fuhrwerke in die richtige Position zu rollen. Die Räder wurden mit Bremsklötzen blockiert, die ein Weiterrollen verhinderten. »Dies ist das erste Mal, dass ich einen Fluss mit einer Fähre überquere!«, freute sich Svenja wie ein kleines Mädchen. Vier Pferdefuhrwerke fanden an Bord Platz, außerdem einige Reiter, die alle nach Colonia wollten, wie Michel vermutete. In ihm machten sich eine große Vorfreude, aber auch Zweifel breit: Würde er Arbeit finden? Ob der Dombaumeister eine Verwendung für ihn hatte?

Michel unterhielt sich eine Weile mit einem anderen Handwerker, der von Beruf Maurer war. Sein Name war Hermann. »Ihr müsst zur Bauhütte gehen und nach Johannes von Köln fragen. Er ist der dritte Dombaumeister der Stadt. Letztes Jahr fand hier die Einweihungsfeier des Chors statt. Alle wichtigen Persönlichkeiten waren nach Colonia gekommen: Graf Adolf VI. von Neuenberge sowie unser Erzbischof Heinrich II. von Virneburg. Beide hielten vor Tausenden von Menschen bedeutende Reden. Die Menschen waren von überallher gekommen, um das Bauwerk zu bewundern. Die Mehrzahl der Leute waren aber Pilger und jede Menge Mönche aus den verschiedensten Orden.

Unser Dombaumeister ist ein feiner Mann, sehr verständnisvoll. Er kümmert sich um die Sorgen seiner Arbeiter. Und er ist ein gläubiger, sehr katholischer Familienmensch und hat mit seiner Frau Megtildis von Sailecgin neun Kinder. Wendet Euch am besten direkt an ihn persönlich, nicht an den Vorarbeiter Lothar. Dieser ist nämlich bei den Handwerkern weitaus weniger beliebt;

er schaut des Öfteren zu tief in den Tonkrug, der bei ihm meistens schnell wieder leer ist. Und wenn Lothar betrunken ist, wird er recht unangenehm. Ich kann Euch nur vor ihm warnen!«

Michel bedankte sich bei Hermann und verabschiedete sich: »Also, wenn sie mich einstellen, sehen wir uns auf der Baustelle wieder. Ich bin Michel Pettersen, Zimmermann aus Flensburg.«

»Hermann, Maurer aus Deutz.« Die Männer schüttelten sich kräftig die Hände. »Dann hoffe ich auf eine gute Zusammenarbeit – wir sehen uns auf der Dombaustelle!«, sagte Hermann. Kurze Zeit später erreichte die Fähre das andere Ufer. Man legte dicke Holzbohlen an, und die Fuhrwerke wurden an Land gerollt. Anschließend wurden die Pferde von ihren Besitzern aufs Festland geführt. Michel spannte seinen Arminius wieder vor den Wagen: »So, mein Guter – auf zur letzten Etappe!«

Kapitel 9

»Welch' ein Anblick, Svenja, wir sind am Ziel!«, rief Michel voller Freude. Sie fuhren an der äußeren Stadtmauer von Köln entlang, bis Michel ein großes Tor erspähte, durch das er ihr Fuhrwerk lenkte. Vor und hinter ihnen waren viele weitere Wagen unterwegs, die in die gleiche Richtung fuhren. Zwischendurch zogen Männer auch Handkarren, die mit allerlei Gütern beladen waren. Vereinzelt überholten Reiter das Fuhrwerk.

Michel passierte das gewaltige Eigelsteintor mit den beiden Türmen, die oberhalb des Torbogens miteinander verbunden waren. Zwei mit Spießen bewaffnete Männer der Stadtwache kontrollierten die Neuankömmlinge, allerdings nur oberflächlich. Michel wurde direkt durchgewunken. Er folgte der Hauptstraße, die mit Kieselsteinen gepflastert war. Er kannte den Weg nicht, aber er folgte einfach den vielen Pilgern, die – wie er vermutete – in Richtung Dom gingen. Und richtig: Schon nach kurzer Weiterfahrt erblickte er die im Bau befindliche Kathedrale. »Sieh', Svenja, was hier für eine Kirche entsteht! Sie ist das Bauwerk des Jahrhunderts!«

»Und die Vollendung wird keiner von uns mehr miterleben – eine Baustelle für viele Generationen", antwortete sie.

Als sie den großen Platz erreicht hatten, hielt Michel an. Er stieg vom Wagen, um sich ein wenig umzusehen. Hier ging es so quirlig zu, dass er sich vorkam wie in einem Taubenschlag. Nun war ihm klar, dass er als Zimmermann hier nur ein Arbeiter von Hunderten sein würde. Er kam sich vor wie das Licht einer kleinen Kerze, aber sehr viele kleine Lichter strahlten auch hell. Bei diesem Gedanken fielen ihm die Wachskerzen ein, die sie noch im Wagen hatten, und er lächelte zufrieden.

Überall auf der riesigen Baustelle lag Material herum: gestapelte Steine, fertig bearbeitete Balken auf Böcken, unzählige Seile an Befestigungen, Becken, in denen Arbeiter Mörtel anrührten, und Haufen von Sand. Michel betrachtete auch ausgiebig die Dombauhütte. Hatte er vorhin noch an einen Taubenschlag gedacht, so erschienen die Arbeiter ihm jetzt mehr wie emsige Bienen, die vor dem Stock herumflogen.

Er hatte fürs Erste genug gesehen. Bevor er sich um eine Arbeit bewarb, musste zunächst eine Bleibe für ihn, Svenja und Arminius mitsamt dem Fuhrwerk gefunden werden. Als er zum Wagen zurückging, beobachtete er, wie sich Svenja mit einem gut gekleideten Mann unterhielt, der sich gerade verabschiedete und davonging. »Wer war denn das?«, fragte Michel seine Frau.

»Ein Kölner Patrizier. Ich habe ihm erzählt, dass du gerne hier arbeiten würdest, und fragte ihn nach einer Unterkunft. Er empfahl uns einen Platz hier in der Nähe, den Gänsemarkt. In den Häusern dort sollen viele Domhandwerker untergebracht sein.«

Michel sprang auf den Wagen, übernahm die Zügel und trieb Arminius an.

In dieser Nacht konnten sie sich endlich einmal gründlich in einem Bett ausschlafen. Sie hatten letztendlich eine Bleibe in der Herberge ›Zum Rheinblick‹ am Hafen gefunden. Hier hatte Michel ein Zimmer für die ersten vier Wochen gebucht, und nicht weit entfernt befand sich ein Mietstall, in dem sie Arminius und auch ihren Wagen unterstellen konnten. Die Stalljungen würden sich um das Pferd kümmern und es regelmäßig in Bewegung halten. »Lass' mir das gute Pferd nur nicht einrosten!«, hatte Michel zu dem Stalljungen Fritz gesagt.

Er hatte alles für die vier Wochen im Voraus bezahlt. »Preise haben die hier in Colonia! Wie im alten Rom! Alles doppelt bis dreimal so teuer wie in Flensburg «, stöhnte er.

»Bald wirst du ja wieder Einnahmen haben. Jetzt brauchst du nur noch eine Arbeitsstelle als Zimmermann. Aber bis zum Jahresende dürften wir dank des Kopfgeldes noch gut auskommen, sonst wären wir schon längst so arm wie eine Kirchenmaus hier im Dom«, kicherte Svenja.

Die beiden gingen die Treppe hinunter, um zu frühstücken.

Michel sagte: »Ich werde gleich nach dem Morgenmahl zum Dom gehen und den Baumeister aufsuchen. Heute ist ein ganz wichtiger Tag für uns, und so Gott will, stellt er mich ein.«

»Wer stellt dich ein – Gott oder der Baumeister?«, fragte Svenja scherzhaft.

» Mach' du nur deine Witzchen! Wartest du hier auf mich?«

»Nein, ich möchte mir gerne ein wenig die Beine vertreten und mir die Stadt ansehen. Ich bin zwischen Non und Vesper wieder zurück.«

Michel nickte. Jetzt wurde es Zeit für ihn, zu gehen und Nägel mit Köpfen zu machen. Eine gewisse Unruhe bemächtigte sich seiner. »Bitte drück' mir die Daumen!« Er gab Svenja einen Kuss, kaute noch auf einem Stück Brot herum und verschwand.

Zunächst ging er zum Heumarkt und setzte dann seinen Weg in nördlicher Richtung fort. Er überquerte den Alter Markt, bis er den Domplatz erreichte. Auf seinem ganzen Weg kam er aus dem Staunen nicht heraus. Er war als Zimmermann vom Baustil der Häuser begeistert – so etwas kannte er in dieser Form aus Flensburg nicht. Die Eindrücke überwältigten ihn förmlich. Alte Kastanien und Eichen lockerten das Straßenbild auf, und vereinzelt hatte man Bänke zum Verweilen aufgestellt. Besonders fielen ihm einige schöne Brunnen auf, die von begabten Steinmetzen hergestellt worden waren. »Ja«, dachte Michel, »das hier ist eine richtige Stadt – nicht so ein Heringsdorf wie Flensburg!«

Auf dem Vorplatz des Domes angekommen, ging Michel direkt zur Bauhütte, um den Meister aufzusuchen. Dort fragte er einen Handwerker: »Wo finde ich denn Herrn Johannes von Köln?«

»Dort drüben an dem großen Tisch steht er und wälzt die Baupläne«, erhielt er zur Antwort.

Etwas schüchtern näherte er sich dem charismatischen, hoch aufgeschossenen Mann, der in verschiedenen Bauplänen und Zeichnungen blätterte. Der Dombaumeister trug einen dichten Vollbart und leicht ergrautes, schulterlanges Haar. Von Statur war er groß und schlank, dabei war sein Rücken leicht gebeugt.

Michel stellte sich vor den Tisch und blickte den Dombaumeister an, bis dieser den Kopf hob: »Ja, bitte? Was kann ich für Euch tun?«

Michel hielt ihm die Hand hin: »Michel Pettersen aus Flensburg, Zimmermann. Ich hörte im Norden, Ihr könntet hier beim Dombau gute Leute gebrauchen, also habe ich mich aufgemacht und stehe nun vor Euch.«

Johannes von Köln lächelte ihn an: »Flensburg liegt doch am Ende der bekannten Welt – oben am Ostmeer. Das ist doch ein Heringsdorf, richtig?«

Michel wunderte sich über die direkte Art, aber Bauhandwerker waren eben nicht unbedingt zartbesaitet, dachte er. »Genau so ist es«, gab er zurück.

Johannes von Köln blickte wieder in seine Zeichnungen. »Ihr könnt am Montag anfangen. Seid zur Laudes hier. Hinterlasst Eure Anschrift beim Zahlmeister. Geld gibt es am Letzten jedes Monats. Für Verpflegung habt Ihr selbst zu sorgen, Wasser wird gestellt. Da wir in großer Höhe arbeiten, sind Wein und Bier während der Arbeitszeit verboten. Sehe ich Euch Bier oder Wein trinken, könnt Ihr Eure Werkzeuge nehmen und gehen. – Dort drüben, der dickliche kleine Mann, das ist unser Zahlmeister Gerold vom Bruch; stellt Euch bei ihm vor und geht dann zu Eurem Vorarbeiter, der alle Zimmerleute unter seinen Fittichen hat. Fragt nach Lothar.«

Michel nickte.

»Noch weitere Fragen?«

»Ja. Was kann ich denn verdienen?«

»Ach, Ihr meint, das wäre wichtig?«, fragte Johannes von Köln. Michel sah ihn verständnislos an.

Der Dombaumeister hob den Kopf: »Das war ein Witz! Im ersten Monat bekommt Ihr zweiundzwanzig Heller. Ist Eure Arbeit zufriedenstellend, erhaltet Ihr im zweiten Monat vierzig Heller. Und nun lasst Euch beim Zahlmeister eintragen. Denkt daran:

Ich werde alles kontrollieren. Und nun muss ich hier weitermachen. Ihr dürft jetzt gehen.« Michel bedankte sich und ging weiter, um seine Anstellung zu vervollständigen.

Nach der Vorstellung beim Zahlmeister machte dieser ihn mit dem Vorarbeiter Lothar bekannt. »Ich lasse Euch jetzt allein«, sagte der kleine dicke Zahlmeister und verschwand.

Unzählige neue Eindrücke prasselten auf Michel ein: die neue Stadt, all die verschiedenen Menschen, aber irgendwie war er doch glücklich und zufrieden, hier sofort eine Anstellung gefunden zu haben. Er durfte am Dom mitbauen, einem Gebäude für die ganze Menschheit, und er, Michel aus Flensburg, würde es mitgestalten. Obwohl er noch keinen Handschlag getan hatte, machte ihn dieser Gedanke besonders stolz.

»So, aus Flensburg kommt Ihr? Gibt es denn dort keine Arbeit für einen guten Zimmermann?«, fragte ihn Lothar.

»Doch, schon – aber nicht ausreichend. Ich würde gerne in einer langfristigen Baustelle mitarbeiten, und das hier scheint mir auf Dauer eine sinnvolle Arbeit zu sein.«

Lothar ergänzte seinen Satz: »... deren Ende keiner von uns miterleben wird, nicht einmal annähernd. Seid also am Montag zur Laudes hier, und bringt Euer Werkzeug mit«, sagte Lothar.

Michel schlenderte zufrieden zum Heumarkt zurück. Da heute Freitag war, hatte er noch das ganze Wochenende mit Svenja vor sich. Sie konnten sich gemeinsam die Stadt ansehen, alle Eindrücke auf sich wirken lassen. Auch war er froh über die Verdienstmöglichkeiten, die hier am Dom um ein Drittel höher lagen als in Flensburg. Sie mussten sich nur zunächst mit der neuen Währung auseinandersetzen, denn Heller, Groschen und Kölner Pfennige kannten sie in der Form oben in Flensburg nicht. Trotzdem hatte zunächst einmal alles einen guten Gang genommen.

Als Michel seine Unterkunft, die Herberge ›Zum Rheinblick‹, erreicht hatte, war Svenja noch nicht zurück. Es war ein herrlicher, warmer Augusttag, und so beschloss er kurzerhand, ein Bier trinken zu gehen. Er setzte sich an einen kleinen Tisch vor der

Herberge, um dort auf Svenja zu warten. Von hier aus konnte er gut in der Ferne den Fluss beobachten, die Lebensader des Handels.

Wie Michel mitbekommen hatte, begann man auf der Baustelle nun mit der Errichtung des Südturmes, nachdem man im letzten Jahr den Chor eingeweiht hatte. Sein Gewölbe war hoch gespannt, und ein filigraner Wald von Strebepfeilern und -bögen umzog das Bauwerk, um seine Mauern zu stützen. Welche Aufgaben kamen auf ihn zu? Und wie würde er damit klarkommen, in solchen Höhen arbeiten zu müssen?

Viele Gedanken gingen ihm durch den Kopf, als er seinen dritten Becher Bier leerte. Da sah er Svenja ruhigen Schrittes heranschlendern. Sie setzte sich zu ihm an den Tisch und sagte: »Da du dir ein Bierchen trinkst, vermute ich, dass sie dich eingestellt haben?«

Er nahm sie in den Arm und flüsterte ihr die Neuigkeiten ins Ohr. »Das ist ja großartig!«, freute sie sich mit ihm.

»Und wir haben ja noch zwei Tage für uns – meine neue Arbeit fängt erst am Montag an«, sagte Michel. »Herr Wirt! Bitte noch einen Becher und einen weiteren Krug von dem süffigen Bier!«

Am Montagmorgen ließ Michel seine Frau weiterschlafen, als er aufstand. Er holte seine Werkzeugkiste und kontrollierte alles noch einmal. Auf dem Boden lagen seine Axt und die Säge, darüber das alte Glätteisen seines Vaters, der Holzbohrer, Hammer und Zange, Mess- und Winkelschablonen. Das durfte fürs Erste reichen. Im Wagen befanden sich noch Seile und Flaschenzüge, auf die er zunächst verzichten wollte. Mit der Kiste in der Hand verließ er auf leisen Sohlen sein Zimmer.

Als Michel an der Dombauhütte ankam, war er einer der ersten Handwerker dort. Allseits entbot er ein freundliches »Gott zum Gruße!«. Als sein neuer Vorarbeiter ihn erblickte, meinte er: »Aha, der Neue ist pünktlich wie ein Maurer! Folgt mir! Ich zeige Euch, wo alles steht, wo sich die Materialien der Zimmerleute befinden, und danach zeige ich Euch Eure Aufgabe für den heutigen Tag.«

Zunächst erblickte Michel nur Sand, Steine und das gesamte Baumaterial der Maurer und Steinmetze, dann kamen sie in die Abteilung mit Holz. Hier waren Latten und Balken in verschiedenen Stärken zu großen Blöcken gestapelt. Der Vorarbeiter blieb stehen. »Da wir uns auf einer Großbaustelle befinden, heißt das für uns, dass wir bautechnische Probleme selbst lösen müssen. Wie Ihr seht, arbeiten wir zurzeit am Querhaus, am Langhaus und an den Türmen. Im Moment hat der Südturm Vorrang. Das heißt, wir brauchen Leitern, und zwar jede Menge, um das Material, größtenteils schwere Steine. auf die vorgeschriebene Höhe zu bekommen. Es werden schwere Flaschenzüge eingesetzt – alles schwierige Aufgaben, und nicht ungefährlich! Eure Aufgabe für die ersten Tage besteht darin, Leitern in verschiedenen Längen herzustellen. Die Maße dafür gebe ich Euch. Wenn wir ausreichend Leitern haben, werdet Ihr in der Höhe arbeiten, das heißt Holzverschalungen anbringen und hölzerne Notdächer bauen, die das Innere der Gebäude vor Regen schützen. Dabei werdet Ihr in dreißig Schritt Höhe arbeiten. Denkt daran, dass es trotz mannigfacher Absicherung immer wieder zu gefährlichen Unfällen kommt. Dabei gibt es nicht nur Schürf- und Kratzwunden, sondern auch Knochenbrüche, Blutergüsse und schwerste Schnittverletzungen – ja sogar Todesfälle sind schon vorgekommen! Daher ist die feste Verankerung der Gerüste von äußerster Wichtigkeit!«, erklärte ihm Lothar.

Nach einigen Schritten kamen sie an einen großen Werktisch. »Hier könnt Ihr arbeiten, dort liegt das Holz, und in den Kisten da hinten findet Ihr alles an Werkzeug, was Ihr benötigt. Ihr könnt natürlich mit Eurem eigenen Werkzeug arbeiten, aber wenn Euch etwas fehlt, bedient Euch aus der Kiste. Darin ist alles, was Ihr braucht. Solltet Ihr Fragen haben: Ich bin in der Dombauhütte bei Meister Johannes zu finden.«

Kapitel 10

An einem Sonntag vierzehn Tage später, Anfang September, lockte warmer, strahlender Sonnenschein die Kölner ins Freie. »Puh, ist das heiß hier unter dem Dach!«, stöhnte Michel in der Herberge ›Zum Rheinblick‹. Heute war sein freier Tag, den er mit Svenja zusammen verbrachte. Gemeinsam verließen sie ihr Zimmer, statteten Arminius einen Besuch ab und schlenderten anschließend Hand in Hand das Rheinufer entlang, wo sie die vorüberfahrenden Boote beobachteten. Sie setzten sich auf eine Bank, genau an einer Stelle, wo sogar heute – am heiligen Sonntag – gearbeitet wurde. Beinahe jedes zweite Boot, das anlandete, war mit Materialien für den Dom beladen. Mit Lastkränen wurden große Kant- und kleinere Natursteine von einem Steinbruch am Drachenfels aus den Booten gehievt. Das Herbeischaffen des Baumaterials war schon eine gewaltige Anstrengung. Die Straßen waren einfach zu schlecht für Fuhrwerke mit schwerer Last, sodass man den Wasserweg nutzte.

Interessiert beobachtete Michel die verschiedenen Arbeitsschritte. »Bis jetzt habe ich nur Leitern gefertigt. Ich bin zwar froh, dass ich überhaupt Arbeit gefunden habe, aber langsam reicht es doch. Leitern bauen ist nicht gerade eine Erfüllung für einen Zimmermann.«

»Warum stellt dich dieser Lothar nicht an andere Arbeiten?«, fragte Svenja neugierig.

»Ich weiß es nicht. Fast glaube ich, er mag mich nicht besonders, aber an den Leitern, die ich hergestellt habe, gibt es nichts zu beanstanden. Selbst der Dombaumeister meinte letztens ganz nebenbei, dass er selten so gut gebaute und vor allen Dingen so stabile Leitern gesehen habe.«

»Dass der Dom komplett mithilfe von Flaschenzügen und Leitern gebaut wird, ist ja kaum zu glauben", meinte Svenja.

»Bitte warte einen Moment hier, ich sehe mir eben etwas an!«, sagte Michel, stand auf und ging zu den Arbeitern am Rhein, um ihnen einige Fragen zu stellen. Svenja sah im nach und schaute dann wieder auf den Fluss hinaus. Sie beobachtete die Segel der vorbeifahrenden Schiffe. Am Ufer standen Männer und junge Burschen und angelten. Svenja genoss die Sonnenstrahlen auf ihrem Gesicht und schloss die Augen.

Michel kam zu ihr zurück. »Ich hab's! Wir brauchen am Dom einen Baukran! Ganz ähnlich, wie sie ihn hier im Hafen verwenden, nur wesentlich größer, also für schwerere Lasten. Den müsste man noch mit einem verschiebbaren Schwenkarm ausstatten und könnte so das Material heraufziehen.«

»Könntest du denn so etwas bauen?«, wollte Svenja wissen.

»Ich denke, schon. Ich brauche einen vernünftigen Plan, vielleicht noch einige Helfer, dann wäre das zu schaffen. Das Quer- und das Langhaus werden ja genau wie der Südturm gemeinsam in die Höhe wachsen. Man müsste den Baukran auf den halb fertigen Südturm setzen, dann müsste es gehen. Von diesem Standort aus könnte man die schweren Lasten in die Höhe ziehen, schwenken und auf die anderen Baustellen verteilen. Was denkst du? Soll ich eine Zeichnung anfertigen und sie dem Dombaumeister vorlegen, um ihn nach seiner Meinung zu fragen?«

»Ich denke, das ist eine gute Idee! Aber nimm dich vor diesem Lothar in Acht – deine Idee dürfte ihm nicht in seine Planung passen. Er wird dich als Widersacher betrachten!«, meinte Svenja.

»Ja, da könntest du recht haben. Trotz alledem werde ich mich noch heute Abend hinsetzen und eine Skizze anfertigen. Wir werden ja sehen, was dabei herauskommt.«

Sie gingen noch eine weitere Stunde am Rheinufer entlang und kehrten dann in ihre Herberge zurück, wo Michel den Wirt um etwas Schreibzeug bat, um seinen Plan umzusetzen.

Mehrere Abende lang zerbrach er sich den Kopf. Er stellte Zeichnungen her, befasste sich mit Aufmaßen, korrigierte immer wieder – und dann hielt er den fertigen Plan in Händen. »Fertig!«, rief er voller Freude und zeigte Svenja seinen Plan.

»Mein Gott! Ich wusste ja gar nicht, was alles in dir steckt! Das sieht ja wirklich gut aus!«

Am nächsten Morgen wartete Michel auf den Vorarbeiter Lothar, der ihm eine neue Aufgabe zuweisen sollte. »Ihr könnt Euch ein paar Bretter nehmen, um ein quadratisches Becken für den Mörtel zu bauen. Die Maurer benötigen es, um ihren Speis anzurühren.«

Langsam verlor Michel die Geduld: »Ich will ja nicht herumjammern, aber ich bin Zimmermann und kein Schreiner. Ihr beauftragt mich mit Arbeiten, die nicht das Leiseste mit meinem Beruf zu tun haben.«

Lothar sah ihn herausfordernd an: »Wenn es Euch nicht passt, beschwert Euch bei Meister Johannes!« Er drehte sich um, ließ Michel stehen und ging.

Die nächsten Tage verrichtete Michel weitere einfache Arbeiten, doch dann riss ihm der Geduldsfaden. Eine Woche später – es war Mitte September – fasste er den Mut, einen Gesprächstermin mit dem Meister zu machen, zumal er täglich mitbekam, dass die Art und Weise, das Material die Leitern hinaufzutragen, keine Lösung sein konnte. Es dauerte viel zu lange und es war äußerst gefährlich. Michel sollte mit seinen Befürchtungen recht behalten. Am gleichen Tag, kurz vor Feierabend, passierte es erneut: Ein Maurer trug eine Kiepe auf den Schultern, die mit frisch angerührtem Mörtel gefüllt war, den er zu anderen Maurern bringen musste, die am Langhaus beschäftigt waren. Die Sohlen seiner Schuhe waren feucht und schmierig, und so kam es, dass er in zehn Schritt Höhe auf einer der Sprossen abrutschte, den Halt verlor und mit einem gellenden Schrei mitsamt der Mörtelkiepe in die Tiefe stürzte, wo er nicht weit von Michels Arbeitsplatz aufschlug.

Vor lauter Schreck schrie auch Michel auf. Schnell lief er zu dem Verunglückten, der einen grauenvollen Anblick bot. Er lag auf dem Bauch, den Kopf seitlich verdreht; aus Nase, Mund und Ohren sickerte Blut hervor, der Kopf war verformt. Andere Arbeiter kamen angerannt, auch Lothar stand plötzlich neben Michel: »So sicher scheinen die Leitern ja nicht zu sein, die du baust!«, sagte er gehässig zu Michel, dem nach diesem Vorwurf die Worte fehlten. Ein Mönch trat an den Gestürzten heran, ergriff den Körper und drehte ihn um. Mit zwei Fingern fühlte er nach dem Puls und schüttelte dann verneinend den Kopf. »Ich lasse ihn abholen – hier kommt jede Hilfe zu spät. Genickbruch, vermute ich.«

Viele Worte wurden über den Unfall nicht mehr verloren. Diese Gleichgültigkeit, das schnelle Vergessen – es stieß Michel auf. »Ist hier auf dieser Baustelle ein Menschenleben gar nichts wert?«, fragte er sich. »Mit meinem Lastkran wäre das nicht passiert.«

Endlich war der Freitag gekommen, an dem Michel nach Feierabend einen Termin mit dem Dombaumeister hatte. Lothar war bereits nach Hause gegangen, was Michel sehr recht war. Wie immer stand der Meister hinter seinem Tisch und betrachtete die Baupläne. Michel betrat die Hütte. Johannes von Köln sah ihn an: »Ihr wollt mit mir reden?«

»Ja, Meister, ich habe einen Verbesserungsvorschlag zu unterbreiten. Mir ist da eine Idee durch den Kopf gegangen, die ich aufgezeichnet habe«, sagte er und zog die Pergamentrolle aus dem Ärmel. Er rollte sie auf dem Tisch aus. Der Meister sah interessiert zu. »Darf ich Euch meinen Plan erklären?«

Johannes von Köln kratzte sich den Bart, aus dem einige Schuppen herausfielen. »Ja, macht nur.«

Auf diese Gelegenheit hatte Michel gewartet. Die Worte sprudelten förmlich aus seinem Mund hervor, und zum Ende hin sagte er: »So könnten wir das Material hinschwenken, wo immer wir es benötigen, und es dürfte keine Rolle spielen, ob es leicht oder schwer ist. Ich könnte den Kran für schwerste Lasten auslegen.«

Der Meister sah sich alles genau an; er registrierte jedes Detail, erwog Für und Wider und fasste einen Entschluss: »Wenn Ihr das hinbekommt, seid Ihr der Held der Baustelle! Was sagt denn Euer Vorarbeiter dazu?«

»Ich denke, er ist von mir nicht so begeistert. Warum auch immer – ich weiß es nicht ...«, antwortete Michel.

»Aber ich weiß es: Ihr arbeitet zu gut. Eure Leitern und alles andere, was Ihr bis jetzt gebaut habt, sind von bester Qualität. Möglicherweise ist er neidisch. Was denkt Ihr?« Michel zuckte mit den Schultern. »Ist ja auch egal, ich gebe Euch den Auftrag: Baut den Kran! Nehmt Euch noch zwei Leute, besorgt das Holz, das Ihr benötigt, und fangt morgen an!«

Michel bedankte sich und verließ mit einem breiten Grinsen die Dombauhütte. Er hatte es geschafft, die Leidenschaft des Dombaumeisters zu wecken. Leitern und Mörtelkisten bauen – das gehörte jetzt der Vergangenheit an. Nun konnte er sich in seinem Beruf ganz entfalten. Und da er inzwischen schon einen großen Teil der Handwerker kannte, suchte er sich die beiden besten Männer für die neue Aufgabe aus. Er wollte René dabei haben, einen Mann aus der Provence, und Georg, den Rheinländer, beide gelernte Zimmerleute wie er selbst. Die beiden waren begeistert, denn so mussten sie nicht mehr unter dem unbeliebten Lothar arbeiten.

Am Samstag in der Frühe fingen die drei Männer damit an, das Material zusammenzutragen. Michel erklärte den beiden seinen Plan: »Zuerst bauen wir die Teile des Unterbodens zusammen. Ist dieser fertiggestellt, befestigen wir ihn auf der Plattform des Südturmes. Die weiteren Einzelteile schneiden wir hier unten zurecht, tragen sie hinauf und montieren sie auf dem Unterbau. So werden wir Stück für Stück, Balken für Balken verarbeiten, bis zu dem Punkt, an dem wir die Mechanik einsetzen müssen. Dies dürfte der gefährlichste und schwierigste Teil des ganzen Unternehmens sein. Der Baukran muss sich nach Fertigstellung so drehen lassen, dass wir die einzelnen Ladungen auf die anderen Bauwerke herablassen können.«

René, Georg und Michel begaben sich daran, die Balken zurechtzuschneiden, als wie aus dem Nichts Lothar bei ihnen auftauchte:

»Was geht denn hier vor? Was treibt Ihr da?«

»Wir bauen einen Lastkran, den wir auf den Südturm setzen werden, um von dort aus das Material auf die anderen Gebäude zu verteilen«, gab Michel voller Selbstbewusstsein zurück, »und außerdem verspüre ich keine Lust mehr, Leitern oder Mörtelbecken zu bauen.«

»Ach, Ihr glaubt doch wohl selber nicht, dass so etwas funktionieren wird! Was sagt denn unser Meister zu Eurem Unterfangen?«

»Meister Johannes hat mir sogar den Auftrag dazu erteilt. Er ist von meinem Vorschlag begeistert!«

Mit hochrotem Kopf sagte Lothar: »Darüber ist noch nicht das letzte Wort gesprochen!«. Dann eilte er schnellen Schrittes davon.

Als er außer Hörweite war, meinte Georg: »Dieser Hundsfott ist ein Spinner vor dem Herrn! Er spielt sich mittlerweile auf, als würde der Dom ihm gehören.«

»Wir werden es dem Herrn Vorarbeiter schon zeigen!«, bemerkte René mit seinem leichten französischen Akzent.

Anfang Oktober war die Grundplatte fertiggestellt und musste auf dem Südturm befestigt werden. Den weiteren Aufbau sowie den Schwenkarm wollten sie im Anschluss daran bauen. Michel hatte Erkundigungen über das Grundmaß des Südturmes eingeholt, daher wusste er, dass die Plattform knapp zehn mal zehn Schritt maß; also verwendeten die drei vier schwere Eichenbohlen für die Plattform. Meister Johannes von Köln kam fast täglich kurz bei den dreien vorbei, um den Werdegang des Kranes zu begutachten. Ihr Vorarbeiter Lothar ließ sich hingegen nur noch äußerst selten blicken. Er litt förmlich unter dem Verlust seines Ansehens in der Öffentlichkeit. Michel stieg in der Gunst des Meisters sowie in den Augen der anderen Handwerker. Die Leute lobten ihn, und sie meinten untereinander: »Der Bursche aus dem Norden, der kann was!«

Einige Tage später kamen mehrere hohe Herren zu Michel und seinen Genossen, die sich sehr interessiert an ihrem Werk zeigten. Einer davon war der Erzbischof und Kurfürst von Köln, Heinrich von Virneburg, der ein entschiedener Förderer des Dombaus war. Er war es auch gewesen, der im letzten Jahr den Hochchor des neuen Doms feierlich eingeweiht hatte. »So, Ihr seid also der talentierte Zimmermann, von dem die Leute sprechen? Wenn das alles so funktioniert, wie Ihr es Euch vorgestellt habt, könntet Ihr hier in der Stadt berühmt werden!«, sagte er zu Michel. Der Bischof war von kleiner, dicker Gestalt, und sein Atem roch nach Wein.

»Vom Aussehen her und aufgrund seiner Figur dürfte er ein Genussmensch sein«, dachte Michel, fiel auf sein rechtes Knie und küsste den Ring des Bischofs. »Ich wünschte mir, Ihr hättet recht mit Eurer Äußerung, Eminenz!«, antwortete er.

Mit seinem aufgeschwemmten Gesicht, in dem viele geplatzte Äderchen zu sehen waren, sagte der Bischof: »Wenn Euer Baukran fertig ist, werde ich mit unserem Grafen Adolf noch einmal hier vorbeischauen. Strengt Euch an und seid fleißig, mein Sohn!« Dann schlug er das Kreuz und sagte mit weinerlicher Stimme: »Ora et labora!« Dann zog er mit seiner Schar junger Männer von dannen. Kurz und bündig meinte René: »Den haben wir also auch auf unserer Seite!«

Kapitel 11

Am Tisch des Zahlmeisters Gerold vom Bruch hatte sich eine lange Schlange gebildet. Es war der 30. September 1323, und wie immer am Letzten eines Monats war Zahltag. Jeder nannte seinen Namen, und der Zahlmeister schaute in seine Liste und zahlte ihm den entsprechenden Lohn aus. Endlich war Michel an der Reihe.

»Name?«, fragte Gerold.

»Michel Pettersen, Zimmermann.«

»Ihr seid also der Erbauer des Baukrans?«

»So ist es, Herr Zahlmeister.«

»Dann könnt Ihr froh sein. Laut Anweisung des Dombaumeisters bekommt ihr vierzig Heller für Eure Arbeit. Er scheint wohl sehr zufrieden mit Euch zu sein.« Er zählte Michel das Geld auf dem Tisch vor, der es daraufhin in seiner Geldkatze verschwinden ließ. Gleichzeitig bewunderte Michel den Wildlederbeutel des Zahlmeisters, der an seinem Gürtel hing und mit einer außergewöhnlichen Stickerei verziert war. Das edle Teil wirkte prall gefüllt. Aber so war das nun mal: Diejenigen, die körperliche Schwerstarbeit verrichteten, verdienten das kleine Geld, und diejenigen, die hinter einem Tisch saßen, strichen den fetten Batzen ein. Aber das war ja allgemein bekannt, und so war Michel trotz allem zufrieden damit, dass er schon seinen vollen Lohn erhalten hatte.

Michel, René und Georg wollten noch eine Taverne aufsuchen, um vor Freude über diesen Tag gemeinsam ein Bier zu trinken. Sie steuerten zielstrebig in Richtung Rheinhafen in den ›Neptun‹, eine bei den Handwerkern des Domes und bei den Seeleuten gleichermaßen beliebte Taverne. Michel bestellte einen Krug Bier: »Der geht auf mich – das ist mein Einstand als Neuer!« Sie tranken danach noch einen zweiten, gefolgt von einem dritten und einem vierten Krug.

René wollte wissen: »Michel, wie bist du eigentlich auf die Idee mit dem Lastkran gekommen?«

»Ich habe solche Kräne im Flensburger Hafen gesehen; mit ihnen entladen sie die Boote. Also dachte ich mir, wenn ich einen solchen Kran bauen würde, nur um einiges größer und ein wenig abgeändert, müsste das funktionieren. So zeichnete ich mehrere Abende lang an meinem Plan. Mein Vater war Zimmermannsmeister. Als ich noch klein war, hat er mich täglich auf die Baustellen mitgenommen. Er hat auch mehrere Kräne für den Hafen gebaut, und ich half ihm dabei. Der Unterschied ist nur der, dass unser Kran hier um die fünfundzwanzig Schritt groß wird – das ist ein gewaltiges Ding! Aber mit Eurer Hilfe werden wir den Kölnern schon noch das Staunen beibringen!«, sagte er voller Selbstbewusstsein.

»Was glaubst du, wie stark der Kran werden wird?«, fragte Georg.

Michel überlegte kurz: »Das kann ich noch nicht genau beantworten, aber ich denke, dass man damit bis zu vierzig Zentner auf einmal in die Höhe hieven kann.« Michel stand auf: »Einen Moment, ich bin gleich wieder da.« Er ging zum Wirt und kam mit einer Wachstafel und einem Griffel zurück. In groben Zügen skizzierte er seinen Bauplan und setzte ein paar Maße ein. »So hatte ich mir das gedacht!«

René und Georg bestaunten die Skizze. »Und den Kern hier, den bildet der Eichenstamm?«, fragte René.

»Ja, er wird im Zentrum angebracht und hat eine Länge von fünfzehn Schritt. Am oberen Ende wird er am stärksten sein, nach unten zur Bodenplatte hin verjüngt er sich auf einen Schritt Durchmesser. Wir setzen einen dicken Dorn ein, der von vier Eisenbändern gehalten wird und in einer eisernen Lagerschale ruht.« Michel fuhr mit dem Griffel die Skizze entlang. »Jetzt ist die Konstruktion leicht beweglich. Das Tragegestell wird etwa dreizehn Schritt hoch und verjüngt sich von ungefähr zehn Schritt zum Ende hin auf etwa fünf Schritt. Der Teil, der über das Gestell hinausragt, wird achteckig und noch einmal fünf Schritt hoch.

Hier setzen wir den Schnabel an, gebildet aus drei schweren Balken; er wird die Turmhaube noch um sieben Schritt überragen. Die gesamte Länge des Auslegers wird dann dreizehn Schritt betragen. So, wenn der Südturm nun eine Höhe von fünfundvierzig Schritt hat, wird die Spitze des Lastkrans um die siebzig Schritt Höhe erreichen. Den unteren Teil sowie die Turmhaube lassen wir von den Dachdeckern verschiefern – so dringt kein Wasser in die Konstruktion ein und das Holz ist vor Feuchtigkeit und Fäulnis geschützt.«

Dirk und René waren begeistert: »Einen Krug sollten wir uns noch gönnen«, schlug Georg vor, »und der geht auf meine Rechnung!«

Die Zungen der drei neuen Freunde wurden immer schwerer und ihr Gespräch ging allmählich in ein Lallen über. So landeten sie nach Mitternacht dort, wo bei einem solchen Gelage alle Betrunkenen landeten: in einem Szenario, in dem jeder gleichzeitig redete und keiner mehr zuhörte. Irgendwann zahlten sie die Zeche und machten sich auf, um ihren Heimweg zu suchen. Sie schlenderten den Rhein entlang, und es war ein Anblick für die Götter: Alle drei standen nebeneinander und ließen ihren nicht versiegen wollenden Strahl in den Rhein plätschern. »Dasch könnte heute noch Ärscher mit unseren Weibschbildern geben«, lallte Michel.

»Du verschläfst den heiligen Sonntag – deinen freien Tag! Kommst weit nach Matutin nach Hause und bist auch noch stockbetrunken! Ich wollte mit dir in den Gottesdienst gehen, und was machst du? Liegst hier mit schwerem Kopf im Bett und jammerst!«, schimpfte Svenja.

»Du hast vergessen, dass ich am Dom arbeite! Ich habe jede Woche sechs Tage lang Gottesdienst um die Ohren, da will ich wenigstens am Sonntag meine Ruhe haben!«, stöhnte Michel.

»Komm ja nicht auf die Idee, Bier zu trinken, wenn du in schwindelnder Höhe auf dem Dom arbeitest«, bemerkte sie, »Ich möchte nämlich nicht, dass wir in Zukunft alleine in dieser Stadt wohnen müssen!«

»Wer – wir? Wer denn noch außer dir?«, fragte Michel und hielt sich den Kopf.

»Na, ich und unser Kind.«

Michels Oberkörper schnellte in die Höhe: »Was? Sag' bloß, wir bekommen ein Kind!«

»Es könnte gut sein. Meine Blutung ist ausgeblieben, das heißt, dass wir im Mai möglicherweise zu dritt sind. Du hast jetzt Verantwortung. Also richte dich danach!«

Michel hatte außer seiner Bruche nichts an. Er stand auf und nahm Svenja liebevoll in die Arme. »Das ist ja eine wunderbare Neuigkeit!«, flüsterte er ihr ins Ohr.

»Wenn du nachher wieder nüchtern bist, würde ich sagen, du ziehst dich an und wir gehen ein wenig am Rhein entlang.«

»Ich bin so lebhaft wie der Wurm im Holz des Zimmermanns!«

Während die drei Männer weiterhin an ihrem Lastkran arbeiteten, hatten sich ihre Frauen miteinander angefreundet. Häufig verbrachten sie ihre Zeit gemeinsam. So trafen sie sich zum gemeinschaftlichen Sticken, und dabei wurde über Gott und die Welt gesprochen.

»Meine Güte«, sagte Anna, Georgs Frau, »waren eure Männer am Samstag auch so betrunken?«

»Das kannst du wohl laut sagen!«, antwortete Renés Frau Ursula, »Meiner ist vor der Tür eingeschlafen. Am nächsten Morgen musste ich ihn wecken.«

Anna kicherte: »Was ich euch jetzt erzähle, das bleibt bitte unter uns! Meiner saß im Garten auf dem Abort. Als ich ihn fand, schlief er tief. Dann lallte er: ›Haste mal 'n Linnen?‹ Er war nicht mehr in der Lage, sich seinen Hintern abzuwischen!« Die Frauen lachten herzhaft.

»Nein, das dürfen wir den anderen beiden nicht erzählen, sonst ziehen sie ihn nur auf!«, sagte Svenja.

In den kommenden Wochen wurden weitere Teile des Lastkrans fertiggestellt. Nach mehreren Versuchen fanden die drei endlich den passenden Eichenstamm für den inneren Kern. René und Georg bearbeiteten ihn, nachdem er auf Maß geschnitten war, mit ihren Glätteisen. Michel übernahm das Zurechtschneiden der Bohlen und setzte in die für ihn wichtigsten Werkstücke sein Zeichen ein: das M mit dem darüber liegenden Balken. Sobald die Teile fertig waren, wurden sie mit Flaschenzügen und etlichen Seilen auf den Dom gezogen und dort oben installiert.

Während dieser Verrichtungen erschien plötzlich Graf Adolf VI. von Berg und verfolgte staunend den Werdegang des Lastenkrans. An seiner Seite schritt der Erzbischof Heinrich von Virneburg mit Anhang. Als sie am Gegenstand ihres Interesses angelangt waren, trafen sie den Baumeister Johannes an, der den Arbeitern, die mit dem Hochziehen der Teile beschäftigt waren, Anweisungen zurief. So schallten Befehle wie »Höher!«, »Halt!«, »Etwas mehr nach rechts!«, »Halt – jetzt nach links – halt!« über den Platz. In verschiedenen Höhen hatten sich überall Arbeiter verteilt, um bei den schweren Teilen mitzuhelfen und sie in die richtige Lage zu bringen, in der sie dann befestigt wurden. Graf Adolf sprach mit dem Baumeister, der ihm die Arbeitsvorgänge erläuterte. Er lauschte den Worten gespannt und schien äußerst interessiert zu sein. »Ich habe von diesem Wunderknaben gehört, diesem Michel aus Flensburg. Er soll die Idee für den Baukran gehabt haben?«

»Das ist wohl wahr – es ist der Bursche dort, mit dem Hammer in der Hand. Er hat ganz alleine einen Plan gezeichnet und mir vorgelegt. Ich war sofort begeistert und habe ihm den Auftrag gegeben, den Kran zu bauen.«

»Bitte stellt ihn mir vor!«, sagte der Graf. Johannes von Köln ging voran, und der Graf sowie der Erzbischof folgten ihm. »Michel Pettersen, unser Herr Graf will Euch sprechen«, rief der Meister. Michel drehte sich um. Er hatte die Männer gar nicht bemerkt, da er nur seine Arbeit im Blick hatte. Er erkannte den

Bischof, und der groß gewachsene Mann neben ihm musste der Herr Graf sein. Michel ließ sich auf die Knie fallen und senkte dabei den Kopf.

»Erhebt Euch«, sagte der Graf, den seine Untertanen auch den ›Ehrwürdigen‹ oder den ›Sanften‹ nannten. »Man spricht über Euch im Lande. Die Neuigkeit von Eurem Bauwerk ist bis an meine Burg vorgedrungen. So erklärt mir bitte alles – zeigt mir, was Ihr gerade macht!«

Sie begaben sich auf einen kleinen Rundgang, und Michel erklärte dem Grafen die gesamte Vorgehensweise sowie einzelne Schritte des Arbeitsvorgangs. Michel mochte den Grafen. Am Ende sprach jener: »Bemerkenswert – alle Achtung! So einen wie Euch könnte ich gut auf meiner Burg Neuenberge gebrauchen. Ich lasse nämlich gerade einen neuen Wehrgang bauen, und wie mir scheint, sind meine Leute bei Weitem nicht so talentiert wie Ihr!«

»Danke für das Lob!«, gab Michel zurück.

Der Graf hielt Michel die Hand hin: »Solltet Ihr einmal die Baustelle wechseln wollen, dann stellt Euch auf Burg Neuenberge vor. Gute Leute sind mir immer willkommen!« Dann gingen die hohen Herren weiter in den Chor, wo am Eingang Messdiener ein Spalier bildeten.

René trat zu Michel heran: »Den haben wir jetzt auch überzeugt – der Graf ist auf unserer Seite!«

Etwas abseits beobachtete der Vorarbeiter Lothar das Ganze. Sein Kopf war vor Zorn rot angelaufen. »Dieses Frettchen aus Flensburg schleimt sich hier überall ein. Aber, mein Freund, das wirst du noch bitterlich bereuen!«, sagte er im Inneren zu sich. Lothar hatte nur noch drei Leute von der Zimmermannsgilde, die sich um ihn scharten. Der Rest der Männer war auf der Seite von Michel und seinen Freunden, und somit schwand Lothars Einfluss von Tag zu Tag. Ganz schlimm sollte es Ende Oktober für ihn werden.

»Zieht! Zieht!«, rief Michel. Die Männer auf den Gerüsten beförderten den Ausleger, der auch »Schnabel« genannt wurde, in die Höhe. Die drei Balken maßen dreizehn Schritt in der Länge. Nachdem der Schnabel nach oben gehievt und auf dem Lastkran angebracht worden war, stand dieses Wunderwerk in vollem Umfang weithin sichtbar auf dem Südturm. Überall von den Gerüsten und auch vom Boden her ertönte ein heftiges Handgeklapper. Beteiligte und Zuschauer waren begeistert.

»Jetzt müssen die Dachdecker nur noch alles verschiefern, dann können wir den ersten Einsatz wagen!«, rief Michel voller Freude.

Der Dombaumeister klopfte ihm kräftig auf die Schulter: »Gute Arbeit, Michel! Der Lastkran wird uns eine große Erleichterung sein!«

Michel strahlte übers ganze Gesicht. Ihm war ein Meisterwerk gelungen, und doch konnte er sich im Moment gar nicht vorstellen, dass er ein Kölner Denkmal geschaffen hatte, das für mehrere hundert Jahre Bestand haben sollte.

»Habt Ihr einen Moment Zeit für mich?«, fragte der Meister.

»Ja, natürlich, Meister.«

»Dann folgt mir in die Bauhütte.« Sie gingen zurück, und Michel fragte sich, was der Meister wohl von ihm wollte. Dieser nahm hinter seinem Arbeitstisch Platz. »Ich wollte mit Euch alleine reden. Ihr sollt der neue Vorarbeiter der Zimmerleute werden – ab sofort, mit einem Lohn von sechzig Hellern im Monat. Seid ihr damit einverstanden?«

Michels Mund wurde trocken, und er musste erst einmal schlucken. Große Freude kam in ihm auf. Sollte dies der Lohn für seine Arbeit und für seinen Einsatz sein? »Das ist eine große Ehre für mich! Doch was wird aus dem hiesigen Vorarbeiter Lothar? Wie soll das mit zwei Vorarbeitern funktionieren?«

»Darüber macht Euch mal keine Sorgen. Er wird sein Amt an Euch abtreten müssen. Dieser Mann ist unfähig; seine Arbeit ist nicht vergleichbar mit dem, was Ihr hier geleistet habt. Außerdem habe ich das Gefühl, dass die Handwerker sowieso fast alle hinter

Euch stehen. Also: Was liegt näher, als Euch zu befördern?«

»Das ist sehr zuvorkommend von Euch, aber ich vermute, dass Vorarbeiter Lothar dies nicht so einfach hinnehmen wird. Schließlich verliert er sein Ansehen unter den Arbeitern, und man wird ihn als Versager bezeichnen«, bemerkte Michel.

»Macht Euch darüber keine Sorgen. Darum muss ich mich kümmern. Ich brauche gestandene und fähige Männer, keine Mitläufer. Leider hatte ich vor Euch keinen anderen, der zum Vorarbeiter für die Zimmerleute getaugt hätte – ganz im Gegensatz zu den Vorarbeitern der Maurer, Schreiner, Dachdecker und Maler. Und zufrieden war ich mit Lothar nie. Außerdem wünsche ich mir, dass Ihr persönlich den Lastkran bedient und zwei weitere Männer einarbeitet, sodass Ihr auf Dauer nicht immer selbst da oben sitzen müsst. Kommen wir nun ins Geschäft?«

Trotz seiner Bedenken war Michel über seine Beförderung froh, und er konnte auch das Geld gut gebrauchen. Jetzt war es möglich, einen Teil davon zu sparen. Für ihn als zukünftigen Vater war das sicherlich vonnöten. Michel hielt dem Dombaumeister die Hand hin: »Einverstanden, Meister Johannes – zumal ich bald Vater werde!«

Dieser schlug kräftig ein: »Das ist doch eine freudige Nachricht! Dann auf gute Zusammenarbeit!«

Am nächsten Tag wurde Lothar kurzerhand seines Postens enthoben und unter Michels Aufsicht gestellt. Auf der Baustelle war dies das Tagesgespräch. »Man hat Lothar abgesetzt!«, flüsterten die Männer. Unter Michels Aufsicht arbeiten zu müssen war für Lothar sehr bedrückend, und dass der Meister, für den er bis zum heutigen Tag gut genug gewesen war, ihm das angetan hatte, wollte er nicht auf sich sitzen lassen. Er sann auf Möglichkeiten, sich zu wehren. In seinem Inneren breitete sich nur ein Gefühl aus: Hass. Mit hochrotem Kopf verließ er die Dombauhütte und schlug am Ausgang die große Holztür zu.

Heute Abend würde er in den ›Neptun‹ gehen. Dort waren meist viele Domhandwerker und auch die anderen Vorarbeiter anzutreffen. Mit ihnen wollte er ins Gespräch kommen, um ihre Meinung zu erfahren. »Und dann auch noch zwanzig Heller im Monat weniger!«, dachte er bei sich. Wie sollte er das seiner Frau beibringen? Sie würde ihn als Versager ansehen. »Nein, Meister Johannes und Vorarbeiter Michel, so einfach kommt ihr mir nicht davon. Von euch lasse ich mir mein Leben und meine Zukunft nicht verpfuschen!«, gelobte er.

Mit den Fäusten in der Tasche ging er zu Michel, der gerade neben einem großen Stapel neu angelieferten Holzwerks stand. »Ich soll mich bei Euch melden!«, sagte er knapp.

Auch für Michel war die Lage nicht angenehm. Er fühlte sich unwohl in seiner Haut. »Holt ein Zugmesser und bearbeitet die Balken hier!«, sagte Michel zu ihm. Als Lothar gerade gehen wollte, konnte es sich Michel nicht verkneifen, ihm noch einen Satz mit auf den Weg zu geben: »Du kannst hier richtige Zimmermannsarbeiten verrichten. Bei mir musst du nicht wochenlang Leitern bauen oder Mörtelkübel zurechtzimmern!« Lothar spuckte auf den Boden.

Am Abend saßen die Handwerker im ›Neptun‹ beieinander. Seit Jahren stellte ihnen der Wirt einen eigenen kleinen Saal zur Verfügung. Wer immer nach Feierabend noch ein Bier trinken wollte, kehrte hier ein. So waren auch heute einige Maurer, Zimmerleute, Schreiner, Maler und Steinhauer mit ihren Vorarbeitern anwesend. Auch der kleine dicke Zahlmeister Gerold, den die Arbeiter hinter vorgehaltener Hand ›Moppel‹ nannten, saß wie fast jeden Abend hier am Tisch.

Als Lothar den Raum betrat, ging ein Raunen durch die Runde. »Habt ihr gehört, was die mit mir gemacht haben?«

»Damit hättest du aber rechnen müssen – die Arbeit hast du ja nicht gerade erfunden!«, meinte der Zahlmeister und lachte laut. »Vielleicht darfst du ja nun auch ein paar Leitern bauen. Du hast unseren Michel völlig unterschätzt. Nun folgt die Strafe auf dem Fuß!«, sagte einer der Maurer.

Lothar kochte innerlich vor Wut; er wusste selbst, dass er unter den Handwerkern nicht gerade der beliebteste war. Er hatte seine Position als Vorarbeiter stets ausgenutzt. »Kommt der da aus dem Norden hierher nach Colonia gelaufen und glaubt, alles besser zu wissen, dieser Hundsfott!«, sagte er wütend.

Der Zahlmeister kicherte: »Er hat den Lastkran gebaut – auf so eine Idee wärst du im Leben nicht gekommen! Michel weiß nun einmal mehr als du, und an seine handwerklichen Fähigkeiten kommst du bei Weitem nicht heran.«

Ein Steinmetz lachte: »Komm, Lothar, setz' dich zu uns! Auch einem Verlierer steht ein Bier zu!«

»Ihr seid doch alles Hundsärsche! Ihr kriecht dem Neuen doch hinten rein!«, rief er den Männern erbost zu.

»Nun beruhige dich doch! Sieh' doch einfach ein, dass du ihm nicht gewachsen bist«, brummte nun wieder der Zahlmeister.

Lothars Gesicht war so gerötet, dass es aussah, als wollte er gleich platzen: »Halt doch dein Maul, du fetter Sack! Du sitzt doch den lieben langen Tag nur auf deinem dicken Hintern herum und spielst mit Hellern, Groschen und Pfennigen! Wann hat dich schon jemals einer arbeiten gesehen! Nicht umsonst nennen dich alle hier nur den dicken ›Moppel‹!«, schrie er den Zahlmeister vor versammelter Mannschaft an.

Das konnte dieser nicht auf sich sitzen lassen. Er wurde nun genauso bösartig wie Lothar: »Bis jetzt war das alles hier nur ein Spaß! Aber wenn du ihn nicht verstehen willst, geh' doch einfach nach Hause! Wir können unser Bier auch ohne dich trinken. Außerdem muss ich mich von dir Versager hier nicht vorführen lassen!«

Lothar riss die Augen weit auf. Mit einem Satz stürzte er sich auf den Zahlmeister, packte ihn am Kragen und versetzte ihm eine deftige Kopfnuss. Deren Wucht streckte den dicken Zahlmeister nieder; zugleich fielen mehrere Bierkrüge und Tonbecher zu Boden und zerbarsten, sodass den Gästen die Splitter nur so um die Ohren flogen. Auf den Holzplanken breiteten sich Bierlachen aus.

Der dicke Zahlmeister presste sich die Hände vors Gesicht, und zwischen seinen Fingern sickerte Blut hervor. »Du verdammter Dreckshund! Das wirst du bitterböse bereuen!« Der Zahlmeister sprang wie von der Wespe gestochen in die Höhe und begann, mit beiden Fäusten auf Lothar einzuschlagen. Die Schläge waren zwar ungenau, aber mit einem Rundschlag traf er Lothar am Kinn. Der ehemalige Vorarbeiter knickte ein und fiel zu Boden, und sofort hechtete der Zahlmeister mit einer Schnelligkeit, die man ihm nie zugetraut hätte, auf ihn. Lothar lag auf dem Rücken, der Zahlmeister saß mit seinem ganzen Gewicht auf dessen Brustkorb und schlug weiter auf den Zimmermann ein. Verzweifelt versuchte der, sich aus dieser ungünstigen Lage zu befreien, was ihm aber nicht gelang. Schnell traten andere Handwerker hinzu und trennten die beiden Streithähne mit kräftigen Armen. Zwei Männer hielten Lothar zurück, drei weitere den dicken Zahlmeister.

Beide Kämpfer spuckten Blut auf den Boden und schrien sich gegenseitig an, bis auf einmal der Wirt im Raum stand. »Euch ist wohl der Verstand abhandengekommen! Raus mit euch! Beide! Sofort raus aus meiner Taverne, sonst hole ich die Büttel und lasse euch ins Verlies werfen. Aber vorher bezahlt ihr mir noch die zertrümmerten Krüge!«, schrie er sie an. Der Zahlmeister gab dem Wirt ein paar Groschen, drehte sich um und verließ den Gasthof. Kurz darauf folgte ihm Lothar mit aufgeplatzter Unterlippe. Die Wirtin wischte mit einem Tuch das Bier auf und entfernte die Tonsplitter. Im ›Neptun‹ wurde an diesem Abend noch lange über den Vorfall gesprochen – genau wie an den nächsten Tagen.

Lothars Schlägerei mit dem Zahlmeister war das Gespräch auf der Dombaustelle. Wo immer er hinkam, wurde über ihn getuschelt und gelästert. Auch musste er sich überall die dummen Sprüche der Arbeiter anhören. Meister Johannes sagte zu dem Vorfall kein weiteres Wort, und auch Michel hielt sich zurück. Doch Lothar schmiedete einen Plan. Diese Schmach wollte er nicht auf sich beruhen lassen. Er würde dem dicken Zahlmeister eine Abreibung erteilen, ihn scheren wie ein Schaf! Ihn derartig in der Öffentlichkeit zu beleidigen konnte nicht ungestraft bleiben. Aber wie sollte er vorgehen? Nach dem vorangegangenen Streit würde man Lothar natürlich als Ersten beschuldigen, also musste er sich eine Finte ausdenken. Und ihm ging da einiges durch den Kopf. Er hatte sich etwas ausgedacht, womit er aus dem Schneider wäre …

Kapitel 12

Es war der 30. Oktober, und Lothar wusste, dass der Zahlmeister an diesem Tag im Rathaus das Geld abholen würde, um am darauf folgenden Tag die Handwerker auszubezahlen. Daher trug Gerold mehrere Geldbeutel mit den abgezählten Hellern, Groschen und Pfennigen an seinem Gürtel, die aber nicht zu erkennen waren, da er aus Sicherheitsgründen eine weite, innen gefütterte Kukulle darübergestülpt hatte. Nur einige wenige Vorarbeiter kannten sein Geheimnis, unter anderem auch Lothar. Anschließend übte der Zahlmeister stets das gleiche Ritual aus: Sobald er das Geld abgeholt hatte, ging er noch in den ›Neptun‹ und gönnte sich ein paar Bierchen. Wenn er dann zu später Stunde nach Hause ging, war er fast immer ziemlich betrunken. Dieses Wissen wollte sich Lothar zunutze machen. Am Tag zuvor hatte er dem Dombaumeister seinen Schlüssel von der Hütte zurückgeben müssen. Damit hatte Lothar gerechnet und sich deshalb vorher einen Nachschlüssel anfertigen lassen. Der sollte in seinem Plan noch eine wichtige Rolle spielen.

Nach Feierabend ging Lothar ans Rheinufer und setzte sich auf eine Bank, von der aus er die Taverne ›Neptun‹ im Blickfeld hatte. Die aufkommende Dunkelheit spielte ihm in die Karten. Als Erstes entdeckte er Michel, der die Taverne betrat; bald darauf folgte der dicke Zahlmeister. Es war kurz vor der Vesper. Nun hieß es für Lothar, lange zu warten. Es konnte zehn, elf oder gar zwölf Uhr werden. Und je später der Zahlmeister die Taverne verließ, desto betrunkener würde er sein – das war Lothars Mutmaßung. Unter der Bank, auf der er saß, hatte er einen dicken Knüppel versteckt. Diesen wollte er dem dicken Zahlmeister über den Schädel ziehen.

Aus dem ›Neptun‹ drang Grölen an seine Ohren. Gerne wäre er wie früher mit dabei gewesen, doch nach der Auseinandersetzung mit dem Zahlmeister mied er diesen Ort. Nun war weiteres Warten angesagt. Neue Leute kamen, andere gingen. Kurz vor

Mitternacht öffnete sich die Tür und Michel, der neue Vorarbeiter, verließ den ›Neptun‹. »Na, das passt ja wunderbar! Einer, auf den man den Verdacht lenken kann!«, dachte Lothar. Keine fünf Minuten darauf kam auch der dicke Zahlmeister aus der Taverne. »Bis Montag, Männer!«, rief er zurück in den Schankraum. Als er sich unbeobachtet fühlte, rückte er unter seiner Kukulle den Gürtel zurecht, der schon ein gewaltiges Gewicht haben musste und regelrecht von seinem mächtigen Bauch eingeklemmt war. Der Zahlmeister war gut betrunken, wie Lothar anhand seines schwankenden Ganges feststellen konnte. Lothar Griff nach dem Knüppel und folgte dem Zahlmeister. Es war in Colonia nichts Außergewöhnliches, des Nachts mit einem Prügel umherzugehen. Oft trieben sich Strolche herum, und mit einer solchen Waffe war man auf der sicheren Seite.

Lothar wusste, wo der Zahlmeister wohnte, nämlich in einer Pension etwas weiter in südlicher Richtung, und er kannte auch den Weg, den dieser immer einschlug. Lothar hatte sich eine dunkle Ecke ausgesucht, an der er sein Opfer überraschen wollte. Er ging etwa zehn Schritt hinter ihm her. Der schwankende Zahlmeister nutzte die Breite der Gasse voll aus und murmelte Unverständliches vor sich hin. Jetzt beschleunigte Lothar seine Schritte, bis er unmittelbar hinter ihm stand. »Guten Abend, Herr Zahlmeister!«, sprach er ihn an und schlug ihm auf der Stelle seinen Knüppel über den Hinterkopf. Der Zahlmeister blieb stehen, schwankte, fuhr sich mit einer Hand an den Schädel und drehte sich schwerfällig um. Genau in diesem Moment traf ihn ein neuer Schlag auf die Stirn. Ein Stöhnen kam dem Zahlmeister über die Lippen. Er öffnete den Mund: »Lothar, du Schweineh…!« Dann ging ein Zittern durch seinen Körper. Mit starren Augen blickte er den Zimmermann an, während die ersten Blutstropfen aus seiner Nase rannen. Langsam sank er auf die Knie, den leeren Blick weiterhin auf den ehemaligen Vorarbeiter gerichtet.

Lothar geriet in Panik – der Zahlmeister hatte ihn erkannt! Jetzt blieb ihm keine andere Möglichkeit mehr: Er musste ihn totschlagen. Angst breitete sich in ihm aus, und er schlug wie wild immer und immer wieder auf den Schädel des Zahlmeisters ein. Nach unzähligen Schlägen schlug dieser hart mit dem Gesicht auf der Straße auf. Ein Zucken durchfuhr seinen Körper, und seine Beine verkrampften sich noch kurz, bevor er sich gar nicht mehr bewegte. Sein Kopf war nur noch eine blutige Masse.

Schnell beugte sich Lothar über den Toten und öffnete seine Kukulle. Er erblickte die drei prall gefüllten Geldbeutel am Gürtel. Lothar zog sein Messer hervor und durchtrennte die Halteriemen. Hektisch blickte er sich um, aber er konnte niemanden entdecken. Keiner hatte den Überfall beobachtet. Lothar hob seine Tunika an und ließ die Beutel darunter verschwinden. Er wollte diesen Ort rasch verlassen, aber beinahe hätte er seinen Knüppel vergessen, der mit dem Blut des Zahlmeisters getränkt war. Er bückte sich, hob ihn auf und warf einen letzten Blick auf den am Boden Liegenden. »Du stehst nicht mehr auf!«, sagte er leise und verschwand wie ein Schatten durch die Gasse.

Noch hatte er aber seinen Plan nicht ganz erledigt. Eilig suchte er sein Haus auf und stellte den Knüppel an der Seite des Schuppens ab, der direkt an das Haus grenzte. Leise öffnete er die halb verfallene Tür und betrat den im Dunkeln liegenden Raum, in dem er altes Gerümpel untergebracht hatte. Vorsichtig zündete er einen Kienspan an, der etwas Licht verbreitete. Auf einem alten Tisch leerte Lothar die Geldbeutel aus. Er staunte nicht schlecht: Vor ihm lag ein kleines Vermögen! Es waren die Löhne unzähliger Arbeiter. Lothar hatte ihnen einen Monatslohn gestohlen – aber wen scherte es? Der Rat würde neues Geld freimachen, anderenfalls würden die Männer ihre Arbeit einstellen, und das konnten die Verantwortlichen nicht zulassen. Lothar überflog das Geld und steckte es in die Beutel zurück. Nur den des Zahlmeisters mit der ausgefallenen Stickerei behielt er in der Hand. In ihm ließ er ein paar Restmünzen und steckte ihn zurück in die Tasche seiner Tunika.

Lothar blickte sich um. Altes Werkzeug lag überall herum, Abfälle, Müll und ein Sack voller Sägespäne. Diesen schnappte er sich, entleerte einen Teil des Inhalts, steckte die Geldbeutel hinein und füllte den Sack wieder auf. Dann verschnürte er ihn und stellte ihn in eine Ecke des Schuppens. Hier würde niemand das Geld vermuten, und außerdem besaß nur er einen Schlüssel für die Gerümpelkammer.

Eines musste er jetzt noch schleunigst erledigen: die Dombauhütte aufsuchen. Er verschloss die Tür und eilte durch die dunklen Gassen, bis er auf dem Vorplatz des Domes ankam. Dabei blickte er sich stets um, ob er auch von niemandem beobachtet wurde. Er holte den großen Nachschlüssel hervor, schloss die Türe auf und verschwand in der Hütte. In einem großen Regal hatten die Männer ihre Holzkisten stehen, in denen sie ihr eigenes Werkzeug aufbewahrten. Zielstrebig ging Lothar auf Michels Kiste zu, nahm einige Instrumente heraus, legte den Beutel des Zahlmeisters hinein und deckte ihn anschließend mit den Werkzeugen zu. So sah es aus, als hätte Michel den Geldbeutel hier versteckt. Lothar ging zum Ausgang, öffnete die Tür, blickte nach allen Seiten und trat hinaus. Er verschloss die Türe wieder und verschwand in der Dunkelheit.

Etwas später betrat er daheim die Stube. Seine Frau Regina schlummerte selig in ihrem Bett. ›Regina‹ bedeutet ja ›die Königin‹, aber wenn er ihr ausladendes Hinterteil so betrachtete, das sie ihm entgegenstreckte, war alles Königliche von ihr gewichen. Lothar legte sich vorsichtig neben sie und versuchte zu schlafen, was ihm aber nicht gelingen wollte. Er war zu aufgewühlt; seine Gedanken kreisten um das, was er angerichtet hatte. Er war nun ein Mörder. Als er später doch in flüchtigen Schlaf gefallen war, wurde er von einem gewaltigen königlichen Furz aus dem Schlaf gerissen. »Was hält mich hier eigentlich noch?«, dachte Lothar.

Kapitel 13

Die meisten Menschen in Colonia wurden am Sonntag in der Früh durch den Klang der verschiedenen Kirchenglocken geweckt. Das Läuten der Glocken war ein Aufruf an die Bevölkerung, den Gottesdienst zu besuchen. Ekarius von Weltersbach und sein Weib brachen schon zeitig auf, um die heilige Messe im Dom zu besuchen. Auf einmal schrie seine Frau auf – sie hatte den am Boden liegenden Mann entdeckt. »Heilige Maria Magdalena!«, rief Ekarius. »Den armen Kerl hat man überfallen!« Er beugte sich über ihn und fühlte am Handgelenk nach dem Puls. »Der ist tot«, sagte er dann, »Wir sollten den Büttel verständigen. Meine Güte! Hat man den zugerichtet!« Der Kopf des Toten war rot von Blut, das auch seine Haare verklebt hatte; es waren mehrere aufgeplatzte Hautstellen sichtbar. Unter dem Toten hatte sich in der Nacht ein großflächiger Blutteppich ausgebreitet.

Wie ein Lauffeuer ging es durch die Stadt: »Der Zahlmeister ist erschlagen worden!« Ein herbeigerufener Medicus untersuchte den Toten und gab sein Urteil ab: »Schädelbruch. Man hat ihm die Stirn, den Hinterkopf, ja die gesamte Schädeldecke mit einem schweren Gegenstand zertrümmert.«

Da viele Leute den Zahlmeister kannten, kam man auch bald dahinter, dass er ausgeraubt worden war. So nahmen die Büttel Befragungen auf. Schnell erfuhren sie, dass der dicke Zahlmeister seine letzten Stunden im ›Neptun‹ verbracht hatte und dass er das Lohngeld der Handwerker bei sich getragen hatte, das nun verschwunden war. Jeder Gast des ›Neptun‹ wurde verhört.

Am Montag wurde auf der Dombaustelle über nichts anderes geredet. Immer wieder kam die gleiche Frage auf: Wer mochte der Mörder des Zahlmeisters sein? Die Männer mussten einzeln in die Bauhütte kommen, wo sie vom Hauptmann der Wache befragt wurden. Als dieser von dem Zwischenfall im ›Neptun‹ erfahren hatte, wurde zunächst Lothar eingehend verhört.

Natürlich hatte dieser damit gerechnet und sich gründlich auf das Verhör vorbereitet. So konnte er sich herauswinden wie ein Aal. Doch auch er wurde nervös. Er hatte den Zahlmeister ja nur betäuben wollen, aber der dicke Moppel musste sich ja umdrehen. Jetzt stand Lothar als Mordverdächtiger da, was gar nicht in sein Konzept passte. Nun musste er noch mehr auf der Hut sein.

Nach ihm kamen weitere Handwerker an die Reihe, aber die Befragungen waren nicht sehr aufschlussreich. So verliefen die nächsten Tage ohne Resultat, bis ein Vertrauter von Lothar dem Hauptmann einen Wink gab, er solle doch einmal bei dem Neuen nachsuchen – der habe so merkwürdige Äußerungen über den Zahlmeister gemacht. Für diese vor dem Hauptmann wie nebenbei gemachte Bemerkung bekam er von Lothar ein gutes Schweigegeld in die Hand gedrückt.

Zwei Tage später erschienen der Hauptmann und drei seiner Büttel bei Svenja, um ihre Wohnung zu durchsuchen. Michel befand sich zu dieser Zeit auf dem Lastkran, um schwere Steine zu befördern. Er bekam daher von der Durchsuchung nichts mit. Svenja war freundlich zu den Männern und zeigte Verständnis für ihr Tun. Sie war natürlich auch daran interessiert, dass die Büttel den Mörder ausfindig machten. Aber sie waren vergebens gekommen: sie konnten in der Wohnung nichts finden.

Als der Hauptmann schon langsam verzweifelte, erhielt er einen neuerlichen Hinweis: Er solle doch einmal die privaten Werkzeugkisten der Arbeiter untersuchen, die in der Bauhütte standen. Auch darauf hatte Lothar gezielt hingearbeitet, indem er seinen Mann erneut auf den Hauptmann ansetzte. Es war ihm egal, wie viel er ihm dafür zahlen musste – Geld spielte für ihn keine Rolle, denn davon hatte er zurzeit genug.

Bald darauf fand man den Geldbeutel des Zahlmeisters, der wegen seiner Stickereiarbeit allgemein bekannt war, in Michels Werkzeugkiste. Michel ging derweil natürlich weiter seiner Arbeit nach und hatte keine Ahnung davon, was bald auf ihn zukommen würde.

Am nächsten Morgen kontrollierte Michel gerade die neuen Lieferungen. Es waren Baumstämme aus dem Schwarzwald sowie aus der Eifel an das Ufer von Colonia geflößt worden. Auf weiteren Flößen befanden sich Trachytsteine aus dem Siebengebirge, genauer gesagt vom Drachenfels. Die Baumstämme würden später von den Zimmerleuten entrindet; die Steine hatten die Steinhauer schon im Bruch grob in Passform geschlagen. Hier auf der Baustelle erfolgte dann noch ein Feinschliff, bei dem die Quader ihre endgültige Größe erhielten. Jeder einzelne Stein für den Weiterbau wurde sorgfältig eingepasst.

Als Michel alle eingetroffenen Materialien auf seiner Liste vermerkt hatte, stand plötzlich der Hauptmann der Wache mit zwei Bütteln vor ihm: »Michel Pettersen, ich muss Euch festnehmen!«

Michel lachte: »Und weswegen?«

»Ihr seid des Mordes an dem Zahlmeister angeklagt!«, erklärte der Hauptmann. Einer der Büttel hielt ihm einen Spieß auf die Brust, der andere fesselte Michel die Arme auf dem Rücken.

»Das ist doch wohl ein Possenspiel! Als man den Zahlmeister ermordet hat, lag ich schon neben meiner Frau im Bett!«, sagte er wütend, begriff aber nun die Gefährlichkeit seiner Lage.

»Bringt ihn in die Dombauhütte! Herr Johannes von Köln möchte mit ihm sprechen«, sagte der Hauptmann zu seinen Bütteln.

»Setzt Euch dort auf den Stuhl!«, ordnete der Meister an. »Stimmt es, Michel, was mir zu Ohren gekommen ist?« Außer Michel, dem Baumeister, den beiden Bütteln und deren Hauptmann war niemand anwesend.

»Auf keinen Fall! Ich sagte bereits: Ich lag neben meiner Frau im Bett.«

Der Meister erhob sich: »Es gibt Beweise, die Euch belasten. Ihr wart an besagtem Abend, als der Mord an dem Zahlmeister geschah, im ›Neptun‹. Ist das richtig?« Der Meister ging hinter seinem Tisch auf und ab.

» Ja, das stimmt. Aber als ich ging, war er noch kräftig dem Bier zugeneigt«, sagte Michel.

Meister Johannes holte den Geldbeutel mit der Stickerei hervor. »Kennt Ihr diese Geldkatze hier?«

Michel erhob sich, trat an den Tisch und nahm den Wildlederbeutel in die Hand. »Ja, das ist seiner – also der des Zahlmeisters.«

»Ihr kennt ihn also?«

»Ja, der ist mir schon öfters am Auszahlungstag an seinem Gürtel wegen der ausgesprochen schönen Stickereien aufgefallen. So etwas hat ja nicht jeder«, gab Michel zurück.

»Könnt Ihr Euch vorstellen, wo wir ihn herhaben?« Michel schüttelte den Kopf. »Der Büttel hat ihn in Eurer Werkzeugkiste gefunden! Er war unter den Werkzeugen versteckt, die allesamt Euch gehören.«

Nun wusste Michel Bescheid. Erst jetzt verstand er so richtig, was hier ablief. Er überlegte kurz und sagte dann: »Den hat mir jemand in meine Kiste gelegt! Ich habe nichts damit zu tun!«

Meister Johannes schätzte Michel und traute ihm einen solch hinterhältigen Mord auch nicht zu. Doch die Beweislage sprach gegen ihn. »Es gibt folgende Vermutung: An dem bewussten Abend habt Ihr ein paar Minuten vor dem Zahlmeister den ›Neptun‹ verlassen. Dann habt Ihr ihm aufgelauert – genau dort, wo er am nächsten Morgen tot aufgefunden wurde. Ihr wusstet, dass er die Lohngelder bei sich trug, also habt Ihr ihm eins über den Schädel gegeben und ihm danach die Geldbeutel entwendet, die ihr – was weiß ich, wo – versteckt habt. Aus welchem Grund Ihr den Geldbeutel in Eure Kiste gelegt habt, ist mir allerdings schleierhaft. War es eine Art Trophäe? Wolltet Ihr den Beutel behalten oder weiterverkaufen? Wart ihr Euch zu sicher? Das sind etliche offene Fragen, die Ihr mir beantworten solltet.«

»Nun, ich hatte nie einen Disput mit dem Zahlmeister. Ich begegnete ihm immer nur kurz bei der Lohnauszahlung am Ende des Monats. Es bestand für mich in keiner Weise ein Grund, ihm so etwas Grausames anzutun. Seit ich hier arbeite, habe ich nie mehr als zwei bis drei Sätze mit ihm gewechselt, und den Geldbeutel muss irgendein anderer in meine Kiste gelegt haben«, erklärte Michel dem Meister. Der Hauptmann der Wache hörte interessiert zu.

Der Meister fuhr fort: »Es geht hier nicht nur um den Schlüssel. Man kann hier auch tagsüber einen Geldbeutel verstecken – dann ist die Hütte ja bekanntlich geöffnet. Ich gebe zu, dass alles ein bisschen verworren ist. Vieles liegt hier im Dunkeln, aber letztendlich ist es nicht meine Aufgabe, hier den Richter zu spielen. Da wir bisher gut zusammengearbeitet haben, und ich Euch schätzen gelernt habe, dachte ich, Ihr hättet mir vielleicht etwas anderes erzählen können. Das Gespräch ist hiermit beendet«, sagte der Meister zum Abschluss.

Aufs Tiefste erschüttert verließ Michel mit den Wachen die Dombauhütte. »Meine Güte«, dachte er, »wenn mein Bruder Tristan wüsste, was mir hier widerfährt!«

Als sie den Vorplatz erreicht hatten, standen Michels Freunde René und Georg vor ihm. »Was haben die mit dir vor?«, fragte René.

Der Büttel übernahm die Antwort: »Ins Verlies! Wir bringen ihn bis zur Verhandlung ins Verlies. Wann diese stattfindet, entscheidet der Richter.«

Michel zuckte mit den Schultern: »Ich verstehe die Welt nicht mehr! Seid so nett und gebt meiner Frau Bescheid! Sie macht sich schon genug Sorgen.«

»Ja, das machen wir«, sagte René.

Kapitel 14

Mitte November wurden die Arbeiten im Hafen von Flensburg endgültig eingestellt. Die Uferzonen waren bereits vereist, der Mörtel gefror und die Männer konnten ihre Arbeit nicht mehr fortsetzen. Auch die Schifffahrt lag brach. Aber Tristan hatte bis zu diesem Tag – es war der 16. November – gutes Geld verdient, sodass er sich nun mit dem Gedanken trug, nach seiner Herkunft zu forschen.

»Ich werde mein Bündel packen, mir ein Pferd leihen und nach Fünen aufbrechen – dorthin reiten, woher ich angeblich stamme. Nun ist die Zeit gekommen, um der Sache auf den Grund zu gehen. Was bedeutet die Axt in dem Weidenkorb? Wer trägt außer mir sonst noch so eine Runenkette?«, fragte er laut, und Mechthild zuckte mit den Achseln.

»Ein wenig Angst kommt doch in mir auf. Du wirst ja länger fortbleiben; Odense auf Fünen liegt ja nicht gerade vor der Haustür.«

»Ja, einige Tage dürfte es schon dauern. Ich reite die Küste entlang, bis ich auf der Höhe von Fünen angekommen bin. Dort muss ich jemanden finden, der mich bei diesem Wetter auf die Insel bringt. Es wird bei dieser Kälte sicherlich nicht einfach werden, aber es geht eben nur jetzt. Sobald der Frost vorbei ist, muss ich wieder im Hafen arbeiten.«

Mechthild sah ihn verständnisvoll an. »Woher bekommst du ein Pferd?«

»Von Piet Hansen; er hat drei Pferde im Stall, und jetzt im Winter kann er auf eines verzichten. Wir sind schon seit Jahren befreundet. Ich habe ihm von meinem Unternehmen berichtet, und Piet hatte vollstes Verständnis dafür.«

»Wann reitest du los?«

»Morgen in aller Frühe bei Sonnenaufgang. Die Tage sind sehr kurz, und nach der Non wird es bereits dunkel.«

Nebel verhüllte die Straßen von Flensburg, als Tristan auf das Pferd stieg und langsam durch die Gassen ritt. Bis auf sein Hufgeklapper war alles totenstill. Die Stadt lag noch in tiefstem Schlaf. Tristan verließ den Ort in nördlicher Richtung. Bis jetzt kannte er sich in der Umgebung aus, doch nach zwei Stunden Ritt befand er sich auf Neuland. Er folgte einfach dem Pfad, der nach Norden führte. Der Untergrund war hart gefroren, sodass er höllisch aufpassen musste, nicht mitsamt seinem Pferd zu stürzen. Aber Kuddel – diesen lustigen Namen hatte Piet dem Pferd gegeben – war äußerst vorsichtig.

Teilweise konnte Tristan in der Ferne das Wasser des Ostmeeres sehen; die Uferzonen waren jedoch mit einer Eisschicht überzogen. Einige Enten rutschten über die glatte Eisfläche, und Tristan musste schmunzeln. Immer wieder erstreckten sich zu beiden Seiten des Weges größere Riedfelder; auf den Spitzen der Halme saßen vereinzelt kleine Vögel, die sich durch Aufplustern vor der Kälte schützten.

Die Einsamkeit der Landschaft und das eintönige Reiten ließen seine Gedanken in die Ferne schweifen. Tristan platzte fast vor Neugier, was er wohl in den nächsten Tagen erleben würde. Lebten seine leiblichen Eltern überhaupt noch? Hatte er vielleicht sogar Geschwister? Und die dringendste Frage, die ihn quälte, lautete: Warum war er als Säugling ausgesetzt worden?

Am späten Nachmittag ritt er auf den Vorhof einer Herberge, in der er die Nacht verbringen wollte. Außer ihm waren nur noch zwei andere Gäste anwesend. So aß Tristan eine Kleinigkeit und plauderte eine Weile mit dem Wirt, der ihm erklärte, wie er am besten auf die Insel Fünen käme.

»Ich kann Euch hinüberbringen – aber das kostet eine Kleinigkeit. Hier herrscht zwischen dem Festland und der Insel eine stärkere Strömung, sodass das Meer nur selten vereist«, erklärte ihm der Fährmann. Seine Fähre war recht klein.

»Nicht gerade vertrauenerweckend!«, dachte Tristan bei sich.

Aber hatte er jetzt um diese Jahreszeit überhaupt eine andere Wahl? »Also gut, wohlan!«, sagte er zu dem Fährmann. Zunächst führte er Kuddel über die breiten Planken auf das Boot und band ihn dort an einer Stange fest. Das Pferd machte alles bereitwillig mit. Es kamen noch drei weitere Passagiere hinzu, und das war es auch schon.

Als die Fähre ablegte, verursachte die dünne Eisdecke ein leichtes Schaben am Bug. Bald waren sie auf offener See, und schon meldete sich Tristans Magen, als sie in den Wellen fuhren, die von der Backbordseite aus quer gegen das Boot schlugen. Tristan verspürte ein Würgen im Hals und hielt sich krampfhaft an der Reling fest. Die drei anderen Fahrgäste, offenbar Dänen, unterhielten sich munter weiter, als wären sie das Bootfahren gewöhnt. Als Fünen mit der Stadt Odense in Sichtweite kam, bemerkte Tristan, wie zügig sie der Insel näher kamen. Er dachte an eine frühere Bootsfahrt, an die er keine gute Erinnerung hatte. Sein Frühstück machte sich bemerkbar – langsam kam es die Speiseröhre hochgekrochen und verließ dann in einem gewaltigen Schwall seinen Mund. Als er daran dachte, dass nun die Fische sein verdautes Frühstück fressen würden, würgte es ihn erneut.

Der Kapitän trat zu ihm: »Wenn du nicht seefest bist, dann bete zu unserem Schutzpatron, dem heiligen Nikolaus von Myra, oder zu Petrus, dem Patron der Fischer und Seeleute!« Es folgte ein kräftiges Lachen. Tristan, der mittlerweile weiß angelaufen war, dachte nur an eines: so schnell wie möglich an Land zu kommen.

Der Kapitän wies gen Himmel, wo ein Schwarm Vögel mit dem Boot übers Meer zog: »Die Seelen der toten Seeleute wohnen in den Möwen und Sturmvögeln, die uns zu jeder Zeit begleiten, und seid froh, dass Thor die Midgardschlange mit dem Hammer erschlagen hat, sonst würde die uns auch noch verfolgen. Sie ist die Schlange, die die gesamte Welt umspannt!« Erneut folgte ein lautes Lachen.

»Das ist doch alles Seemannsgarn!«, gab Tristan zurück. Obwohl er am Meer aufgewachsen war, hatte er mit der Seefahrt nichts zu tun. Das Wasser war ihm unheimlich, und er hatte auch Angst vor der Tiefe. Im Gegensatz zu seinem Bruder Michel hatte er nie schwimmen gelernt. »Was der wohl gerade macht?«, ging es ihm kurz durch den Kopf.

Seit sich sein Magen entleert hatte, ging es Tristan ein wenig besser. Nach einigen hundert Schritt hatten sie die Insel endlich erreicht, und Tristan schlug das Kreuz.

Schwankenden Schrittes, als wäre er volltrunken, verließ Tristan mit dem Zügel in der Hand das Schiff; Kuddel folgte gehorsam. Als Tristan festen Boden unter seinen Füßen spürte, drehte sich alles um ihm – der Boden schien zu schwanken. Der Kapitän, der seine ausladenden Schritte beobachtete, rief vom Boot aus: »Setzt Euch ein paar Minuten, dann geht es Euch wieder gut. Das Schwanken verschwindet recht schnell!«

Tristan ging mit leicht taumelnden Schritten über eine Salzwiese und ließ sich auf einer grob gezimmerten Holzbank nieder. Er blickte zu Kuddel hinauf: »Dir scheint das alles nichts auszumachen. Du hast wohl nicht richtig gefrühstückt?«, sprach er zu dem Pferd, das ihn aus treuen, aber verständnislosen Augen ansah.

Nach kurzem Verweilen fühlte sich Tristan schon besser. »Na, dann wollen wir mal. Auf geht's!«, sagte er zu Kuddel und stieg in den Sattel. Bald lag die direkt am Meer gelegene Stadt Odense vor ihm. Als Erstes erkannte er den Turm einer Kirche und hielt auf diesen zu. Odense war eine typische Nordstadt, fast wie Flensburg; der Baustil war ganz ähnlich. Die meisten Häuser waren mit Ried gedeckte, alte Fischerkaten mit Lehmwänden – einfach und schlicht. Aus primitiven Schornsteinen stieg Rauch. Tristan fror fürchterlich, seine Hände waren durch das Halten der Zügel eiskalt geworden, und er sehnte sich nach einem heißen Kräutersud sowie nach einer warmen Stube. Vor einem etwas größeren Haus – es schien eine Herberge zu sein – machte er Halt, denn er würde heute sowieso nicht mehr viel erreichen, da es bald dunkel wurde.

Er betrat die Stube und sprach kurz mit dem Wirt, der ihm zeigte, wo er Kuddel unterbringen konnte. Dann mietete er ein Zimmer und ließ sich einen Krug heißen Kräuteraufgusses dorthin bringen. Er trank zwei Becher und fiel dann auf die Schlafpritsche, auf der er auch sogleich einschlief. Drei Stunden später wachte er auf, da er heftigen Hunger verspürte, und ging in die Stube, wo er die Wirtsleute antraf. »Kann ich noch etwas zu Essen bekommen?«

»Wenn Ihr möchtet, kann ich Euch ein paar Makrelen braten, dazu Kräuter und geröstetes Brot«, sagte der Wirt, ein hagerer blonder Mann.

»Das wäre ganz in meinem Sinne!«, gab Tristan zurück.

In einer Ecke unterhielten sich ein paar Männer, der Kleidung nach Fischer. Ansonsten war die Herberge kaum besucht. Nach dem vorzüglich gebratenen Fisch, den Tristan mit Heißhunger aß, versuchte er, den Wirt ein wenig auszufragen. Er lud ihn ein, sich zu ihm an den Tisch zu setzen.

Der Wirt fragte: »Ihr seid fremd hier, richtig?«

»Ja, ich komme aus Flensburg und möchte in gewisser Weise Ahnenforschung betreiben. Vielleicht könnt Ihr mir behilflich sein.« Er holte seine Kette hervor. »Sagt Euch das vielleicht etwas?«

Der Wirt nahm die Kette in die Hand. »Das sind alte Runenzeichen; die könnten von den Wikingern stammen, die hier früher mal gelebt haben. Jetzt ist ja alles christianisiert. Sicherlich habt Ihr beim Einreiten in die Stadt unsere wunderschöne Kirche gesehen. Das ist die Sankt Knuds Kirke, der ganze Stolz der Stadt und ihrer Bürger.«

»Kennt Ihr jemanden, der mir vielleicht weiterhelfen könnte?«, wollte Tristan wissen.

Der Wirt überlegte kurz und kratzte sich dabei hinter dem linken Ohr: »Ich wüsste nicht im Moment … Doch, wartet mal … Ja, da gäbe es jemanden, den Ihr fragen könntet: einen alten Mann, der sehr gelehrt und weise ist; die Leute nennen ihn ›den

Blinden‹. Ihr müsst in südlicher Richtung am Wasser entlang reiten; nach etwa zwei bis drei Meilen liegt direkt am Meer eine alte Hütte oder Kate, wie wir hier oben sagen. Direkt davor führt ein Steg aufs Wasser hinaus. Meistens hat der Alte seinen Nachen dort angebunden. Er versorgt sich selbst; er lebt von Fischen, Muscheln, Schnecken und von allem, was im Meer sonst noch so kreucht und fleucht, und in den Sommermonaten beackert er seinen kleinen Garten.«

»Wie ist denn sein Name?«, fragte Michel.

»Die Leute hier nennen ihn einfach ›den Blinden‹, wie ich schon sagte. Er ist wohl als junger Bursche geblendet worden. Warum und weshalb, kann ich nicht sagen«, erwiderte der Wirt.

»Ich werde ihn morgen aufsuchen. Mal sehen, ob er etwas über meine Vergangenheit weiß!« Tristan erhob sich: »Ich wünsche eine angenehme Nachtruhe!« Der Wirt gab die Empfehlung zurück.

In der Nacht hatte es etwas geschneit. Eine hauchdünne weiße Schicht bedeckte die Häuser und Gassen. Die Schreie der Möwen hatten Tristan schon früh aus dem Schlaf gerissen. Dieses Geschrei kannte er aus Flensburg. Der Wirt war schon wach, als Tristan die Herberge betrat. »Wollt Ihr ein kräftiges Frühstück?«

Tristan nickte: »Gebt mir etwas Brot und ein Stück Käse. Ich habe zwar im Moment noch keinen richtigen Appetit, aber ich packe es mir vorerst in meine Satteltasche und esse es später.«

Was würde der Tag ihm bescheren? Tristan holte Kuddel, den ein Bursche gut versorgt hatte, aus dem Stall. Er gab dem Jungen ein paar Münzen, holte dann seine Brote und ritt davon. Er wollte versuchen, in den nächsten Tagen etwas über seine Familie in Erfahrung zu bringen. Falls er keinen Erfolg haben sollte, würde er das ganze Unternehmen einfach abhaken und nie wieder versuchen, etwas zu erforschen. Er würde sich mit der jetzigen Lage zufrieden geben und seine Nachforschungen einstellen.

Nachdem er eine Zeit lang unterwegs war, erkannte er die alte

Kate am Ufer des Ostmeeres. »Das muss sie sein!«, dachte er und ritt bis ans Haus, wo er vom Pferd stieg. Kuddel band er am Ast einer knöchernen Kiefer fest. Er warf einen Blick auf den Steg und sah den dort vertäuten Nachen, der auf einer feinen Eisdecke lag. »Hallo! Ist jemand zu Hause?«, rief er laut. Es dauerte einen Augenblick, bis eine schwächliche Stimme erklang: »Ja, bitte, was wollt Ihr?«, kam die Antwort.

»Ich bin ein Fremder aus Flensburg und habe einige Fragen an Euch. Ein Wirt aus Odense hat Euch mir empfohlen.«

Tristan nahm Geräusche wahr. Bald darauf trat ein alter Mann vorsichtigen Schrittes aus der Tür. Langes weißes Haar fiel auf seine Schultern. Er war groß und machte einen drahtigen Eindruck. Dort, wo seine Augen hätten sein müssen, sah Tristan nur zwei vernarbte und verklebte Hautlappen. Der Mann hielt ihm die Hand hin: »Wie Ihr bemerkt habt, bin ich blind – ein Schicksal, mit dem ich leben muss.«

»Tristan mein Name, Tristan Pettersen aus Flensburg.«

Der Alte zuckte ein wenig: »Wie alt seid Ihr, junger Freund?«, fragte er mit zuvorkommender Freundlichkeit.

»Seit Kurzem einundzwanzig Jahre. Warum fragt Ihr?«

»Ach, nur so aus reiner Neugierde. Kommt herein in meine einfache Hütte; hier draußen ist es zu kalt. Wir können gemeinsam einen heißen Kräutersud trinken; dabei haben wir Zeit, ein wenig zu plaudern. Ich freue mich immer über angenehmen Besuch. Das ist äußerst selten in dieser Jahreszeit!«

Obwohl der alte Mann blind war, wirkte seine Kate recht aufgeräumt, das fiel Tristan gleich auf. Der Blinde trug Holzschuhe wie viele Bewohner des Nordens. Das stetige Klappern, das von ihnen ausging, war Tristan vertraut. Die wohltuende Wärme, die der Ofen von sich gab, behagte ihm. Der blinde Mann bewegte sich in seiner Hütte so sicher, als hätte er sein Augenlicht gar nicht verloren. Jeden Schritt, den er tat, schien er zu kennen, jeder Handgriff schien ihm geläufig zu sein. Er gab eine Handvoll Kräuter in einen mit Wasser gefüllten Topf, den er auf die Feuerstelle schob. »Gleich wird der Kräutersud heiß sein!« Dann ging er genau drei Schritte, blieb vor einem Regal stehen und entnahm ihm zwei Tonbecher, die er auf den Tisch stellte.

»Was führt Euch denn nun genau zu mir?«, wollte er von Tristan wissen.

»Oh, das ist eine lange Geschichte! Angefangen hat alles wohl mit meiner Geburt. Als Säugling bin ich in Flensburg in einem Weidenkorb vor der Kirchentür abgestellt worden. In dem Korb lagen eine Axt, ein Holzschild mit meinem Namen und eine Kette mit einem Amulett, auf dem drei Runenzeichen stehen. Eine Familie aus Flensburg mit Namen Pettersen nahm mich auf und zog mich groß. Ich habe noch einen älteren Bruder, der ist Zimmermann von Beruf. Ich selbst habe das Handwerk der Steinmetze erlernt.« Tristan erzählte dem Blinden alles, was er sonst noch von sich wusste. Zum Schluss fragte er den Alten nach dessen Namen.

»Mein Name ist Leif.« Unruhe hatte sich in dem Alten breitgemacht. Er kratzte mit dem Finger über die Tischplatte. Während Tristan seine Geschichte erzählt hatte, legte der Blinde mehrere Male die Stirn in Falten und schluckte häufig. »Seid Ihr am Ende angelangt?« Tristan nickte. Als der Alte schwieg, schob er schnell ein »Ja!« nach. Daraufhin holte der Blinde tief Luft: »Dann muss und möchte ich Euch die ganze Wahrheit berichten: die Geschichte der Axt, Eures Namens und der Kette.«

»Ihr könnt mir also helfen?«, wollte Tristan wissen.

»Und ob ich das kann. Ich weiß viel über Euch! Angefangen hat alles so um das Jahr 800 Anno Domini. Hier auf der Insel, genauer gesagt im Süden von Fünen, lebte ein großer Wikingerstamm. Über Hunderte von Jahren betrieben wir Handel mit den östlichen Ländern am Ostmeer. Mit unseren Langbooten fuhren wir über das Wasser bis hin zu den Esten, Letten und Russen. Wenn ich ›wir‹ sage, dann meine ich unsere Vorfahren. Der Handel lag uns im Blut, und ständig entdeckten wir neue Routen. Aber es blieb nicht beim Handel und bei Tauschgeschäften – nein, es wurden auch fremde Schiffe gekapert und ihrer Ladungen beraubt. Ganze Dörfer wurden dem Erdboden gleichgemacht. Wir waren allesamt wilde, brutale Gesellen. Es wurde keinerlei Rücksicht genommen, nicht auf Kinder, Frauen oder Alte. So häuften wir einen immer größer werdenden Schatz an und verbargen ihn hier auf unserer Insel. Die meisten Wikingerstämme gingen ganz ähnlich vor. Jeder Stamm hatte einen Führer, den sogenannten Stammesfürsten. Wir beteten unsere Götter an, die ihren Sitz in Asgard hatten. Dort lebten die Asen. Die meisten unserer Götter waren kriegerisch, sehr stark und kräftig. Wir beteten den Donnergott Thor an und Loki, den Gott der Lüge, den Lichtgott Baldur und den Brückenwächter Heimdall. Der oberste aller Götter war Odin. Es gab aber auch noch die Wanen, eines der ältesten Göttergeschlechter. Sie waren Götter der Liebe, der Fruchtbarkeit und der Schönheit.«

Tristan hatte den Kopf in den Händen aufgestützt und hörte gebannt zu. Noch konnte er mit der Geschichte des blinden Mannes nicht allzu viel anfangen.

Dieser fuhr fort: »So – wir waren beim Stammesfürsten. Nur dieser kannte das Geheimnis des Schatzes. Nach seinem Tod wurde dessen Sohn das neue Oberhaupt des Clans. Der Vater gab das Geheimnis des Schatzes immer nur an seinen ältesten Sohn weiter. Hatte ein Fürst keine männlichen Nachkommen, so wurde ein Thing einberufen. Die Männer trafen sich unter freiem Himmel an einem bestimmten Platz, der Thingstätte. Dieser Platz befand sich häufig etwas erhöht unter einem Baum, bevorzugt unter einer Linde. Hier traf man sich zur Versammlung, und hier wählten die Ältesten, die man Huskarl nannte, das sind die freien Männer, einen neuen Fürsten. Ich weiß nicht, ob Ihr den Begriff schon einmal gehört habt, aber bei uns heißt der Fürst ›Jarl‹.

Jahrhundertelang blieb das so, bis die Christianisierung Einzug in unser Land hielt. Irgendwann kam der Zeitpunkt, an dem wir unseren Göttern entsagen mussten. Aber es gab immer noch Anhänger des alten Glaubens, die nicht zu bekehren waren. Dann kam die Zeit meines Vaters; er war der Jarl unseres Stammes. Das Lager teilte sich in zwei Hälften: die einen, die an Jesus glaubten und sich taufen ließen, und die anderen, die weiterhin Odin und seine Götter anbeteten. So gab es fortwährend Streitereien, Unruhe und Reibereien unter den Männern. Mein Vater hatte zwei Söhne: Der eine davon ist mein älterer Bruder Ragnulf, der andere bin ich. Ragnulf hätte Nachfolger meines Vaters werden müssen, da er der Erstgeborene war. Mein Vater zog es jedoch vor, dass ich nach seinem Tod der neue Stammesfürst, der Jarl, werden sollte. Der Grund war der folgende: Ragnulf glaubte weiter an die alten Götter, und er war meinem Vater zu aufbrausend, zu brutal. Er schien ihm ungeeignet, sein Volk zu führen. Daher fiel mir die Bürde zu. Auf dem Sterbebett verriet mir mein Vater das Versteck des Schatzes. Aber er schärfte mir ein, dass ich nur im äußersten Notfall davon Gebrauch machen dürfte, nämlich wenn es dem Stamm ganz schlecht erginge.

Nun, lieber Freund Tristan, könnt Ihr Euch vorstellen, wie mein älterer Bruder darauf reagiert hat? An diesem Tag wurde Ragnulf mein größter Feind. Ich wusste selbst, dass ihm der Titel des Fürsten zustand, aber was sollte ich da machen? Mein Vater hatte es anders bestimmt. Folglich kam es immer wieder zu Streitereien zwischen uns. Ragnulf machte mich bei meinem Volk schlecht, wo immer es ging. So versuchte er, die Männer auf seine Seite zu ziehen. Und irgendwann gab es keinen anderen Weg mehr als zu kämpfen. Im Thing beschlossen die Ältesten, dass zwischen meinem Bruder und mir ein Zweikampf stattfinden sollte. Dies sollte ein Kampf nur mit Fäusten sein, ohne jegliche Waffen. Der Sieger würde Stammesfürst auf Zeit sein. Der Tag des Kampfes inmitten des Dorfplatzes war herangerückt. Die Männer bildeten einen Kreis, und es war mir bewusst, dass ich gegen meinen größeren und stärkeren Bruder keine Chance haben würde. Und so kam es dann auch. Schon nach wenigen Minuten lag ich mit geschwollenen Augen und aufgeplatzten Lippen im Sand des Platzes. Bald wusste ich, dass es ihm nicht in erster Linie um den

Titel ging, sondern um den Stammesschatz. Seine erste Frage, als ich noch im Dreck lag, war nämlich, wo denn nun der Schatz verborgen sei. Ich habe viele schmerzhafte Prügel von ihm einstecken müssen, aber das Versteck habe ich ihm nie verraten – bis zum heutigen Tag nicht. Er drohte mir, mich umzubringen, was er aber letztendlich doch nicht tat, weil er befürchtete, das eigene Volk würde sich gegen ihn auflehnen; einen Brudermord konnte er sich nicht erlauben.

Eines Tages konnte er sich aber nicht länger beherrschen. Er versuchte ein letztes Mal, mir das Geheimnis des Schatzes zu entreißen. Ich weigerte mich erneut. Da fiel er über mich her und schleppte mich in den Wald, wo bereits ein Feuer brannte, in dem das Ende einer Eisenstange lag. Mit dem glühenden Metall blendete er mich, und ich kann Euch versichern, mein junger Freund, dass ich nie im Leben größere Schmerzen erleiden musste!«

»Eine äußerst grausame Erzählung! Ich meine alles, was Ihr da erlebt habt!«, sagte Tristan und dachte nach. In dem Raum breitete sich Schweigen aus. »Aber was habe ich jetzt damit zu tun?«, fragte er.

»Oh, mein Freund, die Geschichte ist ja noch nicht zu Ende! Schon bald erkannten die Ältesten, dass sie im Thing einen großen Fehler begangen hatten, denn es stellte sich heraus – genau, wie mein Vater prophezeit hatte –, dass Ragnulf alles andere als ein Stammesfürst war. Mittlerweile stehen die meisten Männer des Stammes wieder auf meiner Seite, sodass Ragnulf fast alleine dasteht, von einigen wenigen Getreuen abgesehen. Nicht lange nach meiner Blendung erwartete meine Frau ein Kind. Es war unser zweites, da ich noch eine Tochter habe, die weiterhin hier im Stamm lebt. Meine Frau brachte das zweite Kind, einen Jungen, heimlich außerhalb des Dorfes zur Welt. Dieser hätte offiziell mein Nachfolger werden müssen, da er der erstgeborene Sohn war. Den Rest der Geschichte kennst du selbst!«

Tristan schluckte mehrere Male. Erneut breitete sich Schweigen aus. »Da... Da... Dann bist du mein Vater?«, stotterte Tristan.

Der Alte nickte: »Wenn ich noch dazu in der Lage wäre, würdest du jetzt Tränen fließen sehen, mein Sohn - aber leider hat man mir das Weinen genommen!«

Kapitel 15

Svenja betrat die Bauhütte und ging direkt auf den Baumeister zu. »Was habt Ihr nur mit meinem Michel gemacht? Wie könnt Ihr ihn einfach ins Verlies werfen?«, sagte sie völlig außer sich mit hochrotem Gesicht.

»Ich verstehe Euch ja, und auch für mich ist Michel unschuldig; aber meine Meinung zählt hier nicht. Ich habe mich blendend mit Michel verstanden, und er versprach, ein ganz Großer zu werden. Der Lastkran, den er entworfen hat, ist eine der größten Hilfen hier beim Dombau. Aber dann kam der Mord am Zahlmeister dazwischen. Und die Indizien sprechen leider gegen Michel: Erstens hat er an besagtem Abend die Taverne kurz vor dem Zahlmeister verlassen, und zweitens hat man den Geldbeutel des Zahlmeisters in seiner Werkzeugkiste gefunden.«

»Ja, aber er war es nicht! Konnte denn nicht jeder andere den Geldbeutel in seiner Kiste verstecken?«

»Das, Frau Pettersen, ist auch meine Meinung. Aber wer, wann und wie? Außerdem brauchen wir Beweise. Solange kein neuer Verdacht aufkommt, sieht es für Michel verdammt schlecht aus – verzeiht meine Ausdrucksweise, gnädige Frau!«

Svenja erhob sich und blickte den Dombaumeister mit aller Strenge an: »Ich bin der Meinung, dass es dieser Lothar war. Er war wütend, dass Ihr meinem Michel seinen Posten gegeben habt.«

»Damit könntet Ihr recht haben; aber dieser Lothar ist wie alle anderen verdächtigen Männer vom Hauptmann verhört worden, und er war auch nicht im ›Neptun‹, was natürlich nichts bedeuten mag. Wie gesagt: Es fehlen die Beweise. Aber eines kann ich Euch versprechen: Ich werde meine Augen und Ohren hier offen halten. Es tut mir leid für Euch, aber nun ruft meine Arbeit“, sagte Johannes von Köln und ging zurück an seine Baupläne.

Tristan schien es, als stünde er im Nebel – trotz aller Tatsachen, die der weise Alte, sein Vater, ihm verraten hatte. »Ich kann es kaum glauben, dass der erste Mensch, den ich hier auf Fünen aufgesucht habe, mein Vater ist!«

»Die Geschichte geht aber noch weiter, mein Sohn. Deine Mutter – Gott hab' sie selig! – brachte dich zu Fuß nach Flensburg, weit genug entfernt, dass dich Ragnulf nicht finden würde. Uns war nichts anderes übrig geblieben, als dich fortzugeben, sonst hätte mein Bruder Ragnulf dich getötet. Nicht lange danach verstarb deine Mutter vor Gram. Die Axt in deinem Weidenkorb ist meine gewesen, die Waffe des Stammesfürsten, und ...«

»Warte«, sagte Tristan und zog die Axt aus seinem Gürtel. »Hier ist sie, Vater.«

Der alte Mann betastete sie mit beiden Händen: »Ja, das ist meine alte Axt – ich kann es fühlen! Du trägst sie in Ehren, das freut mich sehr.«

Dann fuhr er fort: »Das Namensschild ist ein Stück Holzplanke von meinem alten Boot, und die Runenkette, die du sicherlich trägst, ist die Fürstenkette; sie zeigt die Zeichen unseres Stammes. Nachdem deine Mutter verstorben war und du in sicheren Gefilden lebtest, habe ich mich von meinem Stamm verabschiedet und bin hierher in die Kate gezogen, da ich für meinen Stamm nicht mehr von Nutzen war. Seitdem hatte ich keinen Kontakt mehr zu meinem Bruder. Mehrmals im Jahr besucht mich Birte, deine Schwester, hier mit ihrem Mann. Die beiden haben eine vierjährige Tochter, die unser ganzer Stolz ist. Sie heißt Clarissa. Aber nun erzähle mir von deinem Leben! Wie ist es dir ergangen?«

Doch Tristans Wissensdurst war noch nicht gestillt. »Der Wirt aus Odense hat mir gesagt, du lebtest vom Fischfang. Wie, bitte, stellst du das an?«, fragte Tristan.

Sein Vater lachte: »Gute Frage! Ich habe ein paar junge Freunde im Alter von zwölf und dreizehn Jahren, die hier in der Nähe wohnen. Der eine oder der andere kommt zu mir, und dann fahren wir mit dem Boot zum Fischen hinaus. Die Burschen zeigen mir den Weg zurück zum Steg. Wenn man sein Augenlicht nicht mehr besitzt, muss man sich halt anderweitig helfen. Oder sehe ich aus, als würde ich verhungern?«

»Nein, Vater, sicherlich nicht. Es ist schon ungewohnt, nach einundzwanzig Jahren das Wort ›Vater‹ in den Mund zu nehmen!«

Tristans Vater erhob sich und ging um den Tisch herum: »Steh' auf, mein Sohn, ich möchte dich betrachten!«

Tristan stellte sich vor ihn hin. Die Hände des Vaters glitten über sein Gesicht, dann tastete er nach seinen Armen. »Du scheinst ein kräftiger Mann geworden zu sein. Kannst du denn auch mit meiner alten Axt umgehen?«

»Und ob ich das kann! Ich habe den Umgang mit ihr sogar meinem Bruder Michel beigebracht. Der arbeitet in Colonia und hilft dort beim Dombau.«

»Ja, ich habe davon gehört; das muss eine gewaltige Kathedrale werden!« Er machte eine kleine Pause. »So, nachdem du nun deine – oder vielmehr unsere – Geschichte kennst: Was hast du jetzt vor?«, fragte sein Vater.

»Ich würde ganz gerne meine Schwester Birte kennenlernen und natürlich auch ihren Mann und die kleine Clarissa«, meinte Tristan. »Wie heißt eigentlich ihr Mann?«

»Er trägt den typischen Namen eines Nordmanns: Gundalf. Aber was du da vorhast, ist lebensgefährlich! Sollte Ragnulf erfahren, wer du bist, wird er dich erschlagen, weil er durch dein Erscheinen seine Macht und seine Position verlieren würde!«, äußerte sich Tristans Vater besorgt.

»Dessen bin ich mir schon bewusst; aber mich kennt dort ja niemand. Wer sollte herausfinden, wer ich in Wirklichkeit bin? Die Frage ist nur, wie ich Birte erkenne.«

»Ganz einfach: Sie hat eine eigene Art, ihr Haar zu tragen: als blonden Haarzopf, der ihr bis ans Hinterteil reicht; Letzteres ist fest, stramm und ausladend – das hat sie von ihrer Mutter geerbt. Den Zopf rollt sie wie eine Schnecke zusammen und steckt ihn mit Haarnadeln am Hinterkopf zusammen. Und dann wäre da noch ihre für eine Frau außergewöhnliche Größe; sie hat eben unsere

Veranlagungen«, sagte Tristans Vater, während ein Schmunzeln um seinen Mund spielte.

Tristan wollte wissen: »Und wie sieht dein Bruder, mein Onkel Ragnulf, aus?«

»Er ist etwas größer als ich, hat breite Schultern, ist sehr muskulös und hat einen erbarmungslosen Gesichtsausdruck. Seine braunen, fettigen Haare hängen ihm bis auf die Schultern, und in seinem Gesicht hat er die Haare kurz über den Brauen abgeschnitten, so wie wir es bei den Pferden machen, weißt du? Aber heute bleibst du bei mir; wir haben noch so viel zu besprechen. Du musst mir von deinen Eltern und deinem Bruder erzählen! In meiner Reuse am Steg habe ich einige Fische, die ich uns brate. Es reicht ja, wenn du morgen in der Früh aufbrichst. Was hältst du davon?«

»So machen wir es, Vater!«, sagte Tristan.

Leif legte seinen rechten Arm auf Tristans Schulter: »Ich wusste, dass du eines Tages kommen würdest. Du hast lange auf dich warten lassen; ich hatte eigentlich schon früher mit dir gerechnet.«

Tristan zog die Augenbrauen zusammen. Da fiel ihm ein, dass sein Vater seine Mimik, seinen fragenden Gesichtsausdruck ja gar nicht erkennen konnte. »Wie kommst du darauf?«, fragte er.

»Wegen der Kette mit den Runenzeichen. Mir war klar, als wir dich abgeben mussten, dass du eines Tages nach dem Sinn fragen würdest. Irgendjemand würde wissen, woher sie stammt, und dann würde dich deine Neugierde antreiben, nach der Wahrheit zu suchen. Letztendlich ist es ja auch so gekommen. Ich bin so froh, dass sich unsere Wege doch noch gekreuzt haben! Ich hoffe, dass du mir und deiner Mutter verzeihen kannst, aber als du zur Welt kamst, hatten wir keine andere Möglichkeit, als dich abzugeben und zu verstecken.«

»Ich denke, ihr habt damals das Richtige getan. Jetzt sollten wir die Fische braten!«

Michel saß im Verlies der Stadt Colonia. Svenja, René und Georg besuchten ihn regelmäßig. Jeder wartete auf neue Hinweise, die

Michel entlasten würden, aber es passierte nichts. Alles blieb, wie es war. Auf der Dombaustelle gingen die Arbeiten weiter. Der Lastkran wurde von einem anderen Zimmermann bedient, den Michel noch vor seiner Einkerkerung eingearbeitet hatte. Eines war jedoch merkwürdig, und Svenja wunderte sich darüber: Baumeister Johannes von Köln besetzte Michels Platz als Vorarbeiter nicht neu. Lothar erhielt seine alte Position nicht zurück; er blieb Geselle. Es schien, als rechnete der Baumeister mit Michels Rückkehr.

Auf einem Gerüst standen Maurer und legten Steine in ein Mörtelbett. In der Nähe waren die Zimmerleute – unter anderen auch Lothar – dabei, Stützbalken zu montieren. Der Maurer Hermann legte seine Kelle beiseite und ging über die Bohlen des Gerüstes zu Lothar. »Du bist zwar nicht mehr Vorarbeiter, aber wir haben uns doch immer gegenseitig geholfen. Wie du weißt, baue ich gerade ein Haus. Kannst du mir vielleicht mit geschmiedeten Nägeln aushelfen? Das muss ja keiner wissen – es bleibt unter uns …«

Lothar blickte ihn an: »Wie viele brauchst du denn?«

»Och, so zwei Handvoll.«

»Die kann ich dir besorgen. Lass‘ uns heute Abend im ›Neptun‹ zur Übergabe treffen. Hier ist mir das zu heiß – du weißt ja, wie ich zum Dombaumeister stehe. Er war ja der Befürworter von Michel, der jetzt im Verlies schmort wie ein Stück Schweinebraten. Jetzt wäre der Zeitpunkt, wo er mir meinen alten Vorarbeiterposten zurückgeben könnte, aber er glaubt wohl immer noch, dass der Nordmann zurückkommt. Doch der Richter wird ihn schon an den Galgen bringen!«

»Hab‘ Dank, Lothar! Also bis heute Abend!«, sagte Hermann und ging zurück an seinen Arbeitsplatz.

Svenja machte sich schon früh auf den Weg, um ihren Michel zu besuchen. Die Büttel hatten ihn im Verlies im Hahnentorbogen untergebracht, sodass sie die Stadt in westlicher Richtung durchqueren musste. Es war der Torbogen, durch den die Straße nach Aachen führte, zu der Stadt, in der die Könige gekrönt wurden. Meist kamen die frisch Gekrönten nach der Zeremonie von Aachen aus durch dieses Tor, um im Dom die Gebeine der Heiligen Drei Könige zu verehren. Aber daran wollte Svenja im Moment keine weiteren Gedanken verschwenden. Sie hatte andere Probleme, als über Knochen nachzudenken.

Der Wachmann ließ sie herein, und ein weiterer ging mit ihr die feuchten Stufen zu den Zellen der Gefangenen hinab. Alle, die hier einsperrt waren, warteten genau wie Michel noch auf ihr richterliches Urteil. »Hallo, mein Schatz!«, begrüßte Michel seine Frau mit trauriger Stimme.

»Auch von mir einen dicken Kuss!«, war ihre Antwort, als sie vor dem verrosteten Gitter stand. Michel saß etwas erhöht auf einem Strohhaufen. Die Zelle stank nach Fäkalien, war feucht und voller Ungeziefer. »Wie geht es dir?«

»Ach, wie soll es mir schon gehen? Die Zeit vergeht nicht, die Wanzen zerstechen mich und meine Haut juckt fürchterlich. Doch sag': Gibt es etwas Neues?«, fragte er Svenja voller Verzweiflung.

»Leider kann ich dir keine neuen Nachrichten überbringen. Hast du schon etwas wegen deines Gerichtstermins gehört?«, wollte sie wissen.

»Nein, leider nicht. Hier unten kostet alles Geld; wenn man die Wachen nicht besticht, erfährt man nichts. Und das Essen ist ein Schweinefraß, fast ungenießbar!«

»Ab morgen werde ich jeden Tag herkommen und dir etwas Vernünftiges zu essen bringen. Ich wusste ja überhaupt nicht, wohin sie dich gebracht hatten. Der Hauptmann hat es Meister Johannes gesagt, der wiederum René, und der hat mir einen Lehrling mit der Nachricht geschickt.«

»Was macht dieser Lothar?«

»Der arbeitet am Dom weiter als Zimmermann, aber nur als Geselle. Meister Johannes hat für dich noch keinen Nachfolger ernannt, so, als würde er auf dich warten.«

Michel ging mit kleinen Schritten durch seine drei mal drei Schritt große Zelle. Man hatte ihm Fußfesseln angelegt, aber die Hände waren frei, sodass er sich überall am Körper kratzen konnte. »Diese verfluchten Wanzen, Flöhe oder Läuse – was weiß ich, was hier für ein Viehzeug herumkrabbelt! Langsam müssten sie doch satt sein!«

Svenja hatte Mitleid mit ihrem Michel. Er tat ihr leid. Ihr liefen Tränen übers Gesicht. »Wenn es Gerechtigkeit gibt, lässt dich der Richter bald frei!«, versuchte sie ihn zu trösten. »Wenn ich morgen zu dir komme, bringe ich eine lindernde Salbe mit!«, sagte sie und verließ den dunklen Kerker.

Am Abend saß Lothar im ›Neptun‹ und wartete auf Hermann, den Maurer. Die Tasche an seiner Tunika war mit den gestohlenen Nägeln gefüllt, die er Hermann zu besorgen versprochen hatte. »Wo bleibt denn der Burentroll?«, dachte er. Er wartete mittlerweile schon über eine halbe Stunde auf den Maurer. Da ihm das Bier gut mundete, hatte er schon einen ganzen Krug davon durch seine Kehle fließen lassen. »Mach‘ noch mal voll, Wirt!«, rief er. Dieser stellte ihm einen zweiten Krug auf den Tisch. Nachdem Lothar einen weiteren Becher getrunken hatte, ging endlich die Türe auf und Hermann erschien: »Entschuldige meine Verspätung, aber wir mussten etwas länger arbeiten!«

»Das wird aber auch Zeit!«, sagte Lothar und trank dabei seinen sechsten Becher aus.

»Und – hast du die Nägel für mich?«, fragte Hermann.

»Natürlich – sonst wäre ich ja nicht hier!« Er griff in die Tasche, um die Nägel hervorzuholen. Dabei widerfuhr ihm ein folgenschweres Missgeschick: Als er dem Maurer die Nägel überreichen wollte, fiel ihm der Nachschlüssel für die Bauhütte aus der Hand. Dieser hatte sich zufällig in der gleichen Tasche befunden wie die Nägel. Klimpernd landete der Schlüssel auf dem Fußboden. Hermann bückte sich, hob ihn auf und sah ihn sich an: »Das ist doch der Schlüssel von der Dombauhütte! Musstest du den nicht schon vor langer Zeit abgeben?«

Lothar wurde verlegen. »Ja klar, das muss ich noch erledigen; hatte ich ganz vergessen. Aber sag' keinem etwas davon!"

„Ich weiß von nichts!«, sagte Hermann.

Kapitel 16

Ein paar Stunden würde es wohl noch dauern, bis Tristan das Dorf erreichte, aus dem er stammte. Sein neu gewonnener Vater hatte ihm den Weg beschrieben. Es war recht einfach, dem Pfad zu folgen, sodass er am frühen Nachmittag im Dorf ankam. Wie er sich zu verhalten hatte, um nicht aufzufallen, hatte ihm sein Vater eingeschärft. Tristan ritt auf den Dorfplatz, wo ein Junge Netze säuberte, indem er das Seegras mit den Fingern herauszupfte. Tristan wusste, dass die Bewohner dieses Dorfes, also sein Stamm, ausschließlich Fischer waren. Die Zeit der Raubzüge war vorbei.

Tristan fragte den Jungen nach Gundalf, seinem ihm unbekannten Schwager.

»Der wohnt dort drüben in dem Haus, wo die Reusen liegen«, sagte der Kleine. Die Dorfbewohner, die nicht in ihren Häusern waren, betrachteten Tristan mit einem gewissen Misstrauen. Ein Fremder war gekommen: Was wollte der hier?

Tristan verließ den Dorfplatz und ritt zu dem Haus. Zweimal klopfte er gegen die Tür. Eine groß gewachsene Frau öffnete: »Ja, bitte?«, fragte sie.

»Lasst mich bitte herein!«, sagte Tristan und blickte sich dabei um, »Ich komme mit Neuigkeiten von Eurem Vater«, sagte er. Er hatte Birte, seine Schwester, sofort erkannt. Sie trug die Haare genau so, wie sein Vater es ihm beschrieben hatte.

»Kommt herein! Ist etwas mit ihm passiert?«

»Nein, es geht ihm gut. Aber ich muss dringend mit Euch sprechen«, sagte Tristan. Sie gingen hinein in die recht einfache Kate.

»Was ich zu berichten habe, wird Euch sicher sehr erstaunen. Ihr kennt die Geschichte Eurer Familie, nehme ich an?«

Birte war ein wenig verwirrt und überrascht: »Was meint Ihr? Ich verstehe nicht so ganz.“

„Na, die Geschichte von damals – von Eurer Mutter, die ihren Sohn weggegeben hat, den kleinen Jungen …«, erklärte Tristan.

»Ihr wisst davon?«, fragte Birte erstaunt.
»Ja, alles, weil ich der kleine Junge bin! Mein Name ist Tristan, ich bin dein Bruder!"
„Heiliger Odin! Der verschollene Bruder – das bist du?«
Tristan erzählte ihr mit wenigen Worten die Geschichte, wie er seinen Vater und sie selbst gefunden hatte. »Ich würde gerne auch meinen Schwager kennenlernen. Wo ist er?«, fragte Tristan.
»Gundalf ist beim Fischen. Er kommt erst in zwei Stunden zurück; er wollte die Reusen in Augenschein nehmen. Ich kann es immer noch nicht glauben! Komm', Bruderherz, lass' dich drücken! Ich bin so froh, dass du gekommen bist und dass es dir gut geht!«, sagte Birte. Die beiden umarmten sich und setzten sich dann an den Tisch.
Birte überlegte. »Du weißt, dass es für dich hier äußerst gefährlich ist? Ich rede von meinem verfluchten Onkel Ragnulf. Wenn er dich entdeckt, bist du tot.«
»Das weiß ich«, antwortete Tristan, »Ich habe den Plan mit unserem Vater durchgesprochen. Sollte jemand fragen, was ich hier zu suchen habe: Ich komme aus Flensburg, arbeite für die Hanse und kaufe Fischerzeugnisse auf.«
»Das ist gut! Gundalf ist ja Fischer – das passt zusammen. Wie geht es Vater?«
»Er war genauso überrascht wie du gerade – und wie ich selbst. Als ich ihn traf, wusste ich noch gar nicht, dass er mein Vater ist. Das war reiner Zufall! Aber eines kann ich dir versprechen: Ich werde wiederkommen und mein Recht einfordern – das Recht des Fürsten. Unseren Onkel Ragnulf werde ich eines Tages zur Rede stellen – das kannst du mir glauben!«
Tristan nahm seine Kette ab. »Sieh', das ist die Kette, die einst unser Vater trug, als er noch Stammesfürst war. Ich bin somit sein direkter Nachfolger.«
»Und genau das ist der Grund, dass Ragnulf nicht eher ruhen wird, bis du tot bist. Sonst müsste er seinen Titel an dich abtreten. Außerdem will er wissen, wo der Schatz versteckt ist, den unsere

Vorfahren damals angehäuft haben.«

In diesem Moment ging die Tür auf und ein breitschultriger Mann betrat den Raum: »Entschuldige, Birte. Meine Frau fragt, wann du endlich zu ihr kommst. Seid gegrüßt, Fremder!« Er blickte auf die Kette und nahm sie Birte aus der Hand: »Darf ich?" Er betrachtete sie eingehend. „Ein schönes Stück! Da sind ja sogar unsere Zeichen drauf!« Er gab sie Birte zurück. »Also, bis später dann!« Der Mann verließ die Kate.

Birte wartete einen Augenblick und sagte dann: »Du musst hier schnellstens verschwinden! Das war Gunthar, ein Freund unseres Onkels. Es kann sein, dass er die Kette erkannt hat; ihm ist nicht zu trauen!« Sie stand auf, ging ans Fenster und beobachtete den Mann. »Er geht ins Haus meines Onkels, direkt zu Ragnulf. Reite schnell davon, Bruder, bevor sie von der Sache Wind bekommen!«

Tristan sprang auf: »Du hast recht, aber ich werde wiederkommen!« Er drückte kurz seine neu gewonnene Schwester zum Abschied: »Bis bald! Und grüß' meinen mir bisher unbekannten Schwager von mir!«

Tristan verließ die Kate, stieg auf Kuddels Rücken und galoppierte davon.

Lothar wusste, dass er sich im ›Neptun‹ verraten hatte, als ihm der Schlüssel aus der Tasche gefallen war. Wenn der Maurer nicht seinen Mund hielt, würde der Verdacht auf ihn fallen. Was sollte er jetzt unternehmen? Noch war das gesamte Geld des Zahlmeisters sicher in seinem Schuppen versteckt. Lothar könnte sich ein Pferd kaufen und die Stadt verlassen. Als Zimmermann würde er fast überall Arbeit finden, und sein Weib konnte ihm eh gestohlen bleiben. Jedes Mal, wenn er etwas von ihr wollte, hatte sie Kopfschmerzen oder eine andere Ausrede. Dieser Verlust würde ihm nicht schwerfallen. Gute, willige Weiber mit ausladenden Brüsten würde er auch woanders finden. Aber noch wollte er die nächsten Tage abwarten.

Es klopfte an Svenjas Türe. »Ja, bitte? Wer ist da?«

»Ich bin es, der Baumeister. Ich habe Neuigkeiten für Euch, Frau Pettersen!«

Svenja eilte zur Tür und riss sie förmlich auf. »Tretet ein, Herr! Setzt Euch doch, bitte!«

»Nächste Woche Freitag findet im Ratssaal Michels Verhandlung statt! Ein Patrizier hat mir das erzählt.«

»Hoffen wir das Beste! Gibt es denn neue Beweise?«, fragte Svenja.

»An und für sich nicht, aber …«

»Was, ›aber‹?«, fiel ihm Svenja ins Wort.

»Kennt Ihr den Maurer Hermann von der Baustelle?«

»Der Name sagt mir nichts, aber vom Ansehen her bestimmt. Doch, halt! Ich glaube, das war der Mann, den wir auf der Fähre kennengelernt haben, als wir hierher nach Colonia gekommen sind. Während der Überfahrt hat er lange mit Michel geredet. Was ist mit ihm?«

»Hermann war gestern bei mir im Lager. Er meinte, er müsse mir etwas mitteilen, aber ich solle ihn bitte nicht vor die Türe setzen. Sein Verhalten war merkwürdig, so wurde ich neugierig. ›Erzählt, was Ihr wisst!‹, sagte ich zu ihm. Da berichtete er, dass er ein Haus baue und Lothar gebeten habe, ihm ein paar Nägel zu besorgen. Es wäre ihm schon klar, dass es Diebstahl sei, aber das machten fast alle Handwerker so. Das eine oder andere Teil verschwinde schon einmal ganz plötzlich. Na ja, solange es sich um solche Kleinigkeiten handelt, kann die Bauhütte es verkraften. Aber bei der Übergabe der Nägel – es soll im ›Neptun‹ gewesen sein – habe dieser Hermann gesehen, wie aus Lothars Tasche der Schlüssel zur Bauhütte zu Boden fiel! Hermann habe ihn darauf angesprochen, und Lothar habe gemeint, er hätte vergessen, den Schlüssel beim Baumeister abzugeben. Nun plage Hermann sein schlechtes Gewissen; er wolle nicht, dass wegen seines Schweigens vielleicht ein Unschuldiger gehenkt würde. Außerdem mag er Michel gut leiden. Das Problem ist: Lothar hat den Schlüssel schon vor Wochen bei mir abgegeben, nachdem ich ihn seines Postens als Vorarbeiter enthoben hatte. Nun frage ich mich, warum er sich einen Nachschlüssel hat machen lassen!«

»Das ist es! Er hat Michel den Lederbeutel in die Werkzeugkiste gelegt, um so den Verdacht auf ihn zu lenken!«, rief Svenja aufgebracht.

»Ich denke genau wie Ihr. Aber wir haben zwar die Aussage des Maurers, doch keine Beweise dafür, dass Lothar einen Zweitschlüssel besitzt. Wenn er schlau ist, wirft er ihn in den Rhein oder vergräbt ihn irgendwo. Aber ich bin zu Euch gekommen, weil ich eine Idee habe, die ich mit Euch absprechen möchte. Wir sollten ihm eine Falle stellen und sehen, ob er darauf hereinfällt. Ich werde das Gerücht verbreiten, dass wir neue Beweise hätten, die Michel entlasten. Dann werden wir ja sehen, wie er reagiert. Ich werde Lothar im Auge behalten, und sollte mir etwas Verdächtiges auffallen, lasse ich ihn verhaften!«, erklärte Johannes seinen Plan.

Svenja war froh, dass der Dombaumeister auf ihrer Seite stand. »Wisst Ihr, Meister, es wäre schön, wenn Michel bald wieder frei käme – wir erwarten ein Kind!«

„Ja, das hat mir Michel schon erzählt!«, antwortete Johannes. „Hoffen wir das Beste! Ich wünsche Euch viel Glück!«

Die ersten Fröste kamen, der Mörtel gefror. Die Arbeiten am Dom wurden teilweise eingeschränkt. Der Meister ließ die Maurertätigkeiten einstellen und zog stattdessen die Holzbearbeitung vor. Die Maurer und Steinmetze wurden damit beschäftigt, die neu angelieferten Trachytsteine zu bearbeiten, zumindest konnten sie mit Hammer und Meißel schon einmal in eine grobe Form gebracht werden.

»Hast du jemandem erzählt, dass ich noch den Schlüssel besitze?«, fragte Lothar den Maurer Hermann.

»Ich? Nein, wie kommst du darauf?«, log er. Meister Johannes hatte ihm versprochen, ihn nicht zu verraten; das vermittelte ihm ein sicheres Gefühl.

»Na, es gehen Gerüchte um, sie hätten neue Beweise gefunden, die Michel entlasten würden. Welche sollen das sein?«

»Keine Ahnung; da kann ich dir nicht helfen«, sagte Hermann, »aber in zwei Tagen soll ja die Verhandlung sein. Dann wissen wir mehr!«

Am Abend ging Lothar nicht in die Taverne, sondern suchte einen Pferdezüchter im Norden der Stadt auf. Nach längerem Feilschen um ein Pferd einigten sie sich auf einen Preis, mit dem beide zufrieden waren. Lothar konnte zwar ein wenig reiten, war aber im Laufe der Jahre aus der Übung geraten. Doch er war sich sicher, dass er die fehlenden Kenntnisse schnell wiedererlangen würde.

Am folgenden Morgen stand er wie immer auf, als ginge er zur Arbeit. Seine Frau schlief zum Glück noch. Lothar schnürte sich sein Bündel, holte die Geldbeutel aus dem Schuppen und begab sich zum Mietstall, in dem er das Pferd für die Nacht untergebracht hatte. Um den Verlust seiner Frau war ihm nicht bange – jetzt musste sie endlich einmal ihren Hintern hochwuchten, um selbst Geld zu verdienen. Lothar verbarg die Geldbeutel unter den anderen Sachen, die er mitnahm. Dann stieg er in den Sattel und verließ die Stadt durch das Südtor in Richtung Bonn. Sollten ihn die Büttel verfolgen, würden sie in der Vermutung, er hätte sich übersetzen lassen, zu den Fährbooten reiten, wie er glaubte. Aber den Gefallen wollte er ihnen nicht tun. Im Süden gab es noch genügend Möglichkeiten, ans andere Ufer zu gelangen.

Als er am Rhein entlang ritt, fühlte er sich auf einmal frei. Er war seine träge Alte los und hatte genügend Geld für die nächsten Jahre. »Wie schön kann doch das Leben sein!«, dachte er, und dabei kam ihm ein Hurenhaus in den Sinn, das er aus der Vergangenheit kannte und das an seinem Weg lag.

Währenddessen war seine Frau außer sich vor Wut. Sie kochte wie sprudelndes Wasser im Topf auf der Ofenplatte. Vor dem Haus traf sie auf eine Nachbarin: »Stell' dir vor: Der feige Hund, dieser Galgenschwengel, macht sich einfach aus dem Staub! Kauft sich ein Pferd und verschwindet! Was mache ich jetzt nur? Ich habe kein Geld! Wie soll ich die Pacht fürs Haus bezahlen? Wovon soll ich leben?«

»Du musst dir wohl oder übel eine Arbeit suchen – anders geht es nicht«, sagte die Nachbarin.

»Sollte er eines Tages wiederkommen, kann er was erleben! Ich hasse ihn, diesen Schnapphahn!«

Sie ging zum Schuppen, um einen Besen zu holen. Dabei fiel ihr ein, dass sie gar keinen Schlüssel hatte. »Den hat er auch mitgehen lassen!«, rief sie laut. Als sie zurückging, sah sie an der Seitenwand des Schuppens einen blutverschmierten Knüppel stehen. Sie betrachtete ihn ausgiebig. »Also doch! Er hat es tatsächlich getan: mein Mann ist ein Mordgeselle!«

Michel wurde von seinen Fußfesseln befreit. Man band ihm die Hände auf den Rücken und führte ihn aus der Zelle. Zerlumpt und schmutzig, wie er war, bot er einen bedauernswerten Anblick. Die Büttel stießen ihn auf die Ladefläche eines Wagens, die Peitsche knallte kurz, und das Pferd – ein alter Gaul – zog den Wagen zum Ratssaal, wo die Gerichtsverhandlung stattfinden sollte.

Insgesamt sollten an diesem Tag zehn Fälle verhandelt werden, die in letzter Zeit aufgelaufen waren. Michels Verhandlung war die dritte. Nachdem er seine Personalien angegeben hatte, sagte der Richter: »Ihr seid angeklagt, den Zahlmeister der Dombaustelle hinterrücks erschlagen zu haben. Könnt Ihr mir schildern, was passiert ist?«

»Euer Ehren, dazu kann ich mich nicht äußern, da ich neben meiner Frau gelegen und tief und fest geschlafen habe. Ich schwöre bei Gott dem Allmächtigen, dass ich es nicht gewesen bin!«

»Aber die Beweislage drückt etwas ganz anderes aus. Wie kam der Geldbeutel des Meisters in Eure Werkzeugkiste? Und Ihr wart an dem Abend zusammen mit dem Zahlmeister in dieser Taverne am Hafen!«

Während Michel versuchte, sich zu verteidigen, stand plötzlich der Dombaumeister im Saal: »Entschuldigt mein Vorgehen, Euer Ehren! Aber wie man mir soeben mitteilte, gibt es keinen Grund mehr, den Zimmermann Michel Pettersen zu beschuldigen!«

Neben ihm standen Michels Frau Svenja und der Maurer Hermann, dahinter Regina, Lothars Frau. Letztere hielt den blutverschmierten Knüppel in Händen. Der Dombaumeister fuhr fort: »Dieser Maurer hier hat etwas erlebt. Darf er sprechen, Euer Ehren?«

Der Richter nickte. Nun berichtete Hermann von seiner Begegnung mit Lothar im ›Neptun‹, bei der diesem der Schlüssel der Dombauhütte auf den Boden gefallen war. Als Hermann am Ende seines Berichts angelangt war, ergänzte der Baumeister: »Und dieser Lothar, mein ehemaliger Vorarbeiter, ist seit heute spurlos verschwunden! Selbst seine Frau weiß nicht, wo er ist. Er hat einige Sachen eingepackt, und wie ein Nachbar gesehen hat, soll er sich ein Pferd zugelegt haben, um damit die Stadt Colonia zu verlassen. Das sieht für mich ganz nach Flucht aus!« Anschließend griff der Baumeister nach dem Knüppel und hielt ihn in die Höhe. »Dies hier dürfte die Mordwaffe sein. Lothars Frau Regina fand sie am Schuppen neben ihrem Haus. Wie Ihr sehen könnt, ist sie mit Blut besudelt.« Der Gerichtsdiener nahm den Stock und brachte ihn dem Richter, der ihn genau betrachtete. Dann reichte er ihn wieder zurück.

»Ihr seid ein edler Mann, Herr Dombaumeister! Ich zweifle nicht an Euren Worten«, sagte der Richter. »So, wie es sich hier darstellt, hat der Vorarbeiter Lothar tatsächlich die Flucht ergriffen. Damit hat er den Verdacht auf sich selbst gelenkt.«

»Eine Sache noch, Euer Ehren!«, sagte der Baumeister. »Ich persönlich habe auf der Baustelle das Gerücht in Umlauf gebracht, dass es Hinweise gäbe, die den Verdacht auf Lothar lenken würden. Das Gerücht bestätigte sich, die Schlinge zog sich zusammen, und unser Freund Lothar verschwand!«

Der Richter stellte den anwesenden Zeugen zu seiner eigenen Absicherung noch einige Fragen, die aber zu nichts mehr führten. Danach schloss er die Verhandlung mit einem Freispruch für Michel: »Nach der eindeutigen Beweislage denke ich, dass Ihr, Michel Pettersen, den Gerichtssaal als freier Mann verlassen könnt! – Der nächste Fall, bitte ...«

Doch niemand hatte mit Regina gerechnet, die nun mutig nach vorne trat: »Und was ist jetzt mit meinem Gatten? Er muss doch seine Strafe erhalten! Wegen ihm muss ich mir jetzt eine Arbeit suchen! Fasst ihn und knüpft ihn auf, den Bärenhäuter!«

Den Mund des Richters umspielte ein kleines Schmunzeln. »Ja, ich lasse nach ihm suchen, Weib. Er wird seine gerechte Strafe erhalten. – Der nächste Fall!«

Kapitel 17

Völlig durchgefroren kam Tristan in der Dunkelheit bei seinem Vater am See an. Mit klappernden Zähnen sagte er: »Ein heißer Kräutersud wäre jetzt nicht schlecht!«

»Schön, dass du wieder zurück bist! Berichte mir, wie es war!«

Tristan erzählte seinem blinden Vater von der Begegnung mit seiner Schwester und dem Erscheinen des Mannes aus dem Dorf. Gespannt hörte sein Vater zu. »Man hat dich erkannt – das liegt an der Runenkette! Du solltest ab jetzt höllisch aufpassen. Du bist der Letzte, der sie trägt, meine Fürstenkette, das Zeichen der Kraft, der Ausdauer und des Sieges. Ragnulf wird versuchen, etwas gegen dich zu unternehmen. Du solltest schnellstens nach Flensburg zurückreiten; hier auf Fünen bist du nicht mehr sicher.«

»Gut, dann breche ich morgen auf. Aber ich werde wiederkommen! Was sie dir, meiner Schwester und mir angetan haben, werde ich nicht auf sich beruhen lassen. Ich möchte und werde Gerechtigkeit schaffen! Odin oder Gott wird mir dabei behilflich sein!«, sagte Tristan entschlossen. »Wer meinen Vater blendet, macht das nicht ungestraft!«

»Da gibt es noch etwas, was ich dir sagen muss«, sagte sein Vater. »Dir steht der Fürstentitel zu, du bist mein offizieller Nachfolger, der Purpurgeborene. So steht es geschrieben. Und genau das weiß Ragnulf. Nicht nur, dass er sein Ansehen verlieren würde – nein, es geht ihm immer noch um den verborgenen Schatz. Nur ich weiß, wo er liegt. Solltest du eines Tages unser Stammesfürst werden, zeige ich dir das Versteck. Dann gehört der Schatz dir und unserem Volk!«

Michel wunderte sich. »Entschuldige, Vater, aber du bist doch blind. Wie willst du ihn denn wiederfinden?«

»Ich bin zwar blind, aber meiner Erinnerung hat das nicht geschadet. Ragnulf denkt genauso wie du. Außerdem habe ich ihn glauben lassen, ich wüsste es nicht mehr. Ich kann ja nichts sehen, also woher sollte ich es wissen? Nachdem Ragnulf die halbe Küste Fünens umgepflügt hatte, gab er die Suche endlich auf. Aber, mein Sohn, dein Vater hat hier oben alles drin.« Dabei tippte er mit dem Zeigefinger an seine Schläfe. »Keiner außer mir kennt den Plan, nicht einmal deine Schwester.«

Michel lachte: »Du bist nicht mehr mein blinder Vater, sondern der schlaue Fuchs!«

»Lass' uns nun ein wenig schlafen! Du hast morgen einen langen Ritt vor dir!«

Der Richter hielt sein Versprechen, das er Lothars Frau gegeben hatte. Durch die Straßen und Gassen von Colonia gingen Ausrufer und verkündeten: »Gesucht wird der Zimmermann Lothar, ehemaliger Vorarbeiter der Dombauhütte, wegen Mordes am städtischen Zahlmeister Gerold vom Bruch. Der Richter hat ihn für vogelfrei erklärt. Auf seinen Kopf ist eine Belohnung von einhundert Hellern ausgesetzt – tot oder lebendig!«

Ende des Jahres ging auf der Dombaustelle nichts mehr. Frost hatte sich über Colonia ausgebreitet. Die Arbeiten wurden zeitweise eingestellt. Doch nach einigen Tagen nahm Michel seine Arbeit wieder auf. Aber so richtig wohl fühlte er sich nicht mehr. Immer wieder wurden die Männer nach Hause geschickt und später bei Wetterbesserung wieder zurückgeholt; es war ein Kommen und Gehen. Die Arbeiter tuschelten über Michel und seinen Freispruch. So machten Gerüchte die Runde: »Vielleicht war er es ja doch – oder auch nicht ...“ – „Möglicherweise war es doch Lothar, denn warum wäre er sonst so plötzlich verschwunden?“ – „Michel ist ja der Liebling des Baumeisters, der kann sich hier alles erlauben. Er hat als Erbauer des Lastenkrans sowieso Narrenfreiheit hier ...«

Natürlich bekam Michel von dem Geschwätz einiges mit. So kam er eines Abends vom Bau nach Hause und sagte zu Svenja: »Wir sollten Colonia verlassen. Ich fühle mich auf der Baustelle erst dann wieder willkommen, wenn Lothar verurteilt ist. Was denkst du darüber?«

Svenja sah ihn erstaunt an: »Das verstehe ich jetzt aber nicht: Du verdienst hier gutes Geld, und seit dem Bau des Krans bist du für viele Leute ein Held. Außerdem bin ich im fünften Monat schwanger. Was ist mit unserem Kind? Und wohin willst du überhaupt gehen?«

Michel ging im Raum hin und her und grübelte angespannt. Nach einer Weile sagte er: »Nach Burg Neuenberge! Graf Adolf hat doch gesagt, als er die Baustelle besichtigt hat, dass er froh wäre, so einen Zimmermann wie mich auf seiner Burg zu haben. Auch dort gibt es eine Baustelle, auf der ich arbeiten kann. Der Graf lässt Umbauarbeiten durchführen; es soll auch ein neuer Wehrgang gebaut werden. Dann könntest du im Mai unser Kind auf Neuenberge zur Welt bringen!«

»Aber der Meister hat sich so für dich eingesetzt! Er dürfte von dir enttäuscht sein, zumal ja mit der Bedienung des Kranes einiges schiefgelaufen ist«, bemerkte Svenja.

»Dessen bin ich mir bewusst. Aber ich rede mit ihm und hoffe auf sein Verständnis. Natürlich werden wir jetzt bei diesem Wetter noch nicht reisen; wir können auch ruhig das Weihnachtsfest noch hier verbringen. Ich dachte an Anfang März, wenn es wieder angenehmer für eine kleine Reise ist. Neuenberge ist ja nur einen Tagesritt von hier entfernt.«

Svenja schüttelte den Kopf: »An diesen Gedanken muss ich mich erst noch gewöhnen. Dann müsste ich unser Kind auf einer Burg zur Welt bringen.«

»Was glaubst du denn, wie groß so eine Burg ist! Mach' dir deswegen keine Sorgen; es gibt dort genügend Frauen, die auch Kinder bekommen!«, erklärte Michel.

Es begann eine trostlose Zeit. Sowohl in Colonia als auch in Flensburg lagen die Arbeiten völlig brach. Der Winter war – wie auch die letzten – äußerst kalt. Dombaumeister Johannes musste die Bauhütte für ganze drei Monate schließen. Erst gegen Ende

März wurden die Arbeiten wieder aufgenommen.

Lothar war nicht wieder in Colonia aufgetaucht. Niemand wusste, wo er sich im Moment aufhielt. Lothars Frau Regina arbeitete als Gehilfin in einer Taverne am Rheinufer. Sie reinigte die Küche und half beim Bedienen der Gäste. Ständig kam ein Stöhnen über ihre Lippen, als wäre sie die einzige Frau in der Stadt, die arbeiten müsste.

Das Weihnachtsfest hatten Michel und Svenja gemeinsam mit ihren Freunden René und Georg und deren Frauen verbracht. Zur Feier des Tages hatten die Frauen drei Hühner gebraten. Es wurde bis in die Nacht hinein gezecht.

Dann kam der Tag, an dem Michel beim Dombaumeister wegen seiner Entlassung vorsprach. »Ich kann Euren Entschluss nicht ganz verstehen! Euer Ansehen ist wiederhergestellt, Ihr verdient gutes Geld, Eure Frau ist schwanger – und Ihr wollt nach Neuenberge!«

»Ich weiß, aber ich möchte einen Neuanfang wagen. Immerzu habe ich das Gefühl, dass mich die Männer von der Seite her ansehen. Sie bezeichnen mich als Euren Liebling, und ich könne hier machen, was ich wolle. Es besteht ja die Möglichkeit, dass ich später einmal zurückkehre. Aber erst einmal sollte Gras über die Sache wachsen«, war Michels Antwort.

»Reisende soll man bekanntlich nicht aufhalten!«, meinte Johannes von Köln schließlich und gab Michel frei.

Der Winter neigte sich dem Ende zu. Er wurde von den ersten warmen Frühlingstagen förmlich verjagt. Am 23. März verließen Svenja und Michel Colonia durch das Osttor in Richtung Fähre. Da Svenja nun im siebten Monat schwanger war, polsterte Michel ihr den Fahrerbock mit weichen Stoffen aus.

Am Wegesrand sprossen die ersten grünen Halme. Neugierig traten Blüten hervor und streckten ihre Köpfe der Sonne entgegen. Durch die warmen Strahlen der Sonne wurden die Kerbtierchen angeregt, sodass sie zu ihren ersten Rundflügen ansetzten. Löwenzahn und Gänseblümchen wagten sich hervor.

Schon am späten Nachmittag erreichten Michel und Svenja Burg Neuenberge. Sie waren vom Anblick dieser mächtigen Burg überwältigt. Nachdem Michel dem Wachmann sein Anliegen vorgetragen hatte, ließ man die beiden durch. Über dicke Holzbohlen polterte der Wagen in den Innenhof der Wehranlage. Da sie noch nie im Leben eine Burg betreten hatten, staunten sie nicht schlecht. »Das ist ja fast eine eigene Stadt!«, rief Michel aus. Überall pulsierte das Leben. Knappen, Handwerker, Mägde und Stalljungen waren in ihre Arbeit vertieft. Michel steuerte Arminius an gewaltigen Bruchsteinmauern entlang, in denen sich Fenster in verschiedenen Größen befanden. Sie fuhren am Pallas vorbei, der zu ihrer Rechten lag, bis sie den zweiten Eingang erreicht hatten. Michel stieg vom Wagen und ging hinein, um sich genauer zu erkundigen.

An einem Brunnen standen drei Mägde mit Holzeimern und wollten Wasser schöpfen. »Seid gegrüßt, Ihr holden Damen! Wer ist denn hier der zuständige Mann, der die Arbeiter einstellt?«

Die Mädchen kicherten. Lag es vielleicht an der Ansprache »holde Damen«? Eine von ihnen trat hervor: »Das ist Meister Sebolt; er ist meistens in seinem Lager zu finden. Das ist, wenn ihr zurückgeht, rechts neben der Schmiede.«

»Habt Dank!«, sagte Michel und ging zum Wagen zurück. Svenja sah ihn fragend an. »Ich muss zurückgehen; der Meister muss dort bei der Schmiede sein. Bitte warte hier einen Augenblick, bis ich zurück bin!« Hurtigen Schrittes eilte er zu den Ställen. Er musste die Schmiede gar nicht erst suchen, da das Hämmern über den gesamten Hof dröhnte. Gleich rechts neben ihr befand sich das Lager der Handwerker. Die Tür stand offen.

Michel trat ein: »Hallo? Ist hier jemand?« Hinter einem Stapel Bretter trat ein mit Staub und Sägemehl überzogener Mann hervor. »Ja, bitte?« Michel stellte sich vor und erklärte sein Anliegen.

Meister Sebolt hörte geduldig zu. »So, Ihr kommt von der Dombauhütte von Colonia? Wie heißt denn der Baumeister dort?«, wollte er wissen.

Michel lächelte ihn an: »Ihr wollt wissen, ob ich Euch beschwindele? Es ist Johannes von Köln, ein groß gewachsener Mann mit einem leichten Buckel. Ich war einer seiner Vorarbeiter.«

»Ihr seid nicht von hier, stimmt's?«

»Nein; ich stamme aus dem Norden, genauer gesagt aus Flensburg. Aber bis zu meiner Abreise aus Colonia habe ich am Dom mitgebaut. Der große Lastkran war meine Erfindung: ich habe ihn entworfen und mit meinen Leuten zusammen errichtet.«

»Ja, darüber wird überall gesprochen. Es soll tatsächlich Leute geben, die wegen dieses Krans nach Colonia pilgern und nicht wegen des Doms!«, sagte Sebolt und ging dabei im Raum hin und her.

Er wollte noch etwas sagen, aber Michel kam ihm zuvor: »Der Herr Graf kennt mich von einem Besuch am Dom. Er sagte mir, dass er froh wäre, wenn ich hier für ihn arbeiten würde.« Michel wollte dem Meister nicht die gesamte Geschichte über die Ermordung des Zahlmeisters erzählen, aber mit der Empfehlung des Grafen nahm er ihm ein wenig den Wind aus den Segeln.

»Ich habe Euren Namen bereits vernommen. Man spricht im Lande vom Zimmermann Michel, dem aus dem Norden, der den Kran am Dom gebaut hat«, sagte Sebolt.

»Wenn dem so ist, dann ist es eine große Ehre für mich!«, antwortete Michel voller Stolz.

»Gut, ich stelle Euch für dreißig Heller im Monat ein. Ihr könnt ein Zimmer hier über der Schmiede beziehen; die anderen Handwerker wohnen auch dort. Euer Pferd und den Wagen gebt bei den Stalljungen ab.«

»Eine Frage noch, Meister. Meine Frau ist im siebten Monat schwanger; unser Kind kommt im Mai zur Welt. Gibt es hier einen Medicus oder eine Hebamme?«

»Nein, die brauchen wir hier nicht, denn wir haben eine hervorragende Krankenabteilung. Sie wird von den Johannitern geleitet. Etwas Besseres kann Eure Gattin nicht finden!«

»Das wird sie beruhigen!«, sagte Michel. Der Meister pfiff auf den Fingern, und ein junger Bursche erschien. »Gregor, zeig‘ dem Herrn sein Zimmer, den Stall und die Scheune! Und Euch«, er wandte sich an Michel, »sehe ich morgen hier am Lager. Wir werden einen Rundgang machen, und ich zeige Euch die Baustelle und woran wir gerade arbeiten.«

Ohne zu klopfen betrat Ragnulf das Zimmer seiner Nichte. Er wusste, dass Gundalf zum Fischen aufs Meer gefahren war. »Wie wir beide wissen, hattest du ja interessanten Besuch. Was wollte denn der Fremde von dir?«

Birte wurde verlegen. Ihre kleine Tochter saß in der Ecke der Kate und spielte mit einem aus Holz geschnitzten Pferd. »Er ist Einkäufer der Hanse. Er hat nachgefragt, ob er hier im Dorf gesalzenen Hering in Fässern kaufen könne.«

»Und warum kommt er nicht zu mir, der ich das Oberhaupt des Stammes bin?«

Birte antwortete: »Woher soll ich das denn wissen?«

»Du weißt das schon ganz genau! Weil dieser Fremde nämlich dein Bruder gewesen ist! Er hat die Fürstenkette deines Vaters getragen. Sag' mir jetzt seinen Namen und ob er tatsächlich aus Flensburg stammt!«, sagte Ragnulf nun wesentlich nachdrücklicher.

Birte stellte sich weiterhin naiv: »Ich habe meinen Bruder noch nie im Leben gesehen!«, rief sie zurück.

»Jetzt reicht mir das Theater langsam«, schrie ihr Onkel sie an, »Gib den Namen und den Ort preis, sonst geschieht hier gleich etwas!« Er eilte zu dem Kind und hob es auf den Arm. »Wenn du deine Tochter wiedersehen willst, dann sprich!«

»Nein!«, schrie Birte, »Gib mir meine Kleine wieder! Was bist du nur für ein Mensch? «Das Mädchen fing zu weinen an. Ragnulf tat so, als wollte er die Kate mit Birtes Tochter auf dem Arm verlassen. »Bitte, Ragnulf! Ich sag' dir alles, was ich weiß!«

»Na, dann los! Erzähl' mir die Wahrheit! Du weißt, wozu ich fähig bin.« Dabei stellte er die Kleine wieder auf den Boden, hielt aber ihre Hand noch fest.

»Ja, er ist mein Bruder. Er heißt Tristan, ist Zimmermann und wohnt in Flensburg. Mehr kann ich nicht sagen.«

»Und was wollte er tatsächlich hier?«

»Er sagte nur, dass er seine Familie suche. Ein Händler in Flensburg habe ihm erzählt, dass diese Runenzeichen von Fünen stammten.«

»Dann war er in Odense und hat mit meinem Bruder gesprochen – das ist aber nicht so wichtig.« Er ließ das Mädchen los, das sofort zu seiner Mutter rannte. Ragnulf drehte sich um und verließ die Hütte. Birte würde den Vorfall ihrem Mann erzählen, aber sie wusste, dass Gundalf nur ein Fischer und kein Kämpfer war. Er konnte im Thing gegen Ragnulf stimmen, aber im Kampf war er dem Hünen nicht gewachsen, da war er machtlos.

Ragnulf eilte sofort zu Gunthars Haus. Die Männer setzten sich an den Tisch und tuschelten leise miteinander. Nach einiger Zeit sagte Ragnulf: »Ihr wisst, was Ihr zu tun habt! Nicht auffallen, und vor allem keine Zeugen! Verstanden?«

Gunthar nickte: »Ich nehme Lars und seinen Bruder Ingmar mit.«

»Brecht morgen früh auf – und kein Wort zu irgendjemandem!«, flüsterte Ragnulf, denn es sollte ihn keiner durch die dünnen Lehmwände hindurch hören.

Tristan kam wie jeden Abend von der Arbeit im Hafen zurück ins elterliche Haus. Mechthild müsste auch gleich nach Hause kommen, dachte er. Ihre Eltern hatten sich mittlerweile an ihre Beziehung gewöhnt, zumal es bald zur Hochzeit kommen sollte. Tristan zog sich die Arbeitskleidung über den Kopf. Überall saßen der feine Staub und unzählige Splitter von der Bearbeitung der Steine fest. Mit einem Rest Kernseife wusch er sich die Haare, danach den muskulösen Oberkörper und zum Schluss die Arme.

Mechthild war bereits auf dem Heimweg. Mit kleinen Schritten kam sie auf das Haus zu. Sie trug ihr langes Haar offen, nur ihr Haupt hatte sie mit einem weißen Gebände bedeckt, das unter dem Kinn mit einer Schlaufe gebunden war. Tristan hatte ihr von seiner Reise und seinen Erlebnissen auf Fünen erzählt. Das war nun zwar schon eine Weile her, aber das Thema kam immer wieder auf. Des Öfteren redeten sie bis in die Nacht hinein über Tristans Angelegenheiten. Er war nicht gewillt, die Sache so einfach auf sich beruhen zu lassen. Aber er wusste nicht so recht, wie er vorgehen sollte. »Irgendetwas muss ich doch unternehmen! Aber was und wie?« Eine vernünftige Idee oder gar einen Plan hatten die beiden aber bisher nicht. Mechthild trat auf Tristan zu: »Na, schon frisch gemacht?«

»Ja«, lachte er, »Ich sah mal wieder aus wie ein Hund, der sich auf dem Dorfplatz gewälzt hat. Bist du so lieb und schlägst mir ein paar Eier auf die Ofenplatte? Ich habe Hunger wie ein Ochse!«

»Für dich tue ich doch alles«, erwiderte Mechthild.

Schon recht früh, genauer gesagt nach dem Abendessen, gingen die beiden in die Schlafkammer. Mechthilds Eltern hatten sich im Laufe der Zeit damit abgefunden, dass sie die Nacht nicht mehr regelmäßig zu Hause verbrachte – und so war es auch diesmal. Kurz nach Matutin wurde Tristan durch ein Geräusch geweckt. War es ein Traum, der ihn hatte aufschrecken lassen, oder hatte er im Schlaf tatsächlich ein Geräusch vernommen?

Erneut ertönten ein Zischen und danach ein kurzer Schlag auf Holz oder Lehm, und das mehrere Male hintereinander. Er öffnete die Augen und sah Flammen, die sich die Hauswand hinauffraßen! Das helle Licht des Feuers drang durch die kleine Dachluke ihres Schlafgemachs. Tristan sprang aus dem Bett und rief: »Raus hier, Mechthild! Unser Haus steht in Flammen!« Dabei schüttelte er sie kräftig an den Schultern. Die ersten Rauchschwaden drangen bereits durch die Ritzen in ihre Stube. Tristan war mit einem Schlag hellwach. Er sprang förmlich in seine Beinlinge und die Stiefel. Dann warf er sich noch die Tunika über den Kopf, band seinen Gürtel um und steckte die Axt und das Messer dahinter. Auch Mechthild war in Panik geraten und zog sich schnell an. »Was geht denn nur hier vor? Ich muss hier raus! Ich brauche frische Luft!«, schrie sie.

»Komm!«, rief Tristan und nahm Mechthild an der Hand. Hustend rannten sie gemeinsam die Stiege hinab und auf die Türe zu.

Nun sah Tristan durch die unteren Fenster, dass die Vorderfront genauso brannte wie die Rückseite des Hauses. Er blickte kurz aus einem der Fenster und bemerkte zwei Gestalten, die das Haus mit Brandpfeilen beschossen. Schnell zog er den Kopf zurück: »Da sind Männer vor dem Haus und schießen mit Pfeilen auf uns! Das können nur die Häscher von Ragnulf sein! Sie wollen mich töten, den wahren Fürsten ihres Stammes.« Angestrengt überlegte Tristan und musste dabei husten. »Warte hier!«, rief er Mechthild zu und sprang schnellen Schrittes in den Wohnraum, griff nach seiner Truhe und zog sie am Haltegriff hinter sich her bis zur Türe.

»Hier, halt' dir das Tuch vors Gesicht!« Der Qualm nahm zu und schränkte die Sicht immer mehr ein. »Wir müssen hier raus! Aber wie? Vor der Türe stehen zwei Bogenschützen. Ich muss abwarten, bis sie einen neuen Flitz anlegen – nur dann habe ich einige Sekunden Zeit, in denen ich versuchen kann, sie anzugreifen.« Tristan ging erneut ans Fenster, um die Männer zu beobachten. Beide schossen gerade erneut Brandpfeile in das Holz ihres Hauses. »Jetzt raus hier! Wirf dich auf den Boden, wenn du draußen bist!«, rief Tristan.

Er riss die Tür auf, zog seine Axt, rannte einige Meter auf die Häscher zu und warf seine Axt mit aller Gewalt auf einen der Männer. Seine alte Waffe drang mit der vollen Kraft des Wurfes in den Brustkorb des Häschers. Mit einem lauten Stöhnen sackte dieser zusammen. Der andere erkannte die Situation sofort. Er warf seinen Bogen beiseite und wollte sein Schwert ziehen. Doch dazu kam er nicht mehr. Mit einem tierischen Schrei stürzte sich

Tristan auf den Nordmann. Ehe dieser es sich versah, war Tristan bei ihm und versetzte ihm mit seinem Messer einen Stich in die rechte Schulter. Der Häscher hatte sein Schwert erst halb aus der Scheide gezogen, als Tristan ihm die schwere Verwundung beibrachte. Beide fielen auf den Boden. Sich mit den Armen umklammernd, wälzten sie sich auf dem Boden. Der Fremde hielt mit seiner linken Hand Tristans Hand fest, in der dieser sein Messer hatte. Erneut rollten sie über die Erde und schlugen mit ihren freien Fäusten aufeinander ein. Tristan traf mit seiner linken Faust genau die Schulterwunde des Häschers. Dieser schrie gellend auf und verlor für einen Moment die Kontrolle über den Kampf. Diesen kurzen Augenblick nutzte Tristan aus. Sein Messerarm war frei, und er stach seinem Gegner die Waffe bis zum Heft in den Brustkorb. Der Häscher stieß einen unterdrückten Schrei aus und riss die Augen auf. Dann sackte er zusammen und rührte sich nicht mehr.

Keuchend und nach Luft schnappend lag Tristan auf ihm. Er stützte sich ab und kniete heftig atmend neben dem Toten. Erst jetzt nahm er die gewaltigen Flammen wahr, die sein Haus in Schutt und Asche legen würden. Sein Gesicht war schweißgebadet, während er nach Mechthild rief. Er sprang auf, rannte die paar Schritt zum brennenden Haus zurück und sah dort Mechthild liegen. Aus ihrem Rücken ragte ein Pfeil. Man hatte Tristans große Liebe hinterrücks erschossen. Als er sich neben sie kniete, hörte er noch das Geräusch eines davongaloppierenden Pferdes. Tristan zog seine Liebste an sich und drehte sie um. »Mechthild, Mechthild!«, stammelte er, »Warum ausgerechnet du? Sie wollten doch mich haben!« Für einen kurzen Augenblick öffnete Mechthild noch einmal die Augen und stammelte kraftlos: »Es tut mir leid!« Dann erstarrten ihre Augen.

»Nein!«, schrie Tristan und weinte bitterlich, während er seine geliebte Mechthild in den Armen hielt.

Tristan wusste selbst nicht, wie lange er in dieser Lage verharrt hatte. Irgendwann legte er Mechthild sanft zurück auf die Erde und stand auf. Seine geliebte Mechthild war tot, sein Haus war nicht mehr zu retten – und der, dem das alles galt, der lebte! Er streckte beide Arme gen Himmel und stieß einen Fluch aus: »Ob du Gott heißt oder Odin: Ich verspreche dir, dass dieser Mord nicht ungesühnt bleiben wird! Ich, Tristan Pettersen, werde den Mörder finden und zur Strecke bringen!«

Anschließend ging er zu den beiden toten Häschern. Dem einen zog er seine Axt aus der Brust, bei dem anderen ergriff er das Messer und sah, dass seines Gegners Augenlicht noch nicht gebrochen war. Er röchelte noch, und ein unverständlicher Laut kam ihm über die Lippen, gefolgt von einem Blutschwall. Tristan beugte sich zu ihm nieder, näherte seinen Mund dessen Ohr, während er die Hand des Sterbenden ergriff, und sprach: »Du wirst gleich ins Jenseits gehen. Ob ins Paradies oder nach Walhalla, ist mir gleich. Vielleicht schicken sie dich doch eher zum Teufel in die Hölle. Ich stelle dir jetzt nur eine Frage und gebe auch gleich die mögliche Antwort dazu. Wenn ich recht habe, drück‘ meine Hand. Hat dich Ragnulf geschickt?«

Der Häscher öffnete den Mund, aber er war nicht mehr in der Lage, auch nur ein Wort zu sprechen, doch bevor sein Kopf zur Seite fiel, drückte er kurz Tristans Hand.

Tristan hörte Stimmen näher kommen. Jemand packte ihn an den Schultern und zog ihn hoch. Leute aus dem Dorf hatten die Flammen gesehen und waren zu Hilfe geeilt. Ein Mann stützte ihn: Es war Björn, der Wirt aus dem ›Jeverbroe‹.

Kapitel 18

Zwei Wochen später saß Tristan im ›Jeverbroe‹ und betäubte sich mit Bier. Einer der Nachbarn hatte während des Brandes noch im letzten Moment Tristans Truhe durch die Türe hinausziehen können. Sie wies zwar starke Brandspuren auf, aber das Innere hatte den Brand überstanden. So wurden wenigstens noch ein paar für Tristan wichtige Gegenstände gerettet. In der Kiste hatten sich Kleidungsstücke befunden, aber auch seine Ersparnisse.

Tristan hatte das alte Zimmer seines Bruders Michel im ›Jeverbroe‹ bezogen. Gleich nach dem Verlust seiner Mechthild hatte er begonnen zu trinken. Noch in der Nacht hatte er seine Liebste in der Nähe des Hauses begraben. Ihre Eltern hatten nichts Besseres zu tun, als ihn mit schweren Beschuldigungen zu belasten – ein weiterer Grund für ihn, sich mit Bier zu betäuben. Er machte sich Vorwürfe und gab sich die Schuld, nicht auf seine Mechthild aufgepasst zu haben. Er konnte die Welt nur noch betrunken ertragen.

Gute Freunde redeten auf ihn ein, vor allen Dingen Björn, der Wirt, der immer schon ein Freund der Familie gewesen war. »Du musst mit der Sauferei aufhören, sonst machst du dich völlig kaputt! Das viele Bier, das du in letzter Zeit bei mir getrunken hast, ist keine Lösung!« Tristan hatte feuchte Augen. Seit Tagen reifte in ihm der Gedanke an Rache. Er wollte diesen Ragnulf mit seiner Axt erschlagen. Gleichzeitig sah er aber auch ein, dass er als einzelner gegen Ragnulf und seine Mannen nichts ausrichten konnte. »Ich weiß nicht, was ich machen soll!«, schrie er den Wirt voller Verzweiflung an.

Björn setzte sich zu ihm. »Mein alter Freund, höre auf meine Worte! Zunächst lässt du die Trinkerei sein. Das Wichtigste, was du jetzt aufbringen musst, ist Geduld. Lass‘ Gras über die Sache wachsen, lass‘ alles in Vergessenheit geraten, aber verlier‘ das Ziel dabei nicht aus den Augen. Such‘ deinen Bruder Michel in Colonia auf! Er weiß, was zu tun ist. Michel ist schlau wie ein Fuchs.

Aber du stehst unter Anspannung, und in dir kocht die Wut. Wenn man so aufgewühlt ist, wird man blind für die Dinge. Such' Michel auf, er wird dir helfen. Du hast doch hier in Flensburg gar nichts mehr. Was hält dich auf? Das Haus eurer Eltern kannst du später immer noch aufbauen, das eilt ja nicht.«

Tristan blickte seinen Freund aus geröteten Augen an: »Weißt du, Björn, ich saufe das Zeug, weil ich sonst nicht schlafen kann. Jede Nacht geht mir das gesamte Szenario durch den Kopf. Das Bier dient mir dazu, zu vergessen.«

Björn schlug ihm aufmunternd auf die Schulter: »Ich verstehe dich gut! Für die ersten Tage war es ja auch vielleicht eine Hilfe, doch auf die Dauer sind Bier und Wein sicherlich keine ideale Lösung. So etwas hält man nicht allzu lange durch.« Björn merkte, dass Tristan sinnierte. Er ließ ihn in Ruhe und sprach nicht weiter.

»Du hast mit allem recht, was du sagst! Ich werde mir ein Pferd zulegen und Michel aufsuchen. Es wird wohl eine Weile dauern, aber ich verspreche dir: Wir kommen zusammen nach Flensburg zurück, und dann gehen wir die Sache an. Der Tag der Rache wird kommen!«, sagte Tristan entschlossen. Er bezahlte sein Bier. »Ich lege mich hin«, sagte er kurz, stand auf und schwankte auf sein Zimmer.

Natürlich war die Baustelle auf Burg Neuenberge nicht mit der des Domes in Colonia zu vergleichen. Hier war alles viel übersichtlicher. Meister Sebolt ging am nächsten Morgen mit Michel durch die Anlage der Burg, wo der neue Wehrgang entstehen sollte. Dieser musste im Inneren an der großen Außenmauer verankert werden. Da der alte Wehrgang äußerst morsch geworden war und die Jahre an ihm genagt hatten, mussten sie das alte Holz ab- und herausschlagen. So waren schon die Vorgaben sichtbar, wo die neuen Balken platziert werden sollten. An diesen Stellen war der Untergrund aufgehellt. Im Innenhof lag das morsche, abgeschlagene Holz verteilt umher. Die ersten Klafter des neuen

Wehrgangs waren bereits fertig. Wenn er ganz fertiggestellt wäre, würde er wie ein großer Rundbogen aussehen, der bis hinter den Bergfried führt. Das Stützgerüst des Ganges befand sich in vier Schritt Höhe und wurde aus dicken Holzbalken gebaut. Dazwischen waren etwas dünnere Bretter angebracht, und auf dem Boden wurden schwere, tragende Holzplanken verarbeitet. Das Holz dafür besorgten die Männer aus den umliegenden Wäldern des Bergischen Landes.

Meister Sebolt stellte Michel den anderen Arbeitern vor. Die meisten waren Zimmerleute wie er, es gab aber auch Schreiner für die direkte Holzverarbeitung. Michel holte seine Werkzeugkiste und brachte sie ins Lager. Dabei musste er an den Geldbeutel denken, den Lothar darin versteckt hatte. »Was der wohl jetzt so treibt? Und wo er sich aufhält?«, fragte sich Michel. Dann stürzte er sich in seine neue Arbeit. Meister Sebolt behielt ihn im Auge, wusste aber bereits nach zwei Stunden, dass er ihn unbesorgt alleine lassen konnte. »Dem kann ich sowieso nichts mehr beibringen«, dachte er bei sich. Aus Spaß sagte er zu Michel: »Einen Kran wie am Dom brauchen wir hier nicht. Für das, was wir hier zu bauen haben, reichen ein paar Leitern.« Beide mussten lachen.

»Das ist mir wohl bewusst«, antwortete Michel, der seinen neuen Meister ein wenig mit Johannes von Köln verglich und dabei feststellte, dass dieser Mann ihm nicht weniger sympathisch war.

Nach Feierabend ging Michel auf sein neues Zimmer, wo Svenja die wenigen Sachen bereits in Truhen untergebracht hatte. Hier war alles etwas kärglicher als in ihrer Kölner Stube, aber den beiden reichte es. Michel fühlte sich befreit, und auch seine Stimmung hatte sich aufgehellt. Er war wieder häufiger für Späße zu haben. Svenja rief ihn zu sich: »Willst du mal fühlen, wie rege unser Kind ist? Hier – leg‘ mal deine Hand auf meinen Bauch!« Mit äußerster Vorsicht tastete Michel ihren Leib ab – und dann: »Es hat mich getreten! Noch mal! Ganz schön lebendig, das Kleine!« Michel war voller Vorfreude darauf, was da kommen mochte. »Übrigens, es gibt hier eine Krankenstation; sie gehört den

Johannitermönchen. Das sind hervorragende Heiler, besser als mancher Medicus!«

»Ich begebe mich aber nicht in die Hände irgendwelcher Männer! Es muss doch hier oder in der Nähe auch eine Hebamme geben. Das wäre mir lieber.« Sie merkte, dass Michel grübelte. Um ihn vollends zu überzeugen, schob sie nach: »Oder möchtest du vielleicht, dass fremde Männer mich befummeln?«

»Ich werde mich nach einer Hebamme erkundigen. Du hast völlig recht! Nein, das möchte ich nicht!«, gab er zurück. Damit hatte Svenja ihr Ziel erreicht. Zuvorkommend sagte Michel: »Ich werde morgen einige Arbeiter fragen. Deren Frauen haben ja auch Kinder; die wissen bestimmt, wo es eine weise Frau gibt! Die waren sicherlich nicht alle bei den Johannitern.«

Svenja strich sich mit beiden Händen über den Leib: »Ganz schön groß geworden, mein Bauch mit dem neuen Pettersen.«

»Glaubst du, es wird ein Junge?«

»Das weiß nur Gott allein. Aber ich bin mir sicher, dass es ein kräftiges Kind werden wird – so rund, wie mein Bauch ist!«, lachte sie.

Einen Tag später – es war ein Freitag, und Michel hatte sich bereits gut eingearbeitet – stand plötzlich Graf Adolf in der Werkstatt der Zimmerleute. »Gott zum Gruße! Es geht hier ja stets voran. Ich kann die Arbeiten von meinen Fenstern aus gut verfolgen. Wie ich hörte, Meister Sebolt, habt Ihr einen neuen Mann eingestellt?« Drei der Arbeiter, unter anderem auch Michel, waren damit beschäftigt, Bretter für die Zwischenverkleidung der Außenreling zurechtzuschneiden. Meister Sebolt trat einen Schritt vor: »Gott zum Gruße, Herr Graf! Ja, einen Zimmermann von der Dombauhütte. Er sagte mir, Ihr würdet ihn kennen.« Er drehte sich um: »Michel!«, rief er, »kommt bitte! Unser Herr Graf möchte mit Euch sprechen.«

Michel schob einige Bretter und Latten beiseite und schlug mit den Händen auf seine Kleidung, um sie ein wenig zu säubern.

Staub und Sägemehl flogen durch die Luft. Michel ging zum Grafen und ließ sich auf sein linkes Knie fallen: »Seid gegrüßt, Herr Graf!«, sagte er unterwürfig.

»Erhebt Euch! Seid Ihr nicht der Zimmermann, der das Wunder von Colonia gebaut hat?«

»Ja, Herr, der bin ich – Michel Pettersen aus Flensburg.«

»Wir sind uns doch am Dom begegnet. Ihr habt mir Euren selbst entworfenen und gebauten Kran erklärt. Wieso seid Ihr hierher nach Neuenberge gekommen? Hat es Euch auf der Dombauhütte in Colonia nicht mehr gefallen?«

Michel wurde etwas verlegen, was dem Grafen auffiel. »Kommt, junger Mann, wir gehen ein paar Schritte, dann könnt Ihr es mir erzählen.«

Sie verließen das Lager und gingen gemeinsam durch die äußere Burganlage. Michel erzählte dem Grafen die gesamte Geschichte bis ins kleinste Detail. Gespannt hörte der Graf zu. Ab und zu stellte er ein paar Zwischenfragen. Als Michel am Ende angelangt war, meinte der Graf: »Ich habe von dem Mord am Zahlmeister gehört. So, so – und man hat fälschlicherweise Euch ins Verlies gesteckt? Eine üble Sache, das Ganze, aber ich bin froh, Euch als kundigen Zimmermann jetzt bei mir zu haben. Sollten Probleme auftreten, meldet Euch bei mir. Ich habe für alles ein offenes Ohr.«

Am darauf folgenden Sonntag, als die Arbeit ruhte, besuchten Michel und Svenja den Gottesdienst. Anschließend gingen sie zur Krankenabteilung der Johannitermönche. Hand in Hand schlenderten sie durch die geräumige Burganlage und blieben vor einem Haus stehen, auf dessen Wand in Augenhöhe das rote Kreuz der Krankenstation aufgemalt war. Drei fromme Brüder leiteten diese Station. Michel stellte sich und seine Frau vor. Ein rundlicher kleiner Mönch, der sich Sebastian nannte, begrüßte sie freundlich: »Bitte folgt mir, ich zeige Euch unsere Abteilung.«

Es waren drei schlichte Räume. Einer davon war das Krankenzimmer, in dem acht Pritschen standen, von denen aber keine belegt war. »Zurzeit ist es ruhig: nur leichte Blessuren bei mehreren Männern, die aber keines Aufenthalts bedürfen. Nach einer Treibjagd gibt es schon einmal größere Wunden, meistens durch Wildschweine. Die können mit ihren Hauern bösartige Verletzungen anrichten«, sagte Bruder Sebastian.

Einige seiner Brüder kamen ihnen entgegen. Sebastian stellte sie Michel und Svenja vor: »Das ist Bruder Arnulf, und dies hier Bruder Wolfgang; beide sind in der Kräuterkunde und der Heilbehandlung sehr erfahren.« Sie gaben sich die Hände. »Bald kommt Arbeit auf uns zu!«, deutete Sebastian an und zeigte dabei auf Svenjas gewölbten Bauch. Sie wurde ein wenig verlegen. »Mir wäre es schon lieb, wenn noch eine Hebamme anwesend wäre«, sagte Svenja schüchtern.

»Keine Bange, mein Kind; wenn es so weit ist, lassen wir die alte Grete kommen. Sie wohnt unten in dem kleinen Häuschen an der Biegung des Flusses, den sie hier die Weper nennen. Sie hat die halbe Burgbesatzung zur Welt gebracht, vielleicht sogar auch unseren Herrn Grafen«, schmunzelte Sebastian und merkte gleich, dass er Svenja mit seiner Äußerung beruhigt hatte.

»Seit wann ist der Orden denn hier auf Burg Neuenberge vertreten?«, fragte Michel.

»Das, mein Bruder, ist eine längere Geschichte. Ich denke, es waren Adolf III. und sein Bruder Engelbert von Berg, die uns hier nach Neuenberge geholt haben. Engelbert war ja nicht nur einer der Grafen von Berg, nein, er war auch der Erzbischof von Colonia. Das müsste so vor einhundert Jahren gewesen sein, und wir Johanniter durften hier eine Krankenstation eröffnen. Was soll ich sagen? Leider sind fast alle Grafen von Berg auf Kreuzzüge gegangen, und manche sind im Heiligen Land geblieben – von Sarazenen erschlagen oder an unbekannten Krankheiten gestorben. So fiel auch Graf Adolf III. während der Schlacht von Damiette in Ägypten.

Als die Ritterorden den Krieg im Heiligen Land verloren hatte, zogen wir Johanniter uns nach Rhodos zurück. Von dort aus bekämpften wir die Türken weiterhin auf hoher See. Die Deutschritter gingen ja ins Baltikum, und der berühmte Orden der Tempelritter wurde vom König von Frankreich, Philipp dem Schönen, aufgelöst. Es war ja alles eine einzige Lüge! Er warf dem Orden vor, seine Mitglieder hätten aufs Kreuz gespuckt und Sodomie betrieben, was aber nie bewiesen werden konnte. Die Wahrheit war die, dass der König von Frankreich selbst Tempelritter werden wollte, was der Großmeister aber verhinderte. Auch für einen König gab es keine Sonderrechte.

Außerdem war der König bei den Templern bis über beide Ohren verschuldet. Er hatte seit Jahren über seine Verhältnisse gelebt und das geliehene Geld mit beiden Händen ausgegeben. Was lag also näher, als den Orden einfach aufzulösen? So war er mit einem Schlage seine Sorgen und Schulden los. Ein Teil des Vermögens der Templer wurde uns Johannitern überschrieben, doch der riesige Templerschatz, den der Orden angeblich angehäuft hatte, wurde nie gefunden. Die Templer waren die letzten, die Akkon bis zum Schluss verteidigt hatten. Als letzter Ritterorden verließen sie mit ihrer eigenen Flotte Outremer. Und so wird bis heute vermutet, dass der Schatz der Templer auf einem ihrer Boote verborgen war und man ihn nach Frankreich gebracht hat.

Aber nicht alle Templer verließen das Heilige Land. Einige zogen sich von Akkon in ihre letzte Festungsanlage zurück, in das Chateau Pèlerin, eine Burganlage direkt am Meer. Diese musste aber im August 1291 ebenfalls aufgegeben werden. Wir Johanniter, die wir uns damals noch Hospitaliter nannten, gingen – wie gesagt – nach Rhodos, während sich die Templer nach Zypern zurückzogen. Die Schlacht um Akkon war ausschlaggebend für unseren Verlust im Heiligen Land. Trotz unserer imposanten Festungsanlage konnten wir die Schlacht gegen die Übermacht der Mamelucken nicht gewinnen. Auf unserer Seite hatten wir gerade einmal 18 000 Kämpfer, auf der gegnerischen befanden sich 160 000 Mamelucken mit einem mächtigen Reiterheer. Diesen Kampf konnten die Kreuzfahrer nur verlieren.

Um auf uns zurückzukommen: Die Grafen von Berg waren unserem Orden der Johanniter schon immer zugetan, aber auch die Deutschritter standen bei den Grafen in der Gunst. Deren vierter Großmeister, Hermann von Salza, war persönlich hier auf Neuenberge. Er war Berater von Kaiser Friedrich II. und von Erzbischof Engelbert; des Weiteren vermittelte er zwischen dem Kaiser und dem Papst. Bekanntlich waren die beiden einander spinnefeind. Aber ich schweife jetzt ab – von der Schwangerschaft bis zum Kreuzzug! Habt ihr, Michel, noch Fragen?« Michel verneinte. Bruder Wolfgang fügte hinzu: »Ihr müsst wissen, unser Bruder Sebastian ist ein Redner vor dem Herrn. Es liegt ihm, alte Geschichten zu erzählen. Er könnte auf dem Jahrmarkt auftreten.« Da meldete sich Sebastian noch einmal zu Worte: »Bruder Wolfgang war bei der kämpfenden Truppe des Ordens. Er kann besser mit dem Schwert umgehen als mit Worten.«

Tristan gab die Trinkerei auf, aber sein Verlangen nach Rache blieb. Er dachte an die Worte seines Freundes Björn aus dem ›Jeverbroe‹. Zwei weitere Monate arbeitete er als Steinmetz in der Hafenanlage, um erst einmal noch etwas Geld zu verdienen. Dann verhandelte er mit Piet und konnte ihm Kuddel zu einem angemessenen Preis abkaufen. Er mochte dieses Pferd mit den treuen Augen.

Im April brach er Richtung Köln auf, ohne große Vorkehrungen zu treffen. Die Satteltaschen hatte er mit ein paar Habseligkeiten gefüllt. Geld besaß er ausreichend, da ihm ja nun das für die geplante Hochzeit Ersparte alleine zur Verfügung stand. Er verabschiedete sich von seinen Freunden und ritt noch einmal ans Grab seiner großen Liebe Mechthild. Dort hatte er liebevoll einen Grabstein mit ihren Initialen aufgestellt und legte nun einen selbst gepflückten Wildblumenstrauß davor nieder. Ein letztes Mal trauerte er mit feuchten Augen vor dem Grab, bevor er sich auf Kuddel schwang und in eine ungewisse Zukunft ritt.

Kapitel 19

Michel hatte sich mehr als nur eingearbeitet. Schnell erkannten die Männer, was er alles konnte und wie er das Holz mit den verschiedenen Werkzeugen bearbeitete. Eines Tages wollte sich Graf Adolf wieder einmal die Arbeiten aus der Nähe ansehen. Er betrat das mittlerweile fertiggestellte erste Stück des Wehrganges. Die ersten zehn laufenden Schritt waren bereits mit neuem Holzwerk fertig gestellt. Am Ende davon war Michel gerade dabei, weitere Stützbalken im Mauerwerk zu befestigen. »Das sieht ja alles sehr massiv aus«, rief der Graf, »Gute Arbeit, Herr Michel!« Dabei trat er näher an Michel heran. Dieser sah den Grafen kommen, der den Übergang zwischen dem neu angebrachten Holzwerk und dem alten, morschen nicht zu bemerken schien. »Vorsicht, Herr Graf! Ihr müsst dort stehen blei…« Genau in diesem Moment löste sich eine Verankerung, und das letzte Stück der neuen Verkleidung bewegte sich seitlich Richtung Innenhof. Michel erkannte die Lage blitzschnell: Einige Schritt des alten Wehrgangs drohten abzustürzen. »Halt, Herr Graf! Nicht weitergehen!«, rief er. Der Graf schien ihn nicht verstanden zu haben und ging unbeirrt weiter. Die Bohlen unter seinen Füßen gerieten zunehmend in Bewegung. Da stürzte Michel auf den Grafen zu und stieß ihn mit beiden Armen zurück. Der Graf stolperte ein kurzes Stück rückwärts und fiel auf den Rücken. »Seid Ihr verrü…«, stieß der Graf aus, sah aber im gleichen Moment, wie Michel mit einem Stück des morschen Wehrgangs in die Tiefe des Innenhofes stürzte. Im Fallen stieß er einen Schrei aus. Die anderen Zimmerleute hörten das und sahen nur noch, wie er fiel und mit dem Rücken auf dem lehmigen Innenhof aufprallte. Der Unglückliche wurde von mehreren hinterherstürzenden Brettern und Balken getroffen, von denen einer seinen Kopf traf. Michel blieb ohne Bewusstsein liegen.

Der Graf hatte die Situation sofort erfasst und schrie: »Wachen! Schnell – eine Trage! Wachen!« Die Männer rannten zu Michel.

Einige hoben die Balken an und wuchteten sie beiseite; ein anderer packte den ohnmächtigen Michel unter den Achseln und zog ihn hervor. Sein linkes Bein war genau wie sein Arm fürchterlich entstellt. Michels Gesicht schwoll zusehends an und färbte sich bläulich-gelb. »Los – holt die Johanniter! Sie sollen ihn auf die Krankenstation bringen!«, rief Adolf, der wusste, dass Michel ihm das Leben gerettet hatte. Hätte dieser ihn nicht zurückgestoßen, läge er selbst jetzt vielleicht gemeinsam mit dem Zimmermann im Innenhof.

Endlich kamen zwei Wachen mit einer Trage angelaufen. Mit äußerster Vorsicht legten sie Michel darauf und trugen ihn in die Krankenstation. »Lieber Gott im Himmel!«, stöhnte Bruder Sebastian. »Das ist doch der neue Zimmermann, dessen Frau bald ein Kind erwartet. Er war doch vor Kurzem noch bei uns!« Die Wachen legten Michel auf eine der Krankenliegen.

Bruder Arnulf und Bruder Wolfgang erschienen. »Schnell«, sagte Arnulf, »ein Messer! Wir schneiden ihm die Kleider auf.« Was da zum Vorschein trat, sah nicht gut aus: Ein Knochen seines Schienbeins war durch die Haut hervorgetreten. Michel hatte eine bösartige offene Fraktur erlitten. Bruder Wolfgang beugte sich über das verletzte Bein, um es genauer zu betrachten. »Das muss gerichtet und geschient werden. Arnulf, geh zu den Schreinern; wir brauchen ein paar Holzlatten. Und besorge Tücher und Linnenstreifen!«

Bruder Wolfgang ließ das offene Bein so lange ruhen und wandte sich Michels Arm zu. Hier entdeckte er eine offene Fleischwunde, die genäht werden musste. »Das hier können wir zusammenflicken und das Bein kann geschient werden. Aber das meiste Kopfzerbrechen macht mir sein Schädel!« Dessen linke Hälfte war mittlerweile enorm angeschwollen. Sollte Michel überhaupt wieder genesen, würde es auf jeden Fall sehr lange dauern.

Einige Zeit später betrat Svenja die Krankenstation. Der Weg war für sie mit ihrem gewölbten Leib mühsam gewesen. »Oh, mein Gott! Was ist denn bloß passiert?« Der Herr Graf hatte sie persönlich von dem Unfall unterrichtet. Er trat gleich hinter ihr in die Station. Svenja begab sich an Michels Liege und erschrak, als sie die Verletzungen und seinen geschwollenen Kopf sah. Sie begann zu weinen, schwankte ein wenig und hielt sich die Hände vors Gesicht. Bruder Sebastian bot sich ihr als Stütze an: »Setzt Euch hierher und versucht, Euch zu beruhigen!«

Bruder Arnulf kam mit den Holzlatten und mehreren Linnenstreifen unter dem Arm zurück. Bruder Wolfgang sprach zu Svenja: »In Eurem Zustand ist es nicht angeraten, uns bei der Arbeit zuzusehen. Geht besser in den Nebenraum. Wenn ich mit der Behandlung fertig bin, lasse ich Euch rufen.« Sebastian begleitete Svenja.

»Zieh' einen Faden durch die Nadel!«, wies Wolfgang Bruder Arnulf an. Er selbst holte einen Krug mit Wein. Mit einem sauberen Tuch wischte er die Wunde aus und goss vorsichtig etwas Wein hinein. Arnulf reichte ihm die gebogene Nadel. »Drück' die Wundränder zusammen!«, sagte Wolfgang, obwohl dies überflüssig war, denn die beiden waren ein eingespieltes Duo. Geschickt nähte er die Wunde mit mehreren Stichen zusammen. Am Ende verknotete er den Faden, wischte noch kurz das Blut ab und verband die genähte Wunde mit Linnen.

»Jetzt kommt der schwierigere Teil: Wir müssen den hervorstehenden Knochen in die Wunde zurückdrücken und wieder mit dem Reststück verbinden. Dann müssen wir das Bein so halten, dass ich die Schienen richtig anlegen kann, und du musst die Schienen sofort um die Bruchstelle festziehen, damit sich der Knochen nicht mehr verschiebt.« Wolfgang versuchte, den Knochen in die alte Stellung zurückzudrücken, was ihm jedoch nicht gelang. »Wir sollten die Wunde mit einem Messer vergrößern, dann können wir besser sehen, wo genau der Knochen angepasst werden muss«, sagte Arnulf.

»Ja, du hast recht.« Wolfgang nahm ein scharfes Messer und vergrößerte die Wunde. Jetzt sahen sie die Bruchstelle genau vor sich. »So«, sagte Wolfgang, »nun müsste es gehen!« Er presste den

Knochen erneut in die Wunde, und diesmal fügte er sich in die Bruchstelle ein. »Schnell – noch mal Nadel und Faden! Ich halte alles zusammen, damit der Bruch fixiert ist. Zieh' du ein paar Stiche durch die Wunde!« Nun nähte Arnulf die Wunde grob zu. »Besser geht es nicht; er wird wohl eine hässliche Narbe behalten; aber egal. Hauptsache, er wird überhaupt wieder gesund!« Vorsichtig löste Bruder Wolfgang den Druck, und die Knochen schienen nicht zu verrutschen. »Auf geht's! Latten anlegen, festzurren und fertig!«, rief er. Nach vollbrachter Arbeit sagte Wolfgang: »Sebastian, du kannst jetzt seiner Frau Bescheid geben. Wenn sie möchte, kann sie zu ihm kommen.«

Kreidebleich betrat Svenja erneut die Krankenstation. »Und?« Mehr bekam sie nicht heraus. Bruder Wolfgang teilte ihr mit, wie sie Michel behandelt hatten. »Ab jetzt heißt es warten. Mehr können wir leider nicht für ihn tun.«

Svenja trat näher heran und sah sich ihren Michel genauer an: »Wird er denn wieder gesund werden? Sein geschwollener Kopf gefällt mir überhaupt nicht.«

»Ich möchte Euch nicht zu viel Hoffnung machen. Ihr habt recht – auch mir gefällt sein Kopf nicht, aber Näheres kann ich dazu nicht sagen. Wer kann schon dort hineinsehen? Gott möge ihn schützen! Alles liegt in seiner Hand. Geht jetzt nach Hause und betet für ihn!«

Die Zeit heilt alle Wunden, sagt man. Auch Michels Wunden heilten, aber das Bewusstsein erlangte er nicht zurück. Die Schwellung in seinem Gesicht und am Kopf verfärbte sich immer mehr. Alles hatte eine marmorierte Farbe angenommen. Ein helles Blau ging in ein dunkleres über, dann wechselte es ins Gelbliche; weitere Farben traten auf, sodass der Eindruck eines Marmormusters entstand – kein schöner Anblick!

Stündlich schauten die Mönche bei ihm vorbei. Bruder Wolfgang versorgte die vernähten Wunden mit einer selbst hergestellten Kräuterpaste. Dazu nahm er Schafgarbe, Kamille, Honig und

Fichtenharz und vermischte alles mit Schweinefett: eine bewährte Salbe für schlecht heilende Wunden. »Die hat schon bei wund gerittenen Pferden geholfen! In ein paar Tagen kann ich ihm die Fäden ziehen«, sagte er zu Sebastian. Aber der Zustand von Michels Kopf beunruhigte ihn. »Was kann ich nur gegen diese Schwellung unternehmen?«, überlegte er laut. »Wenn Winter wäre, könnte man sie mit Schnee oder Eis kühlen. Das hilft ja meistens, aber wo bekommen wir das jetzt her?«

»Was du nehmen könntest«, sagte Sebastian, »wäre kaltes Wasser aus dem Burgbrunnen!«

»Guter Einfall! Wir sollten es versuchen; schaden kann es nicht.« Bruder Wolfgang holte einen Eimer und marschierte in den Innenhof, um kaltes Wasser zu besorgen. Im Anschluss daran begann er, Michel regelmäßig kühlende Umschläge aufs Gesicht zu legen.

Aber Michel war nicht das einzige Problem der Mönche. Um die Mittagszeit herum brachten zwei Mägde Svenja zur Krankenstation. Ihre Wehen hatten eingesetzt. Bruder Arnulf schickte eine der Mägde zum Weperknick, wie die Schleife des Flusses im Volksmund genannt wurde, um die alte Grete zu holen. Svenja lag nun mit verweinten Augen im gleichen Raum, in dem auch ihr Michel untergebracht war. Bruder Wolfgang sah, wie Svenja Michels Hand ergriff; sie sprach zu ihm: »Wach' doch endlich auf! Du musst doch mitbekommen, wenn unser Kind zur Welt kommt!«

Grete hatte sich Zeit gelassen. Etwa drei Stunden, nachdem man sie gerufen hatte, erschien sie endlich auf der Burg. »Wer schreit nach mir?«, fragte die alte weise Frau. Dann trat sie an Svenjas Bett: »Na, Kindchen – deine erste Geburt? Dann werde ich mir das einmal ansehen. Alle Mönche, raus mit Euch! Wer ist denn der arme Kerl dort?«

»Das ist mein Mann Michel. Er liegt seit einigen Tagen hier und wird nicht mehr wach. Er ist beim Bau des Wehrganges in die Tiefe des Innenhofes gestürzt.« Grete sah sich Michel kurz an und holte dann einen der Mönche zurück: »Versucht, seinen Schluckreiz anzuregen: gebt ihm Hühnerbrühe zu trinken. Er braucht dringend Flüssigkeit!«

Dann wandte sie sich wieder Svenja zu. »So, nun zu dir, mein Kind. Leg' dich auf den Rücken!« Die Alte tastete Svenjas Bauch ab. »Das sieht alles recht gut aus«, sagte sie lächelnd. »Dein Bauchumfang ist ganz schön groß. Nanu? Was fühle ich denn hier? Zwei kleine Köpfchen und zu viele Arme und Beine für nur ein Kind. Was für eine Überraschung!« Svenja blickte sie an und verstand nicht recht, was die Alte meinte. »Guck' nicht wie ein Schaf! Du bekommst Zwillinge!«

»Was?«, rief Svenja.

»Ja, ich kann zwei Köpfe und zwei Popöchen ertasten! Aber es wird noch ein bis zwei Tage dauern, bis die Kleinen sich melden. Ich spreche mit den Mönchen, dass sie die entsprechenden Vorbereitungen treffen. Aber glaubt ja nicht, dass ich alte Frau jedes Mal den steilen Anstieg von der Weper hier herauf zu Fuß gelaufen komme!«, sträubte sich die Hebamme.

»Darf man eintreten?«, ertönte die Stimme des Grafen.

»Ja, kommt!«, rief die alte Grete und zog Svenja dabei schleunigst das Gewand über die Knie.

»Ich hörte gerade Eure Beschwerde wegen des steilen Weges. Wenn es so weit ist, schicke ich Euch einen Knappen mit Fuhrwerk, der Euch hier herauf bringt. Wäre das in Eurem Sinne?«

»Genau so habe ich mir das vorgestellt. Und nun verabschiede ich mich fürs Erste. Sollten die Wehen in kürzeren Abständen einsetzen, ruft nach mir!«, sagte Grete und drehte sich um, um noch etwas mit den Mönchen zu klären. Auch Svenja verließ nach der Untersuchung die Krankenstation und ging zurück auf ihre Stube.

Die Magd Gresinde brachte einen Topf voll Hühnersuppe. Bruder Wolfgang schüttete einen Tonbecher voll und versuchte, Michel ein wenig davon einzuflößen. Der trank aber nicht, und so nahm Bruder Wolfgang einen Löffel voll Suppe und schob ihn etwas tiefer in Michels Mund. Und nun – ganz plötzlich – überkam Michel ein Hustenanfall. Er verdrehte die Augen und spie die Suppe wieder aus. Dann öffnete er die Augen, sah sich um und erblickte das Gesicht des Mönches. »Wo bin ich?«

»Brüder, kommt! Er ist aufgewacht! Der Herr hat unsere Gebete erhört!«, rief Wolfgang, während ihm die Hühnerbrühe von der Nase tropfte.

Sebastian und Arnulf kamen aus einem der Nebenräume herbeigerannt. Beide schlugen das Kreuz. »Hab' Dank, allmächtiger Gott!«, sagte Arnulf.

Langsam setzte bei Michel die Erinnerung ein: »Der Sturz – es war der Unfall im Burghof. Jetzt weiß ich wieder, was passiert ist.« Bruder Sebastian erzählte ihm genauer, was geschehen war: von Michels Bewusstlosigkeit, der Fleischwunde am Arm und dem offenen Schienbeinbruch. »Und«, sagte Wolfgang, »in den nächsten Tagen werdet Ihr Vater von Zwillingen! Die Hebamme hat Eure Frau untersucht und diesen erfreulichen Umstand festgestellt.« Michel starrte die Mönche verwundert an.

»Und da Ihr mit dem geschienten Bein noch einige Wochen hier liegen werdet, habt Ihr sogar noch das Glück, direkt bei der Niederkunft Eurer Frau dabei zu sein!«, sagte Arnulf.

Bruder Wolfgang lachte: »Es waren meine kalten Umschläge, die Euch wieder zum Leben erweckt haben. Ein Wunder! Ich benachrichtige Eure Frau – sie dürfte in Freudentränen ausbrechen.« Schon war Arnulf durch die Tür verschwunden. Bruder Wolfgang nahm sich einen Schemel und setzte sich zu Michel an die Krankenliege. »Wir hätten bald keinen Pfifferling mehr auf Euch gewettet! Euer Kopf und das gesamte Gesicht waren dick angeschwollen. Nun seht Ihr schon wieder ein wenig gesünder aus.«

»Ich kann mich nur bei Euch allen herzlichst bedanken!«, sagte Michel. »Wie lange muss ich noch hier liegen bleiben?«

»Immer mit der Ruhe! Ich denke, noch fünf Wochen – und dann müsst Ihr erst wieder laufen lernen«, antwortete Bruder Wolfgang und zeigte dabei auf Michels geschientes Bein. Erst jetzt sah dieser den Verband: »Heiliger Strohsack! Mich hat es aber richtig erwischt!«

Voller Erwartungsfreude betrat Svenja die Krankenstation und beugte sich trotz ihres gewölbten Leibes zu Michel nieder, um ihm einen dicken Kuss zu verpassen. »Das wurde aber auch wirklich Zeit, dass du wieder wach wurdest! In den nächsten zwei Tagen sollen unsere Kinder zur Welt kommen!«

»Ich habe soeben von Eurer Genesung gehört!«, sprach der gerade eintretende Graf Adolf. »Die Leute auf meiner Burg sprechen nur noch von diesem Wunder Gottes, und auch mich erfreut es sehr! Ich erspare Euch eine peinliche Untersuchung des Falles. Normalerweise bleibt es nicht ungestraft, wenn jemand seinen Grafen auf den Wehrgang stößt«, sagte der Graf schmunzelnd, »aber in diesem Fall kann ich mich nur bei Euch bedanken. Wer weiß, was sonst passiert wäre – möglicherweise läge ich jetzt neben Euch! Unsere Johanniter werden Euch gesund pflegen, und in einigen Wochen könnt Ihr Eure Arbeit wieder aufnehmen. Es ist noch nicht Eure Zeit: Gott wollte Euch noch nicht!«

Graf Adolf hatte Svenja seine Magd Gresinde zur Verfügung gestellt. Genau einen Tag später – am 23. Mai – setzten die Wehen in immer kürzeren Zeitabständen ein. »Ich denke, Frau Pettersen, wir gehen jetzt zur Krankenstation«, sagte die Magd.

»Ja, du hast recht. Nimm‘ mein Bündel, und dann brechen wir auf!« Als Sebastian die beiden kommen sah, ließ er den ebenfalls auf Abruf bereitstehenden Knappen die Pferde einspannen, um die Hebamme aus dem Tal zu holen.

Das Ziehen und die Schmerzen in Svenjas Unterleib nahmen nun zu. Schweißperlen bildeten sich auf ihrem Gesicht. Die Magd half ihr beim Hinlegen. »Ich möchte dich dabei haben, wenn die Hebamme da ist. Du kannst ihr und mir behilflich sein«, sagte Svenja.

»Ja, das werde ich.«

»Und was ist mit mir?«, fragte Michel, der eine Liege weiter lag und sich langweilte. »Du kannst nur zusehen, wie du Vater wirst ...«, lächelte Svenja ihn an.

Es dauerte eine Stunde, bis die alte Grete im Raum stand. »So!«, sagte sie und blickte die Magd an. »Ich brauche ein paar saubere Tücher und einen Badezuber mit warmem Wasser. Sag' Bruder Sebastian, er soll dir dabei behilflich sein.« Zu dem Knappen, der sie gefahren hatte, sagte sie: »Holt mir meinen Geburtsstuhl vom Wagen und stellt ihn hierher, dann verschwindet!«

Bruder Wolfgang betrat den Raum und hielt einen Topf mit dampfender Suppe in Händen. »Hier, zur Stärkung! Ich stelle ihn auf den Tisch.« Dann verschwand er. Die Hebamme füllte einen Becher mit der Suppe und reichte ihn Svenja: »Das ist gut für die Wehen. Immer schluckweise trinken!«

Die Türe ging auf, und die Mönche rollten einen Badezuber herein. »Heißes Wasser wird gleich gebracht«, sagte Sebastian.

Die Hebamme öffnete ihre Tasche und holte eine Flasche mit Olivenöl sowie einen Nähkasten, einen Pinsel und einen Kamm hervor, dann noch ein Stück Kordel, um später die Nabelschnur abzubinden. Gresinde und Bruder Sebastian trugen Eimer mit warmem Wasser in die Stube und gossen es in den Zuber. Als die nächsten Wehen kamen, schrie Svenja auf. Die Hebamme rief: »Alle Männer verlassen nun die Stube! Nur Gresinde und ich bleiben hier!«

»Und was ist mit mir?«, rief Michel.

»Ihr könnt natürlich zusehen. Da Ihr ja bereits liegt, könnt Ihr schlecht umkippen«, erwiderte die Hebamme. Die Wehen kamen nun immer schneller. »So, jetzt müsst Ihr pressen!«

Stunden später drang das Geschrei zweier Kinder durch die Krankenstation. Michel hatte sich das wohl etwas leichter vorgestellt. Kreidebleich lag er auf seiner Liege. Dass es so anstrengend werden würde, hatte er nicht erwartet. Er hatte genauso gelitten wie seine Svenja, während sie nacheinander zwei kräftige Jungen zur Welt brachte.

Die Neugeborenen wurden von der Hebamme und der Magd gebadet, nachdem die Nabelschnüre mit der Kordel abgebunden worden waren. Mit einem olivenölgetränkten Läppchen säuberte die Hebamme den Kleinen die Augen, Ohren und Nasen. Ein weiterer getränkter Lappen wurde den beiden jeweils um den Bauch gebunden, um den Nabel abzudrücken; danach wickelten sie die Säuglinge in mehrere Linnenstreifen ein.

Mittlerweile war auch der Pfarrer der Burgkapelle erschienen, um die Taufe vorzunehmen. Graf Adolf hatte ihn geschickt. Svenja lag völlig mitgenommen, aber glücklich neben Michel. »Wir haben es geschafft!«, sagte sie und blickte ihn an, während sie seine Hand ergriff.

»Ich bin auch geschafft!«, gab er zufrieden zurück. »Während der ganzen Geburt habe ich genauso gestöhnt und gepresst wie du – aber nun sind wir ja glückliche Eltern zweier strammer Jungs. Wir brauchen noch zwei Namen. Hast du eine Idee?«

»Ja, jeder von uns sucht einen aus. Was hältst du davon?“, sagte Svenja.

»Gute Idee! Ich nenne meinen Kilian«, meinte Michel.

»Gut, ein schöner Name! Ich nenne den anderen Six.«

»Wie bitte? Six? Was ist denn das für ein Name? Der kommt doch aus Britannien«, meckerte Michel.

»Ich habe ihn mal gehört und finde ihn ansprechend.«

»Ach, und unsere nächsten drei Söhne heißen dann Seven, Eight und Nine – oder wie?«

»Wenn er dir gar nicht gefällt – was hältst du dann von Veit?«

»Das klingt ganz nett, also bleiben wir bei Veit und Kilian.«

»In Ordnung, bleiben wir bei Veit und Kilian Pettersen.«

Kapitel 20

Mitte Juni, anno 1324, saß Svenja mit ihren beiden Jungen auf einer Wiese vor der Burg. Es war ein sehr heißer Tag. Sie hatten es sich im Schatten einer mächtigen Birke gemütlich gemacht. Auf dem Boden lagen ausgebreitet eine Decke und natürlich – bei der Hitze – ein gefüllter Wasserschlauch. Michel lag währenddessen weiterhin bei den Johannitern, und ihm war so langweilig, dass er den Mönchen mit seinen unzähligen Fragen fortwährend auf die Nerven ging. Die meistgestellte war: »Wann kann ich endlich mit dem Laufen beginnen?« Aber jedes Mal sagte Bruder Wolfgang: »Ihr müsst Euch noch zwei Wochen gedulden! Wenn wir zu früh damit beginnen, könnte Euer Bein steif bleiben, und das ist nicht im Sinne des Herrn!« Svenja kam zwar jeden Tag zu Besuch, konnte aber nicht allzu lange bleiben, weil die Zwillinge regelmäßig nach ihrer Brust verlangten.

Am Nachmittag des 19. Juni ritt ein Fremder durch die Burganlage und fragte einen Knappen nach Michel Pettersen. »Der liegt unten bei den Johannitern in der Krankenstation«, war die Antwort.

»Besuch für Euch, Michel!«, sagte Sebastian. Michel lag mit aufgerichtetem Oberkörper auf der Liege, als der Fremde eintrat. »Unsereins arbeitet sich einen Buckel und reitet sich den Hintern wund, und du liegst hier faul in der Gegend herum!«, sagte der Besucher.

»Ich werd' verrückt! Brüderchen! Tristan, was machst du denn hier?« Am liebsten wäre Michel vor Freude aufgesprungen. Tristan trat an die Liege heran. Die Brüder umarmten sich und schlugen sich zur Begrüßung kräftig auf die Schultern. »Was machst du hier? Wie hast du uns gefunden? Und wo ist Mechthild?«, stieß Michel aus, der noch Hunderte weiterer Fragen hatte.

Tristan holte sich den Schemel und setzte sich zu ihm. »Ich war zuerst in Colonia und habe dort nach dir gefragt. Da habe ich deinen Freund René kennengelernt, der mir die Geschichte mit dem

Zahlmeister erzählte, und dass du im Verlies gesessen hast. Er sagte mir, dass du dich hier auf Burg Neuenberge aufhältst. Und nun zum traurigen Teil meiner Antworten: Mechthild ist tot! Man hat sie rücklings erschossen – vor unserem brennenden Elternhaus!« Und er berichtete ausführlich, was er erlebt hatte.

Tristan redete gut eine Viertelstunde ohne Unterlass. »... und deshalb bin ich hier: um der Rache willen. Wir müssen etwas unternehmen, Bruderherz!«

»Das tut mir unglaublich leid für dich!«, sagte Michel betroffen und musste schlucken. Er dachte eine Weile nach und fragte dann: »Was sagtest du? Das war im Frühling?«

»Ja, da haben sie unser Haus in Schutt und Asche gelegt.«

»Aber du hast immerhin endlich dein Volk sowie deinen Vater und deine Schwester gefunden!«

»Ja, aber um welchen Preis! Das war es nicht wert! Zuerst habe ich nur getrauert und wäre dabei fast dem Bier und Wein verfallen, wenn Björn mir nicht so ins Gewissen geredet hätte. Aber seitdem brennt in mir nur noch der Gedanke an Rache!«

»Was ich gut verstehen kann! Und es war richtig von dir, erst einmal hierher zu kommen und nicht aufs Geratewohl zu handeln! Ich als dein Bruder verspreche dir hier auf meinem Krankenbett, dass wir diesen Ragnulf zur Verantwortung ziehen werden!«

Tristan sah wütend aus: »Ich werde ihm mit der alten Axt meines Vaters den Kopf von den Schultern schlagen – auch dafür, dass er ihn geblendet hat!« Michel stockte der Atem; so bösartig kannte er Tristan gar nicht. Beschwichtigend sprach er: »Wir sollten die grausamen Taten deines Onkels keineswegs vergessen, aber ich würde ihn lieber vor das Thing bringen! Wenn du ihn vor lauter Wut tötest, begibst du dich auf die gleiche Stufe mit ihm! Lass‘ doch dein Volk entscheiden! Die Ältesten werden die richtige Entscheidung treffen.«

Da betrat Svenja die Stube. »Was ist denn das? Tristan – du hier?«, rief sie voller Freude. Sie stand im Raum und hielt ihre beiden Jungs auf den Armen. Tristan drückte sie an sich und gab ihr einen Kuss auf die Wange.

»Darf ich bekannt machen? Zwei neue Zimmermänner: Kilian und Veit!«, stellte sie ihre Söhne vor.

»Zwillinge!«, stieß Tristan aus. »Na, das ist aber eine Überraschung!« Dann fuhr er mit seiner groben Hand äußerst zärtlich über die Köpfe der beiden. »Meine Güte! Die haben aber eine Haut wie frisch Geborene!«

»Das sind sie ja auch, du alter Steinehauer!«, lachte Svenja.

Michel erklärte seiner Frau kurz und auf das Wesentliche beschränkt die Situation, und Svenja hörte gebannt zu. Dabei bekam sie feuchte Augen. Ihre anfänglich gute Laune verflog. Als Michel mit der Erzählung fertig war, ging Svenja zu ihm und drückte ihm die Zwillinge in die Arme: »Hier, halt' mal!« Dann nahm sie ihren Schwager noch einmal fest in den Arm und drückte ihn: »Es tut mir so leid für dich! Mechthild war auch meine Freundin!«

Tristan bekam nun ebenfalls feuchte Augen, aber er fing sich bald. Zu Michel gewandt sagte er: »Genug getrauert! Wie ich in Colonia gehört habe, bist du dort ja eine Berühmtheit! Ich habe deinen Lastkran gesehen: prachtvolle Arbeit, Bruder! Die Menschen in der Stadt reden immer noch von dir. Ich bin wirklich stolz auf dich!«

»Tristan, wie findest du denn die Idee, hier mit mir zusammen zu arbeiten? Du könntest den Meister mal fragen, ob er dich gebrauchen kann. Sie bessern im Moment die äußere Wallmauer aus.«

»Wunderbar! Mir bleibt eigentlich auch gar nicht viel anderes übrig; in meinem Geldbeutel herrscht langsam Ebbe! Ich werde den Meister fragen, und wenn er mich nimmt, gebe ich dir Bescheid«, sagte Tristan und verschwand erst einmal. Michel rief ihm hinterher: »Solltest du mich suchen: Ich liege noch eine geraume Zeit lang hier!«

In der ersten Juliwoche sollte Michel endlich mit den Gehübungen beginnen. Alle Fäden waren gezogen, der Arm war gut verheilt. »So, dann nehmen wir mal die Schienen ab. Gleich wissen wir mehr!«, murmelte Bruder Wolfgang, der seinerseits genauso neugierig war. Arnulf ging ihm zur Hand. Er schnitt den Linnenstreifen auf und entfernte die Schienen. »So, dann stell' dich einmal hin!« Michel erhob sich vorsichtig, bewegte zunächst sein Fußgelenk, dann zog ihn Wolfgang an den Händen hoch, bis er auf beiden Füßen stand.

»Jetzt versuch' mal – aber ganz vorsichtig! – ein paar Schritte zu laufen!« Dabei stützte er ihn. Michel belastete sein gebrochenes Bein zum ersten Mal; er ging zwei, drei Schritte. »Heiliger Christophorus! Ich komme mir vor, als wäre ich siebzig Jahre alt!« Sie übten fünfzehn Minuten lang, bis Wolfgang meinte: »Das ist genug für den Anfang!« Michel setzte sich auf die Kante der Liege und streckte die Arme nach oben: »Seht Euch meine Arme an – und auch meine Beine! Wo sind nur all meine Muskeln geblieben? Alles hängt schlaff herunter wie bei einem alten Weib!«, klagte er.

»Das wird sich bald geben. Wenn das mit dem Gehen erst wieder ordentlich funktioniert, mache ich mit Euch ein paar bewährte Übungen aus meiner Zeit, als ich noch Ritter Wolfgang war. Schließlich habe ich bei den Johannitern in der Ritterschaft gedient und war sogar einige Jahre lang Ausbilder. Da staunt Ihr, was? Ich werde Eure Muskeln durch ein paar gezielte Übungen verdoppeln und mache Euch so flink wie ein Wiesel!«

Der August kam ins Land. Langsam nahm Michel seine Arbeit wieder auf. Tristan war auf der Baustelle mit Kusshand aufgenommen worden und hatte sich bereits bestens als Steinmetz eingearbeitet. Er musste fast nur Maurerarbeiten verrichten, aber das war ihm egal. Schließlich waren beide Berufe eng miteinander verwandt. Der Meister war sehr zufrieden mit ihm.

Die Brüder sahen sich nun täglich auf der Baustelle. Der Wehrgang machte Fortschritte; sie waren nun rückwärtig auf der Höhe des Bergfriedes angelangt. Wie ihnen der Meister mitteilte, wollte der Graf im Anschluss an den Wehrgang noch neue Krähennester am Bergfried anbringen lassen. Das durfte in schwindelnder Höhe noch eine anstrengende, aber reizvolle Aufgabe werden! Lachend meinte der Meister zu seinen Männern: »Das Ganze ist zwar recht hoch, aber wann hat man bei der Arbeit schon eine so schöne Aussicht? Das macht aber nicht unser Michel, auch wenn die Krankenstation wieder frei ist.« Er hatte die Lacher auf seiner Seite.

Jeden Tag ging Michel nach der Arbeit zu Bruder Wolfgang, der ihn nach allen Regeln der Kunst über den Hof und durch die Wälder trieb. Er hatte ein Übungsprogramm ausgearbeitet, mit dem er Michel forderte und das Letzte aus ihm herausholte. Dabei ging es ihm nicht nur um die Ausdauer: er wollte auch Muskelübungen wie Klimmzüge, Liegestütze und Kniebeugen sehen. Dabei machte er Michel alles vor.

»Du machst mich fertig!«, stöhnte Michel.

»Die Zeit des Faulenzens ist nun endgültig vorbei! Du hast lange genug gelegen; du wolltest doch wieder zu Kräften kommen. Zwei Monate lang ziehen wir das hier noch durch, dann bist du stark wie ein Eber«, kicherte der Mönch.

Michel fand bald zu seiner alten Kraft zurück. Im Oktober war der Wehrgang fertiggestellt. Graf Adolf gab im Rittersaal für alle Handwerker einen Umtrunk und ließ auch köstliches Essen auffahren. Einer seiner Ritter war anwesend, Wentzel von Reinhardhausen, den die Brüder zum ersten Mal sahen. Er war ein alter Kämpe, dem man ansehen konnte, dass er schon so manche Schlacht geschlagen hatte. So um die zwanzig Männer waren im Rittersaal versammelt, und alle aßen und tranken mit Genuss. Die Pagen und Mägde versorgten die hungrigen und durstigen Männer fortwährend mit gutem Bier, Wein und gebratenem Wildbret auf gut gefüllten Platten.

Nach dem Essen bedankte sich Graf Adolf bei den Handwerkern in einer Rede. Zur Komplet – die meisten Männer waren schon leicht angetrunken – saßen Tristan, Michel und Bruder Wolfgang beisammen und sprachen erneut über die Geschichte, die Tristan erlebt hatte. »Die Arbeiten hier sind fast fertiggestellt. Danach würde ich gerne aufbrechen, um endlich Rache an Ragnulf zu nehmen!«, sagte Tristan.

Michel nickte: »Doch wir sollten die kalte Jahreszeit noch hier verbringen. Es hat keinen Zweck, jetzt in den Norden zu reiten. Bis wir in Flensburg sind, ist bereits tiefster Winter. Lass' uns im März aufbrechen!«, schlug Michel vor.

»Erklär' mir noch einmal die Situation!«, sagte Bruder Wolfgang. »Wie viele Männer sind denn auf deiner Seite, und wie viele stehen noch zu diesem Ragnulf?«

Tristan überlegte kurz und meinte dann: »Mein Onkel, also Ragnulf, hat laut Aussage meiner Schwester fünf gute Kämpfer hinter sich. Aber die meisten Männer meines Volkes stehen auf der Seite meines Vaters, wenn auch nur heimlich, ohne es laut zu sagen. Ragnulf und seine Kämpfer unterdrücken das Volk. Es hat Angst vor ihnen. Sie sind fast alle Fischer, und keiner von ihnen kann mit einer Waffe umgehen; so können sie sich nicht zur Wehr setzen. Und wie bereits erwähnt, ist mein Vater ein blinder alter Mann. Was kann man von ihm da noch verlangen? Doch aus meinem Innersten ertönen Schreie nach Gerechtigkeit. Versteht ihr das? Ich versprach meiner sterbenden Mechthild, als ich sie in den Armen hielt, ihren Mörder zur Strecke zu bringen!«

»Also, laut deiner Schilderung bräuchtest du schon fünf oder sechs gute Männer, die mit Waffen umgehen können«, sagte Wolfgang.

Der Graf kam zu ihnen: »Darf ich mich dazusetzen? Ihr scheint eine interessante Angelegenheit zu besprechen.«

Bruder Wolfgang, der seinen Graf schon einige Jahre kannte, fragte in die Runde: »Wollen wir unseren Grafen um Hilfe bitten? Er ist ein weit gereister Mann; er hat schon manche Schlacht geschlagen und dort viele Erfahrungen gesammelt!«

Der Graf nahm auf einem Stuhl Platz. »Wenn ich Euch helfen kann, mache ich das gerne!«, sagte er, den seine Untertanen den ›Sanften‹ oder ›Gutmütigen‹ oder auch den ›Ehrwürdigen‹ nannten.

Michel erklärte: »Meinen Bruder Tristan belastet seit Langem eine unglaubliche Geschichte. Er könnte sie Euch erzählen, aber das würde einen großen Teil Eurer Zeit in Anspruch nehmen.«

»Heute habe ich genügend davon; es liegen keine wichtigen Geschäfte mehr an. Dann mal los, mein junger Freund!«, sagte der Graf. Und Tristan begann zu berichten. Die ganze Geschichte hing wie ein Mühlstein an ihm, und er war froh und auch ein wenig befreit, dass er darüber reden konnte. Er erzählte von seinen Erlebnissen in Flensburg und von seinem kleinen Abenteuer auf der Insel Fünen, dann von seinem Vater, den er erst kürzlich kennengelernt hatte und der von seinem eigenen Bruder geblendet worden war. Graf Adolf lauschte – wie auch die anderen – gebannt Tristans Worten. »So, das war in kurzen Zügen alles!«, beendete Tristan seine Geschichte.

Ergriffen schüttelte der Graf den Kopf: »Geblendet vom eigenen Bruder! Und dann bringt er auch noch die Frau seines Neffen um, den er eigentlich töten wollte, und brennt Euer Haus nieder! Was ist Euer Onkel nur für ein Mensch? Aber wie Ihr schon erwähnt habt, geht es ihm in erster Linie gar nicht um den Fürstentitel, sondern vielmehr um den versteckten Schatz Eures Volkes. Ihr habt nach meinem Rat gefragt. Eine Falle! Ihr solltet ihm eine Falle stellen, indem Ihr ihn aus dem Dorf lockt. Ihr könnt nicht einfach dorthin reiten und sagen ‚Hier bin ich – und jetzt will ich meine Rache!‹. Lockt ihn heraus, so gefährdet Ihr nicht die Frauen, Kinder und Männer, die hinter Euch stehen. Verbreitet Gerüchte! Erzählt, dass Ihr wisst, wo der Schatz vergraben liegt. So lockt Ihr den Dachs aus seinem Bau hervor. Und wenn er sein Dorf verlässt, stellt Ihr ihn zum Zweikampf. Aber ihr braucht fünf bis sechs Mann und einen Anführer, der sich mit solchen Dingen auskennt. Wie findet Ihr meinen Vorschlag?«

Schweigen breitete sich aus. Nach einer Weile sagte Michel: »Genau so sollten wir das machen!« Auch Tristan stimmte mit einem Kopfnicken zu. Der Graf erhob sich, ging ans Ende des Tisches und sprach mit seinem Ritter Erik. Als er mit ihm zurückkam, sagte er: »Das hier, meine Herren, ist Ritter Erik von Deutz, ein alter, erfahrener Kämpfer. Wenn Ihr wollt, wird er Euch anführen. Des Weiteren stelle ich Bruder Wolfgang frei, wenn er mir verspricht, dass er nach getaner Arbeit nach Neuenberge zurückkehren wird. Wie Ihr mitbekommen habt, ist er ein Kriegermönch der Johanniter gewesen. Ich tue das alles, Michel, weil ich in Eurer Schuld stehe. Schließlich habt Ihr mir das Leben gerettet. Ihr könntet im März aufbrechen.«

»Vielen Dank, Herr Graf!«, sagte Tristan. »Ich denke, wir nehmen Euer großzügiges Angebot an!«

»Und was ist mit mir?«, fragte Wolfgang. »Ich bin dem Orden verpflichtet; so einfach kann ich nicht aus dem Dienst austreten … obwohl …«, er rieb sich die Hände, »ein paar Nordmänner verhauen wäre mal wieder eine Abwechslung in meinem schnöden Mönchsdasein!«

»Das braucht doch keiner zu wissen!«, sagte der Graf. »Ich habe Euch halt für ein paar Monate für wichtige Aufgaben entsandt; nur solltet auch Ihr darüber schweigen.«

Kapitel 21

In den kalten Monaten lagen nicht viele Arbeiten an; auf Burg Neuenberge herrschte mehr oder weniger eine Art Winterschlaf. Kilian und Veit hielten die gesamte Familie Pettersen auf Trab. Sie durften die Heilige Messe zusammen mit dem Grafen in der Burgkapelle feiern. Hier sahen Michel, Svenja und Tristan auch zum ersten Mal die Frau des Grafen, Agnes von Kleve, eine recht schüchterne Dame. Als Mitgift hatte sie in ihre Ehe mit Graf Adolf von Berg die Stadt Duisburg mit dem zugehörigen Rheinzoll eingebracht. Doch der Graf hatte auch Probleme, die er seinen Leuten nicht unbedingt unter die Nase reiben wollte. So gab es in seiner Amtszeit viele Überschwemmungen und Missernten, und die Pestilenz trieb ihr Unwesen.

Im März sollten die restlichen Arbeiten an den Krähennestern vollendet werden. Das Frühjahr hatte wieder das Zepter übernommen, die frostigen Nächte wurden seltener und die milderen Tage nahmen zu. Vor drei Tagen hatten die Zimmerleute ihre Arbeit wieder aufgenommen. Da kam ein Sendbote durchs Tor geritten, um dem Grafen eine schlimme, ja katastrophale Botschaft zu überbringen. Als dieser die Nachricht hörte, musste er sich erst einmal hinsetzen: »Das ist ja grauenvoll!«, stöhnte er sichtlich erschüttert. Er rief seinen Schreiberling: »Ruft alle Leute zusammen! Sie sollen in den Innenhof kommen! Ich habe eine wichtige Mitteilung zu machen.«

Der Schreiber verschwand und kam nach ungefähr fünfzehn Minuten zurück: »Alles erledigt, Herr Graf! Eure Untertanen haben sich im Hof versammelt«, sagte er.

Der Graf warf sich seinen Tasselmantel über und ging zügig in den Hof. Er stellte sich auf eine Empore und rief den Versammelten zu: »Leute von Berg! Ich habe Euch eine dringende Mitteilung zu machen: Soeben brachte mir ein Bote die Nachricht, dass meine Stadt Lennep bis auf die Grundmauern abgebrannt ist; dabei gibt es viele Menschenleben zu beklagen. Unter den Bewohnern herrscht größte Verzweiflung. Sie benötigen dringend unsere Hilfe. Also packen wir es gemeinsam an! Ich beauftrage hiermit den Schultheiß, den Meister der Handwerker, die Brüder Tristan und Michel sowie die restlichen Handwerker, alles bereitzustellen, was wir für einen Neuaufbau der Stadt benötigen. Die vier Aufgerufenen: Bitte kommt zur Besprechung mit in den Rittersaal. Alles Weitere später!«

Im Innenhof brach lautes Gerede aus. Die Leute sahen sich betroffen an und verstanden die Welt nicht mehr. »Die armen Menschen! Jetzt bei der Kälte!«, rief eine alte Vettel.

Graf Adolf ging mit den von ihm Auserwählten in den Rittersaal. »Wir brauchen alle Fuhrwerke, die wir haben, und Baumaterial wie Balken, Bretter, Nägel – ihr wisst da besser Bescheid als ich, alles für den Hausbau; außerdem Feuerkörbe!« Graf Adolf sah den Meister an: »Das wird Eure Aufgabe sein. Teilt die Männer ein. Ihr, Schultheiß, sorgt für Essen und Getränke! Alles, was sich hält, wie Brot, Käse, Hartwurst, raus aus den Vorratskammern! Dafür seid Ihr verantwortlich. Ich selbst werde morgen früh mit Ritter Wentzel nach Lennep aufbrechen, um mir vor Ort ein Bild von dem Brand zu machen. Sobald wir zurück sind, brechen wir mit der ersten Kolonne erneut auf, um den armen Menschen, die alles verloren haben, zu helfen. Wir fangen sofort mit dem Neuaufbau an!«

Michel erhob die Hand. »Ja, bitte?«, sagte der Graf.

»Wo übernachten denn die Lenneper jetzt? Ich meine, in den Nächten ist es doch noch empfindlich kalt.«

»Das ist richtig. Besorgt alle Zelte, die wir haben, mit den dazugehörigen Stangen. Aber erst muss ich mir das alles ansehen. Wir werden morgen zur Laudes aufbrechen und am Abend wieder zurück sein.«

»Ich habe auch noch ein Fuhrwerk hier und möchte es gerne zur Verfügung stellen«, sagte Michel.

»Sehr aufmerksam von Euch!«, gab der Graf zurück.

Gegen sechs Uhr in der Frühe ritten Graf Adolf, Ritter Wentzel von Reinhardhausen und zwei Knappen in Richtung Lennep. Sie ließen den ansteigenden Berg hinter sich und kamen auf die Heerstraße, die von Colonia in Richtung Lennep führte. Sie passierten die Fronhöfe zu Wermelskirchen und konnten bald danach von Weitem die vom Brand verheerte Stadt sehen.

»Seht Euch das an! Da kommt jede Menge Arbeit auf uns zu. Ein schwarzer Fleck auf meiner Landkarte – und überall aus den abgebrannten Häusern steigen noch Rauchwolken hervor!«, stöhnte der Graf. Durch das nicht bewachte Kölner Tor ritten sie gemeinsam bis zum Alter Markt. Jetzt konnten sie das ganze Übel von Nahem sehen: eingestürzte Dächer, zusammengebrochene Giebel, und wo sie auch hinsahen, standen und lagen verkohlte Balken. Dies war das verbrannte Ständerwerk der Häuser. Die Hitze hatte das Lehmfachwerk dazwischen zerbröseln lassen. Es war so üblich, dass zwischen den einzelnen Holzbalken Weidenruten geflochten wurden, die man mit einer Mischung aus Lehm, Stroh, Wasser und – falls vorhanden – Kuhfladen verputzte, die man vorher zu einem gleichmäßigen Brei verarbeitet hatte. Das ergab dann die Wände der Häuser. Da dieses Material leicht entflammbar war, blieb nach einem Brand nicht mehr viel davon übrig. Und über allem lag der Ruß, der einen schwarzen Mantel der Trauer über die Stadt gelegt hatte.

Ein Junge rief: »Da kommt unser Herr Graf geritten!« Die Bürger der Stadt bildeten in aller Eile ein Spalier für ihren Herrscher. Es kam nicht oft vor, dass ihnen der Graf einen Besuch abstattete. Mit Ruß beschmiert, wie sie waren, knieten sie nieder. Sie alle waren vorher mit Aufräumarbeiten beschäftigt gewesen. Ihr Gesichtsausdruck sprach Bände.

Die vier Männer stiegen von ihren Pferden. »Wer leitet denn die Aufräumarbeiten in Eurer Stadt?«, fragte Graf Adolf einen Mann.

»Das ist Herr Tilmann Wüllenweber – und einige Herren vom Rat«, sagte der Lenneper, sichtlich verschüchtert. Tilmann

Wüllenweber war nicht nur ein sehr bekannter und erfolgreicher Tuchhändler, sondern auch als Ratsmitglied in vielen Angelegenheiten der Stadt umtriebig. Graf Adolf kannte ihn; er hatte schon öfters mit ihm zu tun gehabt. »Wo kann ich ihn finden?«

»Er arbeitet in seinem Haus in der Wallstraße, direkt rechter Hand unten neben dem Kölner Tor, Herr Graf.« Bevor der Graf sich aufmachte, um den Tuchhändler aufzusuchen, sprach er einige Worte zu den Lenneper Bürgern: »Kommt alle zu mir!« Er hob kurz die Arme. »Ich habe mich von der Katastrophe überzeugen können. Ihr habt Schreckliches erlebt. Die meisten von Euch haben ihr Hab und Gut verloren, und das ist sehr bitter! Aber hiermit verspreche ich Euch: Eure Stadt – nein: unsere Stadt – wird ab morgen neu aufgebaut. Das wird zwar einige Jahre dauern, aber mein Wort, das ich Euch hier und heute gebe, steht: Lennep wird schöner werden, als es jemals zuvor war! Morgen werden Fuhrwerke mit Baumaterial, Werkzeugen, Nahrung und Zelten hier eintreffen. Dabei sein werden die gesamten Handwerker meiner Burg, auch ein Meister, der die Arbeiten leiten wird, und der bekannte Zimmermann Michel Pettersen, der den Lastkran am Kölner Dom geplant und gebaut hat. Wir brauchen für den Wiederaufbau ein wenig Zeit und Geduld, aber es wird gelingen! In einigen Jahren wird man Lennep nicht mehr wiedererkennen. Ab morgen wird der Meister die Arbeitsgruppen einteilen. Ich hoffe dabei auf Eure Unterstützung! So – habt Dank, Volk von Lennep!«

Tilmann Wüllenweber, seine beiden Söhne Jacub und Simon und seine Frau Anneliese waren mit Aufräumarbeiten beschäftigt. Alle Bürger standen vor den Trümmern ihrer Unterkünfte; nur vier Häuser hatte der Brand verschont, der Rest lag in Schutt und Asche.

Verschiedenen Hindernissen ausweichend, ritten die vier Männer zur Wallstraße, wo sie die mit Ruß und Dreck bedeckten Mitglieder der Familie Wüllenweber antrafen. »Da kommt unser

Herr Graf!«, sagte Tilmann zu seiner Frau.

Graf Adolf stieg vom Pferd: »Seid gegrüßt, Herr Wüllenweber!«, sagte er. Die beiden gaben sich die Hand. Tilmann brauchte dem Grafen seine Familie gar nicht vorzustellen, denn sie kannten sich alle schon seit Langem. »Ich schaue nach dem Rechten und bin dabei, den Neuaufbau Lenneps zu planen«, erläuterte der Graf und fragte: »Wisst Ihr schon, wie viele Tote es gegeben hat?«

»Ja; der momentane Stand liegt bei zweiunddreißig. Wir haben die bis zur Unkenntlichkeit verkohlten Leichen schnellstens in Jutesäcken vor dem Schwelmer Tor begraben. Es waren auch einige unserer Ratsmitglieder darunter.«

»Das ist sehr traurig und für viele Familien ein bitterer Verlust!«, sagte Graf Adolf ergriffen.

»Gerne würde ich Euch in mein Haus zu einem Wein einladen, aber Ihr seht ja selber …«, sagte Tilmann mit ein wenig Resignation in der Stimme.

Graf Adolf lächelte: »So hoffnungslos die Situation auch gerade ist – wir werden das zu einem späteren Zeitpunkt nachholen.« Dann fragte er in seiner zwanglosen Art: »Wie arg hat es Euch erwischt?«

»Wie Ihr sehen könnt, sind mein Haus, die Scheunen und Werkstätten sowie meine Lager bis auf die Grundmauern abgebrannt. Die Webstühle, Spinnräder und meine Tuchballen – alles vernichtet. Zu unserem Glück konnte meine Frau Anneliese im letzten Moment unsere Ersparnisse vor den Flammen retten, sodass wir nicht ganz mittellos sind. Und draußen vor der Wallmauer stehen meine Herden; die konnten wir ebenfalls noch während der Feuersbrunst aus der Stadt treiben. Meine Schäfer, die Stallburschen und meine Hunde haben da gute Arbeit geleistet. Viele Lenneper Händler und Kaufleute, wie auch ich und mein Sohn Jacub, waren während des Brandes überhaupt nicht in der Stadt. Wir waren im letzten Herbst nach Lübeck gereist und hatten dort das Lenneper Kontor mit Waren beliefert. Wegen des strengen Winters konnten wir erst jetzt zurückreisen. Und so standen wir, als wir hier ankamen, auf einmal vor dem verkohlten Schwelmer Tor!«, klagte Tilmann.

»Ich weiß«, sagte der Graf, »das ist alles ganz furchtbar und bedrückend! Aber es wird keinen Stillstand geben. Auf zu neuen Ufern! Morgen werden Fuhrwerke und Handwerker hier eintreffen. Sie werden hierbleiben und mit dem Wiederaufbau der Stadt beginnen. Ich hoffe dabei auf Eure Unterstützung sowie auf die des gesamten Rates! Unser Meister wird Pläne und Listen erstellen und die Leute einteilen. Maurer werden Backöfen bauen, damit das Volk genügend Brot bekommt. Baumaterial lasse ich aus Weperevorthe und Huckengeswage kommen; in den Nachbarstädten und Kirchen wird für Euch gesammelt werden. Ich kann es mir nicht erlauben, jahrelang auf meinen Zehent zu verzichten. Ich möchte, dass wir in drei bis vier Jahren eine blühende Stadt hier stehen haben. Gut, angesichts dieser kümmerlichen Reste hier wirken meine Worte vielleicht unglaubwürdig, doch ich bin zuversichtlich. Die Zukunft wird es zeigen!« Der Graf verabschiedete sich und machte sich mit seinen Männern auf den Weg zurück nach Neuenberge. Im Sattel drehte er sich noch einmal um: »Ich hoffe auf Euch, Herr Wüllenweber!«

Und wie er sich auf Tilmann Wüllenweber verlassen konnte! Dieser nahm für die nächsten Jahre den Aufbau der Stadt in die Hand. Er gestaltete und plante den Wiederaufbau »seiner« Stadt, wie man sein eigenes Kind formt und erzieht. Alle Fäden liefen in seinen Händen zusammen. Das neue Lennep sollte schöner und größer werden, als das alte war, und die Leute sollten staunen! Dabei dachte Tilmann nicht nur an die Kirche oder das Rathaus und die Häuser seiner Mitbürger, sondern auch daran, sein eigenes Haus, die Scheunen und Lagerstätten zu vergrößern. Dass ihn dies viel Kraft kosten würde, ahnte er schon, bevor der erste neue Balken gesetzt war.

Eine lange Kolonne schwer beladener Fuhrwerke rollte durch das Kölner Tor in Richtung Alter Markt. Von überallher kamen die Menschen herbeigeeilt, um beim Entladen zu helfen. Michel, sein Bruder Tristan und weitere Handwerker erhielten den Auftrag, zuallererst eine Lagerhalle mitten auf dem Alter Markt zu bauen. Sie sollte als Übergangslösung dazu dienen, die angelieferten Baumaterialien trocken unterzustellen. So begaben sich die Zimmerleute und Schreiner an die Arbeit. Tristan und einige Maurer besorgten Steine, mit denen sie später weitere Backöfen herstellen wollten. Die ersten Säcke voll Mehl standen schon zur Verarbeitung bereit. »Sobald die Öfen getrocknet sind, wird rund um die Uhr frisches Brot gebacken!«, ordnete der Meister an.

Die verbrannten Überreste der Stadt trugen die Lenneper jenseits der Wallmauer in eine große Talmulde, die man später mit Erde zuschütten wollte – nicht nur wegen des abschreckenden Äußeren, sondern vor allen Dingen wegen des Gestanks. So ähnelte ganz Lennep einem einzigen Bienenkorb, in dem auch die Frauen und Kinder mithalfen. Jeder, der zwei gesunde Hände hatte, fuhr den Müll aus der Stadt oder kehrte den Unrat zusammen. An den Brunnen holten die Lenneper Frauen frisches Wasser aus der Tiefe, um die Handwerker damit zu versorgen. Eimer für Eimer wurde heraufgezogen und über Menschenketten weitergereicht, bis sie ihr Ziel erreicht hatten.

An den Häusern entfernten die Männer die verkohlten Balken und ersetzten sie durch neue. Die Handwerker aus Neuenberge brachten den Lennepern ihre Arbeitsmethoden bei. Sie gaben Ratschläge, fassten aber auch tatkräftig mit an. Sobald die Schreiner einige Holzbecken fertiggestellt hatten, wurden karrenweise Lehm, Wasser und Stroh zu einer einheitlichen Masse verarbeitet. Dies übernahmen die Kinder mit ihren Füßen. Tüchtig stampften sie den schmierigen Brei, bis er die erforderliche Beschaffenheit erreicht hatte. Dabei kam sogar ein wenig Freude auf, sodass ein erstes Kinderlachen wieder über den Marktplatz schallte.

Da es noch keine Unterkünfte zum Schlafen gab, die Nächte aber noch empfindlich kalt waren, stellte man Feuerkörbe auf, an denen sich die Lenneper wärmen konnten. Die Handwerker verbrachten die Nächte in Felle und Decken eingewickelt auf den Ladeflächen ihrer Fuhrwerke. Die aufgebauten Zelte waren für die Kinder und Frauen gedacht. Schon bei Sonnenaufgang hörte man die Geräusche von Hämmern, Äxten und Sägen. Mittlerweile trafen weitere Fuhrwerke aus den nahe gelegenen Gemeinden ein: fertig gebackene Brote und Säcke voller Mehl aus Hückeswage, Balken und Latten aus Weperevorthe, und ein weiterer Wagen war mit Decken beladen, dazu kamen Fuhrwerke mit Nägeln und Weidenruten. So ging es Tag für Tag. Die Bürger aus den umliegenden Städten hatten die Lenneper nicht vergessen.

Mitte Mai. Michel und sein Bruder Tristan befanden sich in der Lagerhalle. Michel sägte Balken auf die benötigte Länge, Tristan verstaute sie auf Handkarren, die von den Handwerkern abgeholt und zur entsprechenden Baustelle gebracht wurden. Dort passten die Zimmerleute die Balken ein. »Sag' einmal, Bruder, bis jetzt habe ich meinen Mund gehalten wegen der dramatischen Lage hier, aber was ist mit unserem Plan? Der wird doch wohl nicht in Vergessenheit geraten sein?«

Michel hatte gewusst, dass diese Frage einmal kommen würde, und im Grunde genommen hatte er schon viel früher damit gerechnet. So antwortete er: »Was sollen wir deiner Meinung nach machen? Alles hinwerfen, die Leute hier alleine lassen und in den Norden aufbrechen?«

Tristan zuckte mit den Schultern: »Ich weiß selbst, dass niemand mit diesem Stadtbrand rechnen konnte, aber ich kann deshalb hier nicht drei Jahre verbringen, nur um den Aufbau voranzutreiben. Einige wenige eigene Pläne vertrete ich dann doch noch, bevor alles in Vergessenheit gerät. Ich habe es Vater, Birte und Mechthild versprochen!«

»Dann, Bruder, sollten wir mit dem Grafen reden. Vielleicht besteht ja die Möglichkeit, im Juni oder Juli aufzubrechen. Die Männer hier in Lennep sind ja, was ihre Fertigkeiten angeht, mittlerweile gut von uns eingearbeitet worden. Du hast schon recht: Wir sollten unseren Plan in Angriff nehmen! Und einen Vorteil hat die Verzögerung doch: Da oben auf Fünen rechnet keiner mehr mit uns ...«

Kapitel 22

Im Juni 1325 bezogen die ersten Familien ihr neues Zuhause. Die Männer hatten zunächst die Häuser für die kinderreichsten Familien der Stadt fertiggestellt. Ein angereister Zimmermann stellte sich bei Tilmann Wüllenweber vor und fragte, ob er Arbeit für ihn hätte. Er sei auf der Suche nach einer neuen Anstellung. Für Tilmann kam er wie gerufen. Er führte den Fremden zum Alter Markt: »Dort drüben in der Lagerhalle trefft Ihr den Vorarbeiter oder den Meister an; sprecht mit einem der beiden!«

Der Fremde betrat das Lager. Michel war gerade damit beschäftigt, mit dem Glätteisen Baumstämme zu entrinden. Daher konnte er den Fremden nicht sehen, dem er den Rücken zugewandt hatte. Dieser sprach: »Ich bin Zimmermann und soll mich bei Euch melden, sagt Herr Wüllenweber!« Als Michel die Stimme vernahm, fuhr es ihm durch Mark und Bein – diese Stimme kannte er genau, und sie bedeutete nichts Gutes! Schon im Umdrehen legte Michel seine Hand an den Knauf seines Messers: Lothar stand vor ihm, und Michels lange unterdrückter Zorn brach sich Bahn: »Des Hundes Arsch in deiner Nase! Du erbärmlicher Feigling! Was hat dich Galgenschwengel nach Lennep verschlagen?«

Auch Lothar war sichtlich überrascht: »Du? Dich Hundsfott hätte ich besser getötet! Seit du aufgetaucht bist, du stinkender Heringsfresser, ist mein Leben die Hölle!« Auch seine Hand fuhr ans Messer.

»Dann lass‘ uns das ein für alle Male erledigen!«, schrie Michel ihn an.

»Mit Vergnügen, du Speichellecker des Dombaumeisters!«

Beide hielten nun ihre Messer in den Händen und umkreisten einander. Außer ihnen war niemand sonst im Lager. Es sah aus, als würden sie tanzen, aber es war ein verdammt gefährlicher Tanz. Jeder versuchte, den anderen mit Scheinangriffen zu täuschen. Michel wechselte sein Messer häufig von der rechten in die linke

Hand und versuchte immer wieder, Lothar in den Arm oder in die Schulter zu treffen. Noch konnte keiner der beiden seinem Gegner eine Schnittverletzung zufügen. Doch plötzlich griff Lothar an, kam bedrohlich nah an Michel heran und wollte ihm gerade sein Messer in die Schulter rammen, als dieser einen kleinen Schritt zur Seite tat und ihm seine Faust ins Gesicht schlug.

Der Mörder des Zahlmeisters stürzte zu Boden. Aber genau in dem Moment, als sich Michel auf ihn werfen wollte, ergriff Lothar eine Handvoll Sägemehl und schleuderte sie Michel ins Gesicht. Dieser riss reflexartig die Arme vors Gesicht, konnte aber nicht verhindern, dass ihm die Ladung Staub in die Augen geriet. Was für ein Jucken und Brennen! Michel hielt sein Messer mit der gestreckten Rechten vor sich und versuchte, sich mit der Linken der Späne zu entledigen. Diesen kurzen Moment der Unsicherheit nutzte Lothar: Er stürzte sich auf Michel, schlug ihm die Faust ins Gesicht und konnte ihm mit seiner Klinge den rechten Oberschenkel aufschlitzen. Der Nordmann stieß einen Schrei aus und versuchte dabei, sich zu befreien, aber schon erwischte ihn der nächste Fausthieb am Kinn und streckte ihn lang hin.

Michel stürzte rücklinks auf den Boden des Lagers und konnte immer noch fast nichts sehen. Lothar stieß ein hässliches Lachen aus. »Das war es dann wohl, du Dreckskerl!«, rief er, machte einen Satz nach vorne und setzte sich auf Michels Brustkorb. Mit den Knien drückte er ihm die Arme auf den Boden und entriss ihm das Messer. Dann hielt er ihm sein eigenes unter die Nase: »Riech' ein letztes Mal! Dieses stinkende Messer wird dich jetzt ins Jenseits befördern!« Er holte zum tödlichen Stoß aus. Doch genau in diesem Moment ertönte ein dumpfer Ton – und Lothar fiel, die Augen verdrehend, auf Michels Oberkörper.

Tristan stand hinter den beiden und hielt seine Axt in Händen: »Kaum lässt man dich mal aus den Augen, schon stellst du lauter Dummheiten an!« Er hatte Lothar die flache Seite seiner Streitaxt über den Hinterkopf geschlagen. »Das wird eine mächtige Beule geben!«

Michel stand auf und ging zur Wassertonne, um sich die Augen auszuspülen. »Dieser verdammte, hinterhältige Satan! Nicht einmal ritterlich kämpfen kann er!«

»Ist das hier dein Lothar vom Dom? Derjenige, wegen dem du im Verlies gesessen hast?«

»Ja«, sagte Michel, »aber er war zur falschen Zeit am falschen Ort. Den schicken wir nach Colonia; er wird gesucht. Dort werden sie ihn hängen. Komm, wir laden ihn auf mein Fuhrwerk und binden ihn so fest wie einen Säugling, dass nur noch seine Beule sichtbar ist.«

Tilmann Wüllenweber betrat das Lager: »Meine Herren, was ist denn hier vorgefallen?«

»Oh, Herr Wüllenweber! Das ist eine etwas längere Geschichte. Die werde ich Ihnen zu einem späteren Zeitpunkt erzählen«, sagte Michel. »Und leider müsst Ihr auf uns jetzt eine Zeit lang verzichten. Diesen Burschen hier bringen wir morgen nach Colonia, eingewickelt und festgezurrt wie einen Schweinebraten. Der Richter wird sich freuen! Dieser Mann ist ein Mörder; er hat den Zahlmeister der Dombaustelle erschlagen und ihm die Monatsgehälter der Handwerker gestohlen. Auf ihn wartet der Strick«, erklärte Tristan, so als hätte er selbst am Dom gearbeitet – er kannte ja die Geschichte von seinem Bruder.

Das Fuhrwerk der Brüder polterte durch das Kölner Tor. Auf dem Bock saßen Tristan und Michel, auf der Ladefläche war „Beulen-Lothar“ verzurrt, wie Tristan ihn genannt hatte. »So schlimm die Lage auch in Lennep ist, bin ich jetzt doch froh, mal aus der Stadt herauszukommen«, meinte Michel.

Tristan erwiderte: »Ich glaube, wir müssen kein schlechtes Gewissen haben. Ab jetzt geht dort alles seinen Gang. Die Grundsteine sind gelegt, es sind genügend Handwerker vor Ort, in den Backöfen werden rund um die Uhr frische Brote gebacken, und mit Herrn Wüllenweber haben die Lenneper einen fähigen Mann!«

»Weißt du, Tristan, bevor wir nach Colonia fahren, sollten wir einen Abstecher zur Burg machen und den Grafen zumindest verständigen. Es könnte ihm sonst übel aufstoßen.«

Tristan nickte: »Das dachte ich auch gerade. Dann sind wir auf der sicheren Seite. Aber, Bruderherz, wie sieht es denn bei dir mit dem Eheleben aus? Du willst doch nicht nur wegen des Grafen nach Neuenberge! Kann es sein, dass es da noch einen weiteren Grund gibt?«, lachte Tristan.

»Als dein älterer, verheirateter Bruder und als Vater von Zwillingen hat man halt gewisse Verpflichtungen. Aber ganz ehrlich: Ich freue mich riesig auf meine Familie!« Michel schlug vor Freude mit der Faust auf die Sitzbank. »Möglicherweise kommen ja in Zukunft weitere Kinder dazu; ich kann mich schwach daran erinnern, dass das Machen immer so schön war …« Doch Tristans Gesicht wurde auf einmal sehr ernst, weil er in diesem Moment an seine Mechthild denken musste. Mit ihr hatte er so manche schöne Nacht verbracht. Und es fiel ihm auch gerade wieder der Grund seines Besuches ein. Der Zeitpunkt des Aufbruchs Richtung Norden kam näher. Es würde nicht mehr lange dauern, dann würden sie nach Fünen reiten, um endlich Rache zu nehmen.

»Das ist wohl eine etwas wichtigere Sache, da muss ich Euch recht geben, meine Herren! Ein Mörder darf seiner gerechten Strafe nicht entkommen!«, sagte Graf Adolf, der für das Anliegen der Brüder Verständnis hatte. Für eine Nacht warfen sie Lothar ins Verlies, das sich im unteren Teil des Bergfrieds befand. Michel druckste ein wenig herum. Der Graf bemerkte dies: »Drängt Euch eine Frage? Nur frisch heraus damit!«

»Herr Graf, wenn mein Bruder und ich morgen nach Colonia aufbrechen, würden wir gerne von dort aus in den Norden reiten, um unser Versprechen einzulösen. In Lennep geht jetzt alles seinen Weg. Herr Wüllenweber wird wohl bald zum Bürgermeister ernannt und lenkt den Wiederaufbau erfolgreich. Ich wollte nur noch einmal wegen der beiden Ritter nachfragen, die Ihr uns versprochen habt.«

»Das kommt zwar alles ein wenig plötzlich, aber Ihr wolltet ja bereits im März aufbrechen, und nun ist fast Juli. Ich halte grundsätzlich meine Versprechen. Sagt Herrn Erik von Deutz und dem Johanniterbruder Wolfgang Bescheid, dass sie auf unbegrenzte Zeit freigestellt sind!«

»Habt recht vielen Dank und gehabt Euch wohl, Herr Graf!« Schnell machte sich Michel auf, um seiner Familie einen Besuch abzustatten.

»Dass man von dir auch noch mal etwas hört, ist ja toll! Ich dachte schon, ich müsste dich als vermisst melden!«, sagte die etwas verstimmte Svenja zur Begrüßung.

Michel lachte: »Edle Dame, voller Reue stehe ich hier vor Euch. Verzeiht mein Fortbleiben! Ihr seid doch nicht etwa angekokelt wie ein Lenneper Häuserbalken?«

»Deine Bälger kennen dich nur noch vom Hörensagen! Hier ist euer Vater, kommt und sagt ihm 'Guten Tag'!« Kilian kroch auf den Knien auf Michel zu, und Veit folgte ihm auf wackeligen Beinchen. »Die können ja schon fast laufen!«, wunderte sich Michel.

»Ja, aber von dir haben sie das nicht gelernt.«

»Seid kein schändliches Lästerweib, liebreizende Maid!«, spielte Michel sein Theater weiter. »Euer edler Zimmermann kam, um die Nacht mit Euch zu verbringen, denn morgen in der Früh muss er nach Colonia reisen, um den Mann vor den Richter zu bringen, dem er es zu verdanken hat, im Verlies gesessen zu haben.«

»Was sagst du da?«

»Ja, er kam nach Lennep, um dort zu arbeiten, und stellte sich bei mir vor. Als wir uns erkannten, kam es in der Lagerhalle mitten auf dem Alter Markt zum Kampf.«

Svenja sah ihn erstaunt an: »Und du hast ihn bezwungen? Ist dir denn nichts passiert?«

»Nein, gar nichts, außer einer lächerlichen Schnittwunde am Oberschenkel. Die hat Tristan schon verbunden. Aber morgen ist noch aus einem anderen Grund ein wichtiger Tag. Ich muss dir das schonend beibringen. Also: Die kommende Nacht wird vorerst unsere letzte sein. Morgen in der Früh brechen Tristan, Ritter Erik, Bruder Wolfgang und meine Wenigkeit auf. Wir bringen Lothar, der jetzt im Burgverlies sitzt, nach Colonia und übergeben ihn dem Büttel; was aus ihm wird, weiß nur der Richter. Danach reiten wir Richtung Fünen zu Tristans Leuten und klären die Angelegenheit mit der Stammesfolge ein für alle Male. Außerdem werden wir Mechthilds Mörder stellen und ihn der gerechten Strafe zuführen.«

Svenja war verzweifelt: »Aber du bist kein gelernter Kämpfer, du bist Zimmermann! Wie, bitte, wollt ihr gegen diesen Ragnulf und seine Häscher kämpfen?«

»Beruhige dich! Wir haben zwei kampferprobte Ritter dabei. Uns wird schon nichts passieren.«

»Nun gut, aber ich bleibe nicht hier. Ich warte in Colonia auf dich, da kenne ich wenigstens einige Leute. Renés und Georgs Frauen dürften ja noch dort sein. Hier ist es mir zu eintönig, außer dass ab und zu mal eine Jagdgesellschaft auftaucht. Sonst ist es hier für mich wie in einer Gruft.«

»Das lässt sich sicherlich machen«, antwortete Michel.

Kilian und sein Bruder Veit spielten während ihrer Unterredung mit einem Kaninchenfell. »Na, dann kommt mal zu eurem Vater!«, rief Michel und breitete die Arme aus. Die Jungs kamen zu ihm gekrabbelt. Er nahm sie auf den Schoß: »Ihr seid ja richtig prachtvolle Jungs geworden! Da bin ich aber stolz auf euch!« Er kitzelte sie ein wenig, und die Brüder lachten vor Freude. »Siehst du, Svenja, sie kennen mich doch noch!«, sagte Michel mit breiter Brust.

Svenja kicherte: »Das, guter Mann, machen sie bei jedem, der sich ein wenig Zeit für sie nimmt und mit ihnen spielt!«

»Weißt du, Svenja, dass ich mich schwer damit tue, wer nun welcher von beiden ist? Sie sehen doch völlig gleich aus!«

»Tja, wenn man nie zu Hause ist! Kilian hat hinter dem linken

Ohr einen braunen Flecken, den hat Veit nicht.«

»Du meinst also, wenn ich Kilian meine, muss ich den Jungs die Ohren abklappen, um zu sehen, wer von den beiden nun Kilian ist?«

»Wenn ich sie beide gleich kleide, dann schon!«, lachte Svenja.

»So, ihr beiden Rabauken, ab in die Schlafkammer! Euer Vater hat noch etwas vor!« Svenja brachte die zeternden Zwillinge nach nebenan und kam nach zehn Minuten wieder. »Jetzt ist unser Schlafgemach leider besetzt«, sagte sie und nahm Michel in die Arme. Sie küssten sich leidenschaftlich und hatten durch die Trennung beide Nachholbedarf in Sachen Liebe und Zärtlichkeit. Svenja trug ein auf dem Rücken geschnürtes Wams. Mit geschickten Händen öffnete Michel die Schnüre und befreite Svenja von dem überflüssigen Stoff. »Deine Brüste sind ja noch schöner, seit du stillst! Würde die edle Dame mich aus den Zwängen meiner Bruche befreien? Ich fürchte, es wird sonst alles ein bisschen eng werden.«, flüsterte Michel ihr ins Ohr. Als sie sich entkleidet hatten, ließen sich die beiden auf den Boden gleiten, auf dem ein braunes Kuhfell lag. »Es gibt gerade etwas an mir, was im Begriff ist, sich stark zu vergrößern.«, sagte Michel.

»Ja, mein Schatz, ich kann es sehen: Du meinst doch sicherlich die Pupillen!« Beide mussten kichern. Sie nahmen ihren Liebesakt zwar ernst, aber seit sie sich kannten, gab es dabei immer ein paar amüsante Zwischentöne. Michel streichelte ihren Körper. Svenja spielte mit der Zunge an Michels Ohr und flüsterte: »Suchst du etwas Bestimmtes?«

»Das kannst du wohl laut sagen!«, antwortete Michel und ließ seine Hand auf ihrem Busch ruhen. Svenja griff sich Michels Lanze: »Was für ein strammer Hammer für einen Zimmermann – alle Achtung!« Dann spreizte sie die Beine, und Michel drang in sie ein. Es sollte eine berauschende Nacht für die beiden werden, bis kurz nach Mitternacht die Zwillinge im Raum standen und Kilian sagte: »Mama, tinken!«

Nur äußerst müde fand Michel in den nächsten Tag hinein. Schon zur Laudes stand er im Stall, um sein Pferd Arminius einzuspannen. Bald trafen auch schon die Ritter ein. Erik und Wolfgang stiegen von ihren Rossen und reichten dem Stalljungen die Zügel. »Gott zum Gruße, Michel!«, begrüßten die Männer den Zimmermann.

»Seht«, sagte der Johanniter, »unser Herr Graf hat mir einen seiner Wappenröcke gegeben.« Auf seiner Brust prangte der bergische Löwe, den Heinrich von Limburg seinerzeit in das Wappen der Berger aufgenommen hatte. Michel grüßte zurück. Da bog auch schon Tristan um die Ecke: »Seid gegrüßt, Männer! Ich hole noch den Lump Lothar aus dem Verlies, dann können wir los.«

Svenja erschien mit ihren Söhnen. »Ich gehe aber nicht auf die Ladefläche, wo dieser Wegelagerer liegt!«, verwahrte sie sich sogleich. Michel lachte seine Frau an: »Nein, holde Maid, Ihr dürft heute ausnahmsweise bei Eurem Gatten sitzen, direkt hinter Arminius' Hinterteil. So habt Ihr mit den Kindern einen wundervollen Anblick. Niemals wäre ich auf die Idee gekommen, Euch bei einem Mörder sitzen zu lassen!«

Tristan kam mit dem angeschlagenen Lothar zurück. Seine Hände und Füße waren gefesselt, sodass er nur Trippelschritte machen konnte. Die Männer setzten ihn auf die Ladefläche und banden ihn mit weiteren Stricken fest. Dann setzten sie sich in Bewegung. Ritter Erik und Bruder Wolfgang ritten einige Schritt voraus, gefolgt von Michel mit dem Wagen. Am Ende ritt Tristan auf seinem Pferd Kuddel.

Nach einigen Stunden erreichten sie das Ufer des Rheins. Nach kurzem Warten nahmen sie die nächste Fähre, die sie auf die andere Flussseite brachte.

Kapitel 23

»Seht, wer da zusammensteht!«, bemerkte Michel, der seinen Wagen direkten Weges auf den Domplatz lenkte. Johannes von Köln sprach mit einigen Zimmerleuten. Unter anderem standen auch René und Georg dabei. Letzterer erkannte Michel zuerst: »Wer kommt denn da mit seiner gesamten Familie im Schlepptau! Unser alter Vorarbeiter! Seht, Meister Johannes, der Erfinder unseres Lastkrans ist wieder im Lande!« Die Männer gingen dem Fuhrwerk entgegen. »Seid gegrüßt, Familie Pettersen!«, sagte der Dombaumeister. »Der junge Mann will wohl seine alte Stelle wieder einnehmen?«

Michel lachte den Männern zu: »Im Moment sicherlich noch nicht, aber vielleicht später einmal. Doch seht mal, was ich auf meiner Ladefläche liegen habe! Eine große Überraschung!«

Voller Neugierde schob Johannes von Köln die Plane beiseite: »Ich werd' verrückt! Der gesuchte Lothar liegt hier, geschnürt wie eine Weihnachtsgans!«

Michel stieg vom Wagen. Die Männer begrüßten sich und Michel stellte ihnen voller Stolz seine Zwillinge vor: »Meine Frau Svenja ist Euch ja allen bekannt – und das hier sind meine Söhne Kilian und Veit.«

»Holzwurmnachwuchs!«, kicherte René. »Aber stramme Burschen, genau wie ihr Vater!«

»Die Berittenen hier sind mein Bruder Tristan aus Flensburg, Ritter Erik von Deutz und Bruder Wolfgang, ebenfalls Ritter unseres Grafen.«

Dann schilderte Michel seinen Freunden die Begegnung mit seinem Erzfeind Lothar. Georg schüttelte ungläubig den Kopf. »Und dieser Trottel«, rief er, sodass es Lothar im Wagen mithören konnte, »geht in die Höhle des Löwen, um nach Arbeit zu fragen! Hat wohl die gestohlenen Gelder bereits durchgebracht! Lässt seine Frau hier sitzen und verprasst das Geld in Hurenhäusern – oder wo sonst?«

»Ich gehe schon mal und hole den Büttel, damit der Lump seine kostbare Zeit umso schneller im Verlies verbringen kann!«, sagte René und machte sich auf den Weg.

»Vielleicht könnt Ihr mir helfen, Meister. Ich brauche für meine Familie und die Männer eine Bleibe.«

»Versucht es bei den ›Rheinterrassen‹ oder im ›Neptun‹. Euren Wagen stellt in der Bauhütte unter, das Pferd im Mietstall.«

Georg meldete sich zu Wort: »Svenja kann mit den Kleinen vorerst bei uns unterkommen. Meine Frau wird sich bestimmt freuen; die edlen Damen kennen sich ja bereits recht gut!«

Ohne lange zu zögern – weil sie es ja auch so erhofft hatte – sagte Svenja: »Damit bin ich natürlich einverstanden!«

»Michel, ich habe eine gute Nachricht für Euch. Ihr habt doch den Lothar gefangen genommen, richtig?«, fragte Meister Johannes.

Michel wunderte sich, was denn diese Frage solle. Er nickte: »Ja, wieso fragt Ihr? Allerdings … mein Bruder hat mir sehr dabei geholfen; er hat ihm den betäubenden Schlag auf den Hinterkopf versetzt, woraufhin er in Ohnmacht fiel.«

Johannes lachte: »Ich meinte nur … Ihr könnt das ja nicht wissen, aber es ist ein Kopfgeld auf Lothar ausgesetzt – ob tot oder lebendig. Das müsst Ihr dann wohl oder übel mit Eurem Bruder teilen.«

Michel und Tristan rissen die Augen auf: »Und wie hoch ist dieses Kopfgeld?«, fragte Michel.

»Einhundert Heller«, gab Johannes zurück.

Svenja saß noch mit den Kindern auf dem Wagen und hatte jedes Wort mitgehört. »Einhundert Heller, ich werd' verrückt! Schon wieder ein Kopfgeld! Mein Michel wird langsam zum Jäger der Wegelagerer und Mörder!«, rief sie herunter. Den Inhalt ihrer Worte verstanden die anderen natürlich nicht, denn sie kannten nicht die Geschichte von dem Überfall auf die beiden Frauen auf der Fahrt nach Colonia.

René kam mit zwei Bütteln zurück, die direkt zur Ladefläche gingen, um Lothar herunterzuzerren. »Endlich haben wir dich, du Lump!«, rief einer der beiden. »Der Strick wartet bereits auf deinen zarten Hals, um sich langsam zuzuziehen, bis dir die Zunge aus dem Maul hängt!«

Svenja hatte mit den Kindern bei Georgs Frau Anna eine Bleibe gefunden. Da sich die Frauen gut verstanden, war dies für Frau Pettersen und ihre Kinder die ideale Lösung. Die Männer saßen in feuchtfröhlicher Runde im ›Neptun‹. Diesmal war auch Johannes von Köln mitgekommen, was an und für sich selten vorkam.

»Michel, Ihr glaubt gar nicht, was für eine Erleichterung der Lastkran für uns ist! Wir können unsere Trachytsteine damit mit Leichtigkeit auf fast alle Baustellen befördern, und – was sehr beruhigend ist – die Unfälle sind bedeutend weniger geworden! Doch nun erzählt Ihr doch mal! Ihr seid doch nicht mit Rittern im Gefolge nach Colonia gekommen, nur um diesen Lothar hier abzuliefern?«

»Am besten erklärt Euch mein Bruder Tristan alles«, sagte Michel. »Es ist ja in erster Linie seine Angelegenheit; ich meine seine persönliche Familiengeschichte.« Der Wirt brachte drei mit Bier gefüllte Krüge und stellte sieben Tonbecher auf den Tisch. Jeder füllte sich einen Becher, und dann prosteten sich die Männer zu. Weder Ritter Erik noch Bruder Wolfgang noch René, Georg, Tristan oder Michel wussten zu diesem Zeitpunkt, welch eine Freundschaft sich an diesem Abend entwickeln würde.

Tristan übernahm das Wort: »Also, ich gehe einmal davon aus, dass Michels Freunde auch meine Freunde sind!« Dann erzählte er den Männern seine Lebensgeschichte: angefangen damit, wie man ihn vor der Kirchentür abgelegt hatte, von der Axt in seinem Korb, dem Namensschild und dem Runenzeichen, das er während seiner Erzählung abnahm und auf den Tisch legte. Die Männer betrachteten es interessiert. Weiter erzählte Tristan von seinem Besuch auf der Insel Fünen und wie er seinen geblendeten Vater kennengelernt hatte; außerdem von dem Dorf, aus dem er stammte, und wie er seine Schwester kennengelernt hatte. Es folgten der Überfall in Flensburg, der Mord an Mechthild und der Brand des Familienhauses. Er schloss mit den Worten: »Und da habe ich bei Odin und bei Gott geschworen, dass ich das nicht hinnehmen werde, und habe meinen Racheplan geschmiedet. Wenn die Angelegenheit mit diesem Lothar hier abgeschlossen ist, brechen Ritter Erik, Bruder Wolfgang, mein Bruder Michel und ich nach Flensburg auf. Es wird Zeit, der Sache ein Ende zu setzen!«

René tuschelte leise mit Georg und sagte dann: »Es ist doch wohl klar, dass wir mit euch kommen! Freunde lässt man in solch einer Situation nicht alleine. Wir müssen das nur noch mit unseren Frauen klären. Begeistert werden sie nicht sein.«

Ritter Erik schaltete sich ein: »Ihr seid Zimmerleute, keine Soldaten. Es könnte sein, dass wir gegen erfahrene Nordmänner antreten müssen: Das wird kein leichter Waffengang, meine Herren!«

»Michel und Tristan sind auch nur Zimmermann und Steinmetz!«, widersprach Georg.

»Das ist wohl wahr, aber die beiden können hervorragend mit ihren Äxten umgehen; das haben sie schon unter Beweis gestellt«, gab Erik zurück.

»Ich muss dazu mal etwas sagen«, meinte Bruder Wolfgang. »Wir haben doch noch ein wenig Zeit, bis wir aufbrechen. Wie wäre es denn, wenn ich René und Georg zu Bogenschützen ausbilde? Am Rheinufer wäre genügend Platz, um Übungen durchzuführen. So müssten sie nicht direkt Mann gegen Mann kämpfen.«

»Wenn die beiden das wirklich wollen, besorge ich zwei Bögen und die passenden Pfeile dazu«, sagte Michel. »Schließlich bekommen wir ja noch die hundert Heller; die dürften dafür reichen.«

»Und genügend Kraft, um einen strammen Bogen zu bedienen, haben sie allemal – das kann ich als Baumeister nur bestätigen!«, schob Johannes von Köln hinterher.

»Prost, Männer!«, rief Tristan. »Wir sind die sechs Unbesiegbaren!«

Kurz nach Matutin beschlossen die Männer, ihr Gelage langsam zu beenden. »Wir haben gesoffen wie die Templer!«, lallte Tristan, der leicht schwankend mit seinem Bruder eine Etage nach oben ging, wo die beiden vorerst ihre Bleibe hatten. René und Georg gingen zu ihren Frauen nach Hause, Johannes von Köln in sein kleines Haus in der Nähe des Domes, und die Ritter in die Taverne ›Zu den Rheinterrassen‹; dort hatten sie sich ein Zimmer genommen. Schlaflosigkeit durfte aufgrund der vorangegangenen Umstände nicht aufkommen: Alle Männer waren mächtig angetrunken.

Michel und Tristan ließen sich mit allem, was sie am Körper trugen, auf ihre Schlafstätte fallen. Laute Schnarchgeräusche drangen aus ihrem Zimmer bis auf den Flur der Taverne. Zur Terz klopfte es mehrere Male an ihrer Zimmertür. »Ja, verdammt!«, stöhnte Michel, erhob sich und schleppte seinen angeschlagenen Körper zur Türe. Vor ihm stand ein Fremder: »Michel Pettersen?«

»Ja, der bin ich, was gibt's?«

»Eine Nachricht vom Richter. Er möchte Euch heute noch in seiner Amtsstube sehen, soll ich Euch ausrichten!«, sagte der Sendbote und verschwand auch schon wieder.

»Danke, und gehabt Euch wohl!«, rief ihm Michel hinterher. Er schlich zurück und ließ sich erneut auf sein Bett fallen, um noch eine Mütze voll Schlaf zu nehmen.

Von der Glocke, die zur elften Stunde läutete, wurden die Brüder geweckt. »Wir sollten uns ein wenig frisch machen. Der Richter erwartet uns«, sagte Michel zu seinem Bruder, der vom Besuch des Boten nichts mitbekommen hatte. Sie gingen zur Waschschüssel und wuschen sich. Anschließend verließen sie ihre Herberge und gingen zur Amtsstube, die sich ganz in der Nähe des Domes befand. Ein Schreiberling kündigte sie beim Richter an: »Euer Ehren lässt bitten!«, sagte er und ging voraus. Die Brüder folgten ihm.

Es war der gleiche Richter, der Michel seinerzeit ins Verlies gesperrt hatte. »Ihr habt also den Missetäter höchstpersönlich gefasst? Das passiert auch nicht alle Tage! Seid gegrüßt und nehmt

Platz!« Michel und Tristan setzten sich auf die Stühle, die sich vor dem Schreibtisch befanden.

Der Richter öffnete eine Schublade und warf ihnen eine Geldkatze zu: »Hier sind Eure verdienten einhundert Heller. Ihr habt diesen Lump Lothar gefangen. Das Geld gehört Euch. Nächste Woche Freitag findet die Verhandlung statt; dafür brauche ich Euch, Michel Pettersen, als Zeugen. Es dürfte nicht viel Zeit in Anspruch nehmen, da die Beweislage eindeutig ist. Seid zur Non hier; nach der Befragung könnt Ihr wieder Eures Weges ziehen«, ordnete der Richter an. »Das war es dann. Burkhard, begleite die beiden Herren nach draußen!« Wie aus dem Nichts stand der Schreiberling im Raum: »Folgt mir, bitte!«

Die Brüder gingen zur Dombauhütte und suchten ihre Freunde auf, denen es vom Kopf her auch nicht besser ging als ihnen. »Gesoffen wie die Templer«, sagte diesmal René.

»Wo kommt eigentlich dieser Spruch her?«, fragte Georg.

Michel überlegte: »Vielleicht aus dem Heiligen Land, wo die Templer gehaust haben. Ihnen wird ja vieles nachgesagt.«

Tristan kratzte sich am Kopf: »Ich glaube, bei mir haben sich Flöhe eingenistet, so arg juckt mir die Kopfhaut. Hey, Männer, wir haben doch das Kopfgeld vom Richter bekommen. Jetzt könnten wir zum Bogner gehen und eure Bögen und Pfeile besorgen. Aber wo gibt es denn hier einen?«

Georg sagte: »Wenn ihr am Rhein seid und nach Süden geht, erreicht ihr eine Gegend, in der lauter Weiden stehen – Kopfweiden, oder wie die heißen. Dahinter steht eine Kate. Dort wohnt ein Mann, der alles selbst herstellt. Er soll gute Bögen bauen; er ist bekannt für bestes Holz und beste Bearbeitung.«

»Na, dann wollen wir mal! Wir treffen uns, wenn ihr einverstanden seid, zur Vesper am Rheinufer bei den beiden großen Birken. Dort fangen wir mit unseren Schießübungen an«, sagte Michel.

»Seht zu, dass euer Kopf bis dahin wieder klar ist!«, bemerkte Georg.

»Wir werden die Ritter verständigen. Nur ihnen steht es zu, euch auszubilden. Ich weiß nicht einmal, wie man einen Bogen überhaupt bedient«, lachte Michel.

Die Brüder gingen direkt zum großen Strom und dann weiter in südlicher Richtung. »Das ist aber ein weiter Weg! Bald sind wir ja in Bonn!«, meckerte Tristan, doch dann sahen sie in der Ferne die unzähligen Kopfweiden und dahinter die Hütte. »Das muss sie sein«, vermutete Michel. Vor ihnen befand sich eine aus Lehmwänden gebaute Kate mit riedgedecktem Dach, davor eine große Werkbank, auf der unzählige Stöcke verteilt lagen und dazu jede Menge abgeschabte Rindenstücke, teils auf dem Tisch, teils auf dem Boden. Den Ankömmlingen fielen die verschiedenen Messer, Sägen und sonstigen Werkzeuge auf.

»Ist jemand da?«, rief Michel.

Die Tür öffnete sich, und ein hagerer Mann kam heraus: »Was wünscht Ihr, meine Herren?«

Knapp und ohne Umschweife antwortete Tristan: »Zwei Bögen, zwei Köcher und ungefähr einhundert Pfeile.«

Ein Lächeln flog über das Gesicht des Bogners, versprach es doch, ein gutes Geschäft zu werden. »Wann benötigt ihr die Ware?«

»Am besten sofort«, gab Michel knapp und deutlich zurück.

»Dann folgt mir bitte, meine Herren!« Er führte die Brüder in seine Hütte, an deren Wänden verschiedene Bögen hingen. »Sucht Euch zwei aus!«

Michel blickte sich um: »Wir haben keine Ahnung von so etwas; empfehlt uns doch zwei gute Bögen!«

»Meine Herren, die Frage ist doch die: Was wollt Ihr damit anstellen? Sollen es Bögen für die Jagd sein?«

»Eher weniger«, sagte Michel. »Wir brauchen die Bögen, um einige Nordmänner ins Jenseits zu befördern, versteht ihr? Wir brauchen die Bögen, um zu töten!«

Der Bogner trat einen Schritt zurück, als erfüllte ihn Angst. Dann nahm er zwei Bögen von der Wand. »Diese hier kann ich empfehlen! Sie sind aus Hartholz; die passenden Pfeile dazu, und Ihr seid gut gerüstet.«

»Wenn Ihr es sagt, dann soll es so sein. Was verlangt Ihr dafür?«, fragte Michel. Der Bogner nannte seinen Preis und Michel bezahlte. »Die Flitze noch, guter Mann!«

Die Brüder banden sich die mit Pfeilen gefüllten Köcher um und gingen das Ufer entlang zurück bis zu den beiden Birken, wo sie auf ihre Freunde warten wollten. Michel setzte sich unter einen der Bäume: »Das Wettschießen kann beginnen!«

Tristan lachte: »So, wie wir uns eben bei dem Bogner aufgeführt haben, musste er glauben, wir wären gefährliche Wegelagerer; so hast du ihn eingeschüchtert!« Die Brüder dösten vor sich hin und schliefen dann für einen Moment ein.

Georg stieß Michel mit dem Fuß an: »Aufgewacht, ihr faule Bande!«

Michel zuckte zusammen und gähnte dann: »Bei diesem schönen Wetter haben wir uns ein kurzes Schläfchen gegönnt; das steht einem Kopfgeldjäger schon mal zu!« Bald darauf sahen sie Ritter Erik und Bruder Wolfgang mit ihren Pferden heranreiten.

Tristan stand auf: »Die Herren Ritter sind da! Die Übungen können beginnen: Hier sind euren neuen Bögen und die Köcher, gefüllt mit Pfeilen.« Beides reichte er den Männern: »Und schießt euch nicht ins Bein!«

Jeden Abend unter der Woche trafen sich die Männer am Rheinufer, um fleißig ihre Übungen abzuhalten. »Ich bin völlig eingerostet!«, rief Ritter Erik, während er mit seinem Schwert einen Baum bearbeitete. Es stellte sich schnell heraus, dass Ritter Erik der bessere Schwertkämpfer war, dass aber Bruder Wolfgang den Umgang mit Pfeil und Bogen hervorragend beherrschte. »Als ehemaliger Kriegermönch geht man in seiner Ausbildung durch sämtliche Abteilungen der Waffenkunst«, sagte er voller Stolz. »So, Männer! Und jetzt das Ganze noch einmal: Bogen hochziehen, spannen, Ziel anvisieren, den Flitz auf das Ziel richten, loslassen und den Bogen nach vorne abfallen lassen!«, wies er Georg und René an. Die beiden lernten den Umgang mit dem Flitz schnell.

Bald war der Freitag herangerückt, an dem Lothars Gerichtsverhandlung stattfinden sollte. An die fünfzig Leute hatten sich bereits vor dem Gerichtssaal versammelt. Als der Schreiberling das große Tor öffnete, strömten sie in den geräumigen Saal. Jeder wollte einen guten Platz erhaschen. Nachdem alle Zuschauer saßen, schlossen zwei Türwachen mit Spießen in den Händen die massive Holztür. Auf einer Empore befand sich der Richtertisch, der eine Länge von gut sechs Schritt aufwies. Dahinter waren die Stühle für die Vertreter der Stadt und den Geistlichen angeordnet; auf einem weiteren nahm der Schreiberling Platz. Euer Ehren hatte einen eigenen Stuhl, der mit Intarsienarbeiten geschmückt war. Die Rückenlehne war ebenso wie der Sitz mit Hirschleder aufgepolstert, an dessen Rändern Messingnägel dafür sorgten, dass das Leder schön gespannt war und glänzte.

Eine der Wachen stieß seinen Spieß dreimal auf den Boden. Das war das Zeichen für alle Anwesenden, sich zu erheben, als die hohen Herren den Raum betraten. »Bitte setzen!«, wies der Schreiberling die Zuschauer an.

»Die Verhandlung ist eröffnet!«, ließ der Richter die Anwesenden wissen. »Die Angeklagten befinden sich hier vor der hohen Gerichtsbarkeit.«

In der ersten Reihe saßen Johannes von Köln, Michel und Svenja, die ihre Zwillinge bei Georgs Frau lassen konnten, Tristan, einige Zimmerleute von der Bauhütte und Lothars Frau Regina. René und Georg hatten es sich in den hinteren Reihen gemütlich gemacht; neben ihnen saßen Ritter Erik und Bruder Wolfgang.

Zunächst wurden einige leichtere Verstöße abgeurteilt. Es ging um Betrug sowie um kleinere und größere Diebstahlsvergehen. Das Ganze zog sich aber dann doch zwei Stunden lang hin. Als Strafen verkündete der Richter bei einer Frau das Ohrenschlitzen, eine andere sollte für einen Tag in den Schandkorb auf dem Heumarkt, und drei weiteren Dieben sollten jeweils zwei Finger abgehackt werden. Das Gejammer war dementsprechend groß.

Der Richter erhob sich: »Nun bringt mir den Zimmermann Lothar!«

Die Tür öffnete sich, und zwei Kerkerknechte brachten den gefesselten Lothar in den Saal, der auf der Anklagebank Platz nehmen musste. Sein Äußeres war nicht sonderlich ansprechend, denn er wirkte schmutzig und verlaust; das Haar stand ihm wirr vom Kopf. Aus dem Saal ertönten Zwischenrufe. »Du Mörder! Du Galgenvogel! Buh!«, rief die aufgebrachte Meute. Lothar erkannte Michel und warf ihm einen gehässigen Blick zu.

»Ruhe im Saal!«, rief der Richter. »Zimmermann Lothar, erhebt Euch! Ihr seid angeklagt, den Zahlmeister der Dombauhütte ermordet zu haben, um ihm die Lohngelder zu entwenden. Was habt Ihr zu Eurer Verteidigung zu sagen?«

»Alles gelogen, Euer Ehren! Das war der da!«, dabei zeigte er auf Michel. »Er hat mir meinen Posten als Vorarbeiter weggenommen, er ist an allem schuld. Er war an diesem Abend im Gasthof; er ist ein paar Minuten vor dem armen Zahlmeister gegangen und hat ihm aufgelauert. Dann hat er ihn erschlagen und ihm das Geld geraubt. So war es!«

»Der Kerl lügt!«, rief Regina. »Ich habe an unserer Stalltüre den blutverschmierten Knüppel gefunden; damit hat mein Mann ihn totgeschlagen! Von dem Geld hat er sich einen Gaul gekauft und sich aus dem Staub gemacht. Allein gelassen hat er mich, hat das Geld versoffen und bei den Hübschlerinnen verhurt!«

Die Kölner im Saal verfielen in lautes Gelächter. Lothar zeigte seiner Frau einen Vogel: »Meine Alte fabuliert, Euer Ehren! Das sagt sie nur, weil sie jetzt ihren dicken Hintern bewegen muss, um einmal im Leben selbst zu arbeiten!«

Nun erhob Johannes von Köln seine Stimme: »Darf ich sprechen, Euer Ehren?«

»Natürlich, Dombaumeister, sagt, was Ihr zu sagen habt!«

»Es stimmt so nicht, was der Zimmermann Lothar da von sich behauptet. Ich habe seinen Posten als Vorarbeiter dem Zimmermann Michel Pettersen übertragen. Der Nordmann war weitaus sachkundiger als Lothar; das alleine war der Grund!«

Auf der Stirn des Richters bildeten sich Falten. Er wandte sich wieder Lothar zu. »Ich habe hier noch die Aussage eines Maurers vorliegen. Er hat gesehen, wie Ihr den Schlüssel der Bauhütte habt fallen lassen. Das war dann wohl ein Nachschlüssel, denn den echten hattet Ihr ja bereits bei Meister Johannes abgegeben. Meine Frage ist nun: Wozu brauchtet ihr diesen Schlüssel? Soll ich Euch die Antwort geben? Ihr benötigtet den Nachschlüssel, um unbemerkt in die Hütte zu gelangen und den bestickten Geldbeutel des Zahlmeisters in Herrn Pettersens Werkzeugkiste zu legen, damit dieser in Verdacht gerät. War dem so?«

Lothars Kopf lief rot an: »Nein, so war das nicht! Ich kann das gar nicht gewesen sein, weil ich in der Nacht neben meiner Alten gelegen habe. Ich weiß noch, dass sie fürchterlich geschnarcht hat«, sagte Lothar, ohne sich der Gefahr bewusst zu sein. Erneut lachten die Zuhörer.

»Ruhe! Ich sagte: Ruhe im Saal!«, rief der Richter. Nun wurde er lauter: »Wer hat denn gesagt, dass es in der Nacht war? Das kann doch nur derjenige wissen, den es auch betrifft! Ihr wart es, gebt es endlich zu! Die Beweislage ist eindeutig! Als wir durch die falsche Fährte, die Ihr ausgelegt hattet, Herrn Pettersen verdächtigten, da seid Ihr sang- und klanglos verschwunden. Und das ist leider noch nicht alles. Nach Eurem Verschwinden bin ich persönlich zu einigen Schmieden gegangen, und stellt Euch vor, Zimmermann Lothar, ich habe denjenigen gefunden, der Euch den Schlüssel angefertigt hat! So haben wir einen weiteren Zeugen und eine eidliche Aussage.«

Lothar verlor langsam die Fassung; sein Kopf lief erneut rot an. Er drehte sich um und brüllte durch den Saal: »Dieser Hundsfott aus dem Norden!« Dabei zeigte er auf Michel. »Der ist an allem schuld! Kommt der hierher nach Colonia, nimmt mir meinen Posten weg, schleimt sich beim Dombaumeister ein und meint, er wäre der Einzige, der hier richtig arbeiten könne. Ich hätte besser ihm den Schädel eingeschlagen!« Plötzlich hielt Lothar inne. Er hatte gemerkt, dass er sich genau in diesem Moment verraten hatte. »Warum kann ich bloß meinen Mund nicht halten?«, dachte Lothar.

Der Richter sagte: »Ich glaube, wir können uns nun zur Beratung zurückziehen.« Dann verließen die hohen Herren den Saal und zogen sich ins Beratungszimmer zurück, wo die Schöffen ein Urteil fällen würden.

Und dieses Mal dauerte es nicht lange bis zur Urteilsverkündung. Die Verantwortlichen waren schnell wieder im Gerichtssaal. Der Richter stand hinter seinem Tisch. »Hiermit verurteile ich den Zimmermann Lothar nach der Halsgerichtsordnung: Tod durch den Strang. Das Urteil wird am Montag vollstreckt.« Dann brach er den Richterstab und warf ihn Lothar vor die Füße. Obwohl dieser mit dem Urteil gerechnet hatte, zitterte er am ganzen Körper. Als die Wachen ihn hinausführten, drehte er sich ein letztes Mal um und rief: »Seid ihr nun zufrieden, ihr Ratten?« Das war das Letzte, was man von ihm hören konnte.

Vor dem Gerichtsgebäude standen die Kölner Bürger beieinander und schwatzten.

»Zum Schluss hat er mir ja doch ein wenig leidgetan!«, meinte Svenja.

»So darfst du nicht denken. Er hat den Tod verdient!«, sagte Tristan.

Lothars Frau merkte erst jetzt so richtig, dass ihr Lothar sie ein für alle Male verlassen würde. »Ob der wohl noch was von dem gestohlenen Geld übrig hat? Ich muss mal im Schuppen suchen …«, sagte sie und ging ihres Weges.

»Was für ein Weib!«, sagte Michel. »Ihr Mann wird gehängt, und die Alte denkt nur an Silberlinge.«

Johannes von Köln räusperte sich: »Dieses Weibsbild kenne ich schon seit einigen Jahren. Die hat nur eins in ihrem hohlen Kopf: gut leben, aber ohne zu arbeiten!«

Nach einer Pause meinte Tristan: »Tja, dann können wir ja bald in den Norden aufbrechen. Oder wollt ihr noch bis zur Hinrichtung hierbleiben?«

Michel schüttelte den Kopf. »Wenn du willst, können wir am Sonntag aufbrechen. Ich bin nicht so erpicht darauf, Lothar baumeln zu sehen.«

»Ich bin mir fast sicher, dass die gesamte Hinrichtung wieder zu einem Volksfest verkommen wird. So ist das hier in Colonia. Zu den drei Hinrichtungstagen im Jahr ist immer Jahrmarktstimmung«, äußerte sich Johannes von Köln.

»Ja«, bestätigte René, »die Leute kommen zu Hunderten. Ganze Familien mit Kindern pilgern in die Stadt. Es werden Bänke und Stühle aufgebaut. Es wird getrunken und geschmaust, und Gaukler sind unterwegs, Feuerspeier, Jongleure, Puppenspieler und weiß der Teufel, was sonst noch alles! Das ist nicht meine Art der Unterhaltung; ich kann gerne darauf verzichten.«

»Dann sollten wir morgen zusammenkommen und alle Vorbereitungen für die Abreise treffen!«, schlug Michel vor.

Kapitel 24

»So, was haben wir jetzt? Vier Brote, Käse, Schinken, Wein- und Wasserschläuche, Futter für die Pferde, Schlafdecken, Zelte mit Stangen, einen Feuerkorb mit passendem Brennholz sowie einen Grapen«, ging Michel die Liste im Kopf noch einmal durch. »Den Rest besorgen wir uns unterwegs.«

Renés und Georgs Frauen waren natürlich von dem Unternehmen ihrer Männer nicht gerade begeistert, aber was sollten sie machen? Ihre Männer bestanden darauf, ihre Freunde zu begleiten. Svenja war ja von dem Plan schon längere Zeit unterrichtet und hatte sich mittlerweile mit den Umständen abgefunden, auch wenn sie bei der gesamten Unternehmung kein besonders gutes Gefühl hatte.

Im Mietstall beluden die Männer den Wagen. »So, das war es!«, sagte Michel. »Dann treffen wir uns zur Laudes, und das Abenteuer Norden kann beginnen. Ich freue mich schon so auf Flensburg. Was wohl unser Björn aus dem ›Jeverbroe‹ so treibt?«

Tristan bemerkte: »Also, als ich Flensburg verlassen habe, ging es ihm noch auffallend gut. Ich denke sogar, er hat wieder ein paar Pfunde zugelegt, unsere Hansekogge!«

»Wieso nennt ihr euren Wirt ›Hansekogge‹?«, fragte Ritter Erik.

Michel lachte: »Weil der Mann ein Kreuz wie eines dieser Segelschiffe hat und Arme so dick wie die Tampen, mit denen sie vertäut werden!«

»Ihr Nordmänner seid schon ein komisches Volk: Heringsfresser, Muschelschubser … oder gibt es noch schönere Namen?«

Michel freute sich zwar auf die Reise mit seinen Freunden, aber er wusste auch gleichzeitig, dass da einiges auf sie zukommen würde. Käme es wohl zu einem richtigen Kampf gegen die Nordmänner? Würden sie sich verletzen oder gäbe es gar Tote? Die Antworten auf diese Fragen lagen im Ungewissen. Auch die Trennung von Svenja und seinen Kindern fiel ihm nicht leicht. Wie lange musste er fortbleiben? Käme er überhaupt wieder zurück? Michel versuchte, diese Gedanken zu verdrängen, wollte er doch die letzte Nacht in Colonia in den Armen seiner Frau verbringen. Er hatte sich vor der Abreise bei Svenja einquartiert. In Georgs Haus hatte sie ein eigenes Zimmer erhalten. Der Abschied kam im ungünstigsten Moment, hatten sich doch seine Jungen gerade erneut an ihn gewöhnt. Doch der Schritt, Tristans Familiengeschichte aufzuarbeiten, war seit Langem überfällig.

In der Nacht liebten sie sich ein vorerst letztes Mal. Anschließend sprachen sie noch bis nach Mitternacht über das Vorhaben der Brüder. »Komm' mir ja gesund zurück!«, mahnte Svenja.

»Alles wird gut!«, versuchte Michel sie zu beruhigen. »Ich bin froh, dass wir unsere Ritter dabeihaben; die werden wissen, wie wir vorzugehen haben!«

Irgendwann schliefen die beiden Hand in Hand ein.

Schon vor den ersten Sonnenstrahlen wurde Michel durch seine innere Uhr geweckt. Er gab Svenja einen Kuss auf die Wange und verschwand aus dem Zimmer. René und Georg warteten schon im Hof auf ihn. »Dann wollen wir es angehen!«, sagte Tristan gut gelaunt. Sie gingen zum Mietstall, wo Michel bereits den Wagen aus der Scheune geholt und Arminius eingespannt hatte.

»Na, mein Guter«, sprach Michel zu seinem Pferd, »wir sehen uns auch viel zu selten! Aber jetzt bleiben wir für längere Zeit zusammen.“ Er fuhr mit der Hand über Arminius' Kopf, und das Pferd stupste ihn kurz mit der Schnauze an.

Tristan holte seinen Kuddel und sattelte ihn, und bald danach trafen die Herren Erik und Wolfgang ein. Die Männer wünschten einander einen guten Morgen, und Tristan rief: »Dann auf nach Flensburg!«

Vorneweg trabten die beiden Ritter, dann folgte der Wagen mit Michel, René und Georg auf dem Bock, und das Ende der Formation bildete Tristan. So wollten sie bis in den Norden reisen. Schnell ließen sie Colonia hinter sich und setzten auf einer der ersten Fähren über den Rhein. Als sie in Hitdorf ankamen, begaben sie sich auf den Handels- und Heerweg, den sie bis Flensburg nicht wieder verlassen würden. Bald erreichten sie das Städtchen Burscheit, dann ging es an den Fronhöfen zu Wermelskirchen vorbei Richtung Lennep. Die Zimmerleute auf dem Wagen hatten ihren Spaß. »Wem wird wohl am Ende des Tages der Hintern mehr weh tun: uns oder den Rittern?«, fragte Georg.

»Ich denke, im Sattel reitet man sich eher wund als hier auf dem Kutschbock«, sagte René.

Hinter Wermelskirchen legten sie eine Pause ein und aßen etwas. Nach kurzer Weiterreise erblickten sie von ferne Lennep.

»Ich bin gespannt, wie weit sie mittlerweile mit dem Aufbau sind!«, sinnierte Michel.

»Du und Tristan, ihr habt da unmittelbar nach dem verheerenden Brand kräftig mit angepackt?«, fragte René.

»Ja, wir hatten gerade den Wehrgang auf Neuenberge fertiggestellt, und es sollten nur noch ein paar Krähennester am oberen Rand direkt unter dem Dach des Bergfrieds angebracht werden, da brach der Brand in Lennep aus. Graf Adolf schickte einen ganzen Trupp zum Wiederaufbau nach Lennep, unter anderem auch Tristan und mich. Die Leitung dort übernahm ein Tuchhändler, Tilmann Wüllenweber, ein fähiger, intelligenter Mann. Vielleicht lernst du ihn ja noch kennen.«

»Ich denke, wir sollten in der Stadt unsere erste Übernachtung einschieben. Zeitlich würde das ganz gut passen«, bemerkte Georg.

»Bemerkenswert«, murmelte Michel, »was die in der kurzen Zeit schon wieder alles auf die Beine gestellt haben!« Er und sein Bruder Tristan hatten sogleich erkannt, dass wiederum einige Häuser fast bezugsfertig waren. Linker Hand in der Wallstraße, wo die Familie Wüllenweber wohnte, ging es besonders zügig voran. Die verkohlten Balken, ja der gesamte Schutt war überall verschwunden. Die Lenneper Bürger hatten ihre Stadt bestens gesäubert. Michel und Tristan, die ja hier gearbeitet hatten, erkannten die

Veränderungen schnell; auf ihre Begleiter musste es aber immer noch furchterregend wirken.

Mit verschmutzten Kleidern trat Tilmann Wüllenweber vor sein Haus: »Ich hörte ein Fuhrwerk kommen. Ach, Ihr seid es, der Zimmermann und sein Bruder! Wollt Ihr Eure Arbeit wieder aufnehmen?«

Michel hielt Arminius an und sprang vom Wagen. Die Männer klopften sich kurz auf die Schultern. »Das sind René und Georg, Zimmerleute aus Colonia, und Ritter Erik von Deutz und Bruder Wolfgang«, stellte er seine Begleiter vor.

»Dann habt ihr ja noch zwei weitere Zimmerleute mitgebracht – hervorragend! Die können sofort mit der Arbeit beginnen!«, sagte Tilmann und lachte gleich anschließend.

»Wir sind nicht zum Arbeiten gekommen, Herr Wüllenweber, sondern reisen in den Norden. Wir müssen etwas Wichtiges erledigen!«, erklärte Michel die Lage.

»Junger Freund, das ist mir bereits klar! Um hier zu arbeiten, würdet Ihr sicherlich nicht mit zwei Rittern erscheinen. Übrigens: Bruder Wolfgang ist ein Johanniter, ein Kriegermönch; ich kenne ihn schon seit Jahren, und sein Begleiter Ritter Erik ist mir auch bekannt. Es sieht fast so aus, als wärt Ihr in geheimem Auftrag unterwegs. Aber ich frage da lieber nicht weiter nach, schließlich geht mich das nichts an. Aber eines würde ich doch gerne wissen: Was ist aus diesem Lothar geworden, den Euer Bruder niedergestreckt hat?«

Nun stieg auch Tristan vom Pferd. »Der ist als Mörder verurteilt worden, und wenn mich nicht alles täuscht, wird er morgen in Colonia gehängt«, antwortete er.

»Das hat er dann wohl auch verdient!«, meinte Tilmann.

Michel fragte: »Herr Wüllenweber, wir würden gerne hier unsere erste Nacht verbringen. Da wir alles im Wagen haben, fehlt es uns an nichts. Was meint Ihr, wo wir unser Zelt aufschlagen können?«

»Vor dem Kölner Tor auf der rechten Seite werdet ihr meine

Schafherde sehen. Geht zu meinen Schäfern; die können Euch einen geschützten Platz zeigen. Und wenn Ihr nicht schlafen könnt, dann passt mit auf meine Herde auf!«, lachte er.

In einem Schandwagen fuhren sie Lothar zum Heumarkt, der als Hinrichtungsplatz diente. Es gab zwar noch andere Plätze, aber der Richter hatte sich für diesen entschieden. Völlig zerlumpt sah Lothar aus. Strähnen seines fettigen Haares klebten im Gesicht. Auf seiner Stirn hatten sich Schweißperlen gebildet: Es war der kalte Angstschweiß, der bei vielen zum Tode Verurteilten auftrat. Der alte Zelter, dessen Zügel ein Kerkerknecht in Händen hielt, zog den Wagen durch die tobende Menge. Dahinter ging ein weiterer Knecht.

Und es war genauso gekommen, wie sich Michel das vorgestellt hatte: Bereits Stunden vorher hatte sich der Heumarkt gefüllt. Es waren mehrere hundert Bürger gekommen; ganze Familien mit Kindern saßen oder standen überall herum. Die besten Plätze waren in unmittelbarer Nähe des Richtplatzes, auf dem sich eine fest installierte Empore mit drei Galgen befand. Noch baumelten die Schlingen leer im Kölner Wind, doch schon bald würden sie ihrer Bestimmung zugeführt werden.

Im heranrollenden Schandkarren saß Lothar auf einem verdreckten Strohbett, in dem sich Wanzen und Läuse eingenistet hatten. Es krabbelten so viele Kerbtiere darin herum, dass man hätte glauben können, das Stroh bewege sich. So viel Ungeziefer trieb jeden Verurteilten in den Wahnsinn. Zudem kamen jetzt die ersten Geschosse in Form von verfaultem Obst und Gemüse angeflogen; auch faule Eier waren darunter. »Du Lump hast die Lohngelder unserer Männer gestohlen!«, schrie ihn eine Frau an. »Und den Zahlmeister wie eine Ratte erschlagen!«, ergänzte eine andere.

»Schmalzgebäck zu verkaufen! Frisches Schmalzgebäck!«, bot ein Bäcker seine Kringel an. Da der Dombau für einige Stunden eingestellt worden war, hatten sich für dieses Volksfest die

Handwerker genauso wie Johannes von Köln an einer Stelle des Heumarktes getroffen, um dem Schauspiel beizuwohnen. Zuerst wollte der Baumeister der Darbietung eigentlich fernbleiben, aber seine Männer hatten ihn förmlich dazu gedrängt, mitzukommen. »Schließlich hat er uns allen geschadet!«, hatte ein Maurer zu bedenken gegeben. Der Baumeister war aber froh, nicht in der ersten Reihe zu stehen; so bekam er die Hinrichtung nicht allzu direkt mit. Auf einmal erkannte er Lothars raffgieriges und arbeitsscheues Weib Regina, das sich einen Platz in der vordersten Reihe genau an der Empore erkämpft hatte. »Wenn es nur solche Weibsbilder gäbe, sollten alle Männer am besten Junggesellen bleiben«, sinnierte Johannes von Köln.

Der Boden des Karrens war mit verfaultem Obst und Gemüse bedeckt, als der Kerkerknecht den Wagen direkt vor der Empore anhielt. Er öffnete das schwere Schloss: »Aussteigen! Es ist so weit!« Lothar kroch auf den Knien zur Gittertür. Da packte ihn der Knecht am Kragen seiner schmutzigen Tunika und zerrte ihn heraus. »Pfui Teufel! Du stinkst wie eine Klärgrube!« Lothars Hände blieben gefesselt, aber seine Fußfesseln öffnete der Knecht, damit er die Stufen hinaufsteigen konnte, wo der Henker mit seiner Kapuze bereits auf ihn wartete. Genau wie im Gerichtssaal hatte man auf der Empore mehrere Tische nebeneinander aufgereiht, hinter denen der Richter, der Vertreter der Kirche und die zwölf Schöffen saßen.

Der Kerkerknecht führte Lothar auf das Fallbrett, der Henker legte ihm die Schlinge um den Hals. Dann trat Hochwürden mit der Bibel in der Hand nach vorne: »Mein Sohn! Zeigst du Reue? Möchtest du gemeinsam mit mir ein Gebet sprechen, damit dir der Herr im Angesicht des Todes vergibt?« Doch auf einmal passierte etwas, womit niemand gerechnet hatte: Als Regina ihren Mann Lothar in diesem jämmerlichen Zustand sah, empfand sie zum ersten Male so etwas wie Mitleid für ihn. Tränen flossen ihr wie Sturzbäche übers Gesicht; wie in Trance ging sie die Stufen empor, fiel in einen Weinkrampf und schrie dem Richter über die

Empore hinweg zu: »Nein! Nein! Das ist doch mein Mann – das könnt ihr nicht tun! Lasst ihn wieder frei! Ich kümmere mich um ihn ...«

Sämtliche Rufe und Gespräche auf dem Heumarkt verstummten; alle Zuschauer starrten Lothars Frau an. Außer ein paar Galgenvögeln, die am Himmel ihre Kreise drehten und dabei ihr Krähen von sich gaben, war es mucksmäuschenstill. Plötzlich hob Lothar den Kopf: »Es ist zu spät, Weib. Geh' nach Hause!«, sagte er mit heiserer Stimme. Dabei krabbelte eine Spinne über seine zerzausten Haare. Regina umschlang ihn mit ihren Armen: »Bleib' bei mir!«, schluchzte sie, »Ich habe doch sonst niemanden mehr!« Hochwürden, neben dem sich das alles abgespielt hatte, war gerührt und trat einen Schritt beiseite. Er drückte die Bibel etwas fester an sich. Ihm war die Situation unangenehm; so ein Gebaren bekam er auch nicht jeden Tag mit.

Jetzt begann Regina auch noch, Lothar das Gesicht abzuküssen. An dessen Blick konnte man erkennen, dass er nun die Welt nicht mehr verstand. »Was geht nur im Kopf meines Weibes vor?«, dachte er bei sich. So hatte er sie noch nie erlebt, seit sie zusammen waren.

Dem Richter wurde es nun zu bunt. »Wachen! Holt das Weibsbild von der Empore! Sie behindert hier einen amtlichen Vorgang!«, rief er. Mit kräftigen Armen zerrten sie das Weib von der Empore zurück zu ihrem Stuhl, wo eine der Wachen sie festhielt und der Büttel noch zu ihr sagte: »Schön brav hier sitzen bleiben, Frau!«

»Henker, walte deines Amtes!«, ordnete der Richter an. Dieser überprüfte zum letzten Mal die Schlinge auf Festigkeit, betätigte dann den Hebel und mit einem knirschenden Geräusch senkte sich die Holzklappe; der Strick geriet unter Spannung, Lothars Augen starrten über den Heumarkt, seine Beine zuckten, die Zuschauer schrien auf – dann ließ das Zucken nach und der Tod trat ein.

»Nein!«, schrie seine Frau und fiel auf die Knie. Alle Zuschauer konnten jetzt sehen, wie sich Lothars Beinkleid dunkel einfärbte.

»Möchte noch jemand frisches Schmalzgebäck kaufen?«, ertönte erneut die Stimme des Bäckers über den Heumarkt.

Kapitel 25

Es regnete und regnete, als wollte es kein Ende mehr nehmen. Schon seit Stunden hatte der Himmel seine Schleusen geöffnet. Die Männer waren schon kurz vor Dortmund, als der Morast so tief wurde, dass an ein Weiterfahren oder -reiten kaum mehr zu denken war. Sie mussten höllisch aufpassen. Die Reiter hielten ihre Pferde am kurzen Zügel, und Michel lenkte seinen Wagen mit äußerster Vorsicht. Der Einzige, der seine Arbeit wie immer sicher ausführte, war Arminius. Dem Pferd schien das alles nichts auszumachen.

Die Männer waren nass bis auf die Haut. In den Stiefeln stand das Wasser, und die Planen waren so nass geworden, dass das Wasser innen heruntertropfte und sich auf der Ladefläche des Fuhrwerkes sammelte. Mehrere Male mussten René und Georg vom Wagen springen, um die Räder aus den Schlammlöchern zu befreien, da Arminius' Kräfte nicht immer ausreichten.

Kurz hinter Dortmund fielen Michel die Worte der Frau von der Höh ein. Hier ganz in der Nähe musste es gewesen sein, wo man sie und ihre Tochter überfallen hatte und schänden wollte. Damals hatte sie zu Michel gesagt – und er konnte sich noch genau daran erinnern –: »Wenn Ihr einmal in der Nähe seid, dann besucht uns gerne!« Jetzt bei diesem Sauwetter wäre ein günstiger Zeitpunkt, der Familie einen Besuch abzustatten: Die Männer hätten die Möglichkeit, ihre Kleidung zu trocknen, und könnten sich ein wenig aufwärmen.

Michel sollte, um den richtigen Weg zu finden, nach dem Bienenbauern fragen. Aber wen? In den letzten zwei Stunden war ihnen bei diesem Wetter keine einzige Person begegnet. Bald darauf erkannte Michel aber die Gegend wieder, wo sich damals das Drama im Wald abgespielt hatte, und er fand den Pfad, auf dem damals Mutter und Tochter weiter in Richtung Dortmund gefahren waren. In der Gegenrichtung musste der gesuchte Hof liegen. Michel gab das Kommando: »Hier biegen wir links in den Weg ein; er müsste uns zu jemandem führen, den ich aus der Vergangenheit kenne!«

Sie folgten diesem Weg, der sie durch einen dichten Wald führte. Äste und Zweige streiften an der Plane des Fuhrwerks entlang. Aus den Kronen der Bäume fielen dicke Tropfen herab. Nach einer Weile wurde es in der Ferne heller. Der Regen ließ zwar nicht nach, aber der Wald lichtete sich und vor ihnen breitete sich ein großes Feld aus. Der Weg führte mitten hindurch. Als sie mehr als die Hälfte hinter sich hatten, nahm Michel in der Ferne den Hof war, nach dem er suchte. »Das muss er sein!«, rief er durch den unaufhörlichen Regen.

Als sie mit den Pferden und dem Fuhrwerk vor der Eingangstür des Hofes standen, rief Michel: »Ist da jemand? Hallo! Wir kommen in guten Absichten!«

Die Tür öffnete sich einen Spalt. »Ja, bitte? Was wünschen die Herren?«, fragte eine männliche Stimme.

»Ich hätte gerne Frau von der Höh gesprochen! Mein Name ist Michel Pettersen – wir kennen uns.«

Der Mann stutzte, als er die schwer bewaffneten Männer sah.

»Einen Moment bitte!«, die Türe wurde wieder geschlossen. Nach zwei bis drei Minuten ging sie erneut auf, aber diesmal öffnete sie sich ganz. Im Rahmen stand die Frau, der Michel das Leben gerettet hatte. »Herr Michel aus Flensburg! Welch' eine Überraschung!«, rief sie.

»Edle Dame, Ihr sagtet seinerzeit zu mir und meiner Frau, dass wir Euch ruhig einmal besuchen sollten, wenn wir in der Nähe wären. Nun sind wir seit Stunden im Regen unterwegs, weil wir uns auf dem Weg nach Flensburg befinden, und ich möchte Euch fragen, ob Ihr nicht Euer Versprechen einlösen könntet«, sagte Michel mit einem schmeichelnden Lächeln.

Sie drehte ihren Kopf und sprach ein paar Sätze ins Innere ihrer Kate; daraufhin traten ihr Mann und ihre Tochter Elsbeth an die Tür.

»Was bin ich nur für eine schlechte Gastgeberin! Lasse ich die

Herren dort im Regen stehen. Bitte folgt mir! In unserer Scheune ist genügend Platz für alle.« Sie ging voran, und ihr Mann rannte an ihr vorbei, um das große Schiebetor zu öffnen. »Fahrt hinein! Die Pferde könnt Ihr dort drüben an dem Balken anbinden.«

Tochter Elsbeth war in der Kate geblieben. Michel stellte seine Begleiter vor: »Ritter Erik von Deutz, Ritter Wolfgang, mein Bruder Tristan und das sind die Zimmerleute René und Georg. Ihr braucht Euch nicht zu fürchten; Ihr seid bei uns in guten Händen!«, lachte Michel erneut.

Frau von der Höh erhob die Stimme: »Meine Herren, Ihr seid wirklich nass bis auf die Haut! Mein Gatte Martin hilft Euch weiter, und ich werde eine heiße Suppe für uns aufsetzen.« Damit schritt sie zurück zum Haus.

Martin ging kurz fort und kam mit einem Stallburschen zurück: »Hilf diesen Männern! Die Pferde müssen versorgt werden, und entzünde einen Feuerkorb, aber nicht dort, wo das Heu liegt, sonst flämmst du mir die Scheune ab.« Der Junge gehorchte.

In der Nähe des Feuerkorbes spannten René und Georg eine Leine von Balken zu Balken, und die Männer hängten ihre nassen Tuniken zum Trocknen auf. Mit wilden Kopfbewegungen schüttelten sie die Tropfen aus den langen Haaren. Als das Feuer im Korb brannte, gesellten sich die Männer mit nacktem Oberkörper im Halbkreis darum, um sich aufzuwärmen. Da das Holz trocken war, breitete sich kaum Rauch aus, und der wenige, der sich entwickelte, entwich durch ein Rauchloch in der Decke.

»Die Suppe ist fertig!«, rief Frau von der Höh. Ihr Mann hielt einen dampfenden gusseisernen Suppentopf in Händen, und sie stellte den Männern passende Tonschalen hin. Jeder hatte seinen eigenen Löffel dabei. »Von der Wiege bis zum Grabe tragen wir unseren Löffel bei uns, aber eines Tages müssen wir sie doch abgeben«, sinnierte Tristan. Die Männer ergriffen ihre Suppenschalen und aßen mit Heißhunger.

»Wo ist denn Elsbeth? Und wie geht es ihr?«, fragte Michel ihre Mutter.

»Ach, Herr Michel, das ist eine lange Geschichte. Vielleicht möchtet Ihr nach dem Essen kurz zu uns in die Kate kommen, dann will ich es Euch erzählen. Möglicherweise habt Ihr einen Rat für uns.«

Michel legte die Stirn in Falten. Immer wenn er dies tat, grübelte er über irgendetwas nach. »Ich helfe Euch nachher beim Zurücktragen des Essgeschirrs, dann können wir ein wenig plaudern.«

Georg ging zu den Tuniken auf der Leine und befühlte die Stoffe. »Sie sind fast trocken; wir können sie gleich wieder anziehen«, sagte er und musste husten. »Verdammtes Wetter! Ich glaube, mein Kopf fühlt sich ziemlich heiß an«, klagte er.

Bruder Wolfgang trat zu ihm: »Lass' mal fühlen!« Er legte die Hand auf Georgs Stirn. »Ja, du bekommst Hitze – du glühst wie der Feuerkorb dort drüben!«

»Und was machen wir jetzt?«, fragte Georg.

»Zunächst einmal ausschlafen und bis morgen warten. Dann sehen wir weiter«, gab Bruder Wolfgang zurück und gähnte dabei.

Die Männer suchten sich einen Platz im Stroh. »Ich bringe den Herren gleich noch ein paar Decken und Felle«, sagte Frau von der Höh. »Herr Michel, bitte helft mir, das Geschirr in die Kate zu bringen!«

„Gerne«, sagte dieser, ergriff den fast leeren Topf und ging voraus.

»Vielen Dank, edle Frau!«, rief Ritter Erik hinter ihnen her. Frau von der Höh lächelte zurück und ging mit Michel in die gute Stube.

»Setzt Euch an den Tisch dort, ich hole uns einen Krug Wein«, sagte der Herr des Hauses.

»Wo ist denn Eure Tochter?«, wollte Michel wissen.

»In ihrem Zimmer. Das ist genau das Problem, über das ich mit Euch reden wollte. Seit Ihr uns damals gerettet habt, ist sie völlig verändert. Elsbeth war bis zu diesem Tag ein gut erzogenes und aufgeschlossenes Kind voller Lebenslust – bis zu dem Tag, als die Männer versuchten, uns zu schänden. Zum Glück kamt Ihr ja dazwischen! Aber seitdem lebt Elsbeth wie in einer abgeschotteten Welt. Sie ist scheu wie ein Reh geworden. Sobald sie Fremde sieht, besonders Männer, versteckt sie sich. Sie geht nicht mehr aus dem Haus, besucht keinen Markt mehr und hängt an meinem Schürzenzipfel. Das kann doch auf Dauer nicht so weitergehen! Wir haben alles versucht, aber es wird nicht besser mit ihr«, sagte die Mutter.

Martin, ihr Vater, fügte hinzu: »Wie soll ich sie jemals unter die Haube bekommen? Welcher Mann will denn so ein Weibsbild zur Frau nehmen?«

Michel hatte betroffen zugehört. »Ich könnte ja einmal mit ihr reden, aber ob das hilft, weiß nur Gott allein.« Da kam ihm sein Bruder Tristan in den Sinn, der auch Furchtbares erlebt hatte: zwei Seelen mit ähnlichen Erfahrungen. »Ich versuche es morgen.« Michel stand auf. »Bitte sagt: Wie lange erlaubt Ihr uns, hierzubleiben?«

»Oh, das liegt ganz bei Euch. Ihr seid unsere Gäste. Bei dem Regen scheucht man nicht einmal einen Hund nach draußen!«, sagte Martin von der Höh.

»Habt vielen Dank für Euer Entgegenkommen! Ich werde es den anderen Herren ausrichten. Gute Nacht und gehabt Euch wohl!«, sagte Michel und machte sich auf den Weg zurück zur Stallung.

Am nächsten Morgen gab es eine böse Überraschung: Georg hatte hohes Fieber. Wolfgang befühlte seine Stirn: »Wir müssen etwas unternehmen! Ich brauche frische Kräuter, dazu einige Kohlblätter und Linnentücher. Wer besorgt mir das?«

»Ich frage die Frau des Hauses«, sagte Michel. Er klopfte an die Tür der Kate, und Elsbeth öffnete, was ihm sehr gelegen kam. »Schön, Euch zu sehen, Jungfer Elsbeth! Wie geht es Euch? Ich brauche einmal Eure Hilfe. Kommt doch bitte mit in den Stall. Wir haben einen Kranken.«

Elsbeth wurde verlegen und druckste herum: »Ich schicke Euch meine Mutter!«

»Oh, das ist aber schade! Ich wollte Euch die anderen Männer vorstellen, vor allem meinen Bruder Tristan«, entgegnete Michel.

Elsbeth stieg eine leichte Röte ins Gesicht. »Na gut. Ich hole eben meine Heuke.« Michel wartete auf sie, und dann gingen sie beide zur Stallung. Er schob das Tor auf und ging hinein. Die Männer saßen im Heu und unterhielten sich. Bruder Wolfgang hockte vor dem erkrankten Georg und untersuchte dessen Hals. »Alles blutrot in deinem Rachen! Ah, da kommt ja Michel mit der Jungfer!«

Michel stellte Elsbeth die Männer vor. Bruder Wolfgang nahm Elsbeth an der Hand und ging mit ihr vor die Tür. Der Regen hatte etwas nachgelassen. Sie stellten sich unter den Überstand des Stalldaches. Bruder Wolfgang sagte: »Unser Begleiter hat hohes Fieber. Wir bräuchten einige Kräuter. Kennt Ihr Euch damit aus?« Schüchtern nickte Elsbeth. »Gut«, sagte Bruder Wolfgang, »besorgt mir, bitte, Kamille, Schafgarbe, Minze und Kohlblätter. Wisst ihr, wo man das finden kann?«

»Ja, Herr, im Wald am oberen Feldrand wachsen die Kräuter, und Kohl haben wir zur Genüge auf unserem Acker stehen.«

Sie gingen zurück in den Stall. »Die Jungfer ist so freundlich und besorgt uns die Pflanzen. Aber ich möchte sie nicht alleine losschicken. Tristan, bitte begleite doch die edle Dame zu ihrem Schutz!«, sagte Bruder Wolfgang.

Mit diesem Vorschlag war Tristan einverstanden: »Es wird mir eine Ehre sein, meine Jungfer!«

»Habt Ihr ein Messer, Tristan?«, fragte Elsbeth.

»Aber natürlich! Nur einen Korb könntet Ihr noch besorgen!«, sprach Tristan.

»Ich gehe ins Haus und hole einen!«

Als sie fort war, stieß Tristan seinen Bruder an: »Sie ist verdammt hübsch! Sie erinnert mich ein wenig an eine Rose, die zum Blühen gebracht werden muss, aber auch ein bisschen an meine Mechthild.«

»Du weißt noch, was ich dir erzählt habe? Du kannst sie nicht wie jede andere Frau erobern; sie ist sehr verletzbar. Du musst sie behandeln wie ein Stück zerbrechliches Glas, Bruder!«

»Ja, ich werde mir Mühe geben! Es ist das erste Mal seit Mechthilds Tod, dass ich wieder ein Gefühl für eine Frau in mir verspüre.«

»Das freut mich für dich! Zeig' ihr, was in dir steckt. Benimm' dich wie ein edler Ritter des Minnesangs! Du musst ihr Vertrauen gewinnen, dann wird die Rose bald in voller Blüte stehen. – Achtung, sie kommt!«

Elsbeth und Tristan folgten dem Weg, der durch das Feld führte, nur in entgegengesetzter Richtung. Kurz vor dem Wald gingen sie linker Hand am Rande des Feldes entlang, um die Kräuter zu suchen. Schon bald entdeckte Elsbeth die ersten Kamillenpflanzen, von denen sie die Blüten abzupfte. Tristan war in Sachen Kräuter nicht gerade der Bewandertste; außer Löwenzahn und Hopfen, den man zum Bierbrauen verwenden konnte, kannte er von alledem nichts. Sie gingen weiter durch das nasse Gras, bis sich Elsbeth erneut bückte, um Schafgarbe zu schneiden. »Gebt Ihr mir bitte Euer Messer?«

Tristan zog es aus der Scheide und hielt ihr den Knauf entgegen: »Vorsicht! Es ist höllisch scharf!«, warnte er.

Auf einmal prasselte der nächste Regenschauer auf sie hernieder; das Wasser fiel in wahren Sturzbächen vom Himmel. »Schnell, lasst uns in den Wald laufen und Schutz unter einem Baum suchen!«, schlug Elsbeth vor. Tristan hielt ihr seine Hand hin. Sie sah ihn kurz voller Zurückhaltung an, griff dann aber zu. Gemeinsam rannten sie los und stellten sich unter eine große Kastanie. »Hier geht es einigermaßen«, sagte Tristan, nahm seinen Umhang von den Schultern und hüllte Elsbeth darin ein. »Nicht dass Ihr mir genauso krank werdet wie unser Georg; diese Nässe bringt den stärksten Mann um!«, lachte er. Sein blondes Haar hing ihm wirr ins Gesicht. Sie ließen sich an dem Baum hinuntergleiten und gingen in die Hocke. »Hört dieses Wetter denn niemals auf?«, fragte Elsbeth.

Tristan erzählte: »So nass wie gestern, als wir hier bei Euch ankamen, bin ich noch nie gewesen! Ich hatte fünf Stunden lang im Sattel gesessen; ich kam mir zum Schluss vor wie eine Forelle.“

Elsbeth kicherte. »Aber Euch ist doch auch ganz kalt. Hier, nehmt die Hälfte des Umhangs! Er schützt uns beide ein wenig vor der Nässe und der Kälte.«

Tristan dachte nach. Äußerst vorsichtig sprach er das Thema an: »Edle Jungfer, Michel hat mir die Geschichte von dem Überfall auf Euch und Eure Mutter erzählt. Ich bin im Bilde. Das war sicherlich eine arge Sache für Euch! Zum Glück kam ja mein Bruder im richtigen Moment dazwischen. Wisst Ihr, dass auch ich schmerzvolle, hässliche Dinge erlebt habe? Soll ich sie Euch erzählen?«

Elsbeth blickte ihn von der Seite her an: »Wenn es Euch nicht zu sehr quält, könnt Ihr sie mir anvertrauen.«

»Mechthild hieß sie, wir standen kurz vor unserer Hochzeit ...«, und Tristan berichtete Elsbeth alles von Anfang an: von der Zeit, als man ihn als Säugling vor der Kirchentür fand; wie er seinen Vater kennengelernt hatte, der wiederum von seinem eigenen Bruder geblendet worden war, und von dem Mord an Mechthild. Als er geendet hatte, schwiegen beide einen Moment, und man konnte merken, dass Elsbeth nachdachte. »Das klingt ja alles noch viel schlimmer als das, was ich erlebt habe!«

»Ja, es war auch schlimm!«, sagte Tristan.

Nun verlor Elsbeth etwas ihre Scheu: »Auch ich spielte damals mit dem Gedanken, eine Familie zu gründen und Kinder zu haben. Aber nach dem Vorfall im Wald bekam ich furchtbare Angst vor Männern. Ich ging ihnen aus dem Weg; ich wurde scheu wie ein Reh, wie mein Vater immer sagt. Ihr seid der erste Mann, mit dem ich seit dem Vorfall damals überhaupt alleine bin.«

»Dann darf ich ja ganz besonders stolz darauf sein!«, sagte Tristan, und beide lachten.

»Was bedeutet eigentlich dein Name?«, fragte sie.

»Da ich aus dem Norden stamme, könnte es eine Ableitung aus dem Keltischen sein und ›der Kämpfer‹ oder ›der die Waffen trägt‹ heißen. Eine andere Möglichkeit wäre aber auch, dass es ›Tristesse‹ oder ›Traurigkeit‹ bedeutet – davon kann ich mir etwas aussuchen. Übrigens: Es würde mich freuen, wenn Ihr ›Tristan‹ zu mir sagtet. Das ›Euer‹ und ›Ihr‹ könnten wir doch weglassen, oder?«

»Ja, einverstanden«, antwortete Elsbeth. »Doch jetzt sollten wir wieder zurück zum Hof gehen, bevor noch dummes Gerede aufkommt!«

Sie erhoben sich und verließen den Wald. »Das ist jetzt unser Platz: unter der Kastanie! Er wird uns immer in Erinnerung bleiben«, schmeichelte Tristan, und Elsbeth schnekte ihm ein Lächeln. Auf dem Rückweg schnitt Elsbeth noch ein paar Kohlblätter ab und legte sie in den Korb.

»Das lasse ich jetzt alles gründlich aufkochen und stampfe es dann im Mörser zu Brei«, sagte Bruder Wolfgang. Als die Masse fertig war, füllte er den Kohlbrei in ein Linnentuch und band dieses Georg um den schmerzenden Hals. Er ließ Elsbeth aus den anderen Kräutern einen Sud aufbrühen, den er Georg schluckweise einflößte. »Das müsste helfen! Nur weiterreisen kannst du unter diesen Umständen nicht. Zuerst muss die Hitze aus deinem Körper weichen, und das kann noch Tage dauern!«, erklärte Bruder Wolfgang.

Tristan stand direkt neben ihm und vernahm seine Worte mit Freude. Er wollte zwar so schnell wie möglich seine Rache nehmen, doch nachdem er Elsbeth kennengelernt hatte und mit ihr auf gemeinsamer Kräutersuche war, kamen ihm ein paar weitere Tage auf dem Hof wie gerufen. So konnte er seine Romanze mit Elsbeth noch ein wenig vertiefen: endlich empfand er wieder einmal tiefere Gefühle für eine Frau.

Michel hatte es sich unterdessen im Heu gemütlich gemacht

und döste vor sich hin. Er wollte sich nicht in die Zweisamkeit der beiden einmischen. Für ihn nahm alles den erwünschten Verlauf.

Gegen Abend ließ der Regen schließlich nach, und Tristan ging zum Haus hinüber, um mit Elsbeth noch eine kleine Runde über den elterlichen Hof zu gehen. Ohne Widerspruch kam sie diesmal sofort mit. Als sie das Haus verlassen hatte, standen ihre Eltern am Fenster und blickten den beiden nach. »Dieser Tristan scheint ein Wunder zu vollbringen!«, sagte ihr Vater und machte einen zufriedenen Eindruck.

»Ja«, meinte seine Frau, »da scheint sich wirklich etwas anzudeuten. Schade nur, dass die Männer bald weiterziehen müssen …«

So vergingen die folgenden Tage. Täglich ging Tristan mit Elsbeth spazieren. Dabei lernten sie sich immer näher kennen, und ihre Zuneigung füreinander wuchs. Aber der Tag der Abreise war herangerückt, als Georg wieder genesen war. Am Abend, bevor die Männer zur Weiterreise aufbrechen wollten, saß Tristan mit Elsbeth und ihren Eltern am Stubentisch in der Kate. »Und ihr seid Euch da wirklich einig?«, fragte Elsbeths Vater. Beide nickten. Tristan hatte der Familie mitgeteilt, warum er nach Flensburg reisen wollte und weshalb er die Männer dabei hatte. »Es ist eine seit Längerem geplante Angelegenheit, die wir jetzt zu Ende bringen müssen. Wenn alles so vonstattengeht, wie ich mir das vorstelle, kehre ich hierher zurück und nehme Elsbeth mit in den Norden. Eine spätere Hochzeit schließen wir nicht aus!«, sagte er freudestrahlend.

»So will ich das auch, Vater!«, bestätigte Elsbeth seine Worte.

»Nun gut«, sprach der Vater ergriffen, »von unserer Seite gibt es da keine Einwände. Nur können wir leider nicht viel in die Ehe einbringen; wir haben gerade so viel, dass es für uns selbst reicht.«

Elsbeths Mutter ergriff das Wort: »Und Ihr verlasst uns also mit Euren Männern morgen in der Frühe?«

Tristan nickte: »Ich bin mir zwar nicht sicher, aber zwei bis drei Monate werde ich für dieses gefährliche Unterfangen wohl fortbleiben.“

Als die Männer im Begriff standen, den Hof zu verlassen, gab es zwischen Tristan und Elsbeth die erste, gleichzeitig aber auch vorerst letzte Umarmung. Das Mädchen schien ihre anfängliche Scheu vergessen zu haben. Zwischen ihr und Tristan hatte sich in den vergangenen Tagen eine tiefe Zuneigung entwickelt. Elsbeth verabschiedete sich: »Komm' mir ja gesund wieder!« Mit feuchten Augen verschwand sie daraufhin schnell im Haus.

Kapitel 26

Als die Männer die Heer- und Handelsstraße erreicht hatten, nahmen sie den Weg in Richtung Ossenbrügge. Von seinem Hinweg her wusste Michel, dass der Ortsname nichts anderes bedeutete als ›Ochsenbrücke‹. Dort kamen sie am dritten Tag nach ihrem Aufbruch an und schlugen ihre Zelte auf. Der Monat August meinte es nach diesen vielen Regentagen nun gut mit den Reisenden. So ging es angenehm voran in Richtung Norden, wo sie nach weiteren zehn Tagen vor Flensburg standen.

Ihre erste Anlaufstelle war der ›Jeverbroe‹. Michel und Tristan hatten Sehnsucht nach ihrem alten Freund Björn. Sie hofften, dass er dort immer noch der Wirt war. Ihre kleine Kolonne hielt direkt vor dem Gasthof. Eilig sprang Michel vom Bock und lief in das Gebäude. Dort stand Björn hinter seinem Tresen und trocknete mit einem Tuch Becher ab. Als er zuerst Michel und dann auch noch Tristan erblickte, ließ er alles fallen und rief durch den Gasthof: »Das glaube ich nicht! Die Brüder Pettersen sind zurück! Der Holzwurm und der Steineklopfer!« Es folgte ein allgemeines Schulterklopfen. »Da müssen wir aber so richtig einen drauf trinken!«, sagte der Wirt freudestrahlend.

»Einen? Du Geizhals! Nur einen?«, rief Tristan. Michel stellte Björn die anderen Männer vor, und sogleich schoben sie vor dem Gasthof einige Tische zusammen, sodass sechs Leute genügend Platz daran hatten.

Es war früher Nachmittag. Die Sonne brannte vom Himmel. »Hey, Björn, was machen wir mit dem Wagen und unseren Pferden?«, fragte Michel.

»Ich hole gleich zwei meiner Jungs, die kümmern sich um alles. Und was für ein Zufall: Meine Kammern sind zurzeit nicht bewohnt. Ihr könnt also hier nächtigen!«

Zwei biergefüllte Krüge kamen auf den Tisch, dazu sechs Becher. »Dann wollen wir uns mal die staubigen Kehlen tüchtig anfeuchten!«, grinste Bruder Wolfgang. Es schien, als wäre er richtig glücklich, dabei sein zu können. Das Leben als Mönch konnte auf die Dauer doch ganz schön langweilig sein. »Jetzt fehlen nur noch ein paar Sarazenen zum Verhauen!«, fügte er noch hinzu.

Ritter Erik lachte lauthals: »Komm, mein Freund, wir legen unsere Kettenhemden ab; ohne das schwere Gehänge am Leib lässt es sich besser trinken!«

»Das ist mir jetzt zu anstrengend!«, erklärte Bruder Wolfgang. »Aber dabei fällt mir ein, dass meine Mutter – Gott hab' sie selig! – einmal zu mir gesagt hat: ›Bei deiner Geburt hatte ich dermaßen große Schmerzen, dass ich vermeinte, du wärest im Kettenhemd auf die Welt gekommen!‹.«

Alle lachten herzhaft. Die Stimmung war hervorragend, und auf einen lustigen Spruch folgte der nächste. Schnell leerten sich die Krüge, und Björn brachte sofort neues Bier.

Aber die Vorstellung von den Sarazenen, die Bruder Wolfgang vorhin im Scherz geäußert hatte, war nicht allzu weit von der Wirklichkeit entfernt. Sieben Seeleute näherten sich dem ›Jeverbroe‹. Sie schienen Fischer zu sein, die von ihrem Fang zurückkehrten. Sie trugen vor ihrer Brust hölzerne Kisten mit Schollen, Seezungen, Aalen und anderen Fischen. Sie stellten den Fang an die Mauer des ›Jeverbroe‹. »Euch scheint es ja schon zu schmecken!«, lästerte einer der Männer. »Macht mal etwas Platz, dass wir uns auch hierher setzen können!«, sagte ein anderer.

Dieser Umgangston gefiel Tristan überhaupt nicht. »Schiebt Euch doch selbst einige Tische zusammen – wir sind doch nicht Eure Sklaven!«, antwortete er.

Die Seeleute bauten sich vor den Männern auf: »Oh, die Herren fühlen sich wohl zu fein; und zwei Rittersleute mit ihren bunten Wappenröcken sind ja auch dabei. Die Herren haben wohl Angst, sich schmutzig zu machen!«, stänkerte einer von ihnen, der mit Fischschuppen übersät war.

»Anscheinend sind sie auf Krawall aus«, dachte Tristan. »Kommt, Männer, setzt Euch dort drüben hin, trinkt in Ruhe Euer Bier und lasst uns in Frieden!«, sagte er.

„Das hier ist unser Stammgasthof«, rief einer der Seeleute. »Wir haben hier bestimmte Rechte! Euch habe ich noch nie hier gesehen, also verschwindet!«

»Nun reicht es aber!«, rief Michel. »Was glaubt ihr Schollenschubser eigentlich, wer Ihr seid? Mein Bruder und ich sind die besten Freunde von Björn!«

Die Ritter und Zimmerleute sprangen so plötzlich auf, dass sie die Stühle, auf denen sie bisher gesessen hatten, hinter sich umwarfen. Der Wortführer der Fischer rief: »Ihr wollt mit Euren Äxten und Schwertern kämpfen? Für einen offenen Faustkampf seid Ihr wohl zu feige!«

Ritter Erik von Deutz dachte: »Da hat er recht." Mit dem Schwert war er richtig gut, aber den Faustkampf mochte er überhaupt nicht. Doch er durfte sich natürlich vor seinen Freunden keine Blöße geben. Also legten sie ihre Waffen beiseite. Im selben Moment stürzten sich die Seeleute auf die Männer und ließen die Fäuste fliegen. Schnell bildeten sich Zweiergruppen. Bruder Wolfgang wurde mit Schlägen angegriffen, denen er jedoch geschickt auswich. Dabei reizte er sein Gegenüber mit den Worten: »Ist das alles, was du kannst, du Heringslutscher?« Dann griff er in eine der Kisten und hatte blitzschnell einen Aal in der Hand, den er dem Fischer um die Ohren schlug. Voller Wut im Bauch stürzte sich dieser erneut auf den Ritter. Der machte einen Schritt beiseite und trat dem Seemann ins Hinterteil, sodass dieser der Länge nach auf dem lehmigen Boden landete. »Das macht aber keinen großen Spaß mit dir!«, reizte er den Seemann weiter.

Ritter Erik hatte bereits ein blaues Auge. Einer der Schläge hatte ihn erwischt. Bruder Wolfgang sah, dass Ritter Erik kein allzu begnadeter Faustkämpfer war, und nutzte kurzerhand die Zeit, um ihm ein wenig unter die Arme zu greifen. Gerade als der Seemann den Ritter abermals mit den Fäusten bearbeitete, ging Bruder Wolfgang von hinten an ihn heran, riss ihn an der Schulter zurück und versetzte ihm genau in dem Moment, als er sich umdrehte, einen Fausthieb auf die Nase. Schon schoss das

Blut hervor. Der Mann stöhnte laut auf und riss beide Hände vors Gesicht.

Die Zimmerleute hatten mit ihren Gegnern weniger Probleme. Die Seeleute hatten die Kräfte der Handwerker wohl unterschätzt. Sie waren der Meinung gewesen, dass sie durch das dauernde Einholen der Netze den Fremden überlegen waren, doch auch die Zimmerleute waren hartes Arbeiten gewöhnt. So teilten beide Parteien aus, mussten aber auch einiges einstecken. Michel hatte eine blutige Lippe und spuckte ständig roten Schleim, der sich in seinem Munde bildete. Seinem Gegenüber hatte er die ersten blauen Flecken verpasst. Im Großen und Ganzen war es aber ein regelgerechter Kampf ohne versteckte Unredlichkeiten.

René und Georg standen Rücken an Rücken und schlugen auf die anstürmenden Seeleute ein. Nur Tristan änderte stets die Position, so als wäre er an allen Fronten zugleich unterwegs. Bruder Wolfgang war wie immer ganz in seinem Element. Alle hatten den sehnigen Kriegermönch bis jetzt völlig unterschätzt. Er war gewandt wie eine Katze, und es war äußerst schwer, ihn überhaupt zu treffen.

Wegen des Lärms, den die Kämpfenden machten, bildete sich schnell eine Menschenmenge um den Kampfplatz. Da flog die Gasthoftüre auf und die nordische Kogge betrat die Fläche. Mit Björn war nicht gut Kirschen essen. Er hatte schon so mancher Gasthofschlägerei ein Ende bereitet. Er warf sich ins Getümmel und trennte die Widersacher. Der Kampf fand ein jähes Ende, und es sah so aus, als käme dies den Kämpfern nicht gerade ungelegen, denn jeder hatte wohl den anderen ein wenig unterschätzt.

Nun war das Gejammer groß. Die Männer mussten ihre Blessuren pflegen, und diese Pflege dauerte bis weit nach Mitternacht. Denn wie gewonnen, so zerronnen: Sie hatten sich alle vertragen, und aus der Schlägerei war ein gemeinsames Saufgelage geworden, sodass kaum noch einer der Herren verständlich reden konnte: Es war das reinste Lallen und Sabbern. Irgendwann schickte Björn die Seeleute nach Hause und seine Gäste auf ihre

Zimmer. Dabei musste er Ritter Erik von Deutz eher ziehen und zum Schluss sogar tragen. »Was für ein Wiedersehen mit dieser Kölner Bande!«, lachte Björn.

Am nächsten Morgen erwachte Tristan und hatte liebevoll seine Axt im Arm. Eriks Sachen lagen im Zimmer verteilt, und Michel lag falsch herum auf dem Strohsack. René war auf dem heiligen Gemach hinter dem Gasthof eingeschlafen, natürlich mit seinen Beinlingen auf den Knöcheln. Georg suchte man lange vergebens: Er hatte es sich vor dem Gasthof auf einigen Stühlen bequem gemacht.

Mit schweren Köpfen trafen sich die ein wenig blessierten Männer so gegen Mittag dann beim Frühstück. »Ihr müsst jetzt ein paar schöne salzige Heringe essen; das ist gut bei einem dicken Schädel!«, empfahl ihnen Björn. Die Seeleute waren spurlos verschwunden. »Wieder einmal gesoffen wie die Templer!«, krächzte Bruder Wolfgang.

»Wieso redest du ständig von den versoffenen Templern? Die gibt es doch überhaupt nicht mehr. Aber ihr Johanniter seid auch nicht viel schlechter!«, lachte Tristan.

Nun merkte auch noch Ritter Erik an: »Ich glaube, wir alle zusammen könnten mit den Templern hervorragend mithalten!«

»Mir brennt die Lippe, als hätte ich an einer Brennnessel gelutscht!«, stöhnte Michel.

»Nun gut; kurieren wir uns noch zwei Tage aus, und dann geht es auf die letzte Etappe«, schlug Tristan vor.

Ritter Erik von Deutz und Kriegermönch Wolfgang erhoben sich. »Wir sind gleich wieder zurück«, sagte Ritter Erik, dann verschwanden sie in Richtung Hafen.

»Was haben die beiden denn vor?«, fragte Michel verdutzt.

»Keine Ahnung. Sich vielleicht die Beine vertreten?«, antwortete Tristan, aber schnell waren die Ritter wieder zurück.

»Wir haben uns gerade einen Plan ausgedacht. Kannst du uns vielleicht eine Übersicht über die Umgebung zeichnen, Tristan? Ich meine, von der Insel Fünen«, fragte Ritter Erik. Der Steinmetz erhob sich und zog sein Messer. Er ließ sich auf die Knie sinken und ritzte mit der Messerspitze Linien in den harten Lehm. »Also, wir sind jetzt hier.« Er markierte den Punkt mit einem Kreuz. »Wir müssen gen Norden reiten, bis wir auf Höhe der Stadt Odense sind. Vom Festland aus setzen wir mit Booten über. Hier liegt Odense, und von dort aus reiten wir auf der Insel in südlicher Richtung weiter. Dabei durchqueren wir ein paar Moore.« Er machte aufs Neue ein Kreuz. »Ungefähr auf dieser Höhe steht die Kate meines Vaters, direkt am Ufer, mit einem Steg, an dem auch sein Boot liegt.«

Wolfgang unterbrach ihn: »Was befindet sich gegenüber der Kate?«

Tristan dachte kurz nach: »Also, die Kate selbst liegt ja am Ufer, und in schätzungsweise hundert Schritt Entfernung fängt ein Kiefernwald an.«

»Das ist gut!«, sagte Bruder Wolfgang und blickte dabei Ritter Erik an.

»Und weiter südlich, ungefähr hier, ist das Dorf meiner Vorfahren«, hier machte Tristan einen Punkt.

Ritter Erik ergriff das Wort: »Bruder Wolfgang und ich haben uns einen Plan ausgedacht. Wenn ich etwas Falsches von mir gebe, verbessere mich bitte. Unser Plan lautet wie folgt: Als Erstes besuchen wir deinen Vater. Wir sollten unsere Vorgehensweise mit ihm absprechen. Dann werden wir uns alle – bis auf deine Wenigkeit – in der Nähe der Hütte versteckt halten. Wir werden den Rat unseres Grafen Adolf mit dem Hinterhalt befolgen. Du reitest also alleine in dein Dorf, sodass man dich wahrnimmt. Jeder soll merken, dass du zurück bist. Verbreite ruhig die Nachricht, dass du der Sohn deines geblendeten Vaters seist und da wärest, um dein gerechtes Erbe anzutreten. Dann besuchst du noch deine Schwester und machst dich anschließend auf den Weg zurück zu uns. Dein Onkel, dieser Ragnulf, hat dich ja bereits einmal töten lassen wollen. Nun wird er diese Gelegenheit erneut nutzen wollen, zumal er im Glauben ist, du wärest alleine nach Fünen gekommen. Er wird annehmen, dass du zu deinem Vater reiten wirst. Also versammelt er seine Männer, um dich zu verfolgen und zu töten: Er möchte dich ein für alle Male aus dem Weg räumen. Und wenn sie die Kate erreicht haben, werden sie von uns erwartet! Ich denke, so müsste es funktionieren.«

Tristan ging hin und her und dachte angestrengt nach. »Der Plan ist sehr einleuchtend; doch was ist, wenn er mir nicht nachreitet?«

»Dann haben wir genügend Zeit, einen anderen Plan auszuarbeiten. An Finten, Plänen und Hinterhalten dürfte es nicht mangeln!«, bemerkte Bruder Wolfgang. Alle Männer waren nach kurzem Überlegen mit dem Vorhaben einverstanden.

»Doch es gibt da noch ein kleines Problem«, sagte René. »Georg und ich haben beide kein Pferd. Und ich gehe einmal davon aus, dass wir nicht mit dem Fuhrwerk nach Fünen fahren.«

»Könnt ihr denn wenigstens reiten?«, wollte Ritter Erik wissen. Die Zimmerleute blickten ihn an: »Nicht so gut wie ihr, aber ein wenig schon«, war die gemeinsame Antwort.

Michel meinte: »Da kann uns bestimmt Björn weiterhelfen …«

Kapitel 27

Der Himmel hellte gerade auf, als sechs Männer durch Flensburg in Richtung Königreich Dänemark ritten. Zu ihrer Rechten breitete sich das Ostmeer aus, an dem sie längere Zeit entlangritten. Zwischendurch versperrten ihnen leicht ansteigende Sanddünen den Blick aufs Meer, an anderen Stellen breiteten sich ausgiebige Riedflächen aus, die Michel an das Farnkrautfeld denken ließen, in dem er die Frauen vor den Wegelagerern gerettet hatte. Durchreiten konnten sie hier nicht; es wäre für die Pferde eine zu große Belastung gewesen – und vermutlich auch für Georg und René, die so ungeschickt im Sattel hockten, als säßen sie auf einem sich sträubenden Schafsbock. Ihre linkischen Bewegungen hatten aber nichts mit den Pferden zu tun, die Björn ihnen besorgt hatte; sie lagen vielmehr an ihrer ungeübten Reitweise. Deshalb mussten die anderen des Öfteren auf die beiden warten. Ritter Erik meinte in seinem trockenen Humor: »Ihr seid doch beide Bogenschützen. Schießt Euch doch ein wolliges Schaf und legt es Euch unter den Hintern!« Georg und René fanden diese Anregung nicht besonders berauschend, aber egal, was passierte: Sie mussten da durch …

Die Nacht konnten sie in einer Taverne verbringen und am folgenden Tag erreichten sie die kleine Fährstation. Drei der Pferde scheuten ein wenig, daher banden sie diesen die Beine locker zusammen, um ihre Bewegungsfreiheit einzuschränken. Beruhigend auf sie einredend, schafften sie es letztendlich doch, die Tiere auf die Fähre zu bringen. Die Überfahrt war ein wenig schwankend, aber nicht besonders aufregend.

Als sie durch Odense ritten, wurden sie von den Dänen begafft, als wären sie Fremdkörper. Schnell ließen sie die Stadt hinter sich und ritten weiter, bis Tristan in der Ferne die Hütte seines Vaters erkannte. Nun ließ er es langsam angehen. Die Männer hielten ihre Pferde an und stiegen aus den Sätteln.

»Wer ist da? Was wollt Ihr?«, ertönte die Stimme von Tristans

Vater aus dem Inneren der Hütte.

»Vater! Ich bin es: Tristan, dein Sohn.«

Mit schlurfenden Schritten kam der blinde Vater um die Ecke seiner Hütte: »Du hast verdammt lange auf dich warten lassen!« Aber er breitete die Arme aus: »Komm, Tristan, lass‘ dich drücken!« Vater und Sohn nahmen sich kurz in die Arme. »Du bist nicht alleine gekommen? Ich nahm mehrere Pferde wahr. Wie viele Männer seid ihr? Fünf oder sechs?«

Tristan wunderte sich: »Das ist richtig! Wir sind zu sechst. Woher weißt du das?«, fragte Tristan.

Sein Vater lachte: »Ich bin zwar blind, aber nicht taub. Du solltest wissen, dass bei Menschen, die ihr Augenlicht verloren haben, die anderen Sinne die Aufgaben der Augen übernehmen. So kann ich besser riechen, schmecken und hören als ihr. Doch wen hast du da mitgebracht?«

»Kommt rüber, Freunde! Mein Vater will euch kennenlernen«, rief Tristan. Dann stellte er seinem Vater die Männer vor, und einer nach dem anderen ging zu ihm, um ihm herzlichst die Hand zu drücken.

»Das hier ist Ritter Erik von Deutz, der beste Schwertkämpfer, den ich kenne; hier Bruder Wolfgang, ein Ritter des Johanniterordens; diese beiden hier sind die Zimmerleute René und Georg aus Colonia, Freunde meines Bruders Michel« – auch hier wurden Hände geschüttelt – »und das hier, Vater, das ist Michel, mit dem ich zusammen groß geworden bin.« Hier blieb der Handschlag aus, weil Tristans Vater Michel an seine Brust drückte: »Es ist eine Schande, dass wir uns erst jetzt kennenlernen! Kommt alle in meine bescheidene Kate; für ein paar Getränke dürfte es noch reichen. Soll ich den Herren einen Kräutersud kochen?«

»Nein, ist schon gut; etwas Wasser tut es auch!«, meinte Ritter Erik. Als sie zusammensaßen, sagte der Alte: »Ihr seid aber nicht zum Wassertrinken nach Fünen gekommen?«

»Mit Sicherheit nicht! Ich werde dir unseren Plan erklären, Vater.« Dann unterbreitete Tristan seinem Vater den Plan, den sich die Männer ausgedacht hatten.

Der Alte hörte bis zum Schluss gebannt zu. »Dann werden wir endlich unsere Rache nehmen – und das auch noch genau vor meiner Kate! Das ist ein guter Plan! Er stammt von Euren Rittern, richtig?«

»Ja, ein wenig auch; aber der Ideengeber ist eigentlich Graf Adolf von der Burg Neuenberge. Ihm hatte ich von meinem Vorhaben erzählt. Der Graf ist schlachtenerprobt, und daher unterbreitete er uns seine Vorstellung, wie er es machen würde. Wir sind ihm dankbar dafür. Falls es hier zum Kampf kommt, dann verbirg' dich im Inneren deiner Kate; nicht dass Ragnulf auf die Idee kommt, dich als Geisel zu nehmen. Was denkst du, wie viele Getreue er noch in deinem Dorf aufbringen kann?«

Der Alte überlegte kurz und sagte dann: »Nicht mehr als fünf bis sechs Mann, aber allesamt gute Kämpfer. Seid also auf der Hut!«

»Einer von ihnen hat unser Haus in Brand gesetzt und hinterrücks meine Mechthild erschossen! Leider konnte ich den Hund im Dunkeln nicht erkennen«, erklärte Tristan seinem Vater.

Der war von dieser Nachricht tief betroffen. »Das war einer seiner gewissenlosen Freunde. Ich könnte mir gut vorstellen, dass es Gunthar war; dem ist so etwas zuzutrauen! Er ist Ragnulfs rechte Hand, ein ganz übler Bursche. Du erkennst ihn an einer Narbe über dem linken Auge und an seinem rötlichen Vollbart. Bei ihm ist Vorsicht geboten: er versteht es hervorragend, mit seiner Streitaxt umzugehen. Sie ist wirklich gefürchtet. In der Regel übernimmt er die Drecksarbeiten für Ragnulf.«

»Glaub' mir, Vater, auch mich mit deiner alten Axt sollte keiner unterschätzen! Frag' meinen Bruder Michel, was man damit alles anstellen kann! Es wird bald dunkel, Vater. Meinst du, dass wir hier übernachten können?«

»Ihr müsst euch in meiner prunkvollen Herberge nur ein passendes Plätzchen suchen, dann steht dem nichts im Wege.« Die Männer machten es sich in der kleinen Kate so bequem, wie es ging.

Michel, Tristan und sein Vater setzten sich noch eine Zeit lang auf den Steg. Es gab so vieles zu bereden! Tristan erzählte von seiner Jugend mit Michel und der kleinen Schwester Clara und von deren leiblichen Eltern, von ihrem Tod, von Michels Abreise nach Colonia. Dann schilderte er den Mord an Mechthild und seine Suche nach Michel in Colonia, von dem Unfall seines Bruders auf Burg Neuenberge, von Graf Adolf und von der Wiederbegegnung der Brüder.

»Na«, sagte Tristans Vater, »dann habt ihr ja einiges erlebt. So eine Burg ist schon etwas Gewaltiges. Wie hieß die gleich? Neuenberge? In diesen alten Bogen und Gemäuern wurden viele Schicksale entschieden, Kämpfe gefochten, gestorben, bedeutende Urkunden unterschrieben – es ist halt wie in einer eigenen kleinen Stadt. Leider hatte ich nicht das Vergnügen, mir einmal eine solche Burg anzusehen oder diesen Dom in Colonia. Das wäre ein Wunschtraum von mir. Aber letztendlich bin ich froh, dass ihr euch immer so gut und brüderlich verstanden habt, anders, als mein Bruder Ragnulf und ich es je konnten!«

»Was glaubst du, Vater, mit welchen Waffen sie gegen uns antreten werden?«

»So wie immer. Aber das kannst du ja gar nicht wissen. Also Ragnulf wird mit Sicherheit seinen Gjermundbu-Helm tragen, an dem ein Kettenschutz speziell für den Nacken befestigt ist, einen Rundschild mit eisernem Buckel, sein Schwert und seine lange Axt. Die anderen dürften ähnlich ausgerüstet sein; vielleicht haben sie auch Speere dabei, aber das müsste es dann sein. Trotzdem solltet ihr sehr vorsichtig sein! Das wird keineswegs ein einfacher Spaziergang für euch werden. Ihr steht kräftigen und äußerst erfahrenen Kämpfern gegenüber. Sie benutzen ebenfalls die Rundung ihrer Schilde wie eine Waffe. Sie schlagen mit den Kanten zu; die solltet ihr im Auge behalten!«, erklärte der Vater.

Tristan und Michel bedankten sich. »Ich werde es den Männern mitteilen«, sagte Tristan. Damit war aber auch schon die Stunde angebrochen, sich ein wenig hinzulegen. »Geht ihr in die Kate; ich schlafe in meinem Boot. Die Nacht ist noch nicht zu kalt dafür. Es wäre nicht das erste Mal. Ich genieße es, wenn das Boot ein wenig schaukelt; dann schlafe ich noch besser ein«, sagte der Alte.

Am nächsten Morgen aßen die Männer einen Kanten Brot, etwas Stockfisch, ein Stück Hartwurst dazu, und dann gingen sie noch einmal ihren Plan durch. Bruder Wolfgang ergänzte gerade: »Ich werde auf meinem Pferd zunächst dort drüben auf der leicht erhöhten Düne stehen. Wenn ich Tristan zurückkommen sehe, gebe ich den Männern ein Zeichen und kehre zur Kate zurück. Ritter Erik und Michel werden hier an der Hütte stehen; Tristan wird zu uns kommen. Die Bogenschützen René und Georg werden den Wald bei Ankunft der Nordmänner mit gespannten Bögen verlassen; so können wir die Halunken umzingeln. Ich selber stehe dann hinter der Hütte als Beobachter des Ganzen.«

»Männer, da gibt es noch ein Problem«, sagte Ritter Erik. »Es geht um Tristan.«

»Wie meinst du das, Herr Ritter?«, fragte dieser.

Erik hob die Hand: »Nun, du willst doch Rache nehmen. Aber gegen wen willst du denn kämpfen? Willst du die Axt mit dem Onkel kreuzen, weil der deinen Vater geblendet hat, oder doch eher mit dem Mörder deiner Mechthild? Du solltest dir einen aussuchen; man kann nicht gleichzeitig gegen zwei Männer antreten!«

»Tristan soll gegen den Mörder seiner Frau kämpfen; ich werde mir diesen Ragnulf zur Brust nehmen. Wenn ihr lieb seid, lasse ich euch etwas von ihm übrig«, grinste Erik.

Sie waren bereit, den Plan in die Tat umzusetzen. Tristan machte sich auf, um in sein Dorf zu reiten. Die Gegend war ihm von seinem ersten Besuch noch ein wenig in Erinnerung. Während seines Rittes kam noch einmal alles in ihm hoch. Heute sollte der Tag der Vergeltung sein; sämtliches Aufgestaute würde mit einem Schlage von ihm fallen, wenn er mit seinen Freunden – so hoffte er – den Kampfplatz als Sieger verlassen würde. Seine Rache wäre eine Befreiung für ihn; der Schatten der Vergangenheit könnte ihm dann nichts mehr anhaben, und die furchtbaren Träume würden im Dunkel der Nacht verschwinden. Noch aber war es nicht so weit; er musste sich ein paar Stunden gedulden.

In der Ferne erkannte er das Dorf, aus dem er stammte. Man konnte es nicht mit den Dorfschaften aus dem Bergischen Land oder dem Rheinland vergleichen, die zumeist Bauerndörfer waren. Dieses Dorf hier wurde fast ausschließlich von Fischern und einigen Handwerkern bewohnt, wie man schon aus der Distanz erkennen konnte. Da waren die auf Pfählen aufgespannten Fischernetze, die in der Sonne und im Wind zum Trocknen hingen. Männer waren dabei, Löcher zu flicken. Vor den Häusern lagen mit Algen bewachsene Reusen, die ihrer Säuberung harrten. Und dann war da noch der allgegenwärtige Geruch nach Meer, Salz, Fisch und Algen, der Tristan in die Nase stieg. Überall auf der Erde lagen leere Muschelschalen und Schneckenhäuser.

Die Bewohner des Dorfes betrachteten Tristan mit großer Neugierde, als er in das kleine Fischerdorf ritt. Er ließ sein Pferd Schritt gehen; schließlich wollte er ja Aufmerksamkeit erregen, wie es der Plan vorsah. Auf dem Weg zur Hütte seiner Schwester sah er Kinder herumtollen. Die Kate befand sich am südlichen Ende des Dorfes, direkt dort, wo man die Fischerboote auf das sandige Ufer zog.

Tristan stieg aus dem Sattel, streichelte kurz Kuddels' Hals und band das Pferd an einem Balken fest. Dann klopfte er an die Tür.

»Einen Moment, bitte, ich komme gleich!«, erklang aus dem Inneren eine weibliche Stimme. Kurze Zeit später stand seine Schwester Birte im Türrahmen. Völlig überrascht sagte sie: »Tristan! Mit dir hatte ich überhaupt nicht mehr gerechnet! Komm' herein und setz' dich bitte! Aus welchem Anlass bist du hier?« Tristan nahm auf einem Schemel Platz und erzählte ihr von seinem Vorhaben.

Birte hörte gespannt zu: »Dann ist es also endlich soweit! Wenn alles gut geht, kommt unser Vater ins Dorf zurück. Das ist doch eine schöne Aussicht! Übrigens: Ragnulf wird bereits wissen, dass du im Dorf bist. Er hat hier seine Späher, und die haben dich im Visier. Kein Fremder betritt unser Dorf, ohne dass er davon erfährt.«

»Ja, das ist Teil unseres Plans. Sehr gut! Ist dein Mann wieder auf dem Meer beim Fischfang?«, wollte Tristan wissen.

»Ja, seit gestern Abend. Er ist fast jede Nacht auf dem Meer; es ist ein hartes Los, und reich kann man mit dem Fischen auch nicht gerade werden, aber wir haben unser Auskommen«, erklärte Birte.

Tristan unterwies seine Schwester noch einmal: »Also, du weißt, was du zu tun hast: Verbreite ruhig die Nachricht, dass ich gekommen bin, um mein rechtliches Erbe anzutreten. Egal wie – er muss mir folgen, sonst geht unser Plan nicht auf. Sollte alles ein gutes Ende nehmen, wovon ich ausgehe, dann lernst du endlich meinen und jetzt auch deinen Bruder Michel kennen. Er ist ein rundum netter Kerl. Ich habe viel von ihm gelernt.«

Birte ergriff Tristans Hand: »Darauf freue ich mich schon! Und wenn Vater wieder unser Fürst ist und Ragnulf seine gerechte Strafe erhalten hat, sind wir wieder eine richtige Familie, die ohne Missgunst, Neid und Machtgerangel zusammenleben kann. Hat Vater dir erzählt, wo der Schatz unseres Volkes versteckt ist?«

Tristan schüttelte den Kopf: »Deswegen bin ich auch nicht hier; das interessiert mich im Moment gar nicht. Erst einmal ist anderes wichtiger.«

»Natürlich«, sagte Birte.

»So, Schwesterchen, ich breche jetzt auf, reite in aller Seelenruhe durch das Dorf zurück und treffe mich mit Vater und den Männern an der Hütte. Ich hoffe nur, dass sie mich verfolgen.«

Birte zog die Lippen zu einem schmalen Strich zusammen: »Ihr müsst sie töten – wegen allem, was sie uns angetan haben: Vater geblendet, unser Dorf tyrannisiert, euer Haus in Schutt und Asche gelegt, deine Mechthild getötet. Ragnulf und seine Mannen haben nichts anderes als den Tod verdient!«

Tristan erhob sich und nahm seine Schwester in den Arm: »Als ich Mechthild mit dem Pfeil im Rücken in meinen Armen hielt und sterben sah, da habe ich bei Gott und Odin geschworen, sie alle zu töten. Jetzt habe ich die richtigen Männer dabei. Wir sind mittlerweile gute Freunde geworden und sie stehen mir zur Seite. Alleine hätte ich da nichts machen können, deswegen hat es auch ein wenig gedauert, bis es so weit war.« Er verabschiedete sich herzlich von Birte und ritt dann durchs Dorf zurück zur Kate seines Vaters. Mehrere Male drehte er sich im Sattel um, aber er konnte keine Verfolger entdecken. »Ruhig bleiben!«, sprach er zu sich selbst. »Sie werden schon kommen …«

Kapitel 28

Kaum hatte Tristan Birtes Kate verlassen, flog die Türe ihrer Stube auf. »Was wollte dein Bruder denn schon wieder hier?«, brüllte Ragnulf sie an. Birte konnte nicht sofort mit der Wahrheit herausrücken – das wäre zu eindeutig gewesen, und Ragnulf hätte vielleicht Verdacht geschöpft, dass man ihm eine Falle stellen wolle. Also tat Birte erst einmal so, als wollte sie nichts weiter dazu sagen. »Er wollte mir nur einen Besuch abstatten.«

»Ach, dein Bruder kommt so einfach in unser Dorf, sagt ›Hallo, liebe Schwester!‹ und reitet wieder davon! Für wie naiv hältst du mich eigentlich? Ich will wissen, was er hier wollte!«, sagte Ragnulf, und seine Worte klangen schon gefährlicher. Zum Glück war Birtes Tochter nicht im Haus, sondern mit anderen Kindern am Strand auf Bernsteinsuche; sie liebte diese goldgelb-bräunlich leuchtenden Steine.

»Ich weiß wirklich nicht, was sein Anliegen war, nur dass er noch unseren Vater besuchen will. Aber, lieber Onkel, nachdem du seine Frau hast töten lassen, wäre ich an deiner Stelle äußerst vorsichtig!«, fauchte Birte zurück. Ragnulf spie auf den Boden der Kate, drehte sich um, schlug die Türe zu und ging davon.

Birte rannte ans kleine Fenster ihrer Kate und sah gerade noch, wie ihr Onkel zwei jungen Burschen etwas mitteilte, die daraufhin losrannten. »Jetzt trommelt er seine Männer zusammen!«, dachte sie erfreut. Etwas später erschienen tatsächlich fünf Kampfgefährten in voller Bewaffnung auf ihren Pferden. Sie ritten aus dem Dorf: genau wie geplant verfolgte Ragnulf mit seinen Männern ihren Bruder.

Bruder Wolfgang stand wie besprochen auf der leichten Anhöhe, als er Tristan kommen sah. Dieser ritt auf dem Weg etwas unterhalb der Anhöhe den Strand entlang und nickte ihm kurz zu. Tristan hatte bald die Kate seines Vaters erreicht. Bruder Wolfgang hielt unterdessen die Stellung, um die Gegend weiter zu beobachten. Etwa dreißig Minuten später nahm Wolfgang von seiner Anhöhe aus die Verfolger wahr. »Na, endlich!«, sprach er zu sich selbst, »da kommt ja die Bande.« Er zählte die Männer: es waren sechs. »Genau so viele wie wir – Mann gegen Mann, ein ausgeglichenes Verhältnis!« Er war zufrieden. Unverzüglich ritt er im wilden Galopp zur Hütte. »Macht euch bereit! Sie sind gleich hier; es sind genau wie wir sechs Mann!«, rief er seinen Freunden zu.

René und Georg hängten die Riemen ihrer mit Pfeilen bestückten Köcher über die Schulter, nahmen ihre Bögen und verschwanden im Wald. Ritter Erik und Bruder Wolfgang lösten die Riemen ihrer Schilde, die noch an den Pferden hingen, und schoben ihren linken Arm durch die Schlinge auf der Innenseite. An beiden Schilden leuchtete der bergische Löwe, das Wappen des ehemaligen Grafen Heinrich von Berg und Limburg, das hier im Norden wohl niemand kannte. Michel und Tristan hatten keine Schilde; sie waren es gewohnt, ohne solche zu kämpfen. Einmal hatte Tristan gemeint: »Das ist mir alles zu schwer; so ein Schild behindert mich und verringert meine Geschwindigkeit!« Diese Ansicht hatte Michel von seinem Bruder übernommen; schließlich hatte er den Kampf mit der Axt von ihm gelernt. Ritter Erik von Deutz zog sein Schwert und schlug damit durch die Luft, dass es aussah, als vollführe er ein kleines Tänzchen. Bruder Wolfgang nahm seinen Platz hinter der Kate ein und Tristans Vater begab sich zu seiner Sicherheit in die Hütte, ganz wie Tristan es ihm aufgetragen hatte.

Die letzten Meter bis zur Hütte ritten Ragnulf und seine Mannen nebeneinander in breiter Front. Ragnulf stellte sich in die Steigbügel und rief: »Komm‘ heraus, Tristan! Ich weiß, dass du dich hier versteckt hältst!«

Langsam bog Tristan um die Ecke der Kate. »›Verstecken‹ sagst du? Ich soll mich vor dir Hundsfott verstecken? Wie kommst du bloß darauf? Ich bin froh, dich endlich vor meine Axt zu bekommen: Keiner von euch wird mit dem Leben davonkommen!« Da erkannte er den Nordmann Gunthar mit seiner Narbe über dem Auge. Tristan blickte ihn an: »Hat es dir Freude bereitet, meiner Frau in den Rücken zu schießen?«

Die Männer lachten höhnisch. Gunthar antwortete: »Die hat doch nicht viel gemerkt; sie ist ja zusammengeklappt wie ein leerer Kornsack!« Tristan musste sich bremsen; am liebsten hätte er ihm seine Axt in den Brustkorb geworfen, aber das hätte nicht ihrem Plan entsprochen. Die Nordmänner stiegen selbstsicher von ihren Pferden.

»Was willst du eigentlich wieder hier? Du wärst besser in deinem Flensburg geblieben«, sagte Ragnulf.

Hasserfüllt antwortete Tristan: »Lieber Onkel, ich will mein Erbe antreten. Wie dir bekannt sein dürfte, bin ich der Nachfolger meines Vaters, das heißt, dass mir der Fürstentitel zusteht!«

Ragnulf lachte erneut: »Was, bitte schön, willst du denn gegen sechs Mann ausrichten?«

»Denkst du, ich wäre so einfältig gewesen, alleine hierherzukommen?«

In diesem Moment trat Ritter Erik mit dem Schwert in der Hand vor die Hütte. »Wie Ihr seht, ist er nicht allein!«, sprach er. »Und – welch ein Zufall! – dort sind doch tatsächlich noch zwei unserer Bogenschützen!«

René und Georg gingen seitlich mit gespannten Bögen auf die Nordmänner zu.

»Du hast dir wohl Unterstützung von einem Ritter geholt«, sagte Ragnulf, noch immer in dem Glauben zu siegen, da sie noch in der Überzahl waren.

»Was heißt hier ›von einem Ritter‹?«, rief Bruder Wolfgang. »Zählen könnt Ihr also auch nicht!« Mit diesen Worten erschien er im Rücken der Nordmänner, ebenfalls sein Schwert in der Hand haltend. Und plötzlich erschien auch noch Michel. Ragnulfs Blick wurde etwas unruhiger.

Tristan stieß einen gewaltigen Schrei aus, der allen durch Mark und Bein ging. Die Männer stürmten aufeinander zu. Georg zielte und ließ einen Pfeil über die Sehne gleiten, doch dieser verfehlte sein Ziel knapp. Der Mann, den er niederstrecken wollte, trug einen Speer bei sich und wirkte äußerst bedrohlich. Es war für die Bogenschützen sehr schwer, ihre Gegner zu treffen, weil alles in Bewegung geraten war. Wilde Schreie erklangen, und das metallische Geräusch aufeinanderprallender Schwerter und Äxte hallte über die Kampfstätte. Schnell bildeten sich Paare. Ritter Erik von Deutz schlug sich mit dem Anführer Ragnulf. Erik war geschickter und schneller als der Nordmann. Erneut jonglierte er mit Schwert und Schild, und wieder sah es aus, als tanzte er. Ragnulf merkte schnell, dass er den Kampf so nicht gewinnen würde, und überlegte sich eine andere Vorgehensweise.

Jetzt versuchte er, den ihm kräftemäßig unterlegenen Ritter mit seinem Rundschild zurückzudrängen. Schild wurde gegen Schild gepresst, und Ritter Erik verlor an Boden. Plötzlich wich er seitlich aus und versuchte dabei, seinen Gegner über den Schild hinweg oder seitlich daran vorbei mit dem Schwert zu treffen.

Georg verschoss seinen zweiten Pfeil. Diesmal traf er den Helm des Nordmannes, an dem der Pfeil seitlich abprallte. Der Getroffene griff sich kurz an den Kopf, wandte sich Georg zu, rannte, während dieser einen neuen Pfeil einspannen wollte, auf ihn zu und rammte ihm seinen Speer in den Brustkorb. Ein lautes Stöhnen kam über Georgs Lippen, dann sackte er zusammen und blieb liegen. Der Zimmermann Georg, Renés bester Freund, hatte sein Leben gelassen. René hatte dies voller Entsetzen mit ansehen müssen. »Nein!«, schrie er. Aber er konnte sich jetzt nicht um seinen Freund kümmern, sonst hätten ihn die Gegner genauso getötet. Voller Wut zog er die Sehne seines Bogens durch, ging mit dem gespannten Bogen in den Händen mal nach links, dann wieder nach rechts, bis er günstig stand, und ließ die Sehne los. Dieser Schuss saß! Sein Flitz durchbohrte den Hals des Gegners, woraufhin dieser röchelnd auf die Knie sackte. Mit Blut vermischter Speichel rann ihm aus dem Mund, doch zum Ausspucken kam er nicht mehr: Er ließ die Waffen fallen und griff sich an den Hals, doch es war bereits zu spät. Er fiel mit dem Oberkörper vornüber in den Sand.

Tristans Vater hockte während der Schlacht in seiner Kate auf dem Boden und versuchte, den Geräuschen des Kampfes zu folgen und sie zu verarbeiten. Er rief durch die Kate: »Herr im Himmel! Bitte verschone meinen Sohn und lass' ihn nicht schon wieder von mir gehen!«

Währenddessen kämpfte Tristan wie wild gegen den Mörder seiner Mechthild. Beide führten den Kampf mit der Axt. Sein Zorn verlieh Tristan ungeahnte Kräfte. Wie im Wahn prügelte er mit der Axt auf den Nordmann ein. Dessen runder Schild wies bereits eine Menge Kerben auf. Lange Zeit ging es so hin und her, als würde es keinen Sieger geben. Aber Tristan hatte noch eine Finte in der Hinterhand. Er fing den rechten Schlagarm des Gegners mit seiner Linken ab, ergriff dessen Handgelenk und warf seinen Körper gegen den Schild. Nun standen sie Angesicht zu Angesicht. Genau darauf hatte Tristan gehofft, in diese Lage wollte er kommen. Er trat seinem Gegner auf den Fuß und stieß ihn zugleich nach hinten. Dieser ruderte kurz mit den Armen und landete krachend auf dem Rücken. Tristan trat den Rundschild beiseite, stürzte sich auf die Brust des Nordmanns, drückte ihm mit den Knien die Arme auf den Boden und rief: »Schöne Grüße von meiner Mechthild!« Dann holte er aus und schmetterte ihm die Axt auf den Schädel. Es war ein schrecklicher Anblick, wie Tristans Axt dem Feind die Stirn spaltete. Doch er hatte keine Zeit. Er zog die Axt heraus und sprang auf, um sich einen Überblick über die Lage zu verschaffen. Während er das Kampfgetümmel beobachtete, sah er aus dem Augenwinkel heraus Georg tot im Sand liegen, und sein Magen verkrampfte sich einen Moment. Aber da erkannte er auch schon seinen Bruder, der genau wie vorhin er selbst einem starken Gegner gegenüberstand. Weil der Nordmann im Kampf mit Michel beschäftigt war, hatte er im Rücken keinerlei Deckung. Tristan befand sich in einem

Blutrausch, in dem die Worte Gerechtigkeit und Redlichkeit keine Bedeutung mehr hatten. Er sprang dem Gegner förmlich auf den Rücken und schlug ihm die Axt seitlich in den Hals. Selbst die Kettenhaube, die an seinem Helm befestigt war, bot ihm bei dieser Wucht des Schlages keinerlei Schutz. Der Mann sank tot in sich zusammen. »Danke, Bruderherz!«, rief Michel, der über Tristans Hilfe mehr als erfreut war.

Die Brüder konnten gerade noch beobachten, wie Bruder Wolfgang seinem Gegner das Schwert tief in die Bauchhöhle rammte. Der Kampf hatte sich zugunsten der Kölner entschieden.

Als Ragnulf, der noch mit Ritter Erik focht, bemerkte, dass er verloren hatte, drehte er sich blitzschnell um, warf den Schild in den Sand und rannte zu seinem Pferd. Er sprang in den Sattel und ergriff sofort die Flucht.

»Du feiger Heringsfresser! Bleib‘ stehen! Wir sind doch noch nicht fertig miteinander!«, rief Ritter Erik ihm nach.

Ein weiterer Kämpfer der Nordmänner blieb noch übrig. Mit seiner Axt in der Hand blickte er sich um und stellte fest, dass er als Letzter an der Kampfesstätte war. Ihm standen nun die fünf Kämpfer aus Colonia gegenüber. Sein Blick sprach Bände. »Einer gegen fünf!«, dachte er, ließ seine Axt und den Schild fallen und rannte davon. »Das könnte dir Stinkstiefel so gefallen!«, rief Michel, rannte hinter ihm her und schleuderte seine Axt, die tief in den Rücken des Gegners drang. Ein Schrei kam über seine Lippen. Wie eine Heuschrecke machte er einen Satz, dann fiel er der Länge nach in den Sand, blieb röchelnd liegen und gab die letzten Darmwinde von sich.

Ragnulf ritt im Galopp das Ufer in südlicher Richtung entlang. Als Tristan dies bemerkte, sprang auch er in den Sattel, um seinen Widersacher zu verfolgen: »Komm, Kuddel«, rief er seinem Pferd zu, »Den holen wir uns!«

Der Verfolgungsritt begann. Bald kam Ragnulf in Tristans Sichtweite. »Der alte Kuddel!«, dachte Tristan. »Er ist zäh wie eine Katze. Bravo, mein Junge! Weiter so!«

Ragnulf drehte sich einige Male um und erkannte, dass sein Vorsprung immer geringer wurde. Letztendlich wurde ihm klar, dass er Tristan nicht entfliehen konnte. So hielt er sein Pferd jäh an, stieg aus dem Sattel und zog seine Axt. »Dann machen wir es jetzt hier klar!«, rief er seinem Verfolger entgegen.

Tristan ritt auf Ragnulf zu und stürzte sich aus dem Sattel direkt auf ihn. Die Kämpfer prallten mit voller Wucht aufeinander und flogen durch die Luft, um sich schließlich im kalten Wasser des Meeres wiederzufinden. Der Kampf ging in dem ungefähr einen Schritt tiefen Wasser erbittert weiter. Ragnulf umklammerte Tristan und drückte ihn unter Wasser. Dieser geriet daraufhin in Panik, denn Wasser war nicht gerade sein bevorzugtes Element. Ragnulf versuchte, ihm mit der rechten Hand die Kehle zuzudrücken. Tristan tastete am Meeresgrund vergeblich nach einem Stein – außer Sand fühlte er nichts. Mit der Linken versuchte er, Ragnulfs Würgegriff zu lockern. Plötzlich kam ihm ein rettender Gedanke. Er fuhr mit der Hand am Bein seines Gegners entlang und griff mit aller Kraft, die er noch aufbringen konnte, genau dorthin, wo es für einen Mann besonders schmerzhaft war. Ragnulf verzog das Gesicht schmerzverzerrt, und der Griff um Tristans Hals lockerte sich. Das reichte für Tristan, um sich aus dem Wasser zu schnellen. Tief schnappte er nach Luft.

Die beiden standen sich in den hüfthohen Fluten gegenüber. Ragnulf presste beide Hände zwischen die Beine und jaulte wie ein Hund. Beide hatten ihre Äxte verloren; diese lagen irgendwo im Schlick. Tristan machte einen Schritt nach vorne und verpasste Ragnulf eine kräftige Kopfnuss. Der stürzte daraufhin rückwärts ins Wasser. Die Wucht des Stoßes hatte ihn ein wenig betäubt, sodass Tristan ihn am Kragen packen und ans Ufer zerren konnte. »Nur schnell raus aus dem verfluchten Wasser!«, dachte er. Ragnulf versuchte mit ein paar unkontrollierten Schlägen, seinen Gegner zu treffen; sie verpufften aber wirkungslos. Tristan hingegen setzte sich auf Ragnulfs Brust und ließ Fausthieb auf Fausthieb auf ihn einprasseln. Dabei dachte er an all die Missetaten, die Ragnulf ihm und seiner Familie angetan hatte. Über das Gesicht des verhassten Feindes rann Blut, und auch Tristans Knöchel waren bald klebrig rot. Ob es sein eigenes Blut oder das Ragnulfs war, spielte für ihn im Moment keine Rolle.

Nach kurzer Zeit ging von Ragnulf keine weitere Regung mehr aus. Als Tristan gerade erneut mit dem rechten Arm zum Schlag ausholen wollte, hielt ihn jemand am Handgelenk fest. Ritter Erik und Bruder Wolfgang standen bei ihm. Auch sie hatten nach Beendigung des Kampfes die Verfolgung aufgenommen. »Es reicht jetzt, Tristan! Dein Vater will ihn vor das Thing bringen, also schlag‘ ihn nicht tot!« Die beiden Ritter zogen Tristan hoch. Schwer atmend stand er vor dem ohnmächtigen Ragnulf. »Ist er tot?«, fragte er seine Freunde.

»Nein, nur bewusstlos. Aber er wird sich wieder erholen. Wir sollten ihn übers Pferd legen, dort festbinden und zurückreiten«, schlug Ritter Erik vor.

Mit zitternden Knien stand der völlig nasse Tristan am Ufer. Seine Rache war ihm wie eine Last von den Schultern gefallen. Nach Jahren hatte er nun endlich seine Familie rächen können, und ein wenig innerer Friede breitete sich in ihm aus. Er war so in Gedanken versunken, dass er überhaupt nicht mitbekam, wie seine Freunde Ragnulf schon auf das Pferd gehievt hatten und dabei waren, ihn wie ein Paket zu verschnüren. Und Bruder Wolfgang hatte bereits Tristans Axt im seichten Wasser des Ostmeeres im Sand wiedergefunden.

Als die Männer wieder an der Kate ankamen, sahen sie, wie René neben seinem toten Freund Georg kniete. Er erkannte die Heranreitenden, sprang auf und lief auf sie zu. Als er den auf dem Pferd festgebundenen Ragnulf sah, lief er auf ihn zu und wollte ihn herunterzerren. »Er ist an allem schuld! Er ist der Anführer! Er trägt die ganze Verantwortung! Ich bringe ihn um!«, schrie er. Schnell sprang Tristan aus dem Sattel und hielt René fest: »Lass‘

ab, mein Freund! Er wird seine gerechte Strafe erhalten. Wir stellen ihn vor das Thing.«

Da kam Tristans Vater auf seinen Sohn zu: »Gott sei Dank! Der Herr hat meine Gebete erhört: Du lebst!«

»Ja, Vater! Ich habe deinen Bruder besiegt. Er liegt ohnmächtig und gefesselt auf seinem Pferd. Unser Volk kann ein Urteil über ihn fällen. Leider haben wir bei der Schlacht unseren Freund Georg verloren. Aber die Häscher deines Bruders sind alle tot.« Leif Jörgensen legte seinem Sohn beide Hände auf die Schulter: »So soll es sein! Diese Nacht verbringen wir noch in der Kate, und morgen reiten wir in unser Dorf zurück, wo das Thing ein Urteil fällen wird.«

Michel und Ritter Erik befreiten Ragnulf von seinen Fesseln und brachten ihn zum Steg, wo er erneut geknebelt wurde. Michel ging in die Kate und kam mit einem Eimer voll Wasser zurück; dieses schüttete er dem Bewusstlosen ins Gesicht. Prustend kam Ragnulf wieder zu sich. Sein blinder Bruder kniete vor ihm nieder: »War es das alles wert, all deine Intrigen, all die Toten? Und alles nur wegen der Macht und des Schatzes! Hätten wir nicht auch in Frieden zusammenleben können? Nun sitzt du hier auf meinem Steg, gefesselt wie ein erlegtes Wildschwein am Tragestock. Aber all dies hast du dir selbst eingebrockt. Nun wirst du dich vor unserem Thing verantworten müssen.« Tristans Vater erhob sich wieder. Auf dem Weg zu seiner Kate sagte er noch: »Wir müssen die Toten bestatten!«

»Wartet!«, sagte Tristan, ging in die Kate und kam mit einer Schaufel wieder. »Wir sollten Georg ein christliches Begräbnis zukommen lassen; aber außerhalb des Tidenbereichs, am besten oben am Waldrand!« Die Männer folgten ihm und wechselten sich beim Ausheben der Grube ab. Behutsam legten sie ihren Weggefährten in das Grab und schütteten es mit der frisch ausgehobenen Erde wieder zu. Mit der flachen Seite seiner Axt schlug Tristan ein Holzkreuz in den Boden. »Kannst du ein paar Worte sprechen?«, fragte Tristan seinen Bruder. Dieser nickte.

Die Männer versammelten sich um das aufgeschüttete Grab und falteten die Hände. Michel hielt nun die erste Grabrede in seinem Leben. »Hier ruht unser Freund und Wegefährte Georg aus Colonia. Er war ein guter Mensch und ein tüchtiger Zimmermann, ein treu sorgender Familienvater. Nimm' ihn bitte in dein Reich auf, direkt ins Paradies, denn in der Hölle hat er nichts zu suchen!« Die Männer murmelten noch schnell ein Vaterunser hinterher. Dann gingen sie zurück zu Tristans Vater, der inzwischen den Plan gefasst hatte, den Nordmännern eine Seebestattung zukommen zu lassen.

»Mein Boot benötige ich wohl nicht mehr. Stopft es mit Heu und Reisig aus, legt Ragnulfs Häscher hinein, zündet es an und schiebt es in die Strömung aufs offene Meer! Sie hielten ja immer an ihrem alten Glauben fest; deshalb ist es auch angebracht, sie nach dem alten Ritual zu bestatten. Sollen sie mit ihrem Odin glücklich werden!«, sagte der Alte ein wenig verbittert.

Eine Stunde später war das Boot mit der seltsamen Fracht beladen. Die toten Häscher lagen darin, die Zwischenräume waren mit Heu, Reisig und Ästen aufgefüllt. Tristan schob das Boot in die Strömung, und René schoss zwei brennende Pfeile in den Leichenkahn, wo sich das Feuer schnell ausbreitete. Langsam trieb das Boot fort, bis am Horizont nur noch ein kleiner, heller Punkt sichtbar war und letztendlich verschwand.

Die Männer hatten das Boot vom Steg aus mit ihren Blicken verfolgt. »Das war es dann wohl!«, sagte Michel. Tristan hielt seinen blinden Vater am Arm. Dieser sagte: »Ein Kapitel in meinem Leben ist soeben zum Abschluss gekommen!« Er sinnierte weiter und ließ seine Gedanken noch ein letztes Mal in die Vergangenheit schweifen: »Was waren unsere Vorväter einst für ein starkes Volk! Wo immer sie auftraten, verbreiteten sie Angst und Schrecken, und das über Hunderte von Jahren. Sie haben mit ihren Drachenbooten Europas Küsten heimgesucht und oftmals Chaos und Tod hinterlassen. Sie waren immer frei und ungebunden, aber weil ihre Ernten oftmals karg ausfielen, waren sie gezwungen, andere Völker auszurauben. Dabei hatten sie recht leichtes Spiel: Die Städte, Klöster und Landstriche waren weitgehend ungeschützt; dadurch erhielten sie ihre Möglichkeiten. Und da sie nicht an Gott glaubten, gab es für sie auch keine Hölle und erst recht keinen Teufel. Daher lebten sie deutlich unbeschwerter als die Christen zur gleichen Zeit, und einen Jüngsten Tag gab es bei ihnen auch nicht. Und was waren das damals für Plünderungen! Sie hatten sich mit vielen anderen kleinen Stämmen vereinigt, und so befanden sich insgesamt an die hundert Schiffe auf dem Meer. Sie waren sogar hochseetauglich. Es wurden bevorzugt Städte und Dörfer an der Küste geplündert, aber auch Städte im Landesinneren wie Colonia, Paris und London.

Aber es gab nicht nur Mord und Todschlag! Nein, unsere Vorfahren verstanden es auch hervorragend, zu handeln. Nun, Männer, das war dann auch einer der Gründe, zum Christentum zu wechseln. Schließlich mussten sie den weiteren Handel mit den Christen aufbauen, und diese wurden immer mehr. Sie wollten ja mit ihnen ins Geschäft kommen. Daher glaubten sie, dass es wohl besser wäre, selbst Christen zu sein. Also ließen sich viele von ihnen taufen. Nur mein Bruder Ragnulf und seine Freunde wehrten sich bis zum Schluss gegen den christlichen Glauben. Das Ergebnis seht ihr nun. Die Zeiten ändern sich; nichts bleibt, wie es war, aber die Geldgier wird dabei wohl nie auf der Strecke bleiben. Gold, Geschmeide und alles, was glänzt, wird auch in tausend Jahren noch ein Thema sein. Es ist in der gesamten Geschichte immer das Gleiche: Glaube, Macht und Geld. Jetzt habe ich aber lange genug geredet, und wir sollten uns langsam mal etwas zu essen besorgen! Ich müsste in einer meiner Reusen noch ein paar Fische haben."

»Es war aber alles sehr lehrreich, was wir aus Eurem Munde erfahren haben!«, sagte Ritter Erik, und auch Wolfgang, Michel und René hatte gebannt zugehört.

Kapitel 29

Am nächsten Morgen sollte der Tag der Wahrheit anbrechen. Endlich – nach Jahren der Verbannung – wollten Tristan und sein Vater reinen Tisch mit ihrem Volk machen. Noch ahnten die Bewohner ihres Dorfes nicht, wie das Gemetzel ausgegangen war, doch als die Männer ins Dorf einritten und man den Gefangenen Ragnulf erblickte, bildeten die Einwohner ein Spalier und begrüßten die Sieger mit einem zunächst zurückhaltenden, dann aber begeisterten Handgeklapper. Es schien, als seien alle mit dem Erscheinen ihres alten, geblendeten Fürsten und ebenso seines Sohnes Tristan einverstanden. Nur die Frauen der gefallenen Handlanger Ragnulfs zogen sich voller Schmerz und Trauer in ihre Katen zurück. Sie wussten, dass sich ihre Fahne ab jetzt nicht mehr im richtigen Wind drehte. Schon ahnten sie, was auf sie zukommen würde. Und überall wurde geflüstert: »Sie haben Ragnulf gefangen! Endlich hat seine Gewaltherrschaft ein Ende! Jetzt sind wir wieder freie Männer wie einst unsere Vorfahren!«

Auf dem kleinen Marktplatz hielt Tristan die Gruppe an. Neben ihm blieb auch sein Vater stehen, dessen Pferd Tristan am Zügel führte und der nun die Hand hob: »Volk von Fünen! Ich bin mit meinem Sohn zurückgekommen, um das Fürstenamt erneut zu bekleiden. Hier ist mein schändlicher Bruder Ragnulf, dessen Macht nun zu Ende ist. Ich bitte die Ältesten im Dorf, das Thing einzuberufen, um ihm die gerechte und verdiente Strafe zukommen zu lassen. Er hängt dem alten Glauben an, also soll er auch nach den Spielregeln unserer Vorfahren verurteilt werden.«

Die Bewohner jubelten vor Freude, als wäre ihnen eine riesige Last von den Schultern gefallen. Sie waren wieder frei; seit vielen Jahren konnten sie ihre Geschicke nun erstmals wieder selbst lenken. »So soll es sein!«, rief einer der Ältesten. »Doch zunächst möchte ich euch zu einer kleinen Feier der Wiedergeburt einladen. Das ganze Dorf soll Bier und Wein besorgen, und hier auf unserem Marktplatz werden wir trinken, essen und feiern. Bindet Ragnulf an einen Pfahl und fesselt ihn gründlich, dann kann er von da aus ein wenig mitfeiern!« Ragnulf hockte in sich zusammengekauert auf seinem Pferd, und kein einziges Wort kam über seine Lippen.

Die Dorfbewohner eilten davon, und jeder holte irgendetwas aus seiner Vorratskammer. Es wurden Tische und Schemel herbeigeschleppt, und die Fremden wurden richtig verwöhnt. »So gefällt mir das schon besser!«, meinte Ritter Erik von Deutz. »Sich ein bisschen bemuttern zu lassen – danach steht mir jetzt der Sinn!« Kurze Zeit später kamen drei Frauen mit ihren Trommeln, ein Spielmann hielt eine Sackpfeife unter dem Arm. Als die Musik erklang, tanzten die ersten Kinder einen Ringelreigen und hüpften dabei anmutig im Kreise umher.

Für die Bewohner brach eine neue Zeit an. Ragnulf hatte in all den Jahren seiner Herrschaft keinen Wert auf Tanz und Freude gelegt, und so wurden Gefühle und Frohsinn der Dorfbewohner stets unterdrückt. Nachdem er seinen Bruder geblendet hatte, regierte er den Stamm mit seiner Streitaxt. Der Grund hierfür war eindeutig: Er zürnte darüber, dass er nicht wusste, wo der angehäufte Schatz seiner Vorfahren ruhte. Diese Zeiten gehörten nun ein für alle Mal der Vergangenheit an.

Junge, blonde, vollbusige Mädchen reichten den Männern Trinkhörner mit Met und Bier, was besonders Ritter Erik von Deutz gefiel: »Das Bemuttertwerden gefällt mir immer besser!«, gab er laut von sich und blickte dabei der Maid vor ihm tief in den Ausschnitt.

Bruder Wolfgang, der dies bemerkt hatte, schmunzelte: »Ihr solltet Euch was schämen, edler Herr! Ich konnte Euren Blick genau verfolgen.«

»Och, mein guter Rittermönch, nach all dem Schweiß und Blut muss man auch einmal ein Auge auf die schönen Dinge des Lebens werfen. Ich stand mein Lebtag auf ausdrucksvolle Augen: die einen sollen groß sein, die anderen blau!«

Michel hatte dem Gespräch gelauscht. »Es wird Zeit, dass wir wieder nach Hause kommen und im Schoße unserer Frauen landen! Verzeih', Bruder Wolfgang, das gilt nicht für dich, du hast ja der Sache abgeschworen.«

Der Angesprochene kniff Michel in den Bauch: »Das musst du Hosenscheißer gerade von dir geben! Glaubst du eigentlich, ich hätte mein Lebtag nur kalt gebadet?«

Michel lachte: »Gibt es denn bei den Johannitern überhaupt Badezuber, oder bröckelt der Dreck bei euch nicht eher ab?«, fragte Michel frech, und das durfte er auch, denn sie waren alle gute Freunde geworden. Bei einem fremden Ritter hätte er sich so etwas nie erlauben dürfen.

»Ich zieh' dir gleich dein Beinkleid stramm und polier' dir danach den frechen Hintern! Komm, lass uns anstoßen! Der Met schmeckt hervorragend!«

Ritter Erik von Deutz erhob sich und hielt dabei sein Trinkhorn fest umklammert. Langsam schritt er auf den Pfahl zu, an den sie Ragnulf gefesselt hatten. Dieser hob kurz den Kopf, erkannte den Ritter und spuckte vor ihm aus. Ritter Erik sagte: »Na, mein alter Freund! Unser Tanz war doch noch gar nicht zu Ende, als du dich so schnell aus dem Staub gemacht hast. Ich wusste überhaupt nicht, dass der Anführer eines Stammes ein solcher Angsthase sein kann: Springt einfach auf seinen Gaul und reitet mit voller Hose davon!«

Ragnulf hob erneut den Kopf und flüsterte: »Du kleines Ritterlein, du angeberischer Popanz! Dir werde ich noch früh genug den Hals umdrehen!«

Ritter Erik trank sein Horn leer und ließ es fallen: »Schade, dass du nicht mehr dazu kommst, etwas so Köstliches zu trinken. Euer Met ist wirklich schmackhaft!« Dann packte er Ragnulf am Kragen seiner Tunika und sprach mit eiskalter Stimme: »Sollte es die Möglichkeit zum Kampf geben, du Feigling, dann werde ich auf dich warten!«

Während die Männer auf dem Dorfplatz weiter scherzten, hatte sich Tristan mit seinem Vater und den Ältesten zur Beratung in eine der Katen zurückgezogen. Leif nahm das Wort an sich: »Schön, dass es euch noch gibt, Utgard, Drangur, Ketill, Thrudfang, Mimir und Thrassar! Oder täuschen mich da etwa meine Ohren? Wie doch die Jugend vergeht! Jetzt gehören wir hier zu den Ältesten unseres Stammes!«

»Ja, Leif, du kannst deinen Ohren trauen. Wir sind es, deine alten Weggefährten«, sagte Utgard. Tristan lauschte jedem Wort.

»Wir sollten die Kriegsaxt begraben! Als Ragnulf dich blendete, waren wir machtlos. Seine Helfer hatten uns gefangen genommen, und wir konnten dir nicht helfen, Leif«, erklärte Ketill.

»Das habe ich gewusst und mache euch deswegen keine Vorwürfe. Nun bin ich zurück, und hier ist mein Sohn Tristan. Er ist mein Nachfolger, der neue Fürst unseres Stammes«, sagte Tristans Vater.

»Von unserem Volk aus gibt es da keine Bedenken; wir erkennen dich als alten und neuen Stammesfürsten an. Wenn du deinen Titel an deinen Sohn weitergeben möchtest, soll es uns recht sein«, sagte Ketill. Die anderen Männer bestätigten dies durch ihr Nicken, was Leif natürlich nicht wahrnehmen konnte.

Der Geblendete schob sich seine langen weißen Haare hinter die Ohren: »Dann lasst uns das Vergangene begraben. Eine neue Zukunft steht vor unserer Tür! Morgen um drei wird das Thing stattfinden, so wie in alten Zeiten. Alle Männer sollen ohne Waffen erscheinen. Die fremden Helfer müssen allerdings draußen bleiben. Wer nicht unserem Volke angehört, hat keinen Zutritt zum Thing. Nur unser eigenes Volk darf eine Entscheidung über Ragnulf fällen. Dies wäre mein Vorschlag.«

»Das ist ganz in unserem Sinne!«, antwortete Utgard.

»Dann wollen wir auf unsere Wiederkehr anstoßen! Ich glaube, die Menschen auf dem Dorfplatz feiern schon kräftig, den Geräuschen nach zu urteilen, die an meine Ohren dringen", sagte Leif.

Als sie die Kate verließen, zog Tristan seinen Vater am Ärmel der Tunika: »Auf ein Wort, Vater! Dein Vorname ist Leif, wenn ich es richtig verstanden habe, doch wie lautet unser Familienname?«

»Bis jetzt hast du nicht danach gefragt, und ich wollte deinen jetzigen Familiennamen nicht infrage stellen. Du heißt ja wie Michel dank deiner Pflegeeltern Pettersen, also könntest du den Namen behalten. Dein richtiger Name ist Tristan Jörgensen, der Sohn des Leif Jörgensen.«

Tristan überlegte kurz: »Und wie heißt Birte mit Nachnamen?«

»Deine Schwester heißt Rassmussen. Sie ist ein fleißiges Mädchen und hat sich in all den Jahren um mich gekümmert. Ihr werdet euch gut verstehen. Ich hoffe doch, dass du nun in unserem Dorf bleibst, um deinen Stamm besser kennenzulernen?«

»Nichts lieber als das! Ich habe keinerlei Verpflichtungen, unser Haus haben Ragnulfs Schergen ja abgebrannt, mein Mädchen ermordet, und ich bin in den letzten Jahren wie ein Zigeuner quer durch die Lande gezogen. Die einzige wahre Beziehung, die ich aufrechterhalten konnte, war die zu meinem Bruder Michel und seiner Familie«, erklärte Tristan.

»Dann besorg' uns mal zwei gut gefüllte Trinkhörner – am liebsten wäre mir Met«, sagte Leif Jörgensen.

»Das mache ich, Vater. Und ich werde auch nachsehen, wo sich Birte mit ihrem Mann herumtreibt. Wir könnten doch eine kleine Familienfeier abhalten.«

»Natürlich können wir das! Bring' gleich deinen Bruder Michel mit, schließlich gehört er ja dazu!«

Der Thingplatz lag auf einer Anhöhe, eingerahmt von einer steinernen Mauer, die bis zur Brusthöhe reichte. Die Äste und Blätter einer gewaltigen Linde spendeten dem Platz Schatten. Hier befand sich der Platz der Volks- und Gerichtsversammlungen. Die Männer schritten in den Kreis und Tristans Vater, Leif Jörgensen, begrüßte alle Stammesmitglieder: »Hiermit rufe ich den Thingfrieden aus unter dem Schutzherrn Gott Tyr. Ihr könnt euch setzen!«

Ketill erhob sich: »Bringt den Gefangenen Ragnulf in das Thing! Er ist der Grund für unsere Versammlung.«

Der alte Stammesfürst hob die Hand: »Wir machen es wie früher: Bevor wir ein Urteil fällen, soll Met eingeschenkt werden. Das lockert die Zunge sowie den Verstand.« Er klatschte in die Hände, und drei junge Burschen gingen mit Tonkrügen durch die Reihen, um die Trinkhörner der Versammelten zu füllen. Bis jeder ein oder zwei Horn Met getrunken hatte, verging gut eine Stunde. Endlich gab Leif das Zeichen, mit der Beratung anzufangen.

Zwei kräftige Männer, Fischer von Beruf, brachten Ragnulf in den Kreis und setzten ihn in der Mitte des Thingplatzes auf die Knie.

Leif sprach: »Es geht hier um meinen Bruder Ragnulf, der mir meinen Titel geraubt und mich geblendet hat. Des Weiteren hat er den Mord an der Gefährtin meines Sohnes Tristan, der hier neben mir sitzt, zu verantworten. Meine Frau brachte unseren Jungen als Säugling nach Flensburg und legte ihn dort vor einer Kirchentür ab. Es war für uns und den Jungen besser, ihn von der Insel zu bringen, sonst hätte mein Bruder Ragnulf ihn als meinen offiziellen Nachfolger töten lassen. Er hat die schmutzigen Dinge immer erledigen lassen, um sich nicht selbst direkt schuldig zu machen. Tristan wuchs mit seinem Stiefbruder in einer christlichen Familie auf. Nach langer Suche hat er uns, sein Volk, wiedergefunden. Später brachte er seinen Bruder und einige Freunde mit, um uns von Ragnulfs Joch zu befreien. Leider kam einer von ihnen im Kampf ums Leben. Ihnen allen gilt mein ganzer Dank!« »Hum …«, brummten die Männer zustimmend; das war das typische Geräusch in der Runde des Things und galt als Bestätigung.

Ketill als Ältester erhob sich: »Die Sachlage ist klar wie das Wasser des Ostmeeres: Man kann bis auf den Grund sehen! Ich sehe auch auf Ragnulfs Grund: Er ist der vermoderte Inbegriff der Feigheit, der Gier, der Bosheit und der Falschheit.« Während die Männer weiterverhandelten, standen Michel, Ritter Erik, René und Bruder Wolfgang etwas abseits und verfolgten das Ganze.

Es dauerte eine weitere Stunde, bis Leif Jörgensen, der alte und neue Stammesfürst, das Urteil verkündete: »Ihm zur Strafe den Kopf abzuschlagen, wäre sicherlich am einfachsten; es ist aber nicht in unserem Sinne. Ihn ebenfalls zu blenden, hieße, Gleiches mit Gleichem zu vergelten. Sollen wir ihn direkt zu Odin schicken, wo er seine Familie wiedertrifft? Ich sage ‚Nein'. Unser Urteil lautet wie folgt: Ihm wird die Stammeswürde entzogen. Er muss unser Dorf auf direktem Wege verlassen und wird für vogelfrei erklärt. Niemand, der ihn verletzt oder umbringt, muss mit Strafe rechnen; mit einem Vogelfreien kann jeder machen, was ihm beliebt.«

Gemurmel machte die Runde. »Wir wissen alle, dass er die Fäden für die Taten in der Hand gehalten hat; aber ihm selbst können wir die Ausführung des Mordes sowie des Brandes nicht nachweisen. Deshalb können wir Ragnulf nicht als Mörder zum Tode verurteilen. Pack' dein Hab und Gut und verschwinde aus unserer Dorfgemeinschaft!«, beendete der Stammesfürst sein Urteil.

Die Männer zerschnitten Ragnulfs Fesseln: »Verschwinde von hier!«, riefen sie. Dieser machte sich eiligen Schrittes auf den Weg, seinem alten Dorf für immer den Rücken zu kehren.

Etwas abseits standen unter einer Eiche die Männer aus dem Rheinland mit Tristans Bruder Michel. René erboste sich: »Das kann doch wohl nicht wahr sein! Die lassen diesen Bastard einfach laufen!« Er machte Anstalten fortzueilen: »Ich werde ihn vor dem Eingang des Dorfes erwarten und ihm dort einen Flitz durch seinen Wikingerschädel schießen! Den Mörder meines Freundes lasse ich nicht einfach davonreiten!«

»Halt!«, sagte Ritter Erik. »Du bleibst hier. Ich werde meinen Tanz mit ihm beenden. Ein Toter in unseren Reihen reicht! Ragnulf ist eine Nummer zu groß für dich. Er hat Kräfte wie ein ausgewachsener Braunbär. Sollte dein Flitz ihn verfehlen, wird er dich wie eine Laus zerquetschen. Wartet hier auf mich, bis ich zurück bin.« Ritter Erik stieg auf sein Pferd und ritt aus dem Dorf der Nordmänner.

Währenddessen ging Ragnulf in seine Kate, um sein Bündel zu schnüren. Da er seine Waffe im Meer verloren hatte, öffnete er eine Truhe und nahm seine Ersatzaxt heraus. Er wiegte die Waffe kurz in der Hand und umwickelte sie mit einer Decke. Dann ging er zu seinem Pferd, verstaute sein letztes Hab und Gut und ritt unter dem Gejohle der Leute aus dem Dorf. Das war das letzte Mal, dass man Ragnulf sah.

Kapitel 30

Ritter Erik von Deutz ritt in Richtung Norden und folgte dem Weg, der zur Hütte von Tristans Vater führte. In der Nähe eines Moores wollte er Ragnulf erwarten. Dieser hatte ihn in seiner Ritterehre gekränkt, und diese Schmach konnte er nicht auf sich ruhen lassen. Da das Dorf der Nordmänner am südlichen Zipfel der Insel Fünen lag, konnte Ragnulf nur in nördlicher Richtung reiten, aller Wahrscheinlichkeit nach in Richtung der Stadt Odense. Hier am Moorsee wollte Ritter Erik ihn abfangen und einen Kampf Mann gegen Mann mit ihm führen und dabei auch gleichzeitig Georgs Tod rächen.

Er musste auch nicht allzu lange warten, bis er am Horizont einen Reiter erblickte. »Das wird er sein!«, dachte Erik und stieg aus dem Sattel. Er löste die Schnüre seines Schildes, nahm ihn an sich und wuchtete dessen Spitze in den Sandboden; dann überprüfte er noch kurz sein Schwert und den Dolch. Ragnulf kam näher und erkannte den Ritter. Dieses Mal konnte er dem Kampf nicht aus dem Weg gehen. Er wusste, dass er sich jetzt stellen musste, und das machte er auch, denn er hatte ohnehin bereits alles verloren. Das Einzige, was er noch besaß, war sein Leben.

Etwa fünf Schritt vor dem Ritter stoppte er seinen Gaul, stieg ab, nahm seinen Rundschild und versuchte, den Ritter zu reizen: »Sieh' an, das Ritterlein wartet auf mich! Du kannst wohl nicht schnell genug zu deinem Jesus kommen?« Dann nahm er seine Axt und stellte sich zum Kampf auf.

Erik zog sein Schwert und griff sofort an. Er deckte den Nordmann mit unzähligen Schlägen ein. Dieser musste sich mit allem verteidigen, was er hatte, und wich dabei immer weiter zurück. Manchen Schwerthieb konnte er mit seinem Schild abwehren, andere mit der Axt. Erik versuchte, die Lage genauestens einzuschätzen. Ragnulf war ihm kräftemäßig wohl überlegen, aber er war auch ein wenig behäbig, was Erik durch seine Schnelligkeit auszunutzen versuchte. Nur keinen Faustkampf! Er musste flink wie ein Wiesel agieren.

Nun wagte Ragnulf einen Angriff; auch er schlug mit aller Kraft auf den Ritter ein, der aber seinerseits die Schläge geschickt an seinem Schild abprallen ließ. Bisher war der Kampf ziemlich ausgeglichen, doch plötzlich rutschte Ragnulfs Axt am Schild des Ritters entlang und verletzte Erik an der Schulter. Ein höllischer Schmerz durchfuhr ihn. Zum Glück war es sein linker Arm, mit dem er den Schild vor der Brust trug. Blut sickerte durch sein Kettenhemd; er hatte eine mehrere Finger lange Wunde erlitten, aber ein Teil des Schlages war vom Kettenhemd abgebremst worden. Ragnulf lachte gehässig: »Das war erst der Anfang, du Wappenrockträger!« Erneut hämmerte Ragnulf mit der Axt auf Eriks Schild ein. Dieser jedoch versuchte, nicht noch einmal den gleichen Fehler zu begehen. Der Schild in seinem Arm wurde immer schwerer. Sollte er seinen Schutz aufgeben und dafür den Dolch ziehen? Dann hätte er sich nur noch auf seine Schnelligkeit verlassen können. Im Moment schien ihm das noch zu gefährlich, also kämpfte er weiter wie bisher.

Ritter Erik war einer von den Männern, die immer noch eine Karte in der Hinterhand hatten. Er entdeckte etwas, was ihm äußerst wichtig erschien. Durch die vielen Kämpfe, die er in seinem Leben geführt hatte, war er sich seiner Ausdauer und Zähigkeit bewusst. Ragnulf pustete bereits, als pfiffe er aus dem letzten Loch. Schweißbäche liefen ihm von der Stirn direkt in die Augen. Erik wusste, dass das Salz der Tränen das Sichtfeld beeinflussen konnte. Nun schlug Erik mit aller Kraft auf den Nordmann ein. Dabei drängte er ihn immer weiter zurück. Seine Schwerthiebe erfolgten blitzschnell, aber der Ritter stach nicht zu; das hatte er überhaupt nicht vor. Er wollte seinen Widersacher einfach nur zurückdrängen – noch zwei, drei Schritt. Dann warf sich Erik mit einem Sprung gegen den Rundschild und versetzte Ragnulf einen gewaltigen Stoß. Dieser stolperte nach hinten, rutschte auf dem nassen Untergrund aus und landete der Länge nach in einem der

Moorlöcher. Ehe er sich versah, stand er bereits bis zu den Knien im Morast. Mit aufgerissenen Augen starrte er Erik an, wohl wissend, was nun geschehen würde – schließlich kannte er die Gegend und natürlich auch die Sümpfe.

Mit Leichtigkeit hätte Erik ihn nun töten können, doch er wartete. Die Zeit war auf seiner Seite. Langsam, aber stetig sank Ragnulf tiefer in den Schlamm: zunächst bis zur Hüfte, dann bis zu den Schultern. Sein Blick sprach Bände; es waren die Augen eines Verzweifelten, aber über seine Lippen drang kein einziges Wort. Das schwere Kettenhemd, der Helm sowie die Waffen erledigten den Rest. Ragnulf hatte seine Axt losgelassen und griff mit der Hand ins Leere, so als wollte er andeuten: »Zieh' mich hier heraus!« Aber diese Geste konnte Erik nicht erweichen, der vor seinem inneren Auge das Gesicht seines gefallenen Freundes Georg sah. Schließlich versank auch Ragnulfs Kopf im Morast; nur einer der Unterarme und die rechte Hand waren noch kurz sichtbar, bis auch diese untergingen. Nur noch ein paar Blasen bildeten sich an der Oberfläche des Moorloches. Einige Krähen zogen am Himmel ihre Kreise und stießen dabei ihre Rufe aus. »Galgenvögel!«, dachte Erik. »Immer zur rechten Zeit am rechten Ort – doch hier und heute ist der Tisch für euch schwarze Brut nicht gedeckt …«

In Gedanken versunken ritt Ritter Erik von Deutz zurück in das Dorf an der Südspitze von Fünen, wo seine Freunde auf ihn warteten. Es war das erste Mal gewesen, dass er jemanden im Moor hatte versinken sehen. Was für ein grauenvoller Tod! Kein Stich, kein Hieb – nichts dergleichen war vonnöten gewesen. So ein Ende war selbst für ihn neu. Als wäre nichts geschehen, ritt er in das Dorf, hielt am Marktplatz an und band sein Pferd an. Am Brunnen saßen seine Freunde und unterhielten sich angeregt über das im Thing gesprochene Urteil. Nur René hatte von Ritter Eriks Vorhaben gewusst. Aber als der Johanniter Wolfgang den blutenden Arm seines Freundes sah, ahnte auch er, was vorgefallen sein musste, und er sagte: »Du solltest dein Schwert nicht so schärfen; leicht kann man sich daran verletzen, werter Freund!«

»Komm‘«, sagte Michel, »Wir gehen zu Tristans Schwester; die kann dich verarzten.« René folgte den beiden bis zu Birtes Kate. Dort fragte er den Ritter: »Und? Wie ist es gelaufen?«

»Oh, alles ist gut! Solltet ihr in dreihundert Jahren zufälligerweise noch einmal hier vorbeikommen, könntet ihr eine Moorleiche finden, die euch bekannt vorkommt.« Mit diesen Worten war die Sache abgetan; alle wussten nun Bescheid, und niemand stellte weitere Fragen. »So ist Georgs Ehre wiederhergestellt!«, sagte René. Erik nickte.

Die Zeit drängte. Die Männer wollten wieder zurück nach Colonia und Neuenberge. »Wir sollten das günstige Herbstwetter ausnutzen. Ich denke, der Auftrag ist erfüllt!«, meinte der Johanniter.

»Ich möchte euch bitten, noch zwei Tage zu bleiben. Es steht etwas Wichtiges an, worüber ich jetzt noch nicht sprechen kann«, sagte Tristan.

»Das bekommen wir hin, aber nur, wenn das blonde Mädchen mit den blauen Augen unsere Hörner ein wenig füllt!«, lachte Erik.

»Ich werde das in die Wege leiten«, teilte Tristan seinen Freunden mit.

Tristan ging zu seinem Vater. Dort sollte eine wichtige Unterhaltung stattfinden. Sechs der alten Katen waren mittlerweile verlassen: Die Frauen von Ragnulfs Gefährten waren mitsamt ihren Kindern aus dem Dorf gewiesen worden, und auch Ragnulfs Hütte stand leer. In eine dieser Hütten war Tristans Vater eingezogen; bei ihm wohnte ein junges Mädchen, das sich um den alten Stammesfürst kümmerte, die Hütte reinigte und für Essen sorgte. Zwei Männer aus dem Dorf hatten mit einem Fuhrwerk das Hab und Gut des Alten aus seiner Kate am Meer abgeholt und in seine neue Wohnstätte gebracht.

»Schön, dass du schon da bist! Setz' dich, mein Sohn!«

Tristan schob sich einen Schemel heran: »Was gibt es denn so Wichtiges, Vater?« »Wir sind doch allein?«

»Ja, Vater!«

Der Stammesfürst fuhr mit leiser Stimme fort: »Es geht um den Schatz, mein Junge. Ich werde dir zeigen, wo das berüchtigte Versteck liegt, nach dem Ragnulf und seinen Kumpane jahrelang gesucht haben.«

»Aber du bist blind! Ich meine, wie willst du ihn finden?«

Der Alte lachte: »Natürlich bin ich blind, doch das heißt nichts.« Er tippte sich mit dem Finger an die Schläfe: »Hier drinnen ist der Plan! Alles in meinem Kopf! Geh' und besorg' den Wagen deiner Schwester, dann brechen wir auf. Gegen Abend sind wir wieder zurück. Und morgen wird das Thing erneut einberufen; da haben wir einiges zu verkünden!«

Tristan erhob sich voller Neugierde, um den Wagen zu holen. »Was kommt da wohl auf mich zu?«, dachte er bei sich.

Kapitel 31

»Steuere das Gefährt in die Richtung, wo meine alte Hütte steht. Beschreib' mir dabei die Landschaft! Wir fahren so lange auf diesem Weg, bis wir auf der linken Seite einen klafterhohen Steinbrocken liegen sehen.«

»Den kenne ich!«, sagte Tristan. »An dem bin ich schon mehrfach vorbeigeritten.«

»Das ist gut. Wenn du ihn siehst, sag' mir Bescheid!«

Nach einer Weile tauchte der Stein am Wegesrand auf. »Hier ist er. Wir stehen direkt neben ihm, Vater!«

»Gut. Etwa zehn Schritt von hier geht rechts ein schmaler Pfad in den Kiefernwald – da biegen wir ab.« Tristan stellte sich hin, um besser sehen zu können. Linker Hand war das Ostmeer mit den großen Sanddünen, dann war da der Weg, auf dem sie fuhren, und an der rechten Seite breitete sich blühendes Heidekraut aus, das in ein Waldgebiet überging. »Da vorne ist so etwas wie ein Pfad.«

»Gut, dann folge dem Weg; er führt zum Wald, richtig?«

»Ja, Vater.«

Der Wagen rollte weiter, bis er zwischen den Kiefern verschwand. »Was ist denn das dort drüben?«, fragte Tristan. »Ein riesiger brauner Tümpel!«

Leif Jörgensen lachte: »Das ist kein Tümpel, das ist ein uraltes Moor. Früher wurde in dieser Gegend Torf gestochen; vor uns liegt ein Moorsee. Den Torf haben sie früher zum Heizen genutzt; manche machen das auch heute noch so.«

»Aber hier geht es nicht weiter!«, wunderte sich Tristan.

»Du musst jetzt rechts an dem Moor vorbeifahren und es umrunden, bis du an der gegenüberliegenden Seite angelangt bist. Was siehst du jetzt?«

»Das Moor reicht bis an die Baumgrenze, und ein schmaler Weg führt am Waldrand vorbei.«

»Folge dem Pfad; er bringt uns auf den richtigen Weg.«

»Aber das Moor ist riesengroß, ich kann kein Ende erkennen«, sagte Tristan.

»Das ist ja auch der Sinn der Sache! Den genauen Weg kenne nur noch ich. Ich war hier schon mehrere Male mit deinem Großvater, der ja vor mir der Hüter des Schatzes war. Und ich kann dir sagen: In einigen Jahrhunderten ist da eine ganz schöne Menge zusammengekommen; unsere Vorfahren waren äußerst fleißig in Sachen Raub! Siehst du schon die beiden kleinen Birken am hinteren Rand des Moores?«

Tristan sah sie: »Kleine Birken! Die sind acht oder neun Schritt hoch!«

»Als ich sie das letzte Mal gesehen habe, waren sie noch kleiner; aber Bäume haben nun einmal die Angewohnheit, ständig zu wachsen", und Leif lachte über seinen eigenen Scherz.

»Dort schließt sich ein weiteres Moor an, genau hinter den Birken!«, entdeckte Tristan.

»Dann sind wir genau richtig! Die Moorseen sind zwei aneinandergereihte kreisrunde Flächen, und genau dazwischen befindet sich ein schmaler Pfad, dem du folgen musst.«

»Aber was soll ich denn zwischen den Mooren?«

»Nach so langer Zeit wäre es angebracht, widerspruchslos auf deinen Vater zu hören!«

Tristan sah den Pfad und steuerte das Gefährt vorsichtig auf die Birken zu; dort hielt er an. »Wir sind da.«

»Gut, dann steig' ab. Siehst du die bewaldete Insel inmitten des Moores?«

»Ja, aber das ist noch ein ganzes Stück Weg bis dorthin!«

»Jetzt kommt der schwierigste Teil unserer Schatzsuche. Du musst das Pferd am Zügel nehmen. Hier sollte ein leicht von Wasser überspülter Weg sein, der sich hinter den Birken bis zur Insel fortsetzen müsste.«

Tristan wagte die ersten Schritte; er stand bis zu den Knöcheln im Wasser, sank aber nicht tiefer ein. »Gute Güte! Du bist dir da auch ganz sicher, Vater?«

»Bis jetzt hat es funktioniert; aber du musst äußerste Vorsicht walten lassen. Der Pfad ist nicht breiter als unser Fuhrwerk. Wenn wir in der Nähe der Insel angelangt sind, dann wird der Weg durch das Wurzelwerk der Bäume und Sträucher fester.«

»Dein Wort in Gottes Ohr! Komm', Kuddel, Augen zu und durch!«

Zunächst scheute Tristans Pferd ein wenig, doch als er es streichelte und auf es einredete, beruhigte es sich und ließ sich am Zügel über den nassen Weg führen. Zwei Handbreit sanken die Räder in den feuchten Untergrund, aber auch nicht tiefer. Kurz bevor sie die Insel erreicht hatten, wuchsen verstärkt Wacholdersträucher und Ginsterbüsche, bald auch die ersten Bäume. Plötzlich befanden sie sich in einem Wäldchen, in dem die Männer mitsamt Wagen nicht mehr vom Ufer des Moores aus zu sehen waren.

»Dort zwischen den hohen Bäumen sehe ich große Steinbrocken stehen!«, sagte Tristan.

»Ich weiß; das ist das magische Dreieck. Es sind drei große, von unseren Vorfahren aufgestellte Blöcke. Wenn wir dort sind, halt' an! Wir sind fast am Ziel.«

Tristan blieb stehen. »Wie kommen denn diese gewaltigen Felsbrocken hierhin?«

»Das kann ich dir nicht beantworten. Wer weiß schon, wie das hier vor Hunderten von Jahren ausgesehen hat! Führe mich zu den Steinen!«

Tristan reichte seinem Vater die Hand, half ihm, vom Bock zu steigen, und führte ihn zu den Felsen. Schräg angelehnt an einen der Felsblöcke stand eine große Steinplatte. Der Sockel war ein Stück im Erdreich versunken. »Sieh' dich genau um, mein Sohn!«, sagte der Alte.

»Da steht etwas auf der Steinplatte! Irgendjemand hat etwas in die Platte gemeißelt, das kann ich als Steinmetz gut erkennen!« Tristan ging in die Hocke und entfernte einige Sträucher und Büsche. Es herrschte Stille, kein Laut war zu hören. Tristan fuhr mit den Fingern über die Schrift, und plötzlich sagte er voller Erregung: »Das darf nicht wahr sein! Das … das sind ja die gleichen Zeichen, die sich auch auf meinem Amulett befinden! Das hier heißt ›Kraft‹, darunter steht ›Ausdauer‹ und auch noch ›Sieg‹!« Er kam aus der Hocke hoch. »Was ist das denn hier?«, fragte er und zeigte dabei auf einen steinernen Tisch. »Was ist das überhaupt alles hier?«

»Ich werde es dir erklären. Früher drehte sich in erster Linie alles um die Götter Odin, Thor und die Untergötter. Den Menschen ging es schlecht: kalte Winter, verregnete Sommer, kaum oder gar keine Ernten. Hier traf man sich; hier steht ein uralter Opfertisch unserer Vorfahren. In Ritualen wurden hier den Göttern Ziegen, Schafe, Pferde und Kühe und vielleicht sogar Säuglinge geopfert. Genau weiß das keiner mehr. Dann fingen die Zeiten der großen Plünderfahrten an. Aber allein von Gold, Silber und Geschmeide konnte man nicht leben. Also besann man sich auf den Tausch und den Handel. Natürlich wurde weitergeplündert, aber man legte dann doch mehr Wert auf essbare Waren und auf den Sklavenhandel. Billige Arbeitskräfte waren lange Zeit sehr beliebt.

Unsere Vorfahren vermuteten, dass hier der Platz der Göttin Hel sei. Hel bedeutet nichts anderes als Hölle. Hel ist die unterirdische Wächterin der Totenwelt, des Verborgenen, des Unheimlichen. Die Menschen waren der Meinung, sie sei zur Hälfte jung und zur anderen Hälfte alt. Odin hatte Hel aus seinem Reich Asgard verbannt, woraufhin sie hier ihr eigenes Reich gründete. Alle Toten aus ihrem Reich holte sie zu sich; nur die tapfersten und mutigsten Krieger gelangten nach Walhalla an Odins Tafel. Aus Hels Reich gab es keine Wiederkehr – das wussten die Männer. Doch dann geschah Folgendes:

Beim Torfstechen fand man unzählige Waffen sowie Tier- und Menschenknochen. Das erschreckte die Leute; sie glaubten, die Toten würden sich aus dem Moor erheben und als Leichen umherwandeln. So mieden sie diesen Ort bis heute. Man muss die Zeit in zwei Abschnitte teilen: die Zeit unserer Vorfahren, die an die alten Götter glaubten, und die Zeit der Christianisierung, in der Gott und Jesus im Mittelpunkt standen. Hels Wohnung nannten die Menschen Eljudnir, was so viel bedeutet wie ›Elend‹. Da sich keiner mehr hierher in diese Gegend traute, war und ist es immer noch das beste Versteck für unseren Schatz.«

»Aber wieso kennen nur die Stammesfürsten dieses Geheimnis? Einer allein konnte doch die geraubten Schätze sicherlich nicht alleine hier verbergen? Da muss es doch Mitwisser gegeben haben!«

»Oh, dazu komme ich später. Doch nun geh‘ zum Wagen und bring‘ Feuersteine, Zunder und die Fackeln. Noch sind wir nicht ganz am Ziel.« Tristan tat, worum ihn sein Vater gebeten hatte. Er machte ein kleines Feuer und steckte dann eine der Fackeln in Brand.

Der flache Runenstein lag nur mit seiner Spitze oben am Felsen an. Dahinter befand sich ein schmaler Eingang, der in einen Tunnel führte. »Müssen wir dort hineinkriechen? Der Gang ist ja kaum höher als einen Schritt!«

»Ja, auf die Knie! Du kriechst voraus, ich folge dir«, unterwies ihn sein Vater. Am Anfang war der Gang besonders eng, doch dann wurde er geräumiger. Tristan richtete sich auf und hielt die Fackel in die Höhe: »Kannst du genug sehen, Vater? Oh, verzeih’, ich vergaß!«

»Du bist ein Hundsfott! Kann ich mich nun aufrichten? Mir schmerzen die alten Gelenke! Wer unternimmt schon in meinem Alter noch solche Klettertouren!«

»Ja, du kannst dich hinstellen. Der Weg führt hier schräg nach unten. Das wird hier immer felsiger.«

»Wir folgen dem Weg, bis wir an eine Treppe gelangen.«

»Hier unten gibt es Treppenstufen? Immer wieder neue Überraschungen!«

Tristans Vater hielt sich dicht hinter seinen Sohn; er hatte ihm die Hand auf die Schulter gelegt. »Tatsächlich! Da hat doch jemand

Stufen in den Fels gehauen!«, erkannte Tristan.

»Das ist die Treppe der Toten. Sei ja vorsichtig! Die Stufen sind glatt wie eine Speckschwarte; ehe du dich's versiehst, landest du da, wo es weh tut.« Vorsichtig stiegen sie Tritt für Tritt hinab.

»Da rauscht etwas!«

»Das ist das Meer; es ist ein Fjord, der von der Meerseite her einige Hundert Schritt ins Landesinnere führt und dann unter den Felsen verschwindet.« Sie betraten ein kleines Plateau. »Bis hierhin sind unsere Vorfahren mit dem Boot gefahren, um das geraubte Gut hier zu verstecken.«

Tristan war völlig überrascht: »Aber wie …«

»Es war Snerri, der erste bekannte Stammesfürst, der diese Höhle entdeckt hat. Aber die Drachenboote waren zu mächtig, um in die Höhle zu gelangen. Daher luden Sklaven die geraubten Güter auf ein Beiboot um und brachten sie hier zum Plateau und dann weiter in die Schatzkammer.«

»Aber dann kannten doch mehrere Männer den Seeweg hierher zum Versteck?«, sagte Tristan.

»Im Prinzip ist das richtig. Aber Snerri war nicht ganz so dumm, wie du vielleicht glauben magst. Sobald der Schatz verstaut war, tötete er die Sklaven kurzerhand. Und das Gleiche geschah jedes Mal, wenn neue Schätze hierher gebracht wurden. So blieb Snerri der Einzige, der das Versteck kannte. Und so wurde das Geheimnis von Stammesfürst zu Stammesfürst – oder wie wir sagen: von Jarl zu Jarl – weitergegeben.«

»Wir reden jetzt seit einer Ewigkeit von dem Schatz. Doch wo ist er denn nun eigentlich?«

»Führe mich rechter Hand weiter über das Plateau, dann um einen Felsen herum. Dort folgen weitere Stufen, die uns in eine Höhle führen.«

Tristan ging im Schein der Fackeln, die langsam niederbrannte, vorsichtig weiter. »Hier ist die Treppe.«

»Es müssten fünfundzwanzig Stufen sein; dann erreichen wir den Eingang der Höhle.« Tristan zählte mit, und sein Vater hatte tatsächlich recht. Was er dann sah, verschlug ihm den Atem. In der Mitte der Höhle stand ein großer, mit einer Steinplatte abgedeckter Sarkophag. In die Wände rundherum waren Nischen gemeißelt, in denen Knochen sowie einige verrostete Waffen lagen.

Tristan fragte: »Was ist denn das hier?«

»Die Todeskammer der Jarle, die Gebeine der verblichenen Stammesfürsten. Hier ist ihre Grabstätte, schon seit Jahrhunderten.« Tristan blickte sich um und entdeckte zwei weitere, leere Kammern. »Vater, hier sind noch zwei leere Nischen. Was haben die zu bedeuten?«

Der Alte verzog sein Gesicht zu einem Lächeln und antwortete: »Die sind für uns beide, mein Sohn!«

Tristan musste schlucken. Er dachte weiter nach. »Wie, bitte schön, sind denn all die Knochen hier herunter gekommen? Es muss doch Männer gegeben haben, die den Weg ebenfalls kannten!«, fragte er schließlich.

»Natürlich, mein Junge. Der nachfolgende Stammesfürst hat seinen Vorgänger hier begraben lassen. Jeder Fürst besaß eigene Sklaven; die haben den Verstorbenen hier herunter gebracht, und danach wurden sie ebenfalls umgebracht. Es gab doch genug von ihnen, und wenn sie weniger wurden, besorgte man sich einfach neue – so einfach war das. Sklaven gab es wie Sand am Meer. Und in diesem Sarkophag liegt Snerri, der erste Fürst und der Entdecker dieser Höhle.«

»Aber wo ist der Sch...«

»Geh‘ zum hintersten Ende der Kammer, mein Sohn. Dort wirst du eine Türe sehen. Sie ist unverschlossen. Dahinter liegt der Schatz, der der Legende nach von den toten Stammesfürsten bewacht wird.«

Tristan erreichte eine aus Bohlen zusammengenagelte Tür, die nur angelehnt war. Es roch modrig und faulig. Auch stieg ihm ein Geruch von Algen in die Nase. Vorsichtig öffnete Tristan die Tür und achtete dabei auf den glitschigen Boden. Dann betrat er den Raum. Er blieb stehen und blickte sich um. Auf dem Boden standen viele Truhen verschiedener Größe. Sein Vater war am Eingang stehen geblieben: »Öffne die Deckel, dann wirst du deinen Schatz sehen!«, rief er.

Tristan blickte auf die flackernde Fackel: »Ich habe Angst, dass uns das Licht gleich ausgeht.«

»Ich nicht …«, kicherte der Alte. Der Sohn sah seinen Vater an: »Deinen Humor möchte ich auch gerne haben!«

Tristan hob den Deckel der ersten Truhe hoch. Was er darin sah, verschlug ihm die Sprache. Als er sich wieder gefangen hatte, rief er aus: »Beim heiligen Christophorus!« Der Schein seiner Fackel beleuchtete den Inhalt; goldene Blitze trafen seine Augen. Die Truhe war bis zum Rand mit Gold gefüllt: Reliquien und Kleinodien, die man aus Kirchen gestohlen hatte, jeder Menge Geschmeide, Ringen, Ketten, Fibeln und, und, und …

»Jetzt bist du wohlhabender als der dänische König!«, rief ihm sein Vater von der Türe aus zu. Tristan kam aus dem Staunen nicht mehr heraus. Er öffnete weitere Truhen. Darin lagen Säcke voller Gold- und Silbermünzen, Kandelaber, wertvolle Schlüssel, ein Dolch in einer goldenen, mit Edelsteinen verzierten Scheide, Schwerter, seltene Äxte und noch mehr Geschmeide. »Das stammt alles von den Plünderfahrten nach Paris, London und Colonia bis hin zu den Rus«, erklärte der Alte.

Als Tristan sich wieder einigermaßen gefasst hatte, fragte er: »Und was machen wir jetzt damit?«

»Also, ich hätte da einen Vorschlag zu machen. Hier unten hilft der Schatz niemandem. Du solltest einen Teil der Beute mit nach oben nehmen. Gib‘ deinen Freunden einen Anteil für ihre geleistete Hilfe. Einen weiteren Anteil verteilst du an unser Volk, und einen dritten Teil benutzt du, um unser Dorf zu verschönern und zu modernisieren, so wie in den großen Städten des Frankenreiches. Gründe so etwas wie einen Stadtrat, wobei du aber der Fürst bleibst und letztendlich auch die Entscheidungen triffst. Den Großteil des Schatzes lass‘ einfach hier unten liegen für den Notfall; auch wenn der in Hunderten von Jahren wohl noch nie eingetreten ist, sonst läge ja nicht so viel von dem Zeug hier herum. ›Für den Notfall!‹, das haben unsere Vorgänger wohl auch immer gesagt ...«

»Es ist so unendlich viel – ich kann es nicht glauben!«, stammelte Tristan.

»Nimm dir, was du brauchst. Und denk' dran: Das Licht deiner Fackel neigt sich dem Ende entgegen!«

Kapitel 32

Am nächsten Tag saßen die Männer des Dorfes, wie es Sitte war, an der Mauer des kreisrunden Thingplatzes. Leif Jörgensen erhob sich: »Zunächst einmal möchte ich alle von ganzem Herzen begrüßen! Heute findet eine Versammlung statt, die ihresgleichen sucht. Es ist ein besonderer Tag. Tristan, kommst du bitte?« Der Aufgerufene trat mit einem vollen Jutesack an den Thingtisch und schüttete dessen Inhalt darauf. Ein Raunen ging durch das Rund. Die Anwesenden sprangen auf und bestaunten die glänzenden Gegenstände, die da vor ihnen lagen.

»Ihr wisst, wo unser Schatz liegt?«, fragte Ketill.

Leif antwortete: »Ja, alter Freund, und da gibt es noch verdammt viel davon am selben Ort, am Ort unserer Vorfahren. Mein Sohn und ich, wir möchten, dass ihr es untereinander aufteilt. Kauft euch neue Netze oder was auch immer. Und einen Teil geben wir Tristans Freunden für ihre Hilfe. Schließlich haben sie alles für uns getan und dabei noch einen Mann verloren. Und nun gebe ich das Wort an meinen Sohn weiter, denn ich bin als Jarl und Stammesfürst einfach zu alt geworden. Er soll mein Amt übernehmen und es in eurem Sinne vertreten.« Er breitete die Arme aus: »Mein Nachfolger, der neue Jarl!«

Tristan umarmte seinen Vater: »Danke, Vater«, sagte er freudig berührt. Die Männer jubelten; sie ahnten den neuen Wind, der jetzt durch ihr Dorf wehen sollte.

Tristan wandte sich an sein Volk: »Ich gehe einmal davon aus, dass wir alle Christen sind und nicht mehr die alten Götter anbeten. Diese Zeiten sind Gott sei Dank vorbei. Deshalb schlage ich vor, auf dem Dorfplatz eine steinerne Kirche zu errichten. Da ich selbst gelernter Steinmetz bin, könnte ich einen Bauplan entwerfen und natürlich mein Wissen genauso wie meine Kraft zur Verfügung stellen. Und was haltet ihr davon, ein Badehaus zu bauen? Fünf große Zuber für die Körperreinigung?«

»Bei unseren Leuten wäre einer schon zu viel«, meinte ein

Fischer und erntete lautes Gelächter.

»Ach, ich vergaß …«, fiel Tristan plötzlich ein. »Ich muss mich erst an die neuen Sitten gewöhnen – also: Met für alle; das geht auf die neue Ratskasse!«

»Aber bis zum Umfallen, Tristan!«, rief Ketill.

»Dem steht wahrlich nichts im Wege!«, gab Tristan zurück.

Nun wandte er sich wieder an alle: »Einmal muss ich noch eine Reise unternehmen. Eine holde Maid wartet noch auf mich, und ich möchte sie gerne in unser Dorf holen und vielleicht sogar eines Tages heiraten. Ich bin alt genug dafür, und es wird Zeit für einen neuen Stammesfürsten!«

»Ist sie wenigstens blond und hat große Augen?«, rief Ketill und hielt dabei seine Pranken vor die Brust.

»Das, mein Freund, ist mein Geheimnis. Ich frage dich auch nicht nach der Größe der Augen deiner Frau«, konterte Tristan.

»Ihre Augen sind nicht allzu groß; ich konnte mich selbst davon überzeugen", meinte der alte Thrudfang. Die Männer hielten sich den Bauch vor Lachen.

»Thrudfang, mit großen Augen kannst du doch schon lange nichts mehr anfangen, das gehört doch alles der Vergangenheit an!«, sagte Ketill.

So ging der Nachmittag allmählich in die Nacht über. Die Trinkhörner wurden an diesem Abend nicht mehr leer. Ab der Komplet wurden alte Weisen angestimmt, aber es hörte sich an, als schmetterte jeder der Nordmänner sein eigenes Lied, nicht schön, aber laut.

Dann kam der Tag der Trennung. Ritter Erik von Deutz und der Johannitermönch Wolfgang mussten langsam zurück nach Neuenberge. Sie befürchteten, sonst Ärger mit dem Grafen zu bekommen. Auch René und Michel hatten Sehnsucht nach ihren Familien. »Ich weiß schon gar nicht mehr, wie meine Zwillinge aussehen«, meinte Michel. Die Männer trafen sich mit einem Großteil der Bewohner auf dem Marktplatz, um voneinander

Abschied zu nehmen. »Sehen wir uns überhaupt irgendwann wieder?«, fragte Michel seinen Bruder.

»Aber natürlich, Bruderherz! Wenn hier alles seinen geplanten Weg geht, besuche ich euch in Colonia.«

Ritter Erik ergriff das Wort: »Ich möchte mich im Namen aller noch einmal für die überaus gute Bezahlung bedanken! Wir hätten dir, Tristan, aber auch ohne die großzügige Belohnung geholfen. Das ist doch Ehrensache!«

»Und was habt ihr mit dem Gold vor, wenn ich fragen darf?«, fragte Michel neugierig.

»Ich für meinen Teil werde unsere Krankenstation ausbauen: neue Betten, Gerätschaften, alles, was so anfällt«, antwortete Bruder Wolfgang.

»Vielleicht besteht die Möglichkeit, vom Grafen ein Lehen zu erhalten; ich könnte mir gut vorstellen, mir ein Rittergut zuzulegen«, träumte Erik.

»Und ich, mein lieber Bruder, werde mit Johannes von Köln reden, ob er mich wieder als Zimmermann einstellt. Und wenn dem so wäre, würde ich für uns ein Haus bauen oder auch kaufen.«

René meinte ganz trocken: »Ich werde Georgs und meinen Anteil im Hurenhaus durchbringen und mich jeden Tag mit einer anderen Hübschlerin vergnügen!«

Die Männer lachten; sie wussten schon, dass der Bursche wieder seine Späße mit ihnen trieb. »Wenn ich an meinen Hintern denke«, fuhr René fort, »die ganze Strecke bis Colonia wieder im Sattel, dann sehe ich rohes Fleisch vor Augen.«

Ende Oktober im Jahre des Herrn 1325 erreichten Michel und René Colonia. Die Herren Ritter waren auf ihrem Weg vorher zur Burg Neuenberge abgebogen. Es war lausiges Wetter; Sprühregen machte ihnen zu schaffen, sodass ihre Kleidung vollkommen durchnässt war. Die beiden Freunde trennten sich, um zu ihren Familien zu gehen. »Dann treffen wir uns morgen in der Dombauhütte?«, fragte René.

»So machen wir es!«, gab Michel zurück. »Ich hoffe, Johannes wird uns wieder einstellen. Also dann, bis morgen!«

Michel brachte zuerst sein Pferd in den Mietstall und ging dann erwartungsvoll zu seiner Familie, wo ein freudiges Wiedersehen stattfand. »Meine Güte! Die Jungs sind richtig groß geworden! Kinder, kommt zu eurem Vater!«, rief er und breitete die Arme aus. Die Jungen sahen ihn an, als wollten sie sagen: »Was will denn der hier?«

»Sie haben dich einige Monate lang nicht gesehen; sie fremdeln ein wenig. Gib ihnen ein paar Tage Zeit, dass sie sich wieder an dich gewöhnen können«, sagte Svenja.

Am Abend – die Kinder waren bereits im Schlafgemach – erzählte Michel seiner Frau, was seine Freunde und er erlebt hatten. Svenja hörte gebannt zu und sagte dann: »Und René bringt es Anna bei, dass ihr Mann im Kampf gefallen ist? Eine schwierige Angelegenheit, so etwas ist nicht so einfach!«

Michel nickte: »Es wäre angebracht, dass wir uns um seine Frau kümmern, bis sie den Schicksalsschlag ein wenig verarbeitet hat.«

»Ja, und nun ist auch erst einmal Schluss mit der Reiserei; keine weiteren Abenteuer mehr, bitte! Du bleibst jetzt in Colonia, gehst deiner Arbeit nach und spielst den glücklichen Familienvater!«

»Aber natürlich, edle Dame! Der Herr wird uns ein eigenes Haus besorgen, in bester Lage mit Blick auf den Rhein.«

»Ich werd' verrückt!«, rief Johannes von Köln. »Michel und René sind zurück! Ich habe lange auf Euch gewartet; Ihr könnt morgen anfangen. Wo ist denn der dritte in Eurem Bunde?«

»Georg weilt leider nicht mehr unter uns! Man hat ihn getötet, es war grauenhaft. Das werde ich Euch aber später einmal in Ruhe erzählen. Doch sagt: Was macht mein Kran? Hat er gute Dienste geleistet? Seid ihr weiterhin zufrieden?«

Der Dombaumeister musste angesichts der Nachricht von Georgs Tod erst einmal schlucken. Dann beantwortete er Michels

Frage: »Aber sicher! Seit ich hier Dombaumeister bin, war es die beste Erfindung überhaupt. Doch es sind am Kran neue Arbeiten angefallen, um die Ihr Euch kümmern könntet. Es müssen wohl einige Teile erneuert werden; Wind und Regen haben ihm etwas zugesetzt. Seht Euch das am besten selbst an. René kann Euch helfen.«

»Wir werden Euch nicht enttäuschen, Meister Johannes. Wir freuen uns beide auf die neue Arbeit! Auf, René, es wird wieder geklettert!«

Im Dezember wurden die Arbeiten vorerst eingestellt; das Wetter machte den Handwerkern einen Strich durch die Rechnung. Es war sehr frostig, und eine leichte Schneeschicht hatte sich auf die Stadt gelegt, sodass es zu gefährlich war, auf den nassen, rutschigen Steinen des Domes herumzuklettern. Hier und dort hatte sich auch eine dünne Eisschicht gebildet.

Michels Wunsch nach einem eigenen Haus ging schneller in Erfüllung, als er zu hoffen gewagt hatte. Er konnte von einem Patrizier, der aus beruflichen Gründen seinen Wohnsitz nach Trier verlegen musste, zu einem günstigen Preis ein Haus in bester Rheinlage erwerben.

Schon stand das Weihnachtsfest vor der Tür. Der Bischof hielt im Dom einen festlichen Gottesdienst ab, und im Anschluss daran feierten die befreundeten Familien von Michel und René das Fest gemeinsam. Renés Frau erwartete bald ein Kind, und alle waren voll freudiger Erwartung. Auch Anna, Georgs Witwe, verbrachte das Fest mit ihnen.

So zogen die Wintermonate in aller Stille durchs Land, bis man endlich im April die Bautätigkeiten erneut aufnahm. Michel und René hatten den Kran in wenigen Wochen auf den neuesten Stand gebracht. Aber dann, im Mai, geschah etwas nicht Vorhersehbares.

Eine Kolonne aus mehreren Fuhrwerken und bewaffneten Reitern kam auf das Nordtor der Stadt Colonia zu. Die Wachen wurden unruhig. Am Anfang der Karawane ritten drei Ritter, es folgten vier Fuhrwerke und im Anschluss daran sechs berittene Nordmänner, die äußerst furchterregend aussahen. Die Ritter trugen weite Tasselmäntel, auf denen der bergische Löwe prangte. Es sah so aus, als hätten alle ihre feinsten Gewandungen aus den Truhen geholt. In vorderster Front ritt Graf Adolf von Berg, gefolgt von Ritter Erik von Deutz und dem Johannitermönch Bruder Wolfgang. Auf dem ersten Pferdefuhrwerk saßen Tristan und seine Elsbeth in feinster Garderobe, gefolgt vom zweiten Wagen, in dem Elsbeths Eltern saßen. In einem weiteren Fuhrwerk kam Tristans Schwester Birte mit ihrem Mann, und den Abschluss bildete der Wagen mit dem alten Stammesfürsten Leif und dem Wirt Björn aus dem ›Jeverbroe‹, der den alten Wagen von Michel steuerte.

Alle Fuhrwerke waren mit bunten Bändern und Birkenreisern festlich geschmückt. Die gelblich-grün leuchtenden Blätter und das Grün der jungen Zweige deuteten auf etwas Glanzvolles hin. Die besagten Nordmänner am Ende des Trosses waren besonders edel gekleidet. Auf ihren Schultern protzten kostbare Felle: Marder, Iltis und Hermelin. So etwas hatten die Stadtwachen nie zuvor zu Gesicht bekommen.

Graf Adolf sprach kurz mit den Wachleuten, woraufhin sie die Karawane passieren ließen, die geradewegs auf den Dom zuhielt. Die vielen Pilger und Kölner Bürger staunten nicht schlecht, als der Zug an ihnen vorbeirollte. »Was geht denn hier vor sich?«, dachten wohl alle bei sich. Auf der Domplatte machte die Kolonne halt. Frauen und Männer stiegen von ihren Fuhrwerken, die Berittenen von ihren Pferden. Sogleich bildete sich eine Traube neugieriger Menschen.

Graf Adolf schritt in den Dom, wo er mit dem Erzbischof verabredet war. Nach einer halben Stunde kam er mit einem Messdiener an seiner Seite zurück. »Du weißt, was du zu tun hast, mein Junge?«, fragte ihn der Graf. Der Junge nickte schüchtern: »Ja, Herr Graf!«, dann verschwand er im Laufschritt.

Folgendes hatte sich zuvor ereignet: Da es Tristan dank seines Anteils an dem gefundenen Schatz gerade besonders gut ging, wollte er endlich seine Elsbeth heiraten. Er plante, die Hochzeit im Dom zu Colonia abzuhalten. So lud er seine Familie ein und vergaß auch nicht, dass sein Vater einmal den Kölner Dom bestaunen wollte. Wie er dies als Blinder hinbekommen wollte, war ihm zwar schleierhaft, aber er wollte ihm seinen Wunsch erfüllen. Außerdem lud er noch seine Schwester mit ihrem Mann ein und natürlich seinen alten Freund Björn. Auf dem Weg in den Süden kam ihm der Gedanke, auch auf Burg Neuenberge vorbeizuschauen und sich bei dem Grafen zu bedanken, der schließlich die beiden Ritter auf unbegrenzte Zeit freigestellt hatte. Völlig unerwartet entschloss sich der Graf, mit seinen Rittern an der Hochzeit teilzunehmen. Heute am Sonntag sollte die Trauung vollzogen werden. Und all dies sollte auch gleichzeitig eine Überraschung für Tristans Bruder Michel werden, der von alldem keine Ahnung hatte.

Der Erzbischof betrat die Domplatte, um noch einiges mit Tristan und seiner Braut abzusprechen. Er wollte die Zeremonie noch einmal genauestens durchgehen. So ganz nebenbei überreichte Tristan dem Bischof einen gut gefüllten Lederbeutel: »Das könnt Ihr sicherlich auf dieser ewigen Baustelle gut gebrauchen! Das Wort ›Ewigkeit‹ dürfte Euch ja geläufig sein. Es fällt doch ständig etwas Neues an; das ganze Bauvorhaben hier ist ja eine unendliche Geschichte.«

Der Bischof grinste über das ganze Gesicht. Dann ging Tristan noch einmal zu seinem Gefährt zurück, um einen schweren Gegenstand zu holen, der in ein Linnentuch eingewickelt war. »Hochwürden, hier ist noch eine kleine Aufmerksamkeit von meinem Volke!«

Als der Erzbischof das Linnen entfernte, verschlug es ihm die Sprache: Er hielt eine in Gold gefasste Monstranz in Händen, in der sich ein Sichtfenster befand. Fragend sah er den Wikinger an.

Dieser erklärte: »Ich weiß nicht, ob es der Wahrheit entspricht, aber in dieser Monstranz soll ein Stück Holz vom Kreuze des Herrn liegen. Es stammt aus einer von meinen Vorfahren ausgeraubten Kirche. Wie Euch sicher bekannt ist, war mein Volk nicht gerade zimperlich, was den Raub von Kirchenschätzen anging. Es war ja zu den Zeiten, als es noch die alten Götter anbetete, einige hundert Jahre lang auf Raubzügen; da hat sich einiges angesammelt«, erklärte Tristan dem Erzbischof in seiner etwas naiven Art. Der Gesichtsausdruck des Bischofs war ein einziges Fragezeichen. Was ging ihm wohl durch den Kopf? Aber schnell hatte er sich wieder gefangen.

»Tausend Dank!«, sagte er kurz und bündig und lenkte dann schnell vom Thema ab: »Ich habe speziell für Euch wunderschönen Blumenschmuck kommen lassen; der wird Euch und Eurer Braut sicher gefallen!« Aufgeregt starrte Tristan immer wieder in eine Richtung. Er hoffte so sehr, dass bald sein Bruder mitsamt Familie erscheinen würde, doch noch sah er niemanden.

Es klopfte an der Tür. Michel war in seinem neuen Haus tätig. Er wollte am heutigen Sonntag noch die eine oder andere Umbaumaßnahme durchführen. Es war zwar der Tag des Herrn, an dem die Arbeit ruhen sollte, aber Michel hatte keine andere Möglichkeit, als es heute zu tun, weil er in der Woche zu stark am Dom eingespannt war.

»Öffnest du mal die Tür, Schatz? Es hat geklopft!«, rief er.

Nach einer Weile rief Svenja: »Kommst du bitte einmal, Michel? Ein Messdiener möchte dich sprechen!«

Michel ging an die Tür: »Ja, bitte?«

»Ihr seid doch der Zimmermann vom Dom? Der Herr Bischof schickt mich. Er möchte Euch umgehend sprechen. Sofort!«, sagte der Messdiener.

»Hat er dir gesagt, warum?«

»Nein, Herr, nur dass Ihr mit Eurer Frau und den Kindern sofort kommen sollt. Das soll ich Euch sagen!«

»Gut, hab' Dank!« Der Messdiener verschwand schnellen Schrittes Richtung Dom.

»Hm, was soll denn das bedeuten? Direkt und sofort? Jetzt? Mit meiner Familie?«, dachte Michel bei sich. »Zieh' dich und die Kinder nett an. Wir müssen in den Dom!«, rief er seiner Frau zu. Er wusch sich schnell und zog sich eine frische Tunika über.

Als sie sich der Domplatte näherten, staunten sie nicht schlecht, als sie schon aus der Ferne die Fuhrwerke und die Vielzahl der Pferde wahrnahmen. »So eine große Gesellschaft! Was geht denn hier vor?« Michel betrachtete die Fuhrwerke aber nicht näher, sonst hätte er sicherlich sein altes Gefährt erkannt. Sie gingen direkt in den Dom, der gut mit Menschen gefüllt war. Leise sagte Michel zu seiner Frau: »Hier findet eine Trauung statt!« Sie traten näher an den Altar heran, an dem der Bischof stand, und genau in diesem Moment erkannte Michel das kniende Paar. »Ich werd' verrückt! Das sind ja Tristan und Elsbeth! Die sind nach Colonia gekommen, um sich hier im Dom trauen zu lassen. Ich fasse es nicht! Was für eine Überraschung!« Dabei liefen Tränen über sein Gesicht. Auch Svenja war sichtlich gerührt. Sie nahmen gerade noch ein deutliches »Ja, ich will!« wahr.

»Und hiermit seid ihr Mann und Frau!«, sagte der Bischof. Tristan und Elsbeth erhoben sich und schritten gemeinsam dem Ausgang entgegen, gefolgt von ihren Freunden und natürlich – wie das häufig bei Hochzeiten der Fall war – von irgendwelchen Fremden, die sich den Anschein gaben, dazuzugehören, weil es dabei schon einmal etwas umsonst gab.

Tristan und Elsbeth kamen genau auf Michel und seine Familie zu. Bei ihnen angelangt, blieben sie stehen. »Na, wie ich sehe, habt ihr es ja noch geschafft, zu unserer Trauung zu kommen!«, meinte Tristan mit einem Lachen, dann fielen sie sich in die Arme.

»Ich weiß, ihr seht die beiden heute zum ersten Mal, aber das sind euer Onkel Tristan und eure Tante Elsbeth!«, sagte Michel zu seinen Kindern und schob sie dabei nach vorne. »Sagt den beiden

'Guten Tag'!« Tristan und Elsbeth begrüßten die Zwillinge, die sich etwas schüchtern zurückhielten.

»Ich habe alle unsere Freunde mitgebracht! Kommt, Männer, begrüßt meinen Bruder und meine Schwägerin!«, rief Tristan voller Freude. Sie fielen einander in die Arme; nacheinander musste Michel viele Schultern klopfen: die der Ritter, von Tristans Schwester und deren Mann und zum guten Schluss die des alten Björn.

»Wenn ich dich sehe, mein alter Freund, dann denke ich immer an die Hansekogge: dein Kreuz ist nicht viel schmaler!«, scherzte Michel.

»Und wenn ich dich sehe, denke ich immer an den Wurm, der sich durchs Holz wühlt«, gab Björn zurück.

Der alte Stammesfürst Leif Jörgensen war alleine im Dom unterwegs. Zu seiner Sicherheit führte er einen Stock mit sich. Seine Hände fuhren an den Säulen entlang; er tastete alles mit den Fingern ab. Das Gewirr der vielen Stimmen wurde von den Wänden und den Decken wie ein Echo zurückgegeben. Leif Jörgensen bedauerte es in diesem Moment besonders, dass er nicht sehen konnte, wie gewaltig der Dom sein musste. Aber er hatte sich seinen Traum erfüllen können: Der blinde Leif befand sich im größten Dom Europas!

»Man hat Euch das Augenlicht geraubt?«, fragte eine Stimme hinter ihm.

»Ja, Herr.«

»Kommt, gebt mir Euren Arm. Ich führe Euch zu den Heiligen Drei Königen, dann könnt Ihr den goldenen Schrein mit Euren Händen befühlen.«

„Wer seid Ihr?«

»Ein Freund, der es gut mit Euch meint!«

ENDE

Personenregister

Michel Pettersen: Zimmermann aus Flensburg

Tristan Pettersen: Steinmetz aus Flensburg, Michels Stiefbruder

Svenja Pettersen, geborene Bollek: Michels Frau

Veit und Kilian: deren Söhne

Mechthild: Tristans Freundin aus Flensburg

Björn: der Wirt aus dem ›Jeverbroe‹

Tilmann Wüllenweber: Tuchhändler aus Lennep

Jacub Wüllenweber: Tilmanns Sohn

Anneliese Wüllenweber: Tilmanns Frau

Petter Heinrichsmeyer: Bauer

Freddy und Ole: Händler aus Lübeck

Agnes und Elsbeth von der Höh: Bäuerin und Tochter

Ferdinand: Tristans Freund

Klaus Maarten: Kunstschmied

Jan zur Brüggen: Kunstschmied

Gertlinde: Magd der Wüllenwebers

Johannes von Köln: Dombaumeister

Graf Adolf VI. von Berg: Herrscher über das Bergische Land mit Sitz auf Burg Neuenberge

Heinrich II. von Virneburg: Erzbischof von Köln

Lothar, der Zimmermann: Vorarbeiter der Dombauhütte

René aus der Provence: Zimmermann am Dom

Ursula: Renés Frau

Georg aus dem Rheinland: Zimmermann am Dom

Anna: Georgs Frau

Gerold vom Bruch: Zahlmeister

Leif Jörgensen: Tristans blinder Vater, der alte Jarl

Ragnulf Jörgensen: Leifs Bruder, Tristans Onkel

Birte Rassmussen : Tristans Schwester

Clarissa: Birtes Tochter

Gundalf: Birtes Mann, Fischer

Meister Sebolt: Vorarbeiter von Burg Neuenberge

Lars und Ingmar: Nordmänner

Bruder Sebastian: Mönch von Neuenberge

Bruder Arnulf: Mönch von Neuenberge

Bruder Wolfgang: Mönch und Ritter von Neuenberge

Grete: die alte Hebamme

Erik von Deutz: Ritter von Neuenberge

Wentzel von Reinhardhausen: Ritter von Neuenberge

Gunthar: Ragnulfs rechte Hand

Utgard, Drangur, Ketill, Thrudfang, Mimir und Thrassar: Bewohner von Fünen, Leifs alte Freunde

Arminius und Kuddel: zwei Pferde

Nachwort

Die Christianisierung der Völker und der verschiedenen Stämme in Europa zog sich über Hunderte von Jahren hin. Nicht nur die Wikinger – wie in meinem Buch –, nein, auch die Stämme der Sachsen und die der Ostgebiete weigerten sich konstant, das Christentum anzunehmen. Immer wieder kam es zu großen Schlachten und kleineren Gemetzeln.

Ungefähr 10 km nordwestlich von Odense auf der dänischen Insel Fünen liegt das Moor von Vimose. In unserem Roman habe ich es etwas weiter in den Süden verlegt. Seit der frühen Eisenzeit gilt das Moor als Opferstätte für Menschen und deren Waffen. In den Jahren 1848 und 1858 wurden dort unzählige Gegenstände und Teile einer Heeresausrüstung gefunden – insgesamt über 5000 Gegenstände, die im Laufe der Zeit dort versenkt worden waren. An zwei Opferstellen fand man Knochen von Menschen, Pferden, Schweinen, Rindern, Schafen und Ziegen. Viele der versenkten Gegenstände wiesen Spuren von Verbrennung auf.

Es ist überliefert, dass die Nordmänner fortwährend auf Plünderfahrt gezogen sind; auch der Sklavenhandel spielte bei ihnen eine bedeutende Rolle. Mit ihren Drachenbooten folgten sie den Flüssen bis in große Städte wie Köln oder Paris. Dort fielen ihnen – wie an vielen anderen Orten – die ungeschützten Kirchen zum Opfer, die für sie leicht zu erobern waren. Unter den Beutestücken befanden sich wertvolle Reliquien und Monstranzen, die für die katholische Kirche einen unschätzbaren Wert darstellten. Was geschah mit den erbeuteten Schätzen? Wurden sie weiterverkauft, eingeschmolzen oder doch angehäuft? Viele Wikingerschätze oder auch die Schätze des späteren Templerordens oder der Schatz der Nibelungen sind trotz größter Bemühungen und Suchaktionen nie wieder aufgetaucht.

Früher oder später nahmen die Wikinger dann doch das Christentum an – nicht unbedingt aus Überzeugung, sondern des Handels wegen. Die meisten Handelspartner der Wikinger waren bereits Christen; da wollten sie in dieser Beziehung nicht unbedingt nachstehen; denn man bevorzugte eindeutig den Handel und die Tauschgeschäfte unter Gleichgläubigen.

Liegen die alten Wikingerschätze immer noch im Verborgenen? Und hat es sie überhaupt je gegeben? Was bleibt, sind Fragen ohne Antworten, bis vielleicht durch puren Zufall eines Tages tatsächlich etwas Derartiges gefunden wird.

Der andere Teil des Romans spielt in der Zeit des Kölner Dombaus. Tatsächlich entstand um 1350 der Kran auf dem Kölner Südturm, den im Buch unser Michel entworfen hat. Es könnten Zimmerleute und Schreiner gewesen sein, die den genialen Plan zum Bau eines Krans entwickelt hatten. Vielleicht ist die Idee aber auch einem der Dombaumeister zuzuschreiben. Ob einer der Zimmerleute gerade Michel hieß, bleibt der Fantasie des Lesers überlassen.

Allzu lange war der Kran nicht in Betrieb, aber er stand noch bis 1815 auf dem Südturm. Die Preußen ließen den maroden Ausleger demontieren, doch die Kölner protestierten dagegen, denn im Laufe der Zeit war der Turm mit dem Kran für sie ein Wahrzeichen geworden. Sie beruhigten sich erst, als der Turm einen neuen Ausleger erhielt …

Ihr Peter vom Falkenberg

Historische Romane im Bergischen Verlag über „Die Löwen von Berg"

Der Kreuzzug des Fischers

von J. Michael Schumacher
und Peter Hein

Neuenberge, heute Schloss Burg an der Wupper, Stammsitz der Grafen von Berg, ist Ausgangs- und Endpunkt einer epischen Reise in die Welt des Mittelalters. Im Herbst 1212 wartet der vierzehnjährige Thomas mit seinem Vater an den Stromschnellen der Wupper auf die Rückkehr der Lachse, dabei retten sie dem vom Pferd gestürzten Grafen Adolf III. von Berg das Leben. Zum Dank lässt er ihn zum Knappen ausbilden. So tritt Thomas in den Dienst des Grafen und ist bald zunehmend von dem Wunsch beseelt, eines Tages Ritter zu werden, um die Liebe seines Lebens, Sibylla, die Tochter des Burgvogtes, heiraten zu können. Doch als Sohn armer Leute stehen seine Chancen nicht zum Besten.

1217 begleitet er den Grafen Adolf und Tausende Ritter aus ganz Europa auf den 5. Kreuzzug. Ihr Ziel ist das Heilige Land, aber sie enden in Ägypten. Am Ufer des Nils warten uneinnehmbare Mauern, das Heer des Sultans, Sümpfe, Seuchen, Liebe, Tod und Kerker auf die bergischen Ritter.

Kartonierte Ausgabe
640 Seiten, 16,90 Euro
ISBN 978-3-940491-23-7

Der Feldzug der Rache

von J. Michael Schumacher
und Peter Hein

Erzbischof Engelbert, Usurpator, Reichsverweser und meistgehasster Mann seiner Zeit, wird am 7. November 1225 ermordet. Seine Leiche weist (als historische Tatsache) fünfzig Hieb- und Stichwunden auf. Thomas, nicht gerade ein erklärter Freund des Erzbischofs, gerät in den Kreis der Verdächtigen, sein Hof wird niedergebrannt, seine Kinder werden verschleppt. Um seine Unschuld zu beweisen und den Fall aufzuklären, verfolgt er den wahren Mörder, Friedrich von Isenberg, bis nach Rom und zurück nach Köln, wo dieser ein Jahr später vor dem Severinstor auf dem Rad hingerichtet wird. Doch die wahren Hintermänner drohen ungeschoren davonzukommen.

Kartonierte Ausgabe
648 Seiten, 16,90 Euro
ISBN 978-3-394886-19--1

Bergischer Verlag

Die Trilogie über die Lenneper Tuchhändlerfamilie Wüllenweber, von Peter vom Falkenberg ist komplett!

Der Tuchhändler von Lennep

Ein perverser Mörder treibt im Jahre 1324 vor den Toren Lenneps sein Unwesen und versetzt die friedliche Hansestadt in Angst und Schrecken. Ausgerechnet jetzt müssen der Tuchhändler Tilmann Wüllenweber und weitere angesehene Kaufleute zu ihrer jährlichen Handelsreise ans Ostmeer aufbrechen. Frauen und Kinder bleiben allein zurück. Erleben Sie hautnah, was unseren Reisenden widerfährt, aber auch, wie sich Tilmanns tapfere Ehefrau und der Medicus des Ortes dafür einsetzen, einen schrecklichen Justizirrtum aufzuklären.

TB 320 Seiten | ISBN 978-3-943886-10-8 | Euro 9,90

Die Söhne des Tuchhändlers

Die Geschichte der Familie Wüllenweber aus „Der Tuchhändler von Lennep" geht weiter. Nachdem Tilmann Bürgermeister geworden ist, bauen seine Söhne Jacub und Simon den Lenneper Tuchhandel in zweiter Generation weiter aus. Die Hanse expandiert zu Land und zu Wasser und wird zur größten Handelsgesellschaft des Mittelalters. Jacub führt seine erste eigenständige Handelsreise durch und erlebt auf dem Seeweg nach Genua so manches Abenteuer.

TB 390 Seiten | ISBN 978-3-943886-27-6 | Euro 9,99

Lennep im Schatten der Pest

In der zweiten Generation der Familie Wüllenweber florieren die Geschäfte durch die Expansion der Hanse. Aber die weitreichenden Handelsbeziehungen bis zum Mittelmeer bringen nicht nur Gutes mit sich. Eine tödliche Krankheit, die Pest, bahnt sich ihren Weg durch Europa. Auch die Heimat der Wüllenwebers bleibt davon nicht verschont.

25 Millionen Menschen sind schätzungsweise der Pest zum Opfer gefallen, und es hat fast 400 Jahre gedauert, bis die Menschheit wieder die gleiche Anzahl erreicht hat.

Damit kommt auch die Geschichte der Familie Wüllenweber zu einem Ende.

TB 336 Seiten | ISBN 978-3-943886-01-6 | Euro 9,90